Verena Rabe

Und über uns das Blau des Himmels

Verena Rabe veröffentlichte bei dotbooks bereits die folgenden Romane:

Ein Lied für die Ewigkeit
Die Melodie eines Sommers
Charlottes Rückkehr
Thereses Geheimnis

Wenn Ihnen dieses Buch gefallen hat, empfehlen wir Ihnen gerne weitere Titel aus unserem Programm. Schicken Sie einfach eine eMail mit dem Stichwort »*PRINT: Und über uns das Blau des Himmels*« an:

lesetipp@dotbooks.de

Wir nutzen Ihre an uns übermittelten Daten nur, um Ihre Anfrage beantworten zu können – danach werden sie ohne Auswertung, Weitergabe an Dritte oder zeitliche Verzögerung gelöscht.

Über die Autorin:

Verena Rabe, geboren und aufgewachsen in Hamburg, liebt es, zu reisen. Besonders europäische Küsten haben es der Seglerin angetan. Für ihre Geschichten unternimmt sie lange Recherchereisen und lässt die Orte, die sie beschreibt, intensiv auf sich wirken. Sie hat Geschichte studiert und als Journalistin gearbeitet, bevor sie Schriftstellerin wurde. Bisher hat sie acht Romane veröffentlicht. Verena Rabe lebt mit ihrem Mann in Hamburg, hat zwei erwachsene Kinder und verbringt viel Zeit in Berlin, ihrer zweiten Heimat.

Prolog

Jurmala, 8. August 1944

Wenn man Glück greifen könnte, hätte ich jetzt beide Hände voll, dachte Johanna noch im Schlaf. Sie würde gleich die Augen öffnen und in den schönen, neuen, frühen Morgen starten, und sie würde noch das Gold und Silber in ihren Händen spüren, die mit Blumen geschmückten Ringe an ihren Fingern und Armreife um die Handgelenke, mit denen sie klimpern könnte, um allen zu zeigen, dass sie nicht länger vom Glück träumte, sondern dass es ihr wirklich begegnet war. Sie schlug die Augen auf und blinzelte in die Sonne, die durch das Fenster ihres kleinen Schlafzimmers direkt auf ihr Bett schien. Marlis lag neben ihr, das Gesicht abgewandt, und atmete gleichmäßig. Johanna wusste, dass sie ihre Freundin nicht aufwecken konnte, es sei denn, sie würde sich direkt an ihr Bett stellen und sie laut ansprechen, am besten mit »Feuer« oder »Fred braucht dich«. Aber es war erst sechs Uhr, und sie wollte niemanden wecken. Fred schlief sicher auch noch ruhig in seinem Gitterbett im kleinen Wohnzimmer. Es hatte Rollen, und so konnten sie es aus dem Schlafzimmer schieben, wenn er eingeschlafen war und sie allein sein wollten. Es war ein langer Abend gewesen. Sie hatten am Wasser gesessen und ein kleines Feuer gemacht, auf dem sie Fische grillten, die sie auf dem Markt in Maori gekauft hatten. Die im Feuer gerösteten Kartoffeln hatten sie mit Joghurt, sauren Gurken und Zwiebeln gegessen, so wie sie es beide gern mochten. Das Essen war zu viel und auch zu schwer gewesen, und so hatten sie die Flasche Wodka, die ihnen Mina bei ihrer Rückkehr nach Lettland geschenkt hatte und die sie auf dem Regal im Wohnzimmer aufbewahrten, geholt und einige Gläser getrunken, zwischendurch Fred ins Bett gebracht, der schon auf Marlis' Knien eingeschlafen war. Sie hatten der Sonne zugesehen, wie sie sich bemühte, unterzugehen. Um Mitternacht war es dann endlich soweit gewesen, und sie war in einem Meer aus Rot am Horizont verschwunden. Sie löschten das Feuer mit Sand und nahmen alle Sachen mit in ihre Hütte. Dann waren auch sie ins Bett gegangen, eng aneinandergekuschelt, und hatten sich dann ganz sanft und ruhig geliebt, Herz an Herz, Hand in Hand. Es war wunderschön gewesen, und danach waren sie erschöpft, aber sehr glücklich eingeschlafen. Das Glück hatte Johanna durch die ganze Nacht getragen. Sie hatte auf seiner sanften Welle geschlafen, und jetzt fühlte sie sich erfrischt und immer noch glücklich. Sie stand leise auf und ging in die Wohnstube, um nach Fred zu sehen. Als sie sich über das Gitterbett beugte, in dem schon Mina gelegen hatte, überschwemmte sie eine neue Welle des Glücks. Dort schlief friedlich ihr Sohn, sein kleiner Körper, dem bisher nichts Böses widerfahren war, zeichnete sich unter der dünnen, kobaltblauen Baumwolldecke ab, er lag auf der Seite, genau wie Marlis. Seine dunklen Haare waren verwuschelt. Wir müssen sie mal wieder schneiden, dachte Johanna, oder besser, Marlis muss ihm mal wieder die Haare schneiden. Sie selbst würde es nicht können. Bei solchen Arbeiten würden ihre Hände allzu sehr zittern, und es wäre möglich, dass sie ihrem Sohn ins Ohr schnitt. Das Zittern war in ihrem ganzen Körper gewesen, als sie damals aus Berlin abfuhren. Marlis hatte im Zug ihre Hand gehalten, die ganze Strecke bis Riga, während sie sich mit Fred beschäftigte, der aber die meiste Zeit ruhig neben ihnen in seiner kleinen Tragetasche geschlafen hatte. Das Zittern hatte eigentlich erst nachgelassen und sich dann fast vollständig aus ihrem Körper zurückgezogen, nachdem sie in Jurmala tagelang den Strand hinauf- und hinuntergelaufen und von Marlis und Mina mit guten Lebensmitteln, wie die beiden es nannten, gefüttert worden war. Sauerrahm direkt aus der Molkerei, Kartoffeln vom kleinen Markt um die Ecke, auf dem die Bauern ihre Waren anboten. Rote-Bete-Suppe, die nur Mina so gut zubereiten konnte. Süße Hefeteigteilchen mit Zimt oder Beeren. Malzbrot, das Marlis gelernt hatte zu backen. Kefir mit Früchten, den Fred so liebte. Zu ihren langen Spaziergängen, bei denen sie Marlis oft begleitet hatte, wenn Mina sich um den kleinen Fred kümmerte, nahmen sie Schokolade mit, die sie aus Riga mitbrachten, wenn sie sich mal wieder in der Präfektur hatten melden müssen. Und sie tranken ihre geliebte Quittenlimonade aus Flaschen, die Marlis schon vor vielen Jahren an genau diesem Strand in ihrem Rucksack transportiert hatte.

Heute wird es sicher zu heiß für einen langen Spaziergang, dachte Johanna, als sie vor die Tür der Holzhütte trat. Vor ihr erstreckte sich ein Kiefernwäldchen. Sie hatte Feuer im Holzherd angefacht und sich einen Becher mit Tee aufgebrüht. Feuer machen konnte sie mittlerweile sehr schnell und mühelos. Marlis hatte es ihr als eines der ersten Dinge beigebracht, die sie in Lettland können musste.

Die Mücken würden sie heute sicher wieder sehr plagen, wenn sie die Tür zu ihrer Hütte und die Fenster nicht rechtzeitig verschlössen. Am besten wäre es sicher, Gazevorhänge vor die Fenster zu kleben, die die Mücken abhalten konnten, aber darum würden sie sich später kümmern. Jetzt wollte sie weiter dem Gefühl nachspüren, im Traum das Glück in den Händen gehalten zu haben. Vielleicht war das Glück auch eine Elfe in einem Kleid aus Blumen, roten Hortensien, Bauernrosen und Kornblumen, das sie mit Stolz trug. Vielleicht hatte das Glück einen geflochtenen Kranz aus Margeriten auf dem Haar. Vielleicht tanzte die Elfe gerade durch den Wald hinter dem Haus und sang. Vielleicht kann ich sie hören, wenn ich ganz still bin, dachte Johanna, setzte sich mit ihrem Becher Tee auf die blaue Bank vor dem Haus und lauschte in die Stille. Aber sie hörte nichts außer einigen Möwen, die sich jetzt, am frühen Morgen, noch am Strand vergnügen konnten, bevor die Krähen kamen und sie vertrieben. Laime, das hieß Glück auf Lettisch. Langsam kamen die lettischen Begriffe wieder, die sie in ihrer Zeit im Lager vergessen hatte. Laime, das passte in dieses wunderbare grüne Land. Laime. Ja, das ist es, was ich gestern Nacht erlebt habe, das reine Glück, das sich golden anfühlt und nach Blumen duftet.

Johanna nahm ihren dunkelgrünen Badeanzug, der neben dem Haus auf der Leine hing und prüfte, ob er trocken war. Sie wusste, dass sie nicht mehr würde schlafen können. Aber sie würde auch nicht darauf warten wollen, dass Marlis oder Fred aufwachten. Sie beschloss, an diesem schönen Morgen schwimmen zu gehen. Sie ging in die

Küche, zog das weiße Baumwollnachthemd mit den Rüschen am Kragen und an den Ärmeln aus und legte es über den Stuhl. Dabei fiel ihr Blick auf den Kalender an der Wand. Heute war der 8. August 1944. Es würde ein wunderbarer Tag werden. Wenn sie zurückkam, würde sie Hefebrötchen backen, und dann würden sie die Himbeermarmelade, die sie in der vergangenen Woche eingekocht hatten, mit Sauerrahm essen und den Kaffee trinken, den Mina aus einer unbekannten Quelle bezog. Danach würden sie mit Fred in den Wald gehen und Blaubeeren und Pilze suchen.

Johanna band sich die Haare mit ihrem blauen Haarband zu einem Knoten. Sie zog ihren Badeanzug an und schlüpfte in die hellen Leinenschuhe, die noch von gestern Abend unter dem Tisch standen. Dann schlich sie ins Badezimmer und nahm ein weißes Handtuch vom Ständer. Sie sah ein letztes Mal auf die Uhr. Es war jetzt halb sieben. Sie würde nicht lange zum Strand brauchen. Sie war sich sicher, dass sie in dem kleinen Wäldchen niemandem begegnen würde. So früh war an diesem sowieso verlassenen Strandabschnitt selten jemand unterwegs.

Johanna hörte das Knacken der Wurzeln und Kiefernnadeln unter ihren Füßen. Sie sah in die Baumwipfel, in dieses wunderbar tiefe Grün, und sie bemerkte, dass einige Stämme in der Morgensonne rötlich leuchteten. Nein, sie würde hier niemals mehr weggehen, sie würde hierbleiben. Ganz egal, wer über das kleine Land herrschte. Es wäre ihr egal, denn kein Herrscher würde ihr die Natur wegnehmen können und den Frieden, den sie darin erleben konnte.

Außer den Möwen und Krähen, die sich um die Vorherrschaft an diesem Strand für diesen Tag stritten, sah Johanna niemanden. Sie lief eine kleine Düne hinunter bis zum Wasser, schlüpfte aus ihren Schuhen und legte ihr Handtuch ordentlich darüber. Sie zögerte kurz, weil das Wasser doch sehr kalt war, stand mit den Füßen im Wasser und wartete, bis das Prickeln aufhörte. Dann watete sie mit Storchenschritten auf die lange Sandbank hinaus. Ihre Beine wurden nass und fühlten sich kühl an. Zuerst war das unangenehm, doch dann genoss sie die Kälte auf ihrer Haut. Das Wasser ging ihr mittlerweile bis zum Bauchnabel, sie tauchte hinein und unter, öffnete ihren Mund. Heute war es gar nicht besonders salzhaltig. Dann stieß sie sich auf dem Sandboden ab und schwamm los. Die Ostsee war absolut glatt, kein Lüftchen kräuselte das Wasser. Sie schwamm gleichmäßig und ruhig hinaus, immer weiter, der Sonne entgegen. Ab und zu drehte sie sich auf den Rücken und sah zum Ufer zurück, um ein wenig zu verschnaufen. Aber so blieb sie nie lange. Sie spürte so viel Kraft in ihrem Körper. Sie wollte noch nicht umdrehen, sondern immer weiterschwimmen.

Kapitel 1

Jurmala, Sommer 1932

Es ist immer wieder das Gleiche, dachte Marlis. Ich wandere allein über den Strand. Jürgen und Michael hatten den Eltern zwar versprochen, bei ihr zu bleiben, aber waren kurz darauf abgehauen. Und nicht zum ersten Mal bedauerte Marlis, dass sie ein Mädchen war und nicht so schnell laufen konnte wie ihre Brüder.

Mama ahnt sicher nicht, dass Michael und Jürgen nicht auf mich achten, dachte Marlis. Aber eigentlich war das auch gut, denn sonst hätte ihre Mutter ihr wahrscheinlich verboten, stundenlang allein am Strand unterwegs zu sein.

»Du bist erst 11, da kannst du noch nicht auf dich aufpassen, außerdem bist du ein Mädchen«, hätte sie gesagt, und Vati hätte dazu genickt. Mädchen sein, pah, was sollte das eigentlich bedeuten, dachte Marlis. So wie die anderen Mädchen auf dem Schulhof der Höheren Mädchenschule Prenzlauer Berg Springseil und Gummitwist hüpfen und sich nach jedem Hüpfer die Zöpfe richten? Das fand sie furchtbar langweilig, und Zöpfe trug sie auch nicht, sondern ihren geliebten Pagenkopf, den sie unter Heulen und Zähneklappern bei ihrer Mutter durchgesetzt hatte.

»Du siehst damit so jungenhaft aus«, hatte Mama versucht zu protestieren, aber kein Glück damit gehabt. Ja, sie sah vielleicht so aus wie ein Junge, aber das wollte sie doch auch. Marlis wünschte sich nichts sehnlicher, als in der Schule keine Röcke tragen zu müssen, aber da gab es leider überhaupt keine Ausnahmen. Sie musste sich an die Schulordnung halten, und die war streng. Die Röcke mussten bis über die Knie reichen und die Blusen immer sauber und weißgestärkt sein. Was für einen Aufwand das bedeutete, konnte Marlis sich nur ungefähr vorstellen. Es interessierte sie auch nicht, sie bekam nur immer Mamas und Omas Gestöhne mit, wenn Waschtag war.

Marlis entdeckte Jürgen und Michael als kleine Punkte am Horizont. Irgendwann werden sie doch auf mich warten, das wusste sie. Die Zwillinge waren zwar erst 14, aber nicht vollkommen verantwortungslos. Nur, wenn sie die beiden dann endlich eingeholt hätte, würden die Jungs auch schon weitergehen, ohne ihr auch nur eine Minute zu geben, um Atem zu schöpfen. In der Schule war sie das schnellste Mädchen, noch schneller als die doofe Gertrud, die schon mal zu ihr gesagt hatte, dass sie nicht normal sei, weil ihre Nase lief, ihre Strümpfe meistens rutschten, sie keine Zöpfe trug und ihre Knie immer wieder aufgeschürft waren, weil sie manchmal nachmittags mit den Jungen auf dem Hof Fußball spielen durfte. Sie hatte Gertrud einmal die Zunge rausgestreckt, als sie an ihr vorbeilief. Der Tadel von Fräulein Franke war die Sache wert gewesen.

Marlis sah sich um. Sie liebte diesen Strand hier in der Rigaer Bucht, es war der schönste Strand, den sie kannte, und sie war sich sicher, dass es überhaupt keinen schöneren Strand irgendwo auf der Welt gab. Sie hörte ihre Brüder förmlich lachen, du kennst doch überhaupt keinen anderen Strand, sagten sie. Ja, vielleicht stimmte das, sie kannte nur noch den Strand bei Warnemünde. Dort waren sie mal mit der Bahn von Berlin aus hingefahren. Und den hatte sie nicht so gern gemocht wie diesen. Aber wie sollte sie auch anders denken. Seit sie sich erinnern konnte, fuhren sie im Sommer nach Jurmala, und es waren für sie die schönsten Wochen im Jahr. Sie hatte keine Schule, die sie nicht besonders mochte, sie musste nicht so lange stillsitzen oder nachmittags im Lebensmittelladen ihrer Mutter helfen. Und sie war nicht in der riesigen Großstadt Berlin.

»Hier kann den Kindern doch nichts passieren, außer dass ihnen eine Möwe auf den Kopf scheißt«, sagte ihr Vater lachend. »Ersaufen tun sie nicht, die schwimmen doch alle drei wie die Fische, und die Bucht kennen sie ganz genau.« Dabei streichelte er ihrer Mutter beruhigend über den Rücken. Marlis liebte es, wie sanft dann Mamas Augen blickten. Während der drei Sommerwochen im lettischen Jurmala waren Mama und Vati entspannter als in Berlin. Sie waren auch schon vor der Geburt der Zwillinge hier gewesen, erzählten sie manchmal mit einem Grinsen, und dann küsste Vati Mama, und das musste schon etwas Besonderes bedeuten, denn das taten sie sonst eigentlich nie vor den Kindern.

Marlis platschte durch das Wasser. Sie war hungrig und freute sich schon auf das Abendessen: Matjesheringe mit Sauerrahm und Kartoffeln. Ihre Brote, die sie sich beim Frühstück für den Ausflug geschmiert hatte, waren längst aufgegessen.

Jetzt sah sie, dass ihre Brüder stehen blieben, ihre Handtücher in den Sand warfen und ins Meer liefen. Wie sie es satthatte, immer als Letzte anzukommen, wenn sie mit den beiden unterwegs war. Bisher hatte sie kein Mädchen am Strand kennengelernt, das sie interessierte. Sie fand die meisten langweilig. Sie waren einfach zu sehr diese durchschnittlichen Mädchen, die sich nie was trauten. Ihre Brüder schien das nicht zu stören. Sie taxierten sie mit Blicken, und auch die Mädchen in den mit Rüschen besetzten Badeanzügen schienen sich seit Neuestem für Jürgen und Michael zu interessieren. Widerlich, dachte Marlis, wie konnte sich überhaupt jemand für diese schlaksigen, dürren Jungen interessieren? Alles an ihnen wirkte unbeholfen, spitz und kantig. Und besonders eigenartig wurde es, wenn Michael und Jürgen den Mund aufmachten. Manchmal waren ihre Stimmen dunkel und männlich, und dann gicksten sie plötzlich wieder und waren kaum zu verstehen. Und erst ihre Pickel. Aber all das schien die Mädchen am Strand dieses Jahr nicht zu stören. Marlis hatte Jürgen und Michael mal darüber reden hören, dass man verliebt sein konnte. Was auch immer das war, das musste aufregend sein, wenn die Jungen rote Ohren bekamen, sobald sie davon sprachen.

Marlis setzte sich an den Strand. Ihre Brüder waren sehr weit rausgeschwommen, das machte ihr Sorgen. Die Strömungen in der Bucht waren nicht zu unterschätzen. Vati hatte den Jungen das nicht umsonst verboten. Und wenn er das rausbekommen sollte, wäre es sicher vorbei mit dem freien Leben am Strand von Jurmala, und sie würden immer in der Nähe ihrer Eltern und von Tante Margarethe bleiben müssen.

Mamas Schwester hatte keine Kinder, und manchmal hörte Marlis ihre Eltern darüber sprechen, wie bedauerlich das war. Aber Marlis hatte nicht den Eindruck, dass Tante Margarethe so unglücklich darüber war. Sie verbrachte meist den ganzen Sommer in Jurmala in ihrem weißen Holzhaus, das an einer ruhigen Straße in Maori lag, nur fünf Minuten vom Strand entfernt. Am Wochenende kam Onkel Anton aus Riga, wo er normalerweise seinen »Jeschäften nachjing«, wie Ida, die Köchin, immer sagte, die aus Königsberg stammte und als junges Mädchen zu den von Stettens nach Riga geschickt worden war. Marlis wusste, dass sie das gut fand, weil sie ihr das mal beim Kartoffelschälen erzählt hatte.

»Weißt du, die anderen aus dem Dorf sind jetzt als Mägde auf den Gütern und müssen ganz schön viel ertragen. Da bin ich doch froh, hier bei euch in der Küche zu sein.« Marlis wusste nicht genau, was Ida mit dem Ertragen meinte, aber traute sich nicht, nachzufragen. Genauso hatte sie jahrelang auch geglaubt, dass ihr Onkel Anton tatsächlich seinen Geschäften nachging, die aus irgendwelchen Gründen nicht an einem festen Ort waren, sondern auf Wagen von Pferden durch die Gegend gezogen wurden. Jetzt wusste sie natürlich, dass Onkel Anton Kaufmann war und mit vielen verschiedenen Dingen handelte.

Margarethe habe großes Glück gehabt, dass Herr von Stetten sie damals in Berlin ausgewählt hatte, fand Mama, obwohl sie nicht adelig war, und wenn sie böse auf Vati war, weil er sich wieder nur um seine Schüler kümmerte und keine Zeit hatte, ihr und Großmutter im Lebensmittelladen zu helfen, sagte sie das mit einem tiefen Seufzer.

Marlis schirmte die Augen gegen die Helligkeit der Sonne mit der Hand ab. Sie entdeckte ihre Brüder, die Richtung Ufer schwammen. Also konnte sie sich entspannen und legte sich zurück in den Sand, ließ die warmen Sandkörner durch ihre Finger rieseln und schloss die Augen. Wie sie diese Stille hier liebte. Hier war nur das Rauschen der Birken und Kiefern hinten im Wald zu hören, das Geschrei der Möwen, das Krächzen der Krähen und das leise Plätschern des Meeres.

Plötzlich hörte Marlis eine Mädchenstimme auf Lettisch ein Lied singen, das sie kannte. Ida sang dieses Lied manchmal in der Küche bei der Arbeit. Marlis verstand den Text nicht, aber das war ihr egal. Die Stimme des Mädchens tropfte in ihr Gehirn – so süß wie Honig, den sie auf ihr Butterbrot träufelte. Ihr Kopf fühlte sich plötzlich leicht an, und ihre Kopfhaut prickelte. Woher kam diese Stimme, wem gehörte sie? Marlis setzte sich auf und sah ein Mädchen mit langen braunen Haaren über den Strand tanzen. Sie trug ein weißes, knöchellanges Kleid, das beinahe wie ein Nachthemd aussah. Sie hob ihre Arme und drehte sich mit wehenden Haaren im Kreis. Sie macht wohl Ballettschritte und Sprünge, dachte Marlis. Sie hatte das mal auf dem Schulhof bei den Mädchen gesehen, mit denen sie eigentlich nie sprach. Da hatte sie die Schritte albern und affig gefunden, aber hier am Strand war das nicht so. Das Mädchen schien über den Strand zu schweben, sie sprang hoch und kam lautlos wieder auf. Ihre Haare schimmerten in der Sonne. Wie können Haare nur so glänzen, dachte Marlis. Das Mädchen tanzte weiter barfuß über den Strand und sang. Die Sonne ließ ihr weißes Kleid noch heller erscheinen. Sie sieht aus wie eine Fee, dachte Marlis und hoffte, dass sie nicht wieder so schnell verschwand, wie sie erschienen war, und dass ihre Brüder noch lange im Wasser planschten, was sie eigentlich immer taten, wenn die Ostsee so spiegelglatt war wie heute.

Jetzt kam das Mädchen näher und blieb vor ihr stehen. Mein Herz schlägt ja plötzlich schneller, ich bin doch gar nicht gerannt, dachte Marlis verwundert.

»Hallo«, sagte das fremde Mädchen auf Deutsch.

Gott sei Dank, dachte Marlis. Sie konnte zwar einige Brocken Russisch, die sie aufgeschnappt hatte, aber Lettisch so gut wie gar nicht.

»Schön, dass du da bist. Ich wusste, dass heute jemand Nettes zu mir an den Strand vor unserem Haus kommt«, sagte das Mädchen.

Eigenartig, dachte Marlis. Wer sagt so was? Aber trotzdem gefiel es Marlis auch. Sag noch was, dachte sie. Ich mag deine Stimme. Sie streichelt mich innen in den Ohren. Marlis stand auf, weil sie es nicht mochte, wenn jemand auf sie hinuntersah, und das Mädchen machte keine Anstalten, sich zu ihr in den Sand zu setzen. Sie reichte ihr bis zur Nase und war viel schmaler als sie selbst. Neben ihr wirke ich wie ein Junge, dachte Marlis, und das gefiel ihr. Aber gleichzeitig fiel ihr ein, dass sie ihre Haare zum letzten Mal am Abend vorher gekämmt hatte und ihr Pagenkopf sicher ziemlich unordentlich aussah. Das geheimnisvolle Mädchen musterte sie.

»Weißt du eigentlich, dass deine Augen manchmal grün und manchmal blau sind«, sagte sie nach einer Weile.

Und deine sind so braun, wie ich es noch nie vorher gesehen habe, dachte Marlis. Sie merkte, wie ihr heiß wurde. Sicher wurde sie auch rot. Das passierte ihr manchmal in der Schule, wenn alle sie anstarrten.

»Sagst du auch mal irgendetwas, oder kannst du mich nicht verstehen?«, fragte das Mädchen mit den langen braunen Haaren jetzt.

»Nein, ich kann dich verstehen«, stammelte Marlis. »Ich heiße Marlis.« Das Mädchen rollte das R. Das hörte sich drollig und sehr süß an.

»Johanna«, sagte das Mädchen und streckte ihr die Hand entgegen. Sie war klein und zart. Marlis ergriff sie vorsichtig, weil sie Angst hatte, sie sonst zu zerdrücken. Sie wurde durch einen ziemlich festen Händedruck von Johanna überrascht. Es tat sogar ein bisschen weh.

»Das hätte ich jetzt nicht gedacht«, rutschte es Marlis heraus.

»Was?«, fragte Johanna und sah sie spöttisch an. »Dachtest du, ich wäre schwach, weil ich kleiner bin als du?«

»Ehrlich gesagt, ja«, meinte Marlis.

»Da hast du dich wohl geirrt. Ich bin zwölf, und du?«, sagte Johanna grinsend.

»Ich elf, aber nicht mehr lange«, sagte Marlis. Mehr brachte sie nicht heraus.

Jürgen und Michael tauchten plötzlich neben ihnen auf. Marlis hatte sie ganz vergessen und wünschte sich augenblicklich, dass sich der Boden auftun und sie verschlucken würde. Sie wollte allein mit Johanna am Strand bleiben und sie ganz für sich haben. Aber ihre Brüder verschwanden nicht einfach, so sehr sie sich das auch wünschte, sondern bauten sich vor Johanna auf. Sie streckten ihre Brust raus und standen ganz gerade. Ihr seht immer noch aus wie kleine, dumme Jungen, dachte Marlis, in euren verschlissenen, karierten Badehosen und wie ihr eure Badetücher nervös zerknüllt. Außerdem zitterten sie vor Kälte und ihre Lippen waren blau. Wie Mädchen, dachte Marlis abfällig. Leider schien Johanna das gar nicht so zu stören. Interessiert sah sie von einem Jungen zum anderen.

»Habt ihr Hunger? Wollt ihr Kuchen und Limonade, oder vielleicht doch lieber Tee?«, fragte Johanna mit einem schnellen Seitenblick auf Jürgens Unterarme, die mit Gänsehaut bedeckt waren.

»Wir müssen uns erst mal umziehen. Wir haben unsere trockenen Sachen da hinten hingelegt«, sagte Jürgen und wies auf einen unordentlichen Kleiderhaufen im Sand.

Jetzt erst bemerkte Marlis, dass ihr Kleid und ihre Unterwäsche nicht in ihr Handtuch eingewickelt waren. Sie hatte sie vergessen. Was sollte sie tun? Es wäre ja so peinlich, wenn die drei anderen angezogen im Garten säßen und sie in ihrem Badeanzug, den sie jetzt überhaupt nicht mehr schön fand. Er war blau-weiß gestreift und auch schon verschlissen.

»Macht nichts, wenn du kein Kleid mithast. Ich kann dir eins von mir leihen«, sagte Johanna, als ob sie ihre Gedanken lesen könnte. Langsam wurde sie ihr unheimlich.

»Für Marlis ist es kein Problem, wenn sie im Badeanzug bleibt, nicht, Mausi?«, sagte Jürgen und bemühte sich, seine Stimme besonders tief klingen zu lassen.

Marlis funkelte ihn böse an. Warum nannte er sie vor Johanna so? Sie mochte es überhaupt nicht, wenn er sie Mausi nannte. Das durften nur Mama und Vati. Und außerdem war es sehr wohl ein Problem, wenn sie als Einzige im Badeanzug blieb.

»Also abgemacht«, sagte Johanna. »Ihr zieht euch um, und dann gehen wir in unseren Garten.« Sie wandte sich an Marlis.

»Und ich hole dir von mir ein Kleid. Das wird dir bestimmt passen.«

Marlis nickte. Die Vorstellung, gleich ein Kleid zu tragen, das Johanna gehörte, machte sie plötzlich froh.

Jürgen und Michael zogen ab, ohne auch nur kurz zu protestieren. Marlis pfiff anerkennend durch die Zähne. Sie hätte ihre Brüder nie so herumkommandieren dürfen.

»Oh, das möchte ich auch lernen«, sagte Johanna. »Zeigst du mir, wie man pfeift?«

Marlis nickte. Sie fühlte sich immer noch unsicher in der Nähe dieses Mädchens, das vollkommen anders war als alle Mädchen, die sie bisher kennengelernt hatte. Sie sah aus wie eine Fee, war aber sehr selbstbewusst.

Die Jungs mussten sich in rasendem Tempo angezogen haben, so schnell waren sie wieder da.

»Kommt«, sagte Johanna und ging in Richtung Kieferböschung, die überall an diesem Abschnitt der Küste an den Strand anschloss. Sie gelangten durch ein Tor in einen Garten. Auf einem Rasenstück stand eine Gruppe von gusseisernen Stühlen um einen Tisch mit verschnörkelten Beinen herum. In einem großen Beet wuchsen Rosen in allen nur vorstellbaren Farben. Sie dufteten intensiv süßlich. Marlis hatte noch nie so einen Garten gesehen. In Berlin sah sie aus den Wohnzimmerfenstern auf die Kastanienallee und aus ihrem Schlafzimmerfenster in den Innenhof. Auch Tante Margarethes und Onkel Antons Garten in Jurmala war klein im Gegensatz zu diesem hier. Ida zog dort Kräuter und hatte an der Hauswand ein paar Blumen angepflanzt, wo der Wind von der Ostsee sie nicht zerrupfen konnte.

Dieses Haus war aus Holz, wie die meisten hier in der Gegend, aber nicht wie üblich weiß oder rostrot angestrichen, sondern gelb. Wie viele Leute wohnen hier wohl?, fragte sich Marlis. Es sah ziemlich groß aus.

»Im Sommer sind meine Mutter und ich fast immer allein hier, und natürlich Mina, die sich um uns kümmert«, sagte Johanna in diesem Moment. Sie kann wirklich meine Gedanken lesen, dachte Marlis schon fast gar nicht mehr erstaunt. Wenn dieses eigenartige Mädchen, das mit ihrem Blick irgendetwas machte, dass sich ihr Magen flatterig anfühlte, jetzt einen Zauberstab hervorgeholt hätte und dann ein Kleid auf sie zugeschwebt wäre, hätte das Marlis auch nicht besonders überrascht.

Sie folgte ihr und den Jungs, die natürlich wieder schneller waren, auf die hintere Veranda und von dort in das Haus.

»Wartet hier«, sagte Johanna und huschte fast lautlos die Eichentreppe in den ersten Stock hoch. Sie kam mit einem Kleid herunter, das ebenso weiß war wie das, was sie trug.

»Du kannst es ja über deinem Badeanzug anziehen«, sagte sie. Marlis tat es und war froh, dass es ihr nicht zu eng war. Johanna reichte es bestimmt zu den Waden, ihr knapp über die Knie. Gegenüber hing ein Spiegel an der Wand in der Diele. Marlis warf einen Blick hinein. Johanna stellte sich neben sie und hakte sie ein.

»Jetzt sehen wir aus wie Schwestern«, sagte sie.

In der großen, hellen Küche war eine runde Frau im schwarzen Hauskleid mit weißer Schürze dabei, einen Berg Kartoffeln zu schälen, der sich auf der hölzernen Arbeitsplatte vor ihr auftürmte.

»Da biste ja, Marielchen«, sagte Mina. »Und wen hast du uns denn da mitgebracht?«

Jürgen und Michael machten einen formvollendeten Diener und stellten sich vor, wie Marlis das noch nie bei ihnen erlebt hatte. Das ist doch ein bisschen übertrieben, dachte sie. Aber auch sie machte einen Knicks und nannte ihren Namen. Mina hatte etwas Respekteinflößendes an sich.

»Das sind meine neuen Freunde«, sagte Johanna stolz. Das freute Marlis. Sie hatte eigentlich keine Freundin in Jurmala und in Berlin auch nicht viele.

»Kannst du uns Kuchen und Limonade geben? Ich glaube, sie haben Hunger.«

»Kindchen, wie heißt es?«, sagte Mina in strengem Ton.

»Oh, Entschuldigung, bitte, natürlich«, antwortete Johanna schnell. Mina redet mit ihr wie mit einer Tochter, dachte Marlis. Aber was wusste sie schon davon, wie man mit Hausangestellten umging. In Berlin hatten sie niemanden, nur einmal in der Woche kam Else und half Mama und Oma bei der Wäsche. Ansonsten machten sie alles allein. Dass es normal war, in gewissen Kreisen Dienstboten zu haben, hatte sie erst von Tante Margarethe gelernt und sofort gewusst, dass sie wohl nie zu diesen gewissen Kreisen gehören würden. Vati regte sich immer mal wieder darüber auf, dass Margarethe eine Köchin und eine Magd für sich arbeiten ließ.

»Sie ist doch gesund, sie kann doch auch kochen und den Haushalt führen«, schnaubte er dann. Aber Mama wusste ihn schnell wieder zu beruhigen.

»Mein Lieber, stell dir mal vor, sie hätte keine Hilfe, dann müsste ich auch in den Ferien in der Küche stehen und ihr sicher die ganze Zeit helfen. Und wir hätten keine Zeit für uns«, sagte sie und lächelte verschmitzt.

»Das wäre wirklich sehr schade«, sagte Vati und seine Stimme wurde plötzlich genauso samtig wie der rote Stoff des Holzsessels mit der hohen Lehne und den Holzschnitzereien, der bei Tante Margarethe im Kaminzimmer stand.

»Ich mach euch gleich was, muss nur die Kartoffeln zu Ende schälen. Deine Mama bekommt heute Abend Gäste, und da habe ich noch viel zu tun. Aber setzt euch schon mal in den Garten. Ich bring euch dann alles. Es ist noch Kuchen da von der Teegesellschaft von vor zwei Tagen.«

»Danke, Mina«, sagte Johanna, fasste Marlis an der Hand und zog sie wieder auf die Veranda hinaus. Die Jungs trabten hinter ihnen her. Ihre kleine Hand in meiner fühlt sich so gut an, dachte Marlis.

Sie setzten sich auf die Korbstühle auf der Veranda.

»Wo sind deine Eltern denn?«, fragte Michael, und Marlis schämte sich dafür, dass ihr Bruder immer so neugierig sein musste.

»Meine Mama ruht sich aus, und mein Vater ist in Riga. Er kommt nur am Wochenende, wenn er nicht andere Verpflichtungen hat. Er ist Professor für Nationalökonomie an der Herder Universität«, sagte Johanna stolz. »Er hat immer fürchterlich viel zu tun. Und meine Mama ist Schauspielerin und Sängerin.«

»Wohnst du immer in Jurmala?«, fragte Jürgen.

»Nein, nur im Sommer. Ich gehe in Riga zur Schule. Glücklicherweise haben wir im Sommer ganz lange Ferien. Wisst ihr, im Winter wird es hier ziemlich früh dunkel, und es kann ganz schön ungemütlich sein.«

»Selbstverständlich«, sagte Michael, als ob er schon mal im Winter in Lettland gewesen wäre. Aber Tante Margarethe hatte ihnen das schon oft erzählt, wenn sie im Winter nach Berlin kam, um der Dunkelheit zu entgehen. Sie wohnte dann natürlich nicht bei ihnen in der Wohnung, die fand sie irgendwie gemütlich und so überschaubar, sondern im Savoy, und lud sie immer einmal zu Kakao und Kuchen in die Hotelhalle ein.

»Woher kommt ihr eigentlich?«, fragte Johanna.

»Aus Berlin«, sagte Marlis und hoffte, das Mädchen damit beeindrucken zu können.

»Ja, da war ich auch schon öfter, meine Mutter ist da geboren und in Grunewald aufgewachsen, bevor sie meinen Vater kennenlernte.«

Ich sollte wohl nicht sagen, wo wir in Berlin wohnen, dachte Marlis. Prenzlauer Berg war im Gegensatz zu Grunewald absolut nicht die Erste Adresse in Berlin.

»Unser Vater ist Lehrer an einer Jungenschule in Prenzlauer Berg«, sagte Michael jetzt. »Er unterrichtet Mathematik und Physik. Und meine Oma und Mutter betreiben einen Lebensmittelladen, der läuft richtig gut.«

Gott sei Dank kam jetzt Mina mit einem Krug Limonade und dem Kuchen auf die Veranda. Was war ein Lebensmittelladen schon gegen eine Mutter, die Schauspielerin war?

»No, das sieht ja bei euch gemütlich aus. Ich habe auch Sahne geschlagen. Ihr braucht was auf die Rippen, Jungchens«, sagte sie.

»Danke, Mina«, sagte Johanna.

»Dann werde ich mich ja jetzt mal sputen. Deine Mutter wacht bald auf, und du weißt ja, wie unjemeetlich sie werden kann, wenn dann nicht alles zur Genüge vorbereitet ist.«

Der Apfelkuchen war der beste Apfelkuchen, den Marlis bisher gegessen hatte, und die Limonade schmeckte nach Quitte und Zitrone.

Später, an den langen dunklen Winterabenden in Berlin, in denen Marlis' Vater immer öfter mit gramzerfurchter Stirn in sein kleines Arbeitszimmer verschwand, weil das für ihn Unfassbare eingetreten war, dass Adolf Hitler Reichskanzler geworden war und die Nationalsozialisten die Macht in Deutschland übernommen hatten, dachte sie oft an den Geschmack dieser Zitronen- und Quittenlimonade und die sonnenhellen Tage in Jurmala. Nach ihrer ersten Begegnung hatte sie jeden Tag mit Johanna verbracht, sie waren durch die Wälder gestreift, hatten sich gegenseitig all ihre Lieblingsplätze gezeigt und waren am

Strand entlanggegangen. Wenn es regnete, hatten sie oft in Johannas Zimmer gesessen, und sie hatte Marlis ein Buch vorgelesen. In diesem dunklen Winter in Berlin, in dem alle viel unglücklicher waren als im Sommer in Lettland, träumte Marlis sich oft an den Strand von Jurmala zurück und stellte sich sehnsüchtig vor, Johanna endlich wiederzusehen.

Sommer 1936, Jurmala

Wie jedes Jahr ging Marlis als Erstes am Strand entlang zu Johannas Haus. Ihr Herz raste nach kurzer Zeit. Sie ärgerte sich, dass sie so untrainiert war. Sie hatte im Frühjahr nicht genug Zeit gehabt, ihre Runden auf dem Sportplatz zu drehen. Die Prüfungen hatten ihr keine Luft gelassen. Und sie spielte schon lange nicht mehr Fußball im Innenhof. Sie nahm sich vor, in Jurmala jeden Tag am Strand entlangzulaufen. Aber selbst als sie zu Johannas Haus gelangte und einem Moment wartete, bevor sie die Gartentür aufstieß, verschwand das Herzklopfen nicht. Marlis hatte sich nicht angekündigt. Seit Wochen stellte sie sich vor, was für ein überraschtes Gesicht Johanna machen würde. Und sie hatte sich auf die strahlenden Augen ihrer Freundin gefreut. In Jurmala wurden die Türen im Sommer nicht abgeschlossen. Mina war zu dieser Tageszeit auf dem Markt, so konnte Marlis sich unbemerkt hineinschleichen. Sie musterte sich im Spiegel in der Halle. Sie war so stolz auf ihre weiße Marlene-Dietrich-Hose mit den weiten Beinen und den dazu passenden blau-weißen Pullover aus feiner Baumwolle, den Oma ihr gestrickt hatte. Die weiße Segeltuchhose hatte sie ihr auch genäht und dabei augenzwinkernd gesagt, dass sie damit in Jurmala sicher viele Jungen beeindrucken würde. Ja, das möchte ich, hatte Marlis gedacht, aber so sehr sie sich bemühte, das auch gut zu finden, es war ihr nicht gelungen. Jetzt wartete sie mit wild schlagendem Herzen auf der Veranda, strich vorsichtig den Sand von ihren Segeltuchschuhen, fuhr sich durchs Haar und hoffte, dass ihre Frisur jedenfalls heute nicht schon wieder zerzaust war. »Du siehst sehr besonders aus«, hatte Johanna zu ihr gesagt. »Ganz anders als die Mädchen bei mir in der Schule.« Bei ihr in Berlin war es genauso. Und sie wollte anders sein als die anderen Mädchen. Gerade heute. Auch wenn ihr das in der Schule keine Freundinnen einbrachte. Sie hatte sich bisher standhaft dagegen gewehrt, beim Bund Deutscher Mädel mitzumachen, obwohl es in ihrer Klasse immer mehr wurden, und ihre Deutschlehrerin jedes Mal, wenn wieder ein Mädchen eingetreten war, voller Stolz einen Haken hinter dem Namen auf der Liste machte, die neben der Tafel an der Wand hing, damit sie alle immer sehen konnten. Vati und Mama hatten Marlis gesagt, dass sie nicht mitmachen musste. Sie lieferten ihr sogar die nötigen Ausreden. Sie müsste nach der Schule im Laden helfen und hätte auch abends oft noch was zu tun. Und am Sonntagvormittag gingen sie in die nahegelegene evangelische Zionskirche in den Gottesdienst. Das war in ihrer Familie Pflicht, und ihre Eltern ließen sich das auch nicht durch die Nationalsozialisten nehmen. Marlis war froh, jetzt aber erst einmal in Jurmala zu sein. Hier gab es keinen Drill, wie er unter den Schülerinnen immer beliebter wurde, hier gab es nicht so viele Uniformen. Hier gab es kein Stillsitzen in der Schule und Schuften im Laden. Und hier gab es vor allem Johanna.

Marlis schlich leise durch die Diele und versuchte, nicht die Bodenbretter zu treffen, die knarrten, als sie die Treppe hochging. Das war so schön an diesem Haus. Einerlei, was draußen passierte, wie sehr sich die Welt in Deutschland veränderte, hier blieb alles beim Alten. Gerade hatte die Welt die Olympischen Spiele in Berlin gefeiert. Deutschland war eigentlich noch nicht aus diesem Taumel erwacht. Marlis hatte nicht viel von dem ganzen Trubel mitbekommen. Die Karten für die Veranstaltungen im Stadion waren für sie zu teuer gewesen. Sie war nur einige Male Unter den Linden entlanggegangen, hatte sich an der festlichen Stimmung erfreut und war gleichzeitig durch das Meer von rot-weißen Hakenkreuzfahnen und der Begeisterung, die alle jetzt für das Deutsche Reich empfanden, verunsichert gewesen. Ihre Eltern waren ganz und gar nicht damit einverstanden, was geschah, und sie war es natürlich auch nicht. Viele Juden, die sie kannten, hatten ihre Arbeit verloren, einige kommunistische Freunde aus der Gegend waren verhaftet und in Arbeitslager gebracht worden. Sie waren zwar alle zurückgekommen und sprachen nicht über ihre Zeit im Lager, aber Marlis merkte an ihren erloschenen Blicken, wenn sie sich unbeobachtet fühlten, dass mit ihnen etwas nicht in Ordnung war. Wie konnte es sein, dass viele Leute die Rassengesetze, die im Herbst 1935 in Kraft getreten waren, zu begrüßen schienen? Man durfte nicht mehr lieben, wen man wollte? Das wurde einem vom Gesetz vorgeschrieben? Auch wenn Marlis noch nie jemanden geliebt hatte, ahnte sie, dass man Liebe nicht steuern oder mit dem Kopf bestimmen konnte, wen man liebte.

Sie schlich die Treppe mit dem wunderschönen roten Läufer hinauf und hoffte, dass Johanna nicht auch weggegangen war. Sie hörte jemanden leise lachen. Sie ist zu Hause, dachte Marlis, und ihre Aufregung wurde stärker. Gleich sehen wir uns wieder. Wie lange habe ich auf diesen Moment gewartet. Und sie wird umfallen, weil ich in den Sachen so gut aussehe. Die weiß gestrichene Tür zu Johannas Zimmer war geschlossen. Marlis musste sich beherrschen, um sie nicht aufzureißen. Sie wusste, dass Johanna es nicht mochte, aber anklopfen wollte sie auch nicht. Sie öffnete die Tür. Johanna drehte sich zu ihr um und sah sie erstaunt an.

»Hallo, Marlis«, sagte sie, kam aber nicht wie sonst auf sie zu, um sie in die Arme zu nehmen.

»Hallo, Marlis«, sagte jetzt auch eine andere Stimme. Jürgen schob sich in ihr Blickfeld. Was machte er hier? Sie verstand nicht. Warum war ihr Bruder hier? Jetzt kam Johanna auf sie zu, aber Marlis wich einen Schritt zurück. Warum waren ihre Haare zerzaust? Hatte Jürgen das gemacht? Was war los? Johanna war doch ihre Freundin, nur ihre.

Jürgen räusperte sich.

»Ich bin nur schnell mit dem Rad vorbeigekommen und habe ihr das Buch gebracht, das sie sich von mir gewünscht hatte«, sagte er verlegen. Jetzt erkannte Marlis das schmale Buch mit dem Ledereinband auf dem Bett. Es waren Rilke-Gedichte, die ihre Mutter so liebte. Hatte er etwa ihre Ausgabe aus Berlin mitgenommen?

»Die Ausgabe hat mir Jürgen in Berlin gekauft, ist das nicht großartig, ich hatte meine verloren«, sagte Johanna. Warum hörst du nicht endlich auf, meine Gedanken zu lesen, dachte Marlis.

»Sie hatte doch im Juni Geburtstag, und da wollte ich ihr etwas schenken. Und das Buch bekommt man leichter in Berlin als in Riga«, erklärte Jürgen.

»Ich habe mich riesig gefreut. Du weißt doch, wie sehr ich Rilke mag«, sagte Johanna.

Ja, das wusste Marlis. Voriges Jahr hatte Johanna den ganzen Sommer damit verbracht, einige auswendig zu lernen und sie auch ihr beizubringen.

Du musst das Leben nicht verstehen,
dann wird es werden wie ein Fest.
Und lass dir jeden Tag geschehen
so wie ein Kind im Weitergehen
von jedem Wehen
sich viele Blüten schenken lässt.

Warum mussten ihr diese Zeilen ausgerechnet jetzt einfallen? Johanna hatte die Gedichte so oft aufgesagt, dass sie die meisten jetzt selbst auswendig konnte. Hatte ihre Freundin etwa auch mit Jürgen über Rilke gesprochen? Voriges Jahr hatte sie doch kaum Zeit mit ihm verbracht. Er hatte nur Augen für Ilga gehabt, die auf dem Markt Blumen verkaufte. Aber jetzt stand er mit roten Ohren neben Johanna und schien Ilga vollkommen vergessen zu haben.

»Ich wollte auch gerade gehen«, sagte Jürgen. »Tschüss, Johanna, wir sehen uns sicher bald.«

»Ja, Jürgen«, flötete Johanna mit einem neuen, sanften Ton in der Stimme, den Marlis noch gar nicht kannte.

»Wollen wir runtergehen? Ich habe Durst«, fragte sie Marlis. Es ist ihr plötzlich unangenehm, mit mir in diesem Zimmer allein zu sein, dachte Marlis. Sie nickte. Aber sie wollte eigentlich gar nicht weg, es war so schön hier. Es gab so viel zu sehen. Am meisten faszinierte

Marlis die Sammlung der bunten Glasfiguren von Swarovski: Vögel, Schmetterlinge, Blumen. Sie waren sicher ein Vermögen wert. Aber Johannas Eltern erfüllten ihr jeden Wunsch, bis auf den, viel für sie da zu sein. Das dachte Marlis jedenfalls manchmal bei sich, aber sie hütete sich, so etwas anzusprechen. Johanna wäre sehr traurig geworden und hätte sehr wahrscheinlich geweint. Und das wollte Marlis auf jeden Fall vermeiden. Denn wenn ihre Freundin weinte, wurde sie selbst auch unendlich traurig, und das tat sehr weh.

Die Glasfiguren standen auf einer zierlichen weißen Kommode neben dem Frisierspiegel, und Marlis hätte sie gern berührt, genauso wie die Bürste, mit der sich Johanna jeden Abend hundertmal die Haare kämmte.

»Sonst glänzen sie nicht, und es ist doch schön, wenn sie glänzen«, hatte sie einmal gesagt, als Marlis sie damit aufzog. Und es stimmte ja. Marlis fand es schön, wenn Johannas Haare in der Sonne glänzten.

In einem weißen Holzregal neben ihrem Bett standen ihre Bücher. Wenn sie nicht gerade unterwegs war, las Johanna immer. Zuerst hatte Marlis das befremdlich gefunden, weil sie selbst wenig Lust hatte, einen Roman zu lesen, wenn sie nicht unbedingt musste. Es gab doch immer so viel Spannenderes zu tun, als sich in die Welt von fiktiven Figuren zu vertiefen. Aber dann hatte Johanna angefangen, ihr auf den Spaziergängen am Strand von den Geschichten zu erzählen und ihre liebsten Gedichte aufzusagen, die sie scheinbar mühelos lernte. Und jetzt las auch Marlis manchmal im Winter einen Roman, den ihr Johanna empfohlen hatte, besonders dann, wenn die Sehnsucht nach der Freundin so stark wurde, dass es wehtat.

Johanna liebte nicht nur Rilke-Gedichte, sie las die Romane von Alfred Döblin und Jane Austen, aber auch Werke von Schriftstellern, die jetzt im Deutschen Reich verboten waren. Heinrich Heine, Else Lasker-Schüler, Franz Kafka.

Marlis konnte sich noch sehr gut an den Tag erinnern, als sie die Bücher hatte brennen sehen.

Ihre Freundin Juliane hatte sie aufgeregt nach der Schule in ihrem Laden besucht, wo sie, wie fast jeden Nachmittag, mithalf.

»Marlis, sie wollen Bücher verbrennen, die Studenten, ganze Berge, kannst du dir das vorstellen?«

Nein, das konnte sie nicht, sie glaubte es ihrer Freundin auch nicht. Und so beschlossen sie, sich am frühen Abend davonzustehlen und sich das Spektakel anzusehen. Marlis wusste, dass sie am nächsten Tag sicher viel Ärger bekommen würde, wenn sie jetzt einfach verschwand, aber sie musste es tun. Von der Idee, dass Menschen einen Scheiterhaufen aus Büchern errichten konnten, war sie gleichzeitig abgestoßen und angezogen. Sie stellte sich vor, wie hell so ein Feuer lodern müsste, dass das sicher fantastisch aussehen würde. Sie liebte es selbst, Feuer zu machen, durfte es aber eigentlich fast nie. Das ist nichts für Mädchen, sagten Michael und Jürgen, wenn sie von ihnen dabei erwischt wurde, wie sie mit Papier und ein wenig Holz im Innenhof zündelte, und in der Regel nahmen sie ihr dann auch die Streichhölzer weg, und sie musste erst einmal abwarten, bis sie im Laden neue mitgehen lassen konnte. Es war nicht weit bis zur Oranienburger Straße. Juliane hatte herausgefunden, dass dort Lastwagen mit unzähligen Büchern auf die Studenten warteten. Marlis wollte gar nicht wissen, woher sie diese Informationen immer hatte.

Es war genau so, wie Juliane vorhergesagt hatte. Unzählige Studenten und Professoren in ihren Talaren gingen hinter den Lastwagen her, die sich in Richtung Opernplatz in Bewegung setzten. Viele trugen Fackeln, eine Blaskapelle spielte. Die Stimmung war wie bei einem Volksfest. Absolut gruselig, dachte Marlis. Viele grölten und brüllten sich in Stimmung. Waren es die Studenten, die brüllten und sich begeisterten, oder die vielen Uniformierten? Marlis wusste schon, welche das waren, SS und SA. Obwohl Hitler erst seit vier Monaten Reichskanzler war, hatte Marlis das Gefühl, dass sie überall auf diese Uniformierten stieß, und das machte ihr Angst. Aber das Brüllen, die Fackeln, die vielen Menschen, die einen Zug bildeten, und die Tatsache, dass sie als junge Mädchen mit Sicherheit nicht hier sein sollten, regte Marlis auch auf. Endlich passierte etwas. Das war etwas anderes als ihr langweiliger Alltag, der nur durch die wunderbaren Ferien in Jurmala unterbrochen wurde.

Marlis und Juliane versuchten, dem Zug zu folgen, aber es wurde immer schwieriger, weil immer mehr Menschen die Straßen säumten. Dennoch schafften sie es, bis zum Opernplatz vorzudringen. Und da beobachteten sie, wie der Scheiterhaufen aus Büchern gebaut und immer größer wurde.

Dann begann die Zeremonie. Marlis konnte sich natürlich nicht an alle Feuersprüche erinnern, die ausgerufen wurden, bevor die Scheiterhaufen in Brand gesteckt wurden, aber zwei hatte sie besonders im Gedächtnis behalten. Der zweite Rufer brüllte über den Platz, dass es durch Mark und Bein ging:

»Gegen Dekadenz und moralischen Verfall! Für Zucht und Sitte in Familie und Staate! Ich übergebe der Flamme die Schriften von Heinrich Mann, Ernst Glaeser und Erich Kästner.«

Sie erinnerte sich auch an den siebten Rufer und den frenetischen Jubel danach:

»Gegen literarischen Verrat am Soldaten des Weltkrieges. Für Erziehung des Volkes im Geist der Wahrhaftigkeit! Ich übergebe der Flamme die Schriften von Erich Maria Remarque.«

Im Westen nichts Neues, das Lieblingsbuch ihres Vaters, der als Pazifist aus dem Ersten Weltkrieg zurückgekehrt war, wie so viele, die sie kannten. Machte er sich jetzt strafbar, weil er dieses Buch sicher nicht den Flammen übergeben würde?

»Marlis, bist du noch da?« Johanna schnipste mit den Fingern vor ihrem Gesicht herum. Jetzt bemerkte sie, dass sie immer noch gegenüber von Johannas Bücherregal stand und es anstarrte. Das passierte ihr in der letzten Zeit häufiger, sie konnte von einer Sekunde auf die andere plötzlich vollkommen abwesend sein, besonders dann, wenn die Wirklichkeit für sie zu schmerzhaft war. Und das war sie. Johanna hatte sich allein mit Jürgen in ihrem Zimmer getroffen. Ihr Bruder hatte ihrer Freundin Rilke geschenkt. Und sie war vollkommen ausgeschlossen gewesen in diesem Moment.

Zögernd ging Marlis hinter Johanna die Treppe hinunter. Ihrer Freundin – war sie überhaupt noch ihre Freundin? – fielen noch nicht einmal die neue Hose und der Pullover auf. In der Küche setzten sie sich an den Holztisch. Hier hatte Mina ihnen in den vergangenen Jahren Kakao und Butterbrote serviert, wenn Marlis bei ihnen übernachtet hatte. Die Nächte in diesem Haus gehörten zu Marlis' schönsten Erinnerungen an Jurmala. Sie durfte auf dem Sofa in Johannas Zimmer schlafen, das sehr bequem war, und sie redeten nachts noch lange miteinander. Manchmal war Marlis erst im Morgengrauen eingeschlafen.

Aber dieses Jahr war alles anders. Sie saßen zwar auf ihren angestammten Plätzen, Johanna hatte ihnen Quittenlimonade eingeschenkt, sie aßen Kuchen. Aber nichts war mehr so wie vor einem Jahr. Etwas stand groß und breit zwischen ihnen, und Marlis konnte nicht genau sagen, was es war, aber sie ahnte, dass es sich nicht überwinden ließ und es auch nicht nur etwas mit Jürgens Besuch zu tun hatte.

»Ich bin noch so müde. Möchtest du einen Kaffee? Ich mache uns einen«, sagte Johanna. Marlis verstand nichts mehr. Seit wann trank Johanna Kaffee? Das tat sie doch auch nicht. Was war mit Johanna in den vergangenen Monaten geschehen? Ihre Freundin wirkte plötzlich so erwachsen, und neben ihr kam sich Marlis unendlich jung vor. Gut, sie selbst war noch 15 und Johanna schon 16. Aber es waren doch nur noch drei Monate, und dann wäre sie auch 16. Kein Grund, plötzlich die Erwachsene zu spielen. Denn erwachsen waren sie doch noch lange nicht.

Was war in diesem Winter in Riga mit Johanna geschehen? Marlis scheute sich zu fragen, obwohl sie es unbedingt wissen wollte. Vielleicht würde das, was Johanna ihr dann erzählte, zu schmerzhaft sein.

»Hast du schon mal jemanden geküsst?«, fragte ihre Freundin unvermittelt.

»Nein«, sagte Marlis. Und ich will auch niemanden küssen, schon gar keinen Jungen.

»Ich schon. Es war toll. Wir waren im Januar Schlittschuh laufen, und dann habe ich jemanden kennengelernt. Er studiert Medizin, Karl. Er hat mich gestützt, als ich fast gefallen bin, und dann ist er mit mir einige Runden über den See gelaufen. Ein unglaublich guter Eisläufer.«

Marlis' Herz schmerzte plötzlich. Sie wollte nicht weiter zuhören, aber wusste, dass sie es als gute Freundin tun musste.

»Wir haben uns dann am nächsten Nachmittag wieder dort getroffen. Er ist schon zweiundzwanzig. Ich habe ihm nicht gesagt, dass ich fünfzehn war, und er hat nicht gefragt. Es war traumhaft schön. Er hat mich an die Hand genommen, und ich habe mich so gut gefühlt. Es hat überall gekribbelt, als wir gemeinsam Hand in Hand über das Eis geglitten sind. Ich hätte sterben können vor Glück in diesem Moment.«

Sei nicht so theatralisch, hätte Marlis am liebsten gesagt. Sterben vor Glück, nur weil man Hand in Hand mit jemandem Schlittschuh lief? Das war doch einfach nur blöd. Aber sie hielt sich zurück. Johannas Augen glänzten, und sie hatte rote Wangen.

Jetzt erzählt sie mir gleich, wie er sie geküsst hat, Karl, was für ein doofer Name, dachte Marlis. Und ich will gar nicht wissen, wie der sie geküsst hat. Ich will, dass es überhaupt nicht geschehen ist.

»Dann hat er mich zum Punsch eingeladen, da war sogar Alkohol drin. Ich habe natürlich nichts gesagt, aber ich war ziemlich schnell beschwipst. Erinnerst du dich daran, wie wir die Eierlikörgläschen ausgeleckt haben, die Mina noch nicht abgespült hatte? Da haben wir uns doch so schummerig gefühlt. So ging es mir an diesem Tag mit Karl auch. Und es war einfach himmlisch.«

Das mit den Eierlikörgläsern war vor zwei Jahren gewesen. Johannas Mutter hatte mal wieder eine Teegesellschaft gegeben, und nach einigen Stunden waren alle Gäste gemeinsam ins Kasino gezogen. Mina war kurz zu einem Spaziergang an den Strand gegangen, sicher, um ihren Freund zu treffen, bevor sie sich an den Abwasch machte. Und Marlis und Johanna hatten die Gelegenheit genutzt, waren in den Salon geschlichen und hatten alle Eierlikörgläser mit der Zunge ausgeleckt. Einige waren sogar noch halb voll gewesen. Danach hatten sie sich nach oben in Johannas Zimmer geschlichen und sich auf ihr Bett gelegt. Dicht nebeneinander, hatten die ganze Zeit gekichert und sich gekitzelt, bis Marlis so heiß geworden war, dass sie ins Badezimmer laufen und den Kopf unter kaltes Wasser halten musste. Johanna hatte es ihr nachgemacht, aber Marlis wusste nicht, ob ihr genauso warm gewesen war oder sie es einfach nur lustig gefunden hatte.

»Wir haben uns dann die Schlittschuhe ausgezogen und sind noch ein wenig durch die Altstadt gelaufen. Es war wunderbar. Ich fühlte mich so erwachsen. Wir haben eine heiße Schokolade getrunken und Zimtkringel gegessen. Und dann hat er mich in einen Hauseingang gezogen und auf den Mund geküsst«, erzählte Johanna weiter.

Hör auf damit, dachte Marlis. Ich will mir die Ohren zuhalten. Ich will das nicht wissen. Wie konnte Johanna nur so offen darüber reden? Marlis kannte keinen Menschen außer ihrer Freundin, der überhaupt über so etwas sprach. Aber das lag sicher daran, dass sie so oft die Gespräche der Freunde ihrer Mutter belauschte, fast alles Künstler. Die waren schon immer viel offener in solchen Dingen. Marlis nicht, ihre Eltern nicht, und ihre Brüder schon gar nicht. Niemand, den sie kannte in Prenzlauer Berg. Aber auch das war immer faszinierend an Johanna gewesen. Sie wirkte frei, sie scherte sich um gar nichts, nicht, was ihre Eltern über sie dachten. Nein, es war anders. Ihren Eltern spielte sie das kleine, unschuldige Mädchen in den weißen Kleidern mit den wunderbaren, glänzenden Haaren perfekt vor. Sie hätten auch sicher nicht geglaubt, dass ihre Tochter schon von einem jungen Mann geküsst worden war, wenn es genau vor ihren Augen geschehen wäre. Hatte Johanna nie gehört, dass so etwas in die Ehe gehörte?

»Hast du ihn danach dann wiedergesehen?«, fragte Marlis.

»Na ja, eigentlich gar nicht. Er ist nicht mehr zum Schlittschuhlaufen gekommen, und ich hatte auch keine Zeit mehr.«

»Dreckskerl«, rutschte es Marlis heraus.

Johanna sah sie mit hochgezogenen Augenbrauen an. Ihre Augen funkelten plötzlich vor Empörung.

»Das ist doch Blödsinn. Er war kein Dreckskerl. Er war himmlisch. Jetzt weiß ich, wie man küsst.«

»Aber das tut kein deutsches Mädchen«, rutschte es Marlis heraus.

»Ich bin kein deutsches Mädchen«, sagte Johanna. »Und was ist bloß mit dir los, Marlis? Bist du jetzt eine von denen geworden? Ich dachte, du hasst die Nationalsozialisten. Du klingst aber genau wie die.«

Marlis erschrak. Johanna hatte recht. So etwas bekamen sie beim Bund Deutscher Mädel gepredigt. Ein deutsches Mädchen muss rein sein und duldsam und sich auf jeden Fall für die Ehe mit einem guten, arischen Mann aufbewahren.

»Deine Mutter ist Deutsche«, sagte Marlis, obwohl sie das eigentlich gar nicht wollte.

»Mein Vater ist ein Wirtschaftsprofessor aus Riga, schon vergessen?«, antwortete Johanna spitz.

»Aber er ist Deutschbalte«, sagte Marlis automatisch. Das will ich doch gar nicht sagen, dachte sie. Aber sie wollte Johanna auch dafür bestrafen, dass es ihr so wehtat, dass ihre Freundin einen Jungen geküsst hatte.

Sie starrten sich schweigend an.

»Weißt du was, Marlis, ich brauche dir gar keine Rechenschaft abzulegen. Es hat mir gefallen, und ich werde es wieder tun, das verspreche ich dir. Vielleicht sogar schon diesen Sommer. Und wer weiß, Jürgen würde mich sicher gerne küssen, was meinst du?«

»Nicht mein Bruder!«, hätte Marlis am liebsten gerufen, aber sie blieb stumm.

Johannas Stimme schnitt jetzt wie eine kaputte Glasscheibe in ihr Herz. Marlis konnte sie nicht ansehen. Warum tat es so weh? Und warum zitterten ihre Hände plötzlich? Sie legte sie flach auf die Tischplatte, damit es nicht auffiel. Sie musste so schnell wie möglich hier weg, aber sie konnte sich nicht bewegen. Wird sie mir jetzt auch noch sagen, dass wir uns diesen Sommer weniger sehen?

»Wir treffen uns weiter, natürlich Marlis, und ich freue mich schon darauf. Aber vielleicht nicht mehr jeden Tag. Jürgen möchte sicher ab und zu allein mit mir sein. Das verstehst du doch? Wir finden für dich sicher auch jemanden, so hübsch wie du aussiehst. Was für eine tolle Hose, und dieser wunderbare Pullover. Schade, dass ich keine Großmutter habe, die so was für mich strickt«, seufzte Johanna.

Deine Großmutter kauft dir die schicksten Kleider in Riga oder bringt sie dir aus Berlin mit, wenn sie mal dort ist, dachte Marlis. Tu nicht so, als ob du meine Sachen wirklich bewunderst.

»Nein, im Ernst. So etwas gibt es nicht in Geschäften. Steh doch mal auf. Ich möchte es mir noch mal genau anschauen.«

Marlis gehorchte Johanna und drehte sich für sie in der Küche des gelben Hauses. Ihre Freundin pfiff durch die Zähne, das hatte Marlis ihr vor drei Jahren beigebracht.

»Du wirst sehen, die Jungen werden dich anstarren, wenn du das auf der Promenade trägst.«

»Ich muss los, Tante Margarethe beim Kirschenpflücken helfen«, sagte Marlis. »Hab' ich ganz vergessen.«

»Ist gut«, sagte Johanna. »Wir sehen uns später. Aber zieh dich um, bevor du in die Bäume steigst.«

Marlis nickte und traute sich nicht, Johanna zum Abschied zu umarmen wie sonst immer. Sie schaffte es bis an den Strand, bevor die Tränen kamen. Sie weinte den ganzen Weg nach Hause. Und manchmal war ihr Schluchzen so laut, dass sie Angst hatte, die Leute, die an ihr vorbeigingen, würden es hören.

Glücklicherweise waren alle weg, als sie im Haus ihrer Tante ankam. Sie stieg in ihre kleine Kammer unter dem Dach, die sie immer bewohnte, wenn sie in Jurmala war, und warf sich auf das Bett. Dort blieb sie mit geschlossenen Augen bewegungslos liegen und versuchte zu schlafen oder zumindest zu dösen. Denn dann würde sie den Schmerz nicht mehr spüren, der unaufhörlich in ihrem Inneren wühlte. Aber es half nichts. Sie konnte nicht einschlafen, sie konnte sich nicht vor dem Schmerz verstecken. Sie wusste, dass sie Johanna heute verloren hatte und dass es das Schlimmste war, was sie bisher erlebt hatte.

»Bleib hier!«, hätte Johanna am liebsten gerufen und wäre ihrer Freundin hinterhergelaufen und hätte sie zurückgeholt. Aber sie tat es nicht. Es war besser so. Es musste Schluss sein zwischen ihnen. Bevor es zu spät war, und sie es nicht mehr würden aufhalten können. Sie hatte im Winter sehr oft und lange darüber nachgedacht. Hatte auf ihrem Bett in Riga unter der schweren Daunendecke gelegen und in den dunklen Himmel geschaut. Ihre Eltern hatten sicher gedacht, dass sie die langen Winterabende damit verbrachte zu lesen, wie sonst auch immer. Sie machten sich keine Sorgen, gingen viel aus, ins Theater, ins Konzert, mit Freunden essen, und ließen sie bei Mina allein. Aber das war nicht schlimm. Sie genoss die Stille. In der Stille konnte sie an Marlis denken. Hier in ihrem Zimmer mit dem Kachelofen, der immer von Mina bestückt wurde und eine wunderbare Wärme verbreitete, war sie ihrer Freundin nahe und konnte sich daran erinnern, wie es im Sommer 1935 mit ihr gewesen war. Niemand würde vermuten, dass sie diese Gedanken hatte. Sie schrieb nichts auf wie sonst oft, ihr Tagebuch mit dem grünen, ledernen Einband und dem Schloss, zu dem nur sie einen Schlüssel hatte, lag immer griffbereit auf ihrem Nachttisch, aber sie schrieb nicht hinein, wie sehr sie sich nach Marlis sehnte, dass sie vor dem Einschlafen an sie dachte, sich vorstellte, wie sie durch ihr zerzaustes Haar fuhr, ihre Wangen streichelte, ihre Lippen küsste. Sie hatte Angst, ihre Gefühle in Worte zu fassen. Was hätte denn dort gestanden? Dass sie sich vorstellte, von einem Mädchen geküsst zu werden. Und das durfte nicht sein. So etwas machte man doch nicht. Aber das war ihr im vergangenen Sommer egal gewesen, als sie wie immer nach dem Schwimmen neben Marlis im Sand lag. Plötzlich hatte Johanna gespürt, dass etwas anders war als früher. Die Veränderung war wie aus dem Nichts gekommen. Und sie konnte auch nicht sagen, wann genau sie eingesetzt hatte. Aber sie lag neben Marlis und wollte die Hand nach ihr ausstrecken, ihren Arm streicheln, der dicht neben ihrem lag, sich zu ihr hinüberbeugen und sie auf die Schulter küssen. Und immer, wenn sie Marlis' widerspenstige Haarsträhne zurückstrich und mit einer Spange feststeckte, hätte sie am liebsten ihre Nase in die Haare der Freundin gesteckt, um ihren Duft nach Salzluft, Sonne und eben Marlis einzuatmen. Sie hatte sich dafür geschämt, dass es so war. Aber es prickelte in ihren Fingerspitzen, wenn sie sich vorstellte, über Marlis' Wangen zu streicheln.

Sie wusste, was das bedeutete. Sie hatte in den Romanen, die sie las, davon erfahren. Ihr brauchte niemand zu erklären, was das war. Sie hatte sich in Marlis verliebt, ihre Freundin, ein Mädchen. Sie wusste auch, dass es so etwas gab. Zwei Freundinnen ihrer Mutter, die regelmäßig zu ihren Teegesellschaften kamen, saßen immer dicht nebeneinander, und wenn sie genug getrunken hatten, was sehr oft der Fall war, küssten sie sich vor allen. Nicht einmal Männer und Frauen taten das normalerweise, nur die Freunde ihrer Mutter, und das waren ja allesamt Künstler. Da galten andere Regeln, das hatte Johanna schon verstanden. Normalerweise zeigte man seine Gefühle nicht in der Öffentlichkeit. Aber sie hatte auch schon mal gesehen, was ihre Eltern so taten, wenn sie allein waren. Die Tür ihres Schlafzimmers hatte einen Spalt offen gestanden, und sie hatte hineingesehen, als sie vorbeiging.

Wenn man einen Mann küsst, fühlt sich das irgendwie warm an und man wird ganz wuschig. Das hatte Mina ihr mal erklärt. Damals hatte sich Johanna gefragt, wann ihr einmal so etwas geschehen würde. Und sie hatte sich schon darauf gefreut, denn Minas Augen glänzten, als sie ihr davon erzählte.

Aber diese Gefühle für Marlis hatten sie maßlos verwirrt. Sie war doch ein Mädchen, und Marlis auch. Kein Mädchen durfte sich wünschen, ein anderes Mädchen zu küssen oder zu streicheln. Das gehörte sich nicht.

Im vergangenen Winter schämte sich Johanna für diese Gedanken. Sie schrieb ihrer Freundin nicht wie sonst jede Woche, sondern tat so, als ob sie keine Zeit hatte, weil sie so viel für die Schule tun musste. Dabei machte sie die meiste Zeit nichts. Sie lag nur auf ihrem Bett, dachte an Marlis und versuchte gleichzeitig, sich davon abzuhalten, das zu tun.

Wochen vergingen, und dann hatte sie eine Idee. Sie würde sich einen Jungen suchen, dem sie erlauben würde, sie zu küssen. Und dann würde sie Marlis vergessen und alles wäre wieder im Lot. Karl zu finden war einfach. Und sich von ihm küssen zu lassen auch. Dass es danach nicht besser wurde und sie trotzdem weiter an Marlis dachte, versuchte sie, zu ignorieren. Die meiste Zeit konnte sie das auch. Es ist das Richtige, dachte Johanna. Sie wusste, ahnte, dass Marlis im Winter genauso an sie gedacht hatte. Schon ganz früh hatte sie mitbekommen, dass sie die Gedanken ihrer Freundin lesen konnte, wenn sie wollte. Und manchmal war es ihr sogar über die Entfernung Berlin-Riga gelungen. Aber so etwas durfte nicht sein. Das war unrecht. Sie musste schon jetzt einen Riegel davorschieben. Der Kuss von Karl war auch schön gewesen. Vielleicht waren seine Lippen nicht so zart, wie sie sich die von Marlis vorstellte, und seine Wange war auch zu rau gewesen, aber Johanna war überzeugt, dass sie sich an diese Dinge würde gewöhnen können. Sie musste es tun, sie musste Marlis jetzt wegstoßen, weil es unrecht war, so aneinander zu denken, wie sie es getan hatten. Auch wenn ihr Herz schmerzte, als sie sah, wie weh sie ihrer Freundin damit tat. Es musste sein. Denn nur so konnte sie verhindern, dass wirklich eines Tages etwas Unrechtes geschehen würde.

In Sommer 1937 war Marlis zwar immer noch drei Wochen in Jurmala, aber sie sah Johanna seltener und wenn, dann nur in einer größeren Gruppe, als ob sie sich scheute, mit ihr allein zu sein. Marlis war es recht. Sie hatte den schlimmsten Liebeskummer ihres Lebens durchlitten, jetzt tat es nicht mehr jeden Tag weh, aber sobald sie Johanna mit einem Jungen am Strand reden sah, nagte wieder Eifersucht an ihr. Die Schäkerei mit Jürgen war schnell wieder vorbei. Zumindest das bleibt mir erspart, dachte Marlis. Sie hätte es nicht ertragen, die ganze Zeit beobachten zu müssen, dass Jürgen Johanna Blicke zuwarf oder sie sich nach dem Schwimmen wie zufällig berührten.

Im Sommer ’38 kam Marlis wie immer nach Jurmala, ging aber nicht gleich zu ihr. Erst nach Tagen erfuhr Johanna, dass ihre Freundin schon längst angekommen war, und da merkte Johanna, dass sie es nicht mehr aushalten konnte, Marlis weiter auf Abstand zu halten. Sie hatte ihre Freundin auch in diesem Winter vermisst, aber glücklicherweise nicht mehr so sehr wie im Winter davor. Sie hatte sich im Griff und war sich sicher, dass niemand bemerken würde, was sie für Marlis empfand.

»Natürlich möchte ich mit dir Zeit verbringen«, sagte Marlis, »und du brauchst dich nicht bei mir zu entschuldigen. Ich bin einfach so froh, dass wir wieder zusammen sind, da ist mir das von vorigem Jahr schon fast egal.« Johanna sah, wie Marlis’ Augen leuchteten. Sie ist auch noch in mich verliebt, dachte sie, aber es machte ihr keine Angst mehr, sondern freute sie. Mama nannte sie in diesem Sommer »die siamesischen Zwillinge«. Sie waren so gut wie die ganze Zeit zusammen, und alle schienen sich darüber zu freuen, dass sie wieder so unzertrennliche Freundinnen waren wie früher. Die Zeit verging wie im Flug, und auf einmal war der Tag vor Marlis' Abreise nach Berlin da.

Sie hatten beschlossen, eine Strandwanderung bis zur Mündung der Daugava zu machen. Mina hatte ihnen Brote zurechtgemacht und ihre selbstgemachte Zitronen-Quittenlimonade in zwei Flaschen gefüllt, die Marlis bereitwillig in ihren Rucksack packte. Der Himmel war bedeckt, das knallige, baltische Blau von gestern war nur eine vage Erinnerung. Heute sprenkelten weißgraue Wolken den blauen Himmel. Als ob auch der Himmel weiß, dass Marlis morgen wegfahren muss, dachte Johanna traurig. Mina hatte ihnen Sachen zum Wechseln rausgelegt, falls es regnen würde, aber sie hatten die Kleider in Johannas Zimmer vergessen.

Gestern Nacht hatten sie beide dort übernachtet. Marlis hatte lange wach gelegen und dem regelmäßigen Atem ihrer Freundin gelauscht. Sie war glücklich und wollte jede Minute in Johannas Nähe auskosten.

Wie immer fiel es Johanna am Anfang schwer, mit Marlis Schritt zu halten. Zuerst versuchte sie es, doch dann wurde es ihr zu dumm. Sie wollte spazieren gehen und nicht marschieren. Sie war froh, dass Marlis gern den Rucksack trug. Ihre langen Beine gefielen ihr sehr, aber wenn Marlis große Schritte machte, musste Johanna fast rennen, um mit ihr Schritt zu halten.

Johanna blieb stehen, Marlis ging weiter vor ihr her, ohne sich umzudrehen. Mal sehen, wie lange sie braucht, um zu bemerken, dass ich nicht hinterherkomme, dachte Johanna. Es dauerte erstaunlich lange, bis sich ihre Freundin umdrehte und fragend die Hände hob. Johanna formte die Hände zu einem Trichter und rief, so laut sie konnte.

»Ich kann nicht so schnell, warte auf mich. Und hör auf, so zu rasen!«, rief sie.

Marlis machte eine Bewegung, als ob sie nicht verstanden hatte, wartete aber auf sie.

»Vielleicht hättest du doch Hosen anziehen sollen«, sagte Marlis vorwurfsvoll. »In denen könntest du dich besser bewegen.«

Johanna sah an sich herunter. Was hatte Marlis an ihrem Matrosenkleid auszusetzen? Es passte doch gut zu einem Ausflug. Marlis trug blaue Segeltuchhosen und einen roten Baumwollpullover, den sie sich von ihrer Mutter geborgt hatte.

»Nein, das geht schon mit dem Kleid, daran liegt es nicht. Ich möchte mich umsehen, und das funktioniert nicht, wenn ich zu schnell gehe. Übrigens, du siehst heute sehr hübsch aus«, fügte sie schmeichelnd hinzu. Sie wollte nicht, dass ihre Freundin sauer auf sie war. Marlis wurde rot.

»Danke, du auch«, sagte sie schnell. »Komm jetzt, wir sollten hier keine Wurzeln schlagen, wir haben doch noch so viel vor, oder hast du keine Lust auf die Wanderung?«

»Doch, auf jeden Fall«, flunkerte Johanna. Sie würde tatsächlich heute lieber in Ruhe lesen, anstatt bei diesem Wetter draußen herumzulaufen, aber Marlis hatte die Pläne für diese Wanderung schon vor Tagen gemacht und würde sich nicht davon abbringen lassen.

Johannas Beine taten weh. Warum müssen wir auch durch den Sand stapfen, anstatt den Weg durch den Wald zu nehmen, dachte sie. Ein Blick auf ihre Freundin machte ihr klar, dass Marlis auf jeden Fall am Strand entlanggehen wollte. Sie hatte einen Plan. Und wenn Marlis einen Plan hatte, musste sie sich auch daran halten, das kannte Johanna schon. Nachdem sie einige Zeit neben ihr hergetrabt war, ging ihr Atem ruhiger, und ihre Beine taten nicht mehr weh.

Sie sprachen nicht viel. Marlis, weil sie sowieso oft schweigsam war, und sie selbst, weil es sie einfach zu sehr anstrengte, ihre Freundin jetzt auch noch mit Geplauder zu unterhalten.

Nachdem sie den belebteren Hauptstrand hinter sich gelassen hatten, fing Johanna an zu nörgeln, dass sie eine Pause machen wollte. Aber Marlis tat, als ob sie nichts hörte.

Johannas Beine fingen wieder an zu schmerzen. Endlich hielt Marlis an und nahm den Rucksack vom Rücken. »Trink, aber nicht zu viel, wir brauchen das noch für nachher«, sagte sie in einem Ton, der keinen Widerspruch duldete. Johanna trank gehorsam. Sie störte es nicht, wenn Marlis sie in solchen Situationen herumkommandierte. Sie fand es sogar schön, verwegen, aufregend. Sie betrachtete Marlis beim Trinken. Einige Tropfen bildeten ein Rinnsal, liefen ihr das Kinn hinunter und in den Ausschnitt ihres Pullovers. Marlis schien es gar nicht zu bemerken, aber Johanna konnte plötzlich nirgendwo anders mehr hinsehen. Sie stellte sich vor, wie sie die Tropfen ablecken würde, und ihr wurde heiß. Jetzt geht das schon wieder los, dachte Johanna. Sie war fest davon überzeugt gewesen, alles im Griff zu haben. Aber das schien nicht der Fall zu sein. Am liebsten hätte sie Marlis jetzt an sich gezogen und geküsst. Und warum auch nicht? Hier war doch niemand. Es würde sie keiner verraten, und Mutter Natur war es sowieso vollkommen egal, wer es mit wem machte. Wie schön Marlis ist, dachte Johanna. Ihre Brüste zeichneten sich unter ihrem Baumwollpullover ab. Sie fühlen sich sicher ganz fest an, stellte sie sich vor. Johannas Brüste waren etwas größer und weicher. Und sie war viel blasser, im Gegensatz zu Marlis' sonnengebräunter Haut.

»Lass uns jetzt weitergehen«, sagte Marlis und steckte die Flasche wieder in den Rucksack. Johanna war froh, dass ihre Freundin auch jetzt nicht von ihr verlangte, den Rucksack zu tragen. Marlis drehte sich um und ging wieder mit schnellen Schritten los. Johanna wusste, dass es ihr überhaupt nichts bringen würde, ihre Freundin darum zu bitten, langsamer zu gehen. Und so fand sie sich damit ab, den Rest der Wanderung damit zu verbringen, Marlis' Rückansicht zu studieren. Ihr Po wippte hin und her. Er ist sicher ganz fest und durchtrainiert. Langsam wird mir das zu viel, stöhnte Johanna innerlich und versuchte, ihre Gedanken wieder in den Griff zu bekommen.

Die Sonne schien durch die Wolken, es wurde wärmer, der Himmel strahlte wieder in dem unverkennbaren baltischen Blau. Die Farbe der Ostsee reichte von Schwarzblau zu einem tiefen Blau. Mittlerweile waren sie fast die Einzigen am Strand. Nur selten kam ihnen jemand entgegen, niemand beachtete sie weiter. Hier war es üblich, sich gegenseitig in Ruhe zu lassen. Johanna war plötzlich heiß. Hatten sie ihre

Badeanzüge eingepackt oder lagen die etwa bei den Sachen zum Wechseln auf Johannas Bett? Hoffentlich nicht, dachte sie, ein Bad wäre doch herrlich.

Sie holte Marlis ein. »Stopp, es ist plötzlich so heiß, lass uns baden gehen.« Ihre Freundin nahm den Rucksack herunter und sah hinein.

»Ich glaube, wir haben die Badeanzüge vergessen«, sagte Marlis. »Schade, ich wäre gerne jetzt baden gegangen. Du hast recht, es ist wirklich heiß geworden.«

»Und wenn wir einfach so baden?«, meinte Johanna.

»Wie meinst du das, einfach so?«, fragte Marlis.

»Na ja, nackt. Hier ist doch sonst keiner.«

»Aber was ist, wenn uns doch jemand sieht?«

»Na und, wir sind doch schön, der wird sich freuen«, sagte Johanna.

»Du, ja«, sagte Marlis und wurde wieder rot.

»Du auch«, sagte Johanna und strich ihrer Freundin eine Haarsträhne aus der Stirn. Marlis zuckte zurück.

»Entschuldige, ich wollte dich nicht erschrecken«, sagte Johanna und hob beschwichtigend die Hände.

»Macht nichts«, sagte Marlis, ging aber einen Schritt von ihr weg.

»Also, bist du dabei? Gehen wir schwimmen?«, fragte Johanna wieder. Die Frage schien ihre Freundin nervös zu machen. Das war aufregend und fühlte sich warm an.

Sie sah sich um, aber es war niemand zu sehen.

»Und was ist, wenn doch jemand kommt?«

»Dann tauchen wir eben unter. Die Handtücher können wir auch ganz dicht ans Wasser legen. Die haben wir ja glücklicherweise nicht vergessen.«

Johanna fing an, ihr Kleid aufzuknöpfen, und ließ Marlis dabei nicht aus den Augen. Diese wurde nervös und wusste gar nicht, wo sie hinsehen sollte. Das gefiel Johanna. Sie hob ihre Arme über die Schultern, streifte ihr Kleid ab und legte es in den Sand. Jetzt stand sie nur noch in Unterhemd und Unterhose vor Marlis, die ihr Kleid vom Boden aufnahm, es zusammenfaltete und dann in den Rucksack packte. Als sie damit fertig war, sah sie Johanna an.

»Du willst das wirklich tun«, fragte sie. Klang ihre Stimme plötzlich etwas heiser?

»Ja«, sagte Johanna und zog ihre Unterwäsche langsam aus. Dieses Mal sah Marlis interessiert zu, ohne aber Anstalten zu machen, sich selbst auszuziehen.

»Wer zuerst im Wasser ist!«, rief Johanna, drehte sich um und lief ins Meer. Es war viel kälter, als sie erwartet hatte, deshalb wurde sie langsamer und watete vorsichtig durch die kleinen Wellen, bis sie bis zu den Knien im Wasser stand. Sie drehte sich nicht nach Marlis um. Sie war sich noch nicht einmal sicher, ob sie auch nackt ins Wasser kommen würde, auch wenn sie es sich so sehr wünschte. Nach einer Weile hörte sie Marlis hinter sich ins Wasser laufen. Johanna drehte sich so langsam wie möglich um. Sie wollte die Spannung erhöhen. Danke, dachte sie. Marlis war auch nackt, ihr knabenhafter Körper mit den kleinen festen Brüsten sah fantastisch aus, und Johanna merkte, dass ihr schon wieder heiß wurde. Ich bin so blass und untrainiert gegen sie, dachte sie beschämt und ging noch weiter, um schnell ihren Po unter Wasser zu bringen. Marlis war in Nullkommanichts neben ihr. Sie sprang nach vorn und tauchte mit dem Kopf unter Wasser. Dann kam sie lachend und prustend hoch und schüttelte sich. Die Wassertropfen flogen von ihrem Kopf.

»Na, erst so laut tönen und dann hier unbeweglich im Wasser stehen. Ist dir kalt? Los, schwimmen wir zur Boje«, sagte sie und war weg.

Beim Schwimmen hatte Johanna kein Problem, hinter Marlis herzukommen. Sie holte sie spielend ein. Mittlerweile war ihr nicht mehr kalt. Es ist herrlich, nackt zu schwimmen, dachte sie. Das hatte sie das letzte Mal als kleines Kind getan.

Sie schwammen um die Wette. Johanna ließ ihre Freundin gewinnen, weil sie wusste, wie ungern sie verlor. Auf dem Rückweg paddelten sie ruhig nebeneinander her und drehten sich ab und zu auf den Rücken, um in den Himmel zu sehen.

»Das ist der schönste Ort auf der Welt«, sagte Marlis.

»Dann bleib doch einfach hier«, sagte Johanna. »Wir könnten immer zusammen sein.«

»Das geht nicht«, sagte Marlis. »Meine Eltern und Brüder wären zu traurig. Und sie brauchen mich auch als Hilfe im Laden.«

Johanna wurde eifersüchtig. Würden ihre Eltern sie überhaupt vermissen, so wie sie immer mit sich selbst beschäftigt waren? Für einen Moment wünschte sie sich, Teil von Marlis' Familie zu sein.

Marlis nahm ihre Hand.

»Sei nicht traurig, ich komme nächstes Jahr wieder. Und werde jeden Tag daran denken«, sagte sie und streichelte ihre Finger. Johanna spürte das im ganzen Körper. Sie lagen schweigend auf dem Wasser und hielten sich an den Händen, bis eine Welle kam und sie aus dem Gleichgewicht brachte. Sie schwammen Seite an Seite zurück und gingen langsam ans Ufer. Als sie nach ihren Handtüchern greifen wollten, sahen sie, dass jemand direkt auf sie zukam. Noch war er zu weit weg, um sie zu erkennen, aber es würde nicht mehr lange dauern, da würde er sehen, dass sie nackt waren.

»Komm, wir laufen in den Wald. Da ist niemand. Ich nehme unsere Sachen. Du nimmst unsere Schuhe«, sagte Marlis.

Gehorsam sammelte Johanna die Schuhe ein und trabte hinter der in ein Handtuch gewickelten Marlis her. Doch hinter dem Gebüsch vor dem Kiefernwald blieb sie stehen. Es war friedlich und warm hier, und vom Strand aus konnte sie niemand sehen. Sie legte sich in den Sand. Nur noch einmal im Sand ausstrecken, bevor ich mich anziehe, dachte sie.

»Wo bleibst du denn?«, rief Marlis aus dem Wäldchen.

»Komm her, hier ist es schön!«, rief Johanna zurück.

Sie breitete ihr Handtuch aus und setzte sich darauf. Marlis blieb neben ihr stehen und schaute verwundert, weil Johanna keine Anstalten machte, sich anzuziehen.

»Guck nicht so streng, das ist lustig«, sagte sie. »Mach das doch auch. Wir können uns von der Sonne trocknen lassen. Hier findet uns keiner.«

Marlis sah sie skeptisch an, legte sich dann aber neben sie.

Die Wärme der Sonne brachte Johannas Haut zum Prickeln – oder war es Marlis' Nähe? Sie lag entspannt im Sand, ihre Füße berührten die Füße von Marlis, und ihre Hände lagen dicht nebeneinander. Ich möchte ihre Haut streicheln, dachte Johanna. Ob sie sich genauso straff anfühlt, wie sie aussieht? Der Gedanke erregte sie. Es hatte keinen Sinn mehr, sich gegen ihre Gefühle zu wehren. Und Marlis wusste doch sowieso nicht, was in ihrem Kopf vorging. Also brauchte sie sich auch nicht zu schämen. Ihr wurde genauso heiß zwischen den Beinen, wie wenn sie erotische Stellen in einem ihrer Romane las. Auch das war der Vorteil am Lesen. Man konnte Dinge erfahren, für die man im wirklichen Leben noch zu jung war.

Plötzlich hörten sie in der Nähe Stimmen.

»O Gott, ich glaube, die kommen in unsere Richtung«, sagte Marlis. Sie sprang auf, zog ihre Kleider aus dem Rucksack und war in wenigen Sekunden angezogen. Johanna schaffte es gerade noch rechtzeitig, bevor zwei Spaziergänger vom Strand hochkamen. Marlis und Johanna nickten ihnen freundlich zu, die beiden Urlauber schienen nicht erstaunt zu sein oder Verdacht zu schöpfen.

»Lass uns noch bis zur Landspitze gehen und uns dann einen schönen Platz für unser Picknick suchen«, sagte Marlis plötzlich sehr geschäftig. Auf der Landzunge trafen sie Jürgen und Michael, die Holz für ein kleines Lagerfeuer aufschichteten. Sie blieben mit ihnen zusammen und gingen auch mit ihnen zurück. Johanna vermied es den ganzen restlichen Tag, mit Marlis zu reden. Sie hoffte, dass ihre Freundin nichts bemerkt hatte.

In den Jahren davor hatten die Freundinnen sich jede Woche geschrieben. Aber in diesem Herbst und Winter schrieben sie sich nur selten.

In den ersten Wochen des Herbstes war Johannas Sehnsucht nach Marlis mörderisch. Jeden Abend hatte sie die Bilder von Marlis' nacktem Körper im Kopf. Sie spürte die Nähe ihrer Freundin dicht neben sich im Sand. Sie hatte den Duft ihrer Haut, ein Gemisch aus Sandelholz und Meersalz, in der Nase und stellte sich vor, ihre Freundin zu küssen und mit der Zunge ihren Bauchnabel zu liebkosen. Und oft konnte Johanna die Sehnsucht nach Marlis und ihre Lust nur bezähmen, wenn sie sich selbst streichelte.

Im Sommer 1939 kam Marlis nicht nach Jurmala. Sie hatte nach ihrem Schulabschluss eine Ausbildung zur Sekretärin begonnen. Eigentlich hatte sie studieren wollen, aber ihr Vater hatte das nicht erlaubt.

»Sei froh, dass du überhaupt Abitur machen konntest«, sagte er. »Mehr ist leider nicht drin. Du musst bald Geld verdienen, um auf eigenen Füßen zu stehen. Du weißt, dass jeder, der auch nur ein Wort gegen das Regime sagt, seine Arbeit verlieren kann, oder Schlimmeres. Ich habe es bisher durchgehalten und den Mund gehalten, glücklicherweise unterrichte ich Mathematik und Physik, und der Schulleiter kontrolliert nicht sehr genau, ob ich die Aufgaben, die heutzutage vorgeschlagen werden, wirklich anwende. Aber wenn sie mich eines Tages dazu zwingen, den Blödsinn zu erzählen, den sie für die wahre Physik halten, dann werde ich das nicht schaffen.«

Marlis wusste, worauf ihr Vater anspielte. 1936 hatte Philipp Lenard das Lehrbuch *Deutsche Physik* herausgebracht, das ihr Vater gekauft und zu lesen angefangen hatte, weil er ja wissen musste, wie die heutige Meinung war. Aber er war nicht weit gekommen, weil er sich so aufgeregt hatte, und bei einer ihrer Gespräche in seinem kleinen Arbeitszimmer, die sie so liebte, hatte er ihr daraus vorgelesen.

»Deutsche Physik wird man fragen – Ich hätte auch arische Physik oder Physik der nordisch gearteten Menschen sagen können. Physik der Wirklichkeits-Ergründer, der Wahrheit-Suchenden, Physik derjenigen, die die Naturforschung begründet haben. Die jüdische Physik ist somit nur ein Trugbild und eine Entartungserscheinung der grundlegenden, arischen Physik.«

»Was für ein Blödsinn, Marlis!«, hatte er damals gerufen. »Ohne Albert Einsteins Relativitätstheorie ist die Physik gar nichts wert. Wie soll ich das meinen Schülern klarmachen, wenn ich mich auf die arische Physik berufen soll? Was ist das überhaupt, arische Physik? Soweit ich weiß, waren viele berühmte Physiker Juden. Und ohne deren Erkenntnisse ist die Physik nur mittelmäßig. Ich schäme mich für meinen Berufsstand, für die, die bereit sind, diesen Unsinn überhaupt in den Unterricht zu tragen. Wie gut, dass ich an einer Schule unterrichte, in der die meisten Lehrer noch keine Nationalsozialisten sind. Aber was wird werden, wenn sich der Druck auf sie verstärkt? Werden sie dann standhalten können, werde ich standhalten können?« Er raufte sich die Haare.

»Das wirst du, Vati«, antwortete Marlis voller Überzeugung. »Das musst du. Du hast mir beigebracht, immer für seine Überzeugungen einzustehen, auch gegen die Allgemeinheit. Weißt du noch, wie Ilse hier auftauchte, weil sie euch davon überzeugen wollte, mich zum BDM zu lassen? Ich hatte ihr doch gesagt, dass ich nicht gehen kann, weil ich im Laden gebraucht werde. Du hast sie sehr nett reingebeten und bist mit ihr in dein Arbeitszimmer gegangen, als ob sie erwachsen wäre und kein 14-jähriges Mädchen. Ilse kam nach einer Ewigkeit aus dem Arbeitszimmer, ging an mir vorbei, ohne mich anzuschauen, und verschwand durch die Wohnungstür. Ich weiß nicht, was ihr besprochen habt, aber es hat geholfen.«

Obwohl Marlis es bedauerte, dass sie nicht wie ihre Brüder studieren durfte, fügte sie sich dem Wunsch ihres Vaters. Einen Vorteil hatten ihre Ausbildung und die Verpflichtung, auch weiter in ihrer freien Zeit im Laden zu helfen: Sie brauchte nicht zum Arbeitsdienst, der 1939 für alle ledigen Frauen, die nicht in der Ausbildung oder im Studium waren, Pflicht wurde. Ihr Vater sorgte dafür, dass sie zurückgestellt wurde, solange sie im Laden half, denn Großmutter war mittlerweile zu schwach dafür. Dass sie neben ihrer Arbeit in einem Lebensmittelgeschäft aushalf und so zum Wohl des »Volkskörpers« beitrug, überzeugte die richtigen Stellen. Alles schien im Sommer 1939 seinen gewohnten Gang zu gehen. Als die Reichsbrotkarte und die Reichsfettkarte Ende August eingeführt wurden, konnte sie es zuerst nicht fassen, dass es jetzt tatsächlich Lebensmittelmarken gab. Und Anfang September waren Michael und Jürgen plötzlich Soldaten, ihr Vater untröstlich, dass er sie nicht davor hatte bewahren können, ihre Mutter fast immer traurig, und Marlis dachte, sie würde Johanna nie wiedersehen, die sich in Lettland dem Schicksal gegenübersah, von den Sowjets besetzt worden zu sein.

Aber Johanna kam im November 1939 nach Berlin. Ihre Mutter Oda war Hitlers Ruf, die Baltendeutschen »heim ins Reich« zu holen, gefolgt. Johannas Vater lag in Riga auf dem Friedhof. Er war kurz nach dem Einmarsch der sowjetischen Armee an seinem Schreibtisch an einem Herzinfarkt gestorben. Oda konnte das Haus in Riga gut verkaufen und zog in eine geräumige Wohnung am Gendarmenmarkt.

»So hat jedenfalls Mama mir das erklärt«, sagte Johanna, als sie mit Marlis am Küchentisch in ihrer Wohnung an der Kastanienallee saßen. Sie waren allein, Michael und Jürgen waren schon im Krieg, Vati in der Schule, Mama und Oma im Laden.

»Ich glaube nicht, dass Papa einen Herzinfarkt bekommen hat«, sagte Johanna.

»Was denn sonst?«, fragte Marlis. Sie war so glücklich, endlich einmal wieder allein mit Johanna zu sein, versuchte aber, ihre Freude zu verbergen. Aber sie konnte nichts dagegen tun, dass ihr Herz schneller schlug und sie Johanna immer noch genauso schön fand wie vor einem Jahr.

»Ich glaube, er hat sich umgebracht, als er gehört hat, dass die Russen wiederkommen. Du musst wissen, sein Vater ist 1919 von Russen auf ihrem Gut erschossen worden. Stell dir das mal vor. Und dann wurde Lettland plötzlich ein freies Land. Mama war zu der Zeit in Berlin, Papa in Riga an der Universität. Mama ist dann erst einmal in Berlin geblieben und hat mich dort zur Welt gebracht. Papa kam irgendwann auch dorthin. Eigentlich wollten sie in Deutschland neu anfangen, aber sie haben es damals nicht geschafft. Das Heimweh hat Papa umgebracht. Deshalb sind sie wieder nach Lettland gegangen.«

Zum Glück, dachte Marlis. In Berlin hätten wir uns bestimmt nicht kennengelernt, unsere Kreise wären zu verschieden gewesen. Marlis war entsetzt, dass Johanna dachte, ihr Vater hätte sich umgebracht. Er war immer so stark gewesen und hätte seine geliebte Frau und Tochter nie alleingelassen. Sie versuchte, ihre Freundin davon zu überzeugen, dass es sicher ein Herzinfarkt war, aber Johanna schüttelte abwehrend den Kopf. Einen Moment lang dachte Marlis, Johanna würde weinen, aber dann fing sie sich wieder.

»Ist doch eigentlich auch egal. Tot ist tot«, sagte sie, und ihre Stimme war plötzlich hart. Marlis wechselte das Thema, und Johanna sprach in der nächsten Zeit nicht mehr darüber. Aber sie haben zumindest genug

Geld, dachte Marlis, und müssen nichts entbehren. Fast alle Möbel hatten sie in Riga zu Geld machen können, nur Johanna hatte die Möbel aus ihrem Zimmer in Jurmala mitnehmen dürfen. Sie verliehen ihrem Zimmer am Gendarmenmarkt etwas Vertrautes, auch wenn sie im Vergleich zum gelben Haus traurig aussahen.

»Was machst du jetzt?«, fragte Marlis ihre Freundin. »Willst du studieren?«

»Nein. Ich möchte auch Schauspielerin werden. Meine Mutter kennt so viele Leute in Berlin. Sie hat mir einen fantastischen Schauspiellehrer besorgt. Er sagt, er kann einiges für mich tun. Du weißt doch, ich habe alle Hauptrollen in der Schule gespielt. Alle haben mich geliebt«, sagte Johanna.

Marlis nickte heftig. Sie hatte Johanna noch nie auf einer Bühne gesehen, konnte sich aber vorstellen, dass alle ihr zu Füßen lagen. Anscheinend muss sie kein Geld verdienen, dachte sie neidisch, und kann in ihrem Elfenbeinturm bleiben. Und irgend einflussreicher Freund sorgt auch dafür, dass sie nicht zum Arbeitsdienst muss und sich dort ihre schönen Hände schmutzig macht. Marlis merkte, wie diese Gedanken böse in ihr aufstiegen. In Berlin gehörte Johanna plötzlich so offensichtlich zu der Schicht der Reichen, die für Leute wie sie aus Prenzlauer Berg nicht viel übrig hatten. Die meisten hier waren Arbeiter oder kleine Angestellte. Nur wenige waren Akademiker, so wie ihr Vater, der darauf bestanden hatte, hier zu wohnen, zumal seine Mutter seit dem Tod ihres Mannes in Prenzlauer Berg den Lebensmittelladen betrieb und sich krumm geschuftet hatte, um ihrem einzigen Sohn das Studium zu ermöglichen. Seine Frau hatte sich mit diesem Gedanken nach einiger Zeit angefreundet. Mittlerweile wohnte sie gerne hier, da war sich Marlis sicher.

Johanna saß ihr wie ein Häuflein Elend gegenüber und kämpfte jetzt doch vergebens gegen die Tränen an. Und auf einmal kam sich Marlis schäbig vor. Ihre Freundin hatte gerade ihren Vater verloren und ihre geliebte Heimat verlassen müssen, und sie regte sich darüber auf, dass Johanna mehr Geld hatte als ihre Familie? Vielleicht würde sie nie wieder nach Jurmala an ihren geliebten Strand zurückkehren können?

Wenn schon für Marlis die Vorstellung, nie wieder dorthin zu fahren, so schmerzhaft war – ihre Tante und ihr Onkel waren auch nach Berlin zurückgekehrt –, wie sehr musste sie dann Johanna quälen, die nichts kennengelernt hatte außer ihrem traumhaft freien Leben in Jurmala im Sommer und das behütete Leben in Riga im Winter.

Ich habe jedenfalls noch mein Zuhause, dachte Marlis, auch wenn es dort sehr still war, seit Jürgen und Michael im Krieg waren. Ihre Mutter war deshalb oft traurig. Ich muss sie unterstützen, dachte Marlis, darum geht es jetzt. Geld verdienen. Lehrerin willst du ja nicht werden, hatte ihr Vater konstatiert. Nein, Lehrerin hatte sie bestimmt nicht werden wollen. Sie mochte die Schule dafür zu wenig. Und Krankenschwester? Das war nichts für sie, sie konnte kein Blut sehen. Eigentlich bin ich für nichts wirklich talentiert, dachte Marlis. Ich kann alles nur einigermaßen. Außer stenografieren und Schreibmaschine schreiben. Da bin ich richtig gut.

»Ich wünschte, ich hätte auch so ein Talent«, sagte Marlis.

»Hast du doch. Denk mal an deine Zeichnungen. Du bist so genau. Und Physik und Mathe hat du immer verstanden.«

»Ja, wenn ich ein Mann geworden wäre, hätte ich vielleicht tatsächlich wie meine Brüder studieren können.«

»Nein, dann wärst du jetzt Soldat«, sagte Johanna trocken.

»Stimmt, wie dumm von mir«, sagte Marlis. »Ich hasse Hitler, ich hasse diesen Krieg. Ich wünschte, es wäre endlich vorbei. Weißt du, dass auf dem Teutoburger Platz zweiundneunzig von hundert Bänken für Juden verboten sind? Juliane und ich setzen uns trotzdem immer auf eine Bank, auch wenn sie Jüdin ist, aber ein wenig mulmig ist uns schon dabei. Was ist das für ein Land, in dem ganz normale Leute plötzlich zu ›rassisch nicht reinen Menschen‹ erklärt werden? Weißt du eigentlich, wo du hier reingeraten bist, Johanna? Vielleicht hättet ihr doch besser in Lettland bleiben sollen«, platzte es aus ihr heraus.

»Du weißt wirklich nicht, wie grausam die Russen sind«, sagte Johanna und seufzte. »Ich wollte eigentlich nicht hierher, aber es ist sicher besser so. Mama hat gesagt, die Nationalsozialisten sind das kleinere Übel für uns Deutsche und wir sind ja deutsch.«

»Trotzdem. Hier darf niemand mehr heiraten, wen er will. Und du wirst in Rassen eingeteilt und kannst froh sein, wenn deine Kopfform nicht zu der minderwertigen ostischen Rasse gehört, sondern nordisch ist.«

»Deine ist doch sicher nordisch«, sagte Johanna anerkennend.

»Ja, ist sie, und ich schäme mich dafür. Wir sind vollkommen reinrassige Arier. Was für ein schlechter Witz, Johanna. Ich wünschte, Hitler wäre bei dem Attentat voriges Jahr getötet worden, dann gäbe es mit Sicherheit jetzt keinen Krieg.«

»Darfst du das hier überhaupt laut sagen?«, fragte Johanna erschrocken. »Mama hat mir gesagt, dass ich ab jetzt nichts mehr gegen die Nationalsozialisten sagen soll. Sie sind ja schließlich diejenigen, die sich um uns Deutschbalten gekümmert und uns in unserer verzweifelten Situation zurückgeholt haben.«

Ziemlich naiv, dachte Marlis, aber sie sagte nichts. Es war sinnlos, mit Johanna zu diskutieren, die sich nun mal mehr für ihre Romane interessierte als für Politik. Ich muss ihr noch beibringen, dass sie sich hier nicht mit Büchern von verbotenen Dichtern erwischen lassen darf, dachte Marlis. Aber wozu eigentlich. Das musste Johanna doch eigentlich selbst wissen. Ich bin nicht ihr Kindermädchen. Sie kann mit Sicherheit auf sich selbst aufpassen.

Kapitel 2

Berlin war irgendwie schmutzig, viel zu laut, zu groß und auch zu ärmlich. Auch in Prenzlauer Berg war es ärmlich. Johanna hätte nicht gedacht, dass Marlis und ihre Familie in so einer kleinen Wohnung leben mussten. Jürgen und Michael waren ja jetzt im Krieg, aber davor hatten sie in einem Zimmer geschlafen, in dem es nur Platz für zwei schmale Betten und zwei aneinandergestellte Schreibtische in der Mitte gab. Marlis schlief allein in einer winzigen Kammer hinter der Küche. Man musste sich auf einen Stuhl stellen, um durch das winzige Fenster in den Innenhof zu schauen. Nie fiel genug Licht in den Raum, sodass es dort auch tagsüber düster war. Es gab nur ein Badezimmer in der Wohnung, und in Marlis' Zimmer stand ein Waschtisch mit einem Krug und einer Emailleschüssel. Ihre wenigen Bücher hortete sie in einem Regal aus dunklem Nussholz, daneben der bunte Glasvogel, den sie Marlis zur Konfirmation geschenkt hatte, und die Bernsteinsplitter, die ihre Freundin am Strand von Jurmala gesammelt hatte. Die Bettwäsche war grün-weiß kariert und schon sehr verwaschen. In Prenzlauer Berg hatte niemand so weiße und gemangelte Bettwäsche wie sie in Jurmala. In Marlis' Zimmerchen konnten sie nichts anderes tun, als sich auf das schmale Bett zu setzen, weil auf dem einzigen Stuhl immer ein Haufen Kleider lag, die Marlis nicht in ihren Schrank oder in die Schmutzwäsche geräumt hatte.

Johanna schloss die Augen und stellte sich vor, wie es sich anfühlte, dicht neben Marlis auf dem Bett zu sitzen und ab und zu ihre Schulter zu berühren. Es war schön gewesen, vertraut, hatte sich warm angefühlt.

Johanna hatte ein vollkommen falsches Bild von dieser Stadt gehabt, die sie im Winter ab und zu mit ihrer Mutter besucht hatte. Damals war alles luxuriös gewesen. Sie waren eigentlich immer im Adlon abgestiegen. Sie hatte immer eine heiße Schokolade bei Fassbender und Rausch bekommen oder ein gutes Schnitzel bei Lutter und Wegner am Gendarmenmarkt. Ihre Mutter flanierte stundenlang durch die Geschäfte und kaufte alles, was sie angeblich nicht in Riga bekam. Abends ging sie manchmal aus und ließ Johanna im Hotel zurück. Aber das war überhaupt nicht schlimm. Johanna hatte ihr Buch, ihre Schokolade und diese wunderbaren weichen Kissen und Decken, die sie sich hinter den Rücken stopfte und in denen sie versank.

Berlin war damals immer voller bunter Eindrücke gewesen: Damen in elegant geschnittenen Seidenkleidern, umweht von exquisiten Parfums, Herren in schicken Smokings und mit Zylindern. Manchmal hatte Oda sie auch in die Oper mitgenommen. Johanna hatte die Musik geliebt und die vielen wunderschönen Menschen im Publikum beobachtet. Ihre Mutter schien überall Bekannte zu treffen, und immer stellte sie Johanna vor wie ein wertvolles Schmuckstück.

Nach Hitlers Machtübernahme war Oda nur noch allein nach Berlin gefahren. Papa hatte ihrer Mutter nicht mehr erlaubt, Johanna mitzunehmen. Er hasste die neuen Machthaber, manchmal hatten Oda und er Streit deswegen gehabt. Johanna konnte es durch die Tür bis in ihr Zimmer hören.

»Es ist jetzt alles viel sauberer dort, und die Leute haben Arbeit. Endlich hat mal jemand etwas gegen die chaotischen Zustände getan.«

»Aber sie verfolgen ihre Gegner, siehst du das nicht? Sie sind genauso schlimm wie die Sowjets und lassen keine Meinungsfreiheit zu. Wie kannst du nur eine Regierung gut finden, die als erste Amtshandlung ein Gesetz eingeführt hat, das es ermöglicht, jeden Bürger auf unbestimmte Zeit ohne Prozess ins Gefängnis zu stecken?«, fragte ihr Vater.

Nach dem Tod ihres Vaters wollte Johanna nicht weg aus Jurmala.

»Ich suche mir eine Arbeit. In Jurmala wird immer irgendwo eine Bedienung gesucht, und mein Russisch ist ziemlich gut, das hast du immer gesagt«, versuchte sie, ihre Mutter zu überzeugen. Sie hatte schon mit Mina geredet, und die hatte ihr versprochen, dass sie sich umhören würde, wo sie übergangsweise wohnen könnte. Die Vorstellung, dass ihr Madamchen, ihre geliebte Johanna, in einem möblierten

Zimmer hausen sollte, war zwar schrecklich für Mina, aber die Vorstellung, sie ganz zu verlieren, hatte sie schockiert. Aber Oda hatte ihr unmissverständlich klargemacht, dass Johanna mit ihr nach Berlin gehen würde. »Sie ist noch nicht erwachsen, also wird sie das tun, was ich ihr sage«, sagte sie in ungewohnt harschem Ton zu Mina.

Johanna erinnerte sich noch genau, wie Mina stumm in ihre Küche zurückging und vor sich hin murmelte: »Seit wann ist die gnädige Frau denn an ihrer Tochter interessiert? Die hat sie doch gar nicht aufjezochen, das war doch ich.« Johanna war zu Mina gegangen und hatte nur die Arme um ihren fülligen Leib gelegt. Auch ohne Worte wussten beide, wer eigentlich Johannas Mutter war.

Vielleicht sollte sie Marlis ihre Verzweiflung gestehen, die sie seit der Beerdigung ihres Vaters auf dem Rigaer Friedhof im Griff hatte. Wer soll jetzt auf uns aufpassen, hatte sie damals gedacht. Mama kann das nicht. Sie ist so weltfremd und hat sich immer darauf verlassen, dass Papa alles regelt. Und ich habe es auch nicht anders gemacht. Ich war Vatis Mädchen, dem er jeden Wunsch von den Augen abgelesen hat. Uns beiden hatte er jeden Wunsch erfüllt und war immer glücklich, wenn seine beiden Zauberwesen, wie er uns manchmal nannte, lächelten.

Aber jetzt war Johannas Vater tot. Auch wenn sie wusste, dass er wirklich an einem Herzinfarkt gestorben war, wie Marlis ihr immer wieder versicherte, fühlte es sich so an, als ob er sie mutwillig verlassen hätte.

»Was soll ich bloß jetzt tun«, hatte Johanna am Tag nach der Beerdigung Mina gefragt, aber die hatte auch keinen Rat gewusst und war selbst in Sorge um ihre Arbeit. Oda war tagelang nicht aus ihrem Zimmer gekommen und hatte nichts von dem angerührt, was Mina ihr zubereitet hatte. Immer wenn Johanna an ihre Zimmertür klopfte, hatte sie nur »Nein, jetzt nicht« gehört.

1939 beschlossen Hitler und Stalin die Umsiedlung zehntausender Deutschbalten aus Lettland, Litauen und Estland »heim ins Reich«. Aufgeregt und mit eigentümlich fiebrigen Wangen war Oda an diesem Tag in Johannas Zimmer gekommen.

»Siehst du, das ist die Lösung. Der Führer kümmert sich um uns, wir sind ihm nicht egal. Wir gehen zurück nach Berlin, weißt du, dort wird es uns bestimmt gut gehen.«

Und innerhalb kürzester Zeit hatte ihre sonst an den Dingen des täglichen Lebens so desinteressierte Mutter alles geklärt, und sie reisten nach Berlin. An einem kalten Novembermorgen 1939 kamen sie dort an. Ihre Koffer und Taschen blockierten den Bahnsteig. Alle Gepäckträger waren beschäftigt und hatten keine Zeit, ihnen zu helfen. Oda saß erschöpft auf ihrem rotbraunen Lederkoffer und starrte ins Leere. Warum gibt sie jetzt schon auf, dachte Johanna. Sie kannte diesen Zustand ihrer Mutter gut. Wenn ihr etwas zu viel wurde, was öfter der Fall war, als sie sich von einer Mutter gewünscht hätte, ließ sie einfach alles fallen, mit dem sie sich vorher beschäftigt hatte, setzte sich irgendwo hin oder legte sich aufs Sofa. Dann hatte sie immer nach Mina oder ihrem Mann gerufen, die meistens schnell kamen, um nach Odas Wünschen zu fragen. Schon als kleines Mädchen hatte sich Johanna darüber gewundert, wie ihr doch sonst so starker Vater von ihrer Mutter wie ein Hund durch die Gegend gescheucht wurde. Als sie alt genug war, wurde sie auf dieselbe Weise durch die Gegend gescheucht.

»Johanna, besorg doch mal einen Gepäckträger, ich kann das nicht mehr, bin zu geschafft«, sagte Oda und machte keine Anstalten, die Koffer aus dem Weg zu räumen. Es schien sie auch nicht zu stören, dass Leute im Vorbeigehen schimpften.

»Ich weiß doch auch nicht, woher wir jetzt jemanden bekommen können, der uns hilft«, hätte Johanna am liebsten geantwortet und sich auch auf ihren hellbraunen Lederkoffer gesetzt, aber sie wusste, dass sie das unter keinen Umständen tun durfte. Die Rollen waren von Anfang an klar verteilt gewesen. Ihre Mutter gab die Befehle, und sie hatte zu springen.

Sie ließ sich von anderen Reisenden mitziehen und versuchte, sich auf dem Bahnhof zu orientieren. Früher waren sie selbstverständlich erster Klasse nach Berlin gefahren, und der Gepäckträger hatte bei Einfahrt des Zuges schon am Bahnsteig auf sie gewartet. »Das ist überhaupt nicht normal so«, murmelte Johanna vor sich hin. Sie wusste nicht, an wen sie sich wenden sollte, und hatte nicht den Mut, einen Bahnbeamten anzusprechen, alle schienen sehr beschäftigt zu sein. Eine Frau kam ihr entgegen, an jeder Hand ein Kind.

»Entschuldigen Sie«, sagte Johanna und versuchte, möglichst deutlich zu sprechen. »Können Sie mir bitte sagen, wo ich einen Gepäckträger finde?«

Die Frau mit dem grauen Kostüm und dem kleinen Hütchen, das auf ihrer akkurat ondulierten Frisur balancierte, hielt unwirsch an und sah sie missbilligend an.

»Ausländer?«, murmelte sie mehr für sich, aber so laut, dass Johanna es verstehen konnte. »Als ob wir nicht genug von denen hätten. Wie viel Pack soll denn noch in unser Land kommen? Wir haben genug mit den Drecksjuden zu tun.« Die Frau musterte sie mit eiskaltem Blick von oben bis unten. »Oder bist du vielleicht sogar eine von denen?«, fragte sie mit Empörung in der Stimme.

»Bin ich nicht«, sagte Johanna leise. Der harte, abschätzige Blick dieser Frau schüchterte sie ein. Sie fühlte sich unter diesem Blick wertlos. Dennoch riss sie sich zusammen und stellte ihre Frage noch einmal. Die Frau reagierte barsch. »Woher soll ich das wissen? Halten Sie mich nicht auf, ich muss weiter«, sagte sie eisig.

»Wollt ihr Schokolade? Ich kauf' euch gleich welche, wenn wir aus diesem Getümmel raus sind.« Der Tonfall der Frau war plötzlich honigsüß und sanft, und Johanna erinnerte sich daran, dass sie das am meisten gekränkt hatte. Ab diesem Zeitpunkt wusste Johanna, dass sie in Deutschland ein Mensch zweiter Klasse war, weil sie Deutsch mit einem hier fremden Akzent sprach. In Lettland war ihr gar nicht aufgefallen, dass ihr Deutsch irgendwie exotisch klang. Und auch Marlis hatte ihr das nie gesagt.

Was hätte es genutzt, Marlis davon zu erzählen, wie einsam sie sich in ihrer Wohnung am Gendarmenmarkt fühlte? Dass sie den Gedanken kaum ertrug, nicht mehr in ihr wunderbares gelbes Holzhaus in Jurmala zurückzukehren, weil dort jetzt andere Leute wohnten? Sollte sie ihrer Freundin von der Sorge um die Mutter berichten, die nichts anderes zu tun zu hatte, als Gesellschaften mit Menschen aus »besten politischen Kreisen«, wie sie es nannte, zu besuchen? Sie hatte alles verkauft, aber ihre Garderobe nicht, und so konnte sie sich entsprechend zurechtmachen. Oft kam sie erst am frühen Morgen zurück und brachte sogar Männer mit. Wenn Johanna morgens ins Bad musste, sah sie häufig einen schweren Uniformmantel an der Garderobe hängen. Die Männer, die ins Haus kamen, waren Angehörige der SS, und das machte ihr Angst. Marlis hatte ihr erzählt, dass die in der SS die Schlimmsten waren, und sie sich vor ihnen in Acht nehmen müsse. Sollte sie das etwa Oda sagen – »Mama« konnte Johanna nicht mehr denken –, die mit diesen Herren im Salon saß und Likör trank? Was sie sonst noch mit ihnen machte, wollte sich Johanna nicht vorstellen. Ihr Vater war doch gerade erst einmal drei Monate tot.

Und es stimmte auch nicht, dass sie unbedingt Schauspielerin werden wollte, das war eher eine Idee von Oda gewesen. Sie war eines Tages irgendwann am späten Vormittag in die Küche gekommen, wo Johanna aufräumte.

»Lass das doch mal, Johanna, das musst du nicht machen«, sagte Oda. Wer denn sonst, dachte Johanna, aber sie traute sich nicht, etwas zu sagen. Mina war in Lettland geblieben und arbeitete jetzt bei Russen, doch Oda hatte sich in Berlin noch nicht um eine Haushaltshilfe gekümmert. Sie hatte scheinbar noch nicht begriffen, dass irgendjemand Ordnung machen musste, wenn Mina nicht mehr da war.

»Der Erich von Lietzendorff, ein Bekannter, hat gestern Abend ein Foto von dir auf dem Piano im Salon gesehen und gesagt, dass du auf jeden Fall eine große Schauspielerin werden kannst. Du bist zwar nicht blond und blauäugig, aber das müssen auch nicht alle Schauspielerinnen sein, hat er gesagt und gelacht. Hauptsache, der Ariernachweis ist lupenrein.«

»Ist er das denn, Mama?«, fragte Johanna leise.

Oda schien das nicht zu hören. »Also, der Erich, entschuldige, der Herr von Lietzendorff, wird seine Kontakte spielen lassen, und dann bekommst du den besten Schauspiellehrer der Stadt. Er kennt auch die wichtigen Leute beim Film und sogar Dr. Goebbels, stell dir das mal vor. Du kommst noch groß raus, das hat er mir versprochen.«

Ich will das aber gar nicht, hätte Johanna am liebsten geantwortet. Aber sie wusste nicht, was sie sonst tun sollte. Auf das wirkliche Leben war sie in Lettland in ihrer behüteten Welt nicht vorbereitet worden.

Oda vereinbarte ein Treffen zwischen Erich von Lietzendorff und Johanna. Schon nach den ersten fünf Minuten wäre Johanna am liebsten aus der Wohnung gestürmt, denn er zog sie mit Blicken förmlich aus. Oda schien davon nichts mitzubekommen, war selig, »dass sich die beiden so gut verstehen, denn man würde sich jetzt öfter sehen.« Ab diesem Tag war Odas Bekannter für Johanna nur »E.«.

Vielleicht hätte sie Marlis von ihrer Angst erzählen sollen, nach Hause zu gehen und dort vielleicht E. angetrunken vorzufinden, der sie wieder anstierte oder vielleicht versuchte, sie anzufassen. Aber sie wusste, dass ihre Freundin nichts von dem, was Männer betraf, hören wollte. Nach der harmlosen Sache mit Karl hatten sie nie wieder über solche Dinge miteinander gesprochen. In Marlis' Leben schien alles so normal, so geordnet zu sein. Sicher, ihre Brüder waren beide an der Front, aber waren das nicht fast alle jungen Männer? Das gehörte eben zum Deutschsein dazu. Und wie man hörte, verzeichnete die Wehrmacht ja zügig Erfolge. Marlis' Vater unterrichtete immer noch Mathematik und Physik, auch wenn er wusste, dass seine Schüler bald nach dem Abitur zur Wehrmacht eingezogen wurden. Sicher fiel es ihm, dem Pazifisten, nicht leicht, dennoch den Mund zu halten und nicht aufzumucken, aber er wusste auch, wozu er als Beamter seit Ende Januar 1937 laut Gesetz verpflichtet war, nämlich zu unbedingtem Gehorsam und zur Pflichterfüllung. Das hatte Marlis ihr vor Kurzem erzählt und wie sehr er darunter litt, nichts gegen die Nationalsozialisten sagen zu dürfen und ihre Rechenaufgaben verwenden zu müssen, die den Dreisatz mithilfe von Bombenabwürfen erklärten. Aber wo immer sich ein Schlupfloch auftat, verzichtete er auf diese Art von Aufgaben.

»Ich hoffe, dass er sich politisch nicht zu weit aus dem Fenster lehnt, denn wenn er verpfiffen wird, verliert er seine Arbeit und kommt ins KZ. Dann können wir einpacken. Der Lebensmittelladen wirft nicht genug für uns alle ab. Da ist ja auch noch die Oma, um die wir uns kümmern müssen«, hatte Marlis ihr erzählt. Wie großartig müsste es sein, Teil dieser Familie zu sein, in der sich jeder um jeden kümmert, dachte Johanna. Würden sie mich auch aufnehmen, wenn ich sie darum bitten würde? Sie bewunderte Marlis' Vater, der seiner Aufgabe als Lehrer auch in diesen schwierigen Zeiten mit Anstand nachging und froh war, wegen seines Herzfehlers nicht noch einmal in den Krieg eingezogen werden zu können. Während er wusste, vor wem er sich und seine Familie schützen musste, war Oda nicht dazu in der Lage, sie zu beschützen. Wann war sie überhaupt jemals eine Mutter für sie gewesen? Doch solange Johanna nicht volljährig war, musste sie bei ihr bleiben und sich fügen.

Das dachte Johanna zumindest, bis E. eines Nachts zu ihr ins Zimmer kam und sie davon aufwachte, dass er über ihre entblößten Brüste strich. Er hatte ihr Nachthemd hochgeschoben. Dabei stammelte er, wie schön sie sei, und dass er für sie sorgen würde, wenn sie jetzt still wäre und nichts der Mutter verriet, das hier sei ihr süßes Geheimnis. Aber Johanna sprang mit aller Kraft aus dem Bett und stieß ihn so zurück, dass er das Gleichgewicht verlor und stürzte. Jetzt haut er mir eine runter, dachte Johanna und war auf dem Sprung, aber E. klopfte sich nur seine Hosen ab.

»Du bist aber stark, das hätte ich nicht gedacht, meine kleine Amazone«, sagte er anerkennend. »Keine Angst, ich tu dir nichts. Wenn du es dir erst einmal überlegt hast, wirst du sehen, wie schön wir es uns machen können. Du und ich. Als unser Geheimnis. Denn das bleibt das hier«, fügte er mit plötzlich kalter, drohender Stimme hinzu. Dann verließ er ihr Zimmer.

Johanna war immer noch starr vor Schreck, legte sich wieder in ihr Bett und presste die Augen ganz fest zu, versuchte, sich an ihren Strand und in ihr wunderbares Zimmer im gelben Haus zu träumen, aber alles half nichts. Stundenlang lag sie schweißgebadet da, lauschte auf jedes kleinste Geräusch und hatte Angst, dass er wiederkommen würde.

Hätte Johanna ihrer Freundin von dieser nächtlichen Szene berichten sollen? Das hätte sie entsetzt, und Johanna hätte sich dafür geschämt. Nein, es war besser, alles für sich zu behalten und darauf zu hoffen, dass es nicht schlimmer wurde, als es eigentlich schon war.

Im Herbst 1940 kam Johanna plötzlich nicht mehr. Nach zwei Wochen ohne Nachricht hielt es Marlis nicht mehr aus und ging zur Wohnung am Gendarmenmarkt. Vielleicht war Johanna ja krank und hatte sich deshalb nicht bei ihr gemeldet? Seit sie in Berlin war, hatte es keine Woche gegeben, in der sie nicht bei ihnen in der Kastanienallee in der Küche gesessen hatte.

Johannas Mutter ließ sie ein und bot ihr Tee an. Sie wirkte nervös, ihre Hände begannen zu zittern, als Marlis sie fragte, was mit Johanna war. Sie saßen im Wohnzimmer, das Oda »Salon« nannte. Er war viel kleiner als der in Jurmala und mit Biedermeiermöbeln ausgestattet. Die prächtigen lettischen Holzmöbel mit den Verzierungen hat sie wohl mit dem Haus verkauft, bedauerte Marlis und fragte sich, ob auch Johannas Möbel in Jurmala geblieben waren. Wie eigenartig, dass Johanna nie darüber gesprochen hatte.

Aber das Porzellan hatte Oda mit nach Berlin genommen. Sie tranken ihren Tee aus den schneeweißen Tassen der Königlich Preußischen Porzellanmanufaktur, die Oda in Jurmala bei Gesellschaften benutzt hatte. Sonst hatten sie in der Küche nur das blaue Keramikgeschirr verwendet.

»Du weißt es vielleicht noch nicht«, sagte Johannas Mutter. »Johanna wohnt nicht mehr hier.«

»Wie meinen Sie das? Wo ist sie hingezogen?«, fragte Marlis erstaunt.

»Sie wohnt jetzt zur Untermiete irgendwo am Ku'damm. Ich verstehe das immer noch nicht. Plötzlich hat sie ihre Sachen gepackt und ist weg. Ich weiß gar nicht, was passiert ist. Ich habe sie in ihrem kleinen Zimmer besucht. Es ist fürchterlich, aber sie will nicht mehr zurückkommen. Ich weiß, dass es Spannungen zwischen ihr und Herrn von Lietzendorff gegeben hat, aber die waren doch nicht so schlimm.«

Anscheinend schon, dachte Marlis. Aber warum hatte sie sich nicht bei ihr gemeldet? War ihr etwas Schlimmes zugestoßen? Sie bekam die Adresse und fuhr am nächsten Tag quer durch die Stadt zum Ku'damm.

Johanna öffnete ihr im Morgenmantel, obwohl es schon spät am Vormittag war.

»Ich arbeite jetzt abends und nachts in einem Varieté«, sagte sie. »Ich verkaufe dort Zigaretten und tanze auch manchmal.« Dabei sah sie Marlis herausfordernd an, als ob sie die Kritik, die sie erwartete, gleich im Voraus abwehren wollte.

»Und dein Schauspielunterricht?«, fragte Marlis.

»Kannst du vergessen. Ich gehe nie wieder zurück. Mutter schickt mir ab und zu Geld, das nehme ich auch, weil ich sonst nichts zu essen hätte, aber mehr will ich nicht.«

Marlis traute sich nicht, Johanna zu fragen, was passiert war. Sie wusste gar nicht, was sie sagen sollte, und blieb daher nur kurz. Es ist vorbei, dachte sie auf dem Nachhauseweg. Ich habe Johanna verloren. War ihr Verhalten nicht fast feindselig gewesen? Vielleicht wollte Johanna gar nicht von mir gefunden werden, dachte Marlis. Der Schmerz darüber durchbohrte ihr Herz. Und etwas anderes, das sie sich nicht eingestehen wollte, aber es war da. Sicher trifft Johanna Männer, mit denen sie dann rummacht, dachte Marlis eifersüchtig.

Ich werde nicht mehr zu ihr gehen, beschloss sie. Ich werde nicht mehr an sie denken. Aber sie tat es dennoch – jeden Tag nach dem Aufwachen und abends, bevor sie die Augen schloss. Ihr gefiel es nicht, dass ihre Freundin in einem Varieté arbeitete. Aber sie ist ja Odas Tochter, dachte Marlis. Und die war immer schon sehr eigenartig gewesen. Sie schämte sich für diese Gedanken, denn bisher war sie davon ausgegangen, dass Johanna ganz anders war als ihre Mutter, dass sie zwar viel Fantasie hatte, aber ganz normal und nicht so verdreht, wie Oda manchmal auf Marlis gewirkt hatte.

Vielleicht ist es ja auch gut, dass wir uns nicht mehr sehen, redete sich Marlis ein. Sie hatte schon vor einiger Zeit beschlossen, sich noch mehr der Kirche zuzuwenden und durch Gebete und die Hinwendung zu Gott ihre Liebe zu Frauen, beziehungsweise zu Johanna, in Schach zu halten. Sie wusste, dass lesbische Beziehungen verboten waren und dass sie für so etwas eingesperrt werden konnte. Also hielt sie sich zurück, lächelte Männer an und tat so, als ob sie sie attraktiv fände, was ihr erstaunlicherweise auch ganz gut gelang, wenn sie überhaupt welche fand, die in ihrem Alter waren. Die meisten waren ja im Krieg. Alles schien gut, ihr Herz schmerzte zwar immer noch furchtbar, sobald sie an Johanna dachte und sich vorstellte, wie sie ihren Körper zur Schau stellte. Aber manchmal hatte sie auch Bilder von Johanna und einem Mann im Kopf, der sie am ganzen Körper gierig streichelte, und Johanna stöhnte lustvoll. Diese Vorstellung stieß Marlis ab und quälte sie, machte sie rasend vor Eifersucht, erregte sie aber gleichzeitig auf merkwürdige Weise. Immer wenn sie von diesen Bildern heimgesucht wurde, betete sie so lange, bis sie wieder verschwanden.

Irgendwann löste sich die Sorge um Johanna auf und an ihre Stelle trat Wut darüber, dass sie sich nicht mehr bei ihr meldete. Sie will nichts mehr mit mir zu tun haben, dachte sie voller Empörung und Enttäuschung, was mache ich mir überhaupt noch Gedanken darüber, dass ihr vielleicht etwas zugestoßen sein könnte. Sie ist sicher längst mit einem einflussreichen Mann zusammen wie Oda und pfeift auf mein piefiges Leben in Prenzlauer Berg.

Kapitel 3

An einem Donnerstagnachmittag im April 1942 ging die Tür in ihrem Lebensmittelladen in der Kastanienallee auf. Obwohl es draußen warm war, trug Johanna einen weiten, schwarzen Männermantel, in dem sie fast versank. Ihre Haare hingen glanzlos über ihre Schultern. Sie war sehr blass. Mit stumpfem Blick sah sie sich im Laden um. Es waren noch zwei andere Kundinnen vor ihr dran. Marlis musste sehr aufpassen, um sich nicht zu verrechnen. Dass Johanna plötzlich auftauchte, machte sie nervös, am liebsten hätte sie alle anderen sofort aus dem Laden geschickt.

Als sie allein waren, drehte Marlis das Schild an der Tür auf *Geschlossen* und winkte Johanna ins Hinterzimmer.

»Setz dich«, sagte sie. »Ich mache uns einen Kaffee.« Natürlich war es kein echter Kaffee, sondern Muckefuck, aber Marlis konnte dieses Gebräu besser ertragen, wenn sie es Kaffee nannte. Johanna saß stumm am blank gescheuerten Holztisch, wo Marlis' Mutter normalerweise ihre Abrechnungen erledigte. Heute Nachmittag war sie bei ihrer Mutter im Krankenhaus und hatte Marlis im Laden allein gelassen. Viel hatten sie sowieso nicht mehr zu verkaufen im Frühjahr 1942.

»Zieh doch deinen Mantel aus«, sagte Marlis, als sie den Becher vor Johanna abstellte. »Es ist doch warm.«

»Ich lass ihn erst mal an, danke«, sagte Johanna.

Marlis erschrak, als sie bemerkte, was für einen Blick ihr Johanna zuwarf – schwach, hilfesuchend, voller Angst. Sie sah so vollkommen anders aus als die Johanna, die sie aus Lettland kannte. Ihre Fingernägel waren stumpf, spröde und sogar schmutzig. Ihre strähnigen Haare schienen sie überhaupt nicht zu stören. Das wäre damals in Jurmala niemals vorgekommen, dachte Marlis. Johanna hatte dort jeden Abend fünf Minuten ihre Haare gebürstet, damit sie glänzten. Mit brüchiger, fast fremder Stimme begann Johanna zu erzählen.

Sie hätte einen Sohn, sagte sie. »Er ist drei Monate alt. Ich habe ihn bei einer Nachbarin gelassen, weil ich ihn nicht durch die ganze Stadt mitnehmen wollte.«

Marlis traute sich nicht, nach dem Vater zu fragen.

»Du wohnst immer noch am Ku'damm? Warum gehst du nicht zurück zu deiner Mutter? Dann könntet ihr euch zusammen um das Kind kümmern.«

»Nein. Das geht nicht. Sie hat einen Liebhaber, Erich von Lietzendorff. Der hat mich belästigt, als ich noch bei ihr wohnte. Meine Mutter weiß nichts davon. Und seinetwegen bin ich dann auch an den Ku'damm geflohen. Oda denkt wohl, dass ich nur meine Freiheit auskosten will. Sie lebt vollkommen in ihrer eigenen Welt, aber das brauche ich dir ja nicht zu erzählen.«

Marlis nickte.

»Sie darf auch nicht wissen, dass ich ein Kind bekommen habe, ohne verheiratet zu sein. Diese Schande würde sie umbringen. Also sag ihr nicht, dass ich hier war und es dir erzählt habe, wenn du sie mal siehst«, sagte Johanna.

»Ich sehe sie nie«, sagte Marlis. Mehr fiel ihr dazu nicht ein.

»Im Varieté habe ich Andris kennengelernt. Er hat mir schöne Augen gemacht. Und dann ist es passiert. Ich wusste ganz lange gar nicht, dass ich schwanger bin, und habe es erst gemerkt, als es zu spät war.«

»Zu spät für was?«

»Entschuldige, Marlis! Lebst du hinterm Mond? Es gibt Frauen, die können Kinder wegmachen, bevor sie geboren werden.«

»Die Engelmacherinnen, ich weiß. Aber ist das nicht verboten?«

»Spielt das in meiner Lage eine Rolle?«

Marlis schwieg.

»Ich brachte das Kind zur Welt und schlage mich jetzt irgendwie durch. Ich arbeite wieder im Varieté. Dann lasse ich den Kleinen allein zu Hause, aber er schläft ja die meiste Zeit, und meine Nachbarin sieht nach ihm. Es ist sehr schwer, aber machbar, jedenfalls dachte ich das bis vorige Woche.«

Du darfst doch dein Kind in dem Alter nicht allein lassen, dachte Marlis. Aber was wusste sie schon. Sie hatte immer eine Mutter gehabt, die sich um sie kümmerte. Und einen Vater, der sie beschützte. Sie hatte es gut gehabt und durfte nicht über Johanna urteilen.

»Vorige Woche ist Erich von Lietzendorff im Varieté aufgetaucht, du weißt, das ist der widerliche Liebhaber von Oda. Er ist ein hochrangiger SS-Mann. Sie denkt, er kann sie beschützen. Wenn sie wüsste, dass er mich angegrapscht und in den Innenhof gezerrt hat. Er ist mir an die Wäsche gegangen. Aber ich habe mich gewehrt, habe ihm sogar eine geschmiert.«

Jetzt war Marlis stolz auf ihre Freundin. Da war sie wieder, die unerschrockene Johanna, die sie von früher kannte.

»Er hat rumgeschrien, dass ich es ihm büßen werde, dass ihn niemand abblitzen lässt. Dann ist er weggegangen. Ich war stolz auf mich und hab gedacht, was kann der schon machen. Wie naiv.«

»Mensch, erzähl weiter, was ist denn dann passiert?«, drängte Marlis nervös.

»Gestern war E. wieder bei mir im Varieté und hat gesagt, er hätte Beweise, dass ich eine Hure bin. Ich würde bald abgeholt werden, wenn ich nicht tue, was er von mir will. Aber ich habe ihn wieder abgewiesen und sogar angespuckt. Ich bin keine Hure, aber du weißt, dass sie dich dazu machen können. Es reicht, wenn ein paar einflussreiche Leute das von dir behaupten. Und wenn sie wirklich kommen und mich mitnehmen? Was wird dann aus meinem Sohn? Du musst mir helfen«, sagte Johanna flehend.

»Was soll ich denn tun?«

Marlis dachte an ihre Eltern, ihre Großmutter, die sie beschützen musste, ihre Brüder im Feld. Bitte mich nicht, euch zu verstecken, bebte sie innerlich, bitte nicht. Denn das würde sie nicht tun können, sie musste an ihre Familie denken.

»Kannst du mich verstecken, bis E. sich wieder beruhigt hat und dieAufregung vorbei ist? Ich bin mir sicher, das wird nicht so lange dauern. Wenn ich Glück habe, wird er schnell eine noch Jüngere finden.«

»Ich kann dich nicht verstecken«, brach es aus Marlis heraus. »Es tut mir leid. Ich muss an meine Familie denken.«

»Ich verstehe nicht. Ich dachte, ich würde auch zu deiner Familie gehören«, sagte Johanna leise.

Nicht mehr. Nicht, seitdem du mich mit diesen Männern betrogen hast, dachte Marlis. Es war unlogisch, das wusste sie. Aber sie wusste auch, wie kokett Johanna sein konnte. Vielleicht hatte sie es darauf angelegt?

Plötzlich kam es Marlis vor, als ob sich ihre eigenen Gedanken auflösten und an ihre Stelle die Parolen traten, die sie schon so oft gehört, aber gegen die sie sich bisher immer gewehrt hatte. Es gab Frauen, die Gesindel und Abschaum waren, die sich mit Hurerei ihr Geld verdienten. Wenn eine Frau von einem Mann bedrängt wurde, lag es immer daran, dass sie diesen Mann scharfgemacht und es darauf angelegt hatte. Woher soll ich wissen, dass dieser SS-Mann nicht recht hat und Johanna mit vielen Männern schläft? Schließlich ist er ein hohes Tier und hat bestimmt alle Möglichkeiten, an die richtigen Informationen zu kommen.

Johanna saß vor ihr und sah sie flehend an.

»Du bist die Einzige, zu der ich gehen konnte, bitte hilf mir«, bettelte sie.

»Ich kann nicht, ich bringe meine Familie dadurch in Gefahr, es tut mir leid. Du musst jetzt gehen. Ich packe dir für deinen Jungen noch etwas ein. Aber dann verlasse bitte unseren Laden. Wenn dich die falschen Leute hier sehen, sind wir geliefert.«

Johanna wurde noch bleicher und sah sie stumm an. Ihre Augen waren vor Schreck und Unglauben geweitet. Aber sie stand auf. So langsam, als hoffte sie, dass Marlis sich doch noch anders entscheiden würde. Marlis sah das, konnte aber nichts anderes tun, als Brot, Wurst, Käse und ein Stück Butter von dem Klumpen einzupacken, den sie sonst ohne Lebensmittelmarken unter der Theke an diejenigen verkaufte, die am meisten boten. Sie verstaute alles in einem Beutel und gab ihn Johanna, die ihr bewegungslos und stumm zusah. Die Zeit verstrich unendlich langsam. Marlis war übel, sie konnte Johanna nicht ansehen. Sie wollte nur, dass diese Frau ging, die nur noch so wenig Ähnlichkeit mit dem zauberhaften Wesen aus Jurmala hatte.

Johanna ging. Marlis arbeitete weiter. Sie war wie gelähmt und innerlich taub. Sie schloss abends die Tür zu, fegte den Laden und ging dann hoch in die Wohnung. Sie sagte Mama, die mit einer dünnen Kartoffelsuppe auf sie wartete, dass sie keinen Hunger hatte, und gab ihr die Tageseinnahmen. Dann schloss sie die Tür hinter sich und legte sich in ihrer kleinen Kammer mit dem Fenster auf den Hinterhof aufs Bett. Es war ein warmer Frühlingstag, sie hörte ihre Nachbarinnen, die unten im Hof Stühle rausgestellt hatten, noch lange miteinander reden. Sie hörte Vatis Räuspern aus seinem Arbeitszimmer. Er würde sicher wieder bis spät in die Nacht Arbeiten korrigieren und den Unterricht für den nächsten Tag vorbereiten. Seit Michael und Jürgen im Feld waren, schlief er nicht mehr gut, was er ihr gegenüber aber niemals zugeben würde. In der Küche hörte sie ihre Mutter werkeln, die auch die schlimmste Katastrophe nicht davon abhalten konnte, vor dem Schlafengehen penibel Ordnung zu machen. Aber für Mama war es ja auch ein ganz normaler Abend, in dieser Wohnung ahnte niemand etwas von der Katastrophe in Johannas Leben.

In dieser Nacht schlief Marlis nicht. Langsam wich die Taubheit aus ihrem Körper und ein Gefühl der Schuld und des Versagens ergriff sie. Wie hatte sie ihre Freundin wieder wegschicken können? Wie hatte sie so kaltherzig sein können? Sie lag in ihrem Bett und zermarterte sich das Hirn. Fast hätte sie sich gewünscht, dass mal wieder Bombenalarm wäre, dann hätte sie wenigstens in den Luftschutzkeller laufen müssen, aber das war natürlich dumm. Jeden Tag ging sie an zwei Häusern in ihrer unmittelbaren Nachbarschaft vorbei, die im September 1940 fast vollständig durch Bomben zerstört worden waren. Und das Schwimmbad in der Oderberger Straße war auch wegen Bombenschäden geschlossen. Was, wenn Johanna nicht übertrieben hatte und sie wirklich in Gefahr war? Was, wenn dieser E. schon seine Leute auf den Weg zu ihr geschickt hatte? Sie vielleicht schon mitgenommen worden war? So etwas kam häufiger vor. Und es ging unglaublich schnell.

Marlis hatte schon mehr als einmal mitbekommen, dass jüdische Nachbarn plötzlich nicht mehr da waren, und keiner wollte etwas gehört haben. Zu den Juden kam in der Regel die Gestapo. Aber war das auch bei einer Prostituierten so? Marlis konnte dieses Wort kaum denken. Ihre Johanna eine Hure? Und egal wie eifersüchtig sie vorhin gewesen war, sie wusste, dass das nicht stimmte. Vielleicht hat sie aber auch nur übertrieben in ihrer Angst, versuchte Marlis sich einzureden. Sie hatte sich doch schon immer Geschichten ausgedacht. In Jurmala hatte Marlis manchmal den Eindruck gehabt, dass ihre Freundin mehr in ihren Geschichten als in der Realität lebte. Aber warum sollte sie sich so etwas Schreckliches ausdenken? Und dass sie ein Kind hatte, würde sie doch niemals erfinden?

Gegen Morgen schlief Marlis erschöpft ein. Aber die Freundin verfolgte sie auch in ihren Schlaf.

Johanna starrt sie aus vor Angst und Entsetzen geweiteten Augen an und streckt ihr die Hände entgegen. »Hilf mir, Marlis, hilf mir«, winselt sie. Aber Marlis' Arme sind wie gelähmt. Johanna steht ganz dicht am Rand einer Klippe, droht abzurutschen, schreit um Hilfe, aber Marlis rührt sich nicht vom Fleck und sieht Johanna zu, wie sie in die Tiefe stürzt.

Schweißgebadet wachte Marlis auf, vollkommen panisch. Ihr Herz drohte zu zerspringen. Johanna wird etwas Schreckliches passieren, wusste sie plötzlich. Ich muss sie retten. Es war noch sehr früh am Morgen. Sie sprang aus dem Bett, zog sich schnell an, schlich mit den Schuhen in der Hand über den Flur und schloss leise die Wohnungstür hinter sich zu, damit niemand aufwachte. Ich kann sie retten, ich muss nur schnell zu ihr, dachte sie.

Sie lief die Kastanienallee Richtung Torstraße hinunter. Sie musste bis zum Alexanderplatz rennen, und dort konnte sie dann die erste S-Bahn zum Bahnhof Zoo nehmen.

Was habe ich getan, schrie sie sich innerlich an. Ich habe Johanna verraten. Wegen mir wird ihr jetzt was Schreckliches passieren. Ich habe sie ins Unglück gestürzt! Marlis bemerkte nicht, dass einige Passanten, die schon so früh auf dem Weg zur Arbeit waren, sie misstrauisch beäugten. Sie bekam Seitenstiche, rannte aber trotzdem weiter. Ich kann sie retten, dachte sie im Takt ihrer Schritte, ich kann sie retten. Noch ist es nicht zu spät. Am Alexanderplatz erwischte sie die erste S-Bahn. Erschöpft ließ sie sich auf die Sitzbank fallen. Wenn ihr Vater wüsste, dass sie ihre Freundin weggeschickt hatte, würde er sie verachten, das wusste Marlis. Aber wenn sie mit Johanna zurückkehrte, würde er ihr vielleicht noch einmal verzeihen. Vater verhielt sich immer richtig. Er hätte Johanna niemals weggeschickt, sondern irgendwie Hilfe für sie organisiert, selbst wenn auch er über Johanna irritiert gewesen wäre. Und Mama hätte das Bett in Michaels und Jürgens Kammer zurechtgemacht, während sie ihren Mann und Marlis losgeschickt hätte, um den Jungen zu holen. In ihrer Familie übernahm niemand die Feindbilder der Nazis. Überall wurden die Juden, die sogenannten Asozialen, Zigeuner, Schwulen, Kommunisten, und die, die gegen den Krieg waren, an den Pranger gestellt. Jeden Tag waren im Stürmer neue Hasstiraden zu lesen. Die Wochenzeitung war überall in Schaukästen ausgestellt, sodass man den hetzerischen Überschriften gar nicht entgehen konnte. Marlis hatte mit ansehen müssen, wie viele ihrer Klassenkameradinnen umkippten und jetzt begeisterte Mitglieder des Bundes Deutscher Mädel waren.

»Mach doch auch mit, das bringt bestimmt Spaß, du wirst sehen, alle sind dabei«, hatten ihre Klassenkameradinnen sie zuerst freundlich, aber mit der Zeit immer drängender überreden wollen. Aber sie war standhaft geblieben, obwohl das für sie bedeutete, immer mehr ausgeschlossen zu werden. Dennoch war sie in den ersten Jahren nicht allein. Als Halbjüdin war ihre Freundin Juliane genauso ausgeschlossen gewesen. Aber seit dem Schulabschluss hatte sie Juliane nicht mehr so oft zu Gesicht bekommen und war wieder allein gewesen, bis Johanna kam. Und ausgerechnet ihre einzige Freundin hatte sie jetzt in den Abgrund gestoßen.

Marlis rannte über den Ku'damm. Einige Passanten schüttelten den Kopf, als sie an ihnen vorbeilief, aber das war ihr egal. Einer rief ihr sogar »Nicht so schnell, junge Dame!« nach.

Es war nicht gut, aufzufallen. Das wusste Marlis. Nicht auffallen, den Kopf ducken, nichts sagen, wenn du außerhalb unseres Kiezes bist, in dem du dich sicher fühlen kannst. Das hatten Mama und Vati ihr eingeschärft. Vollkommen außer Atem erreichte sie das heruntergekommene Mietshaus, in dem Johanna wohnte. Sie klingelte bei Johannas Wirtin, und als ihr nicht geöffnet wurde, klingelte sie überall, bis endlich jemand im dritten Stock ein Fenster öffnete und sich zu ihr herausbeugte.

»Was wollen Sie?«, blaffte die Frau barsch.

»Bitte machen Sie mir auf. Ich muss zu meiner Schwester. Sie braucht dringend Hilfe. Sie ist krank, ich habe ihr Medizin besorgt«, log Marlis und hoffte, dass sie überzeugend klang. Nach einer endlos langen Zeit hörte sie jemanden die Treppe herunterkommen. Eine alte Frau schloss ihr umständlich die Tür auf. Marlis bedankte sich, erntete aber nur ein missmutiges Grunzen. Sie lief die Stufen in den vierten Stock hinauf, ihr Herz raste, ihre Lungen brannten. Sie klopfte an die Wohnungstür, sie klingelte. Fast hätte sie »Aufmachen!« gerufen, aber das tat sie dann doch nicht, denn das hätte das ganze Haus aufgescheucht. Niemand antwortete. Wie konnte das sein? Es war doch noch gar nicht so spät, dass alle weggegangen waren, und soweit sie wusste, arbeitete Johanna nachts und schlief vormittags. Oder tat sie das nicht mehr, seit der Junge da war? Wie hatte sie sich überhaupt um ihn kümmern können? Marlis setzte sich vor die Wohnungstür auf den Boden. Was sollte sie jetzt tun? Noch einmal zu Johannas Mutter gehen? Dort würde sie aber bestimmt nicht auf offene Arme stoßen. Warum hat sie Johanna nicht geholfen, dachte Marlis empört. Aber eigentlich hatte sich Oda nie besonders um Johanna gekümmert, sondern das überwiegend Mina überlassen. Ihre Tochter war nur ein schönes Accessoire gewesen, das sie ihren Freunden voll Stolz auf einer Gesellschaft präsentierte. Auch Johannas Vater hatte wenig Zeit für seine Tochter gehabt. Wenn er in Jurmala war, hatte er sich nur darum gekümmert, dass es seiner kapriziösen Frau an nichts fehlte. Und dabei war Johanna meistens im Weg gewesen. So war es Marlis jedenfalls vorgekommen.

Jemand stieß sie mit dem Fuß an. Marlis schrak hoch. Sie war eingenickt. Johannas Wirtin hatte sich vor ihr aufgebaut.

»Wachen Sie auf«, sagte sie barsch. »Wir sind ein anständiges Haus. Hier sitzt niemand im Treppenhaus auf dem Boden und schläft. Haben Sie getrunken?«

»Ich möchte zu Johanna von Klettenholz.«

Die Wirtin schnaubte verächtlich.

»Die ist weg«, sagte sie.

»Wie weg?«

»Es war heute früh jemand hier und hat sie abgeholt. Ich habe aufgemacht und bin dann aber gleich wieder in mein Zimmer. Ich will keine Scherereien. Ich habe sie nur in ihr Zimmer geführt.«

»Wer war das?«

Vielleicht ja ihr Verehrer, hoffte Marlis. Er hat sie nicht angezeigt, sondern sie geholt, damit ihr nichts passiert. Jedenfalls nicht das.

»Es waren zwei, ich weiß nicht, was ihre Freundin angestellt hat, aber es muss schlimm gewesen sein.«

»Und sie ist einfach mitgenommen worden?«

»Das nehme ich an. Es ging sehr schnell, glaube ich. Ich habe mir die Decke über den Kopf gezogen und bin dann gleich wieder eingeschlafen. Ich habe doch gleich gewusst, dass diese Person Scherereien macht.«

»Haben sie das Kind auch mitgenommen?«

»Das denke ich. Ich hätte sie gleich auf die Straße setzen sollen, als ich gemerkt habe, dass sie schwanger ist. Aber ich bin ja kein Unmensch, wissen Sie?« Die Wirtin sah sie um Zustimmung heischend an.

»Kann ich in ihr Zimmer?«, fragte Marlis.

»Ja, und nehmen Sie ihre Sachen mit. Sie kommt wohl nicht mehr so schnell wieder. Ich will das Zimmer gleich weitervermieten. Und machen Sie anständig sauber.«

Marlis folgte der Wirtin durch den schmutzigen, dunklen Flur bis zu Johannas Zimmertür. Sie war nicht verschlossen.

»Sie müssen nicht mitkommen«, sagte Marlis. »Ich verspreche Ihnen, ich lasse es in einem sauberen Zustand zurück.« Sauberer als dieser Flur jemals war, dachte sie.

Sie stieß die Tür zu dem kleinen Zimmer auf, in das gerade eine Kommode und ein Bett passten. Die Schubladen der Kommode waren geöffnet, als ob jemand dort etwas hastig herausgeholt und keine Zeit mehr gehabt hatte, sie wieder zu schließen. Aber sonst sah alles ordentlich aus. Es gab keine Anzeichen dafür, dass hier jemand gegen seinen Willen mitgenommen worden war. Marlis holte einen Koffer aus der Ecke und stopfte alle Kleider und Johannas andere Habseligkeiten hinein. Sie wollte alles mitnehmen und für sie aufbewahren. Eines Tages würde ihre Freundin sie abholen. Da war sie sich ganz sicher.

Sie hörte ein Wimmern. Es kam aus dem Bett. Marlis erschrak. War das möglich?, dachte sie. Hat Johanna ihr Kind hiergelassen? Panisch schlug sie die Decke zurück. Da lag das Baby und weinte. Es trug nur eine stinkende Windel und sah blass und entkräftet aus. Ich muss es mitnehmen, dachte Marlis. Aber vorher muss ich die Windel wechseln. Sie suchte nach etwas, mit dem sie das Baby wickeln konnte und fand eine Stoffwindel auf dem Waschtisch. Unbeholfen band Marlis dem Baby die neue Stoffwindel um und betete, dass sie hielt. Die gebrauchte Stoffwindel wickelte sie in einen Schal von Johanna, den sie in der Schublade fand. Sie würde sie später auf der Straße wegwerfen. Sie fand ein Leibchen und einen Strampler. Das Baby wehrte sich nicht, als sie es anzog. Es wirkte apathisch. Wie lange hatte es schon nichts mehr getrunken? Kinder in diesem Alter bekamen doch noch Milch oder schon nicht mehr? Marlis hatte sich noch nie für diese Dinge interessiert, ganz gegen das Ideal des deutschen Mädchens. Sie interessierte sich einfach nicht für Säuglinge. Aber jetzt war es anders. Das war Johannas Kind.

Jetzt war sich Marlis sicher, dass Johanna abgeführt worden war. Aber warum hatte sie ihr Baby hiergelassen? Hatte man sie dazu gezwungen, oder hatte sie es versteckt? Vielleicht hatte Johanna gedacht, dass sich die Wirtin um das Kind kümmern würde. Aber sehr wahrscheinlich hatte sie gar keine Zeit gehabt, irgendetwas zu denken. Marlis musste das Baby sofort mitnehmen, denn wenn die Wirtin es entdeckte, würde sie es sicher der Wohlfahrt übergeben, und die würde es in eines dieser Heime stecken. Und dann würde Johanna den Jungen nie mehr wiedersehen. Oder Johannas Mutter würde kommen und das Kind mitnehmen. Aber das wäre für den Jungen sicher auch nicht viel besser.

Der Junge, dessen Namen sie noch nicht einmal kannte. Johanna hatte ihn ihr nicht gesagt, oder hatte sie vor lauter Entsetzen, dass ihre Johanna ein Kind bekommen hatte, nicht zugehört? Der Kleine wimmerte leise und machte saugende Geräusche. Er hat Hunger, dachte Marlis. Er war so schwach, dass er vor Erschöpfung nur noch leise wimmern konnte. Er muss laut geschrien haben, nachdem sie Johanna abgeholt hatten. Warum hat das denn niemand gehört? Oder noch schlimmer, hatten es alle in der Wohnung gehört, aber nicht reagiert und Augen und Ohren verschlossen, weil sie Angst hatten?

Marlis packte alles, was sie an Kindersachen finden konnte, in den Koffer. Die Wirtin hatte gesagt, dass sie das Zimmer sauber hinterlassen sollte. In einer Ecke fand sie einen Besen und eine Schaufel, und Marlis war sicher, dass es das Erste gewesen war, was Johanna von ihrem Lohn gekauft hatte. Sie konnte keinen Schmutz vertragen. In Jurmala war ihr Zimmer immer picobello sauber gewesen. Dafür hatte zwar Mina gesorgt, aber Johanna hatte von klein auf gelernt, dass es so sein musste. Marlis legte den Jungen wieder aufs Bett. Er rührte sich nicht. Er spürt bestimmt, dass etwas Schreckliches geschehen ist, dachte Marlis.

Marlis kehrte den Fußboden. Sie hörte Schritte im Flur und dann die Wohnungstür klicken. Sie hoffte, dass die Wirtin gerade die Wohnung verließ. Sie nahm Johannas Kind auf den Arm, den Koffer in die andere Hand und schlich den Gang entlang bis zur Wohnungstür. Sie musste den Koffer absetzen, um sie zu öffnen. Sie hastete die Treppen hinunter und wagte erst wieder anzuhalten, als sie an der Ecke Bleibtreustraße angekommen war. Das Kind in ihren Armen fühlte sich schlaff an, und Marlis hatte Angst, dass es bewusstlos war.

Sie schleppte sich vom Alexanderplatz in die Kastanienallee. Das Kind wog immer schwerer in ihren Armen. Schweißnass betrat sie den Laden. Ihre Mutter stand hinter der Theke und eilte ihr zur Hilfe, als sie sah, wie blass ihre Tochter war. Sie nahm ihr das Kind und den

Koffer ab und führte sie nach oben in die Wohnung. »Das ist Johannas Kind«, stammelte Marlis und begann zu weinen.

»Schsch«, machte Mama. »Du erklärst es mir später. Du legst dich jetzt erst mal ins Bett. Ich kümmere mich um alles.«

Wie ein kleines Mädchen ließ sich Marlis von ihrer Mutter die Schuhe ausziehen und ins Bett bringen. Und kaum lag sie, schlief sie ein.

Nachmittags weckte Mama sie mit einer Tasse Assam Tee, den sie sonst nur an besondere Kunden unter dem Ladentisch verkaufte und von dem niemand wusste, woher sie ihn hatte.

»Dem Jungen geht es gut«, sagte sie. »Ich habe ihm Milch gegeben. Jetzt schläft er in unserem Zimmer in einem Korb. Wie heißt er eigentlich?«

Hatte Johanna nicht doch den Namen erwähnt? War es nicht Fred gewesen?

»Fred«, sagte Marlis und hoffte, dass sie recht hatte.

Als ihr Vater von der Schule nach Hause kam, erklärte sie ihm alles unter Tränen.

»Du hast sie weggeschickt?«, sagte ihr Vater fassungslos und sah sie entsetzt an. »Wie konntest du nur.« Er konnte ihr nicht in die Augen sehen, und das war das Schlimmste.

»Deine Mutter wird sich erst einmal um das Kind kümmern, dann sehen wir weiter«, sagte Vater und verließ ihr Zimmer. Vorher hatte sie ihm erzählt, warum Fred nicht zu Oda gebracht werden konnte, und er hatte verstanden.

An nächsten Tag sprach Vater nicht mit ihr und am übernächsten Tag auch nicht. Marlis verstand ihn. Sie konnte sich selbst nicht leiden, weil sie Johanna nicht geholfen hatte. Aber auf der anderen Seite hatte sie doch Fred gerettet. Sie wusste nicht, was ihr Vater tat, aber sie vermutete, dass er mit seinen Kontaktleuten sprach. Wenn er ihr im Wohnungsflur begegnete, nickte er nur kurz. Es war klar, dass er vermied, sie überhaupt zu treffen. Sie musste warten, dass er auf sie zukam. Nach vier Tagen rief er sie endlich in sein winziges Arbeitszimmer, bot ihr aber keinen Stuhl an.

»Ich habe Neuigkeiten, Tochter«, sagte er. Marlis wurde kalt. Das war kein gutes Zeichen, dass er sie Tochter nannte.

»Deine Freundin ist wegen Prostitution festgenommen worden. Vorläufig ist sie in Moabit, ich weiß aber nicht, wie lange sie noch da bleibt und was danach mit ihr geschieht.«

Beim Wort Prostitution hatte ihr Vater voll Ekel seinen Mund verzogen.

»Sie ist unschuldig«, sagte Marlis.

»Das nehmen wir an, aber wir wissen es nicht.«

»Können wir nichts für sie tun?«, fragte Marlis verzweifelt. Ihr Vater antwortete ihr nicht gleich. Bleierne Stille stand zwischen ihnen.

»Ich werde es mir überlegen«, sagte ihr Vater nach einer Weile. »Und jetzt geh.«

In den nächsten Tagen quälte Marlis die Ungewissheit. Sie versuchte, sich auch um Fred zu kümmern, hatte aber wenig Gelegenheit dazu, weil ihre Mutter seine Versorgung mit Feuereifer übernommen hatte. Seit Fred bei ihnen war, blühte Mama richtig auf. Sie schaffte es immer irgendwie, Milchpulver für das Kind zu besorgen. Sie hatte die Fläschchen ihrer Kinder und ihre Babykleidung wieder herausgekramt, die sie in einem Schrank im Flur fein säuberlich verwahrt hatte.

Marlis quälte sich mit den immer gleichen Gedanken. Warum habe ich Johanna und Fred nicht aus Berlin rausgebracht? Wir wären vielleicht ans Meer nach Kühlungsborn gefahren. Auch wenn es nicht die lettische Küste war und es überhaupt keinen Vergleich zu den Stränden von Jurmala gab, war es dort auch schön. Und sie kannte ein kleines Häuschen außerhalb von Kühlungsborn, das im Wald Richtung Heiligendamm stand. Es gehörte Freunden der Familie, und sie war sich sicher, dass sie es ohne viele Erklärungen hätte nutzen können. Sie hätten einfach Zeit verstreichen lassen können, bis sich die Lage in Berlin wieder beruhigt hätte. Vielleicht hätte sich nach ein paar Tagen oder Wochen niemand mehr dafür interessiert, Johanna zu verfolgen. Es war auch so absurd. Sie hatte nichts getan, außer jemanden zurückzuweisen, den sie verabscheute. Und dann hatte sie sich verliebt und war mit dem Mann ins Bett gegangen. Das passierte ständig, und es war nicht schlimm. Wenn sie ehrlich war, hatte sie sich genau das doch auch gewünscht – dass Johanna sich in sie verliebte und mit ihr ins Bett ging.

Es vergingen zwei Wochen ohne Nachrichten von Johanna. Marlis' Mutter kümmerte sich liebevoll um Fred. Er schien sich bei ihnen wohlzufühlen. Tagsüber lag er im Zimmer hinter dem Laden in der Wiege, in der auch Marlis, Jürgen und Michael gelegen hatten. Wenn er etwas brauchte oder Hunger hatte, war ihre Mutter sofort da, um sich um ihn zu kümmern.

Er vermisst Johanna nicht, dachte Marlis. Er lächelt jeden an, der ihn füttert. Sehr wahrscheinlich denkt er, dass meine Mutter seine Mama ist. Aber eigentlich wusste sie gar nicht, ob Säuglinge schon denken konnten. Sie wusste überhaupt erschreckend wenig über kleine Kinder.

»Du bist halt ein wildes Mädchen«, hatte Mama oft zu ihr gesagt, als sie noch jünger war. Und ihre Stimme hatte resigniert geklungen. »Du hast keine Schwester und sicher auch zu viel Zeit mit deinen Brüdern verbracht.«

Marlis wusste, dass es sie störte, aber sie erlaubte ihrer Tochter, außerhalb der Schule Hosen zu tragen, und schnitt ihre Haare, wenn auch widerwillig, zu einem Pagenkopf. Ihre Mutter wollte keinen Streit, das war sicher eine ihrer herausragendsten Eigenschaften. Und sie war wohl auch der Meinung, dass sie gegen den Sturkopf ihrer Tochter, den sie von ihrem Vater geerbt hatte, nichts würde ausrichten können.

Aber Marlis wusste, dass ihre Mutter sich eigentlich ein Mädchen gewünscht hatte, das mit Puppen spielte, fürsorglich war, Kleider trug und sich gerne herausputzen ließ. Früher in Jurmala war sie manchmal eifersüchtig gewesen, wenn sie bemerkte, wie ihre Mutter begeistert Johanna ansah, wenn sie wieder eines ihrer wunderschönen Kleider trug und die Haare glänzend und ordentlich gekämmt über ihre Schultern fielen, oder wenn sie am Strand ein Buch las, während Marlis mit ihren Brüdern so lange im Wasser blieb, bis sie blaue Lippen bekam und am ganzen Körper zitterte. Ihre Mutter hatte sie dann zwar immer liebevoll in ein Handtuch gehüllt und abgetrocknet, aber Marlis spürte, dass sie ihren muskulösen, festen Körper nicht so schön fand wie Johannas zarten. Manchmal hatte sie Johanna sogar einen Zopf geflochten und dabei leise mit ihr gesprochen.

»Aber Marlis kann dafür anpacken und was wegschaffen«, sagte Mama manchmal zu Vati. Er antwortete nichts darauf. Was hätte es auch gebracht, wenn er seiner Frau sagte, dass er Marlis schön fand. Sie würde antworten, was verstehst du denn davon, du kennst dich mit Mathematik und Physik aus, aber nicht mit Schönheit.

Wenn sie neben ihrem Vater ging, merkte Marlis, wie sehr sie ihm glich, seiner Art zu gehen, seinem Körperbau. Sie war eine weibliche Version seiner selbst, und sie wusste, dass er das auch sah und es gut fand, aber das sagte er nie. Jetzt fand er gar nichts mehr an ihr gut. Sie hatte ihn bitter enttäuscht. Und das schmerzte sie fast noch mehr als die Tatsache, dass sie immer noch nicht wussten, was mit Johanna war.

Wenn er aus der Schule kam, sah er erst einmal nach Fred. Sie hatten sich überlegt, Fred als das Kind einer entfernten Cousine auszugeben, die krank im Bett lag und sich nicht selbst um den Kleinen kümmern konnte. Aber da sie mit Fred nur selten im Viertel spazieren gingen und seinen Kinderwagen höchstens zum Auslüften in den Innenhof oder auf den Balkon schoben, fragten nicht sehr viele. Ihre Nachbarn waren natürlich neugierig gewesen, aber sie hatten sich schnell mit der Information zufriedengegeben. In ihrem Haus kümmerte sich jeder um seinen eigenen Kram, damit hatte er schon genug zu tun.

Manchmal träumte Marlis nachts von Johanna. Früher hatte sie federleichte, wunderschöne, lichte Träume gehabt, die sie nach Jurmala an den Strand führten oder in die Kiefernwälder. Dort lagen sie beide ausgestreckt auf dem Waldboden, sahen in den Himmel und Johanna erzählte ihr, welche Figuren sie in den Wolken erkannte. Manchmal berührten sich die Außenseiten ihrer Arme und Beine, und Marlis spürte noch im Traum einen Schauder und war nicht nur einmal erregt aufgewacht. Es war oft so intensiv gewesen, dass sie sich einredete, auch Johanna hätte diese Träume, denn sie war ihr so nah, als ob sie sich zu diesem Traum in einer anderen Dimension verabredet hätten. Eigentlich glaubte Marlis nicht an so etwas, aber Johanna hatte ihr von den vielen Wesen erzählt, an die fast alle Letten glaubten. Von Zemes mate, der Erdenmutter, die alle Geschicke lenkt, von Veja mate, der Windmutter, und von Meza mate, der Waldmutter. Ihr hatte es damals gefallen, dass es Göttinnen gab und nicht nur den einen Gott und Gottes Sohn wie im Christentum. Johanna war der festen Überzeugung, dass es viel mehr Dinge zwischen Himmel und Erde gab, die man nur nicht sehen konnte.

»Ich sehe manchmal die Winde tanzen, sie ziehen silberne Schweife hinter sich her. Ich höre den Klang des Nebels, wenn er sich über das Meer und die Küste legt. Sein Lied ist nicht bedrohlich, wie die Fischer sagen, es ist freundlich und bedächtig, er singt dunkle, aber fröhliche Töne. Nebel ist dazu da, um der Welt ein wenig Ruhe zu geben.« Marlis hatte immer noch Johannas Stimme in ihrem Kopf.

Manchmal hatte Johanna stundenlang bewegungslos am Strand gesessen, wenn Nebel über der Bucht hing, in das Nichts gesehen und nicht bemerkt, dass es immer kälter wurde. Marlis hatte damals dafür gesorgt, dass sie sich eine Jacke oder einen Schal umlegte und ihre Strümpfe und Schuhe wieder anzog.

Jetzt waren die Träume, in denen sie Johanna besuchte, aber dunkel und schwarz. Sie sah sie oft gar nicht, sondern hörte nur ihre Stimme flüstern und wimmern oder leise ihren Namen rufen: Marlis? Und wenn sich die Dunkelheit verzog, sah sie Johanna in einer Ecke kauern, ihren Rücken an die Wand gelehnt, ihren Kopf in den Händen. Mit den schmutzigen Fingern fuhr sie durch ihr strähniges, glanzloses Haar, immer wieder.

Marlis erwachte von ihrem eigenen Schluchzen. Wir müssen sie da rausholen, dachte sie. Aber auch wenn sie alles dafür geben würde, damit Johanna wieder freikam, wusste sie, dass es nichts gab, was sie hätte tun können.

Dafür kümmerte sie sich mehr um Johannas Sohn. Sie nahm ihn auf den Arm und versuchte, in seinen Augen etwas zu finden, das sie an Johanna erinnerte, aber da war nichts. Seine Augen waren blau, aber war das nicht bei allen Säuglingen so? Er hatte auch nicht Johannas wunderbare Haare, nur einige blonde Flusen auf dem Kopf. Sie roch an seiner Haut, auch sie hatte nicht Johannas Duft nach Kiefern, Zimt, Orangenschalen, dem Meer und Vanille. Manchmal, wenn sie in Jurmala im Garten gelegen hatten und Johanna ihr etwas vorlas, war der Duft von Johannas Haut zu ihr herübergeweht. Marlis war sicher, dass sie diesen besonderen Duft unter allen Gerüchen wiedererkennen würde, egal wie viel Zeit vergangen war.

Als sie Johanna zum letzten Mal gesehen hatte, war nicht mehr viel von ihrem Duft übrig gewesen. Sie hatte nicht mehr nach Kiefern und nach Meer gerochen, wie auch? Sie wohnte jetzt in dieser riesigen Stadt und ging nicht mehr jeden Tag von Frühjahr bis Herbst barfuß über den Waldboden. Aber auch die Mischung aus Zimt, Orangenschalen und Vanille war verflogen. Sicher war das Parfum, das Johanna schon als junges Mädchen benutzt hatte, in Deutschland nicht mehr zu bekommen, oder es war einfach zu teuer. Damals im Laden – es war erst einige Tage her und fühlte sich trotzdem so an, als ob es in einem anderen Leben stattgefunden hätte, in dem Marlis sich noch nicht schuldig gemacht hatte – hatte Johanna nach gewöhnlichem Eau de Cologne gerochen und nach dem leicht muffigen Geruch lange nicht gewaschener Haare. Marlis hatte sich davon abgestoßen gefühlt, weil sie Johanna nicht anders als duftend und wunderschön kannte. Wie musste sie sich in der kalten, dreckigen, kargen Gefängniszelle dafür schämen, sich nicht waschen zu können? Wie musste sie sich mit dem Gedanken quälen, was aus ihrem Sohn geworden war?

Marlis' Vater Albert hatte versucht, Johanna eine Nachricht in das Gefängnis übermitteln zu lassen. Meistens war dort jemand inhaftiert, den er kannte, oder von dem er zumindest schon einmal gehört hatte, aber in diesem Fall war es anders. Alle seine Versuche, eine Besuchserlaubnis zu bekommen, waren gescheitert. Sie waren ja nicht Familie, obwohl sie viel mehr Familie für Johanna gewesen waren als ihre Eltern. Johannas Vater hatte nicht verstanden, wie ein Vater sich verhalten sollte. Es war ihm immer nur um sich selbst gegangen, davon war Albert zumindest überzeugt.

Marlis versuchte, ihre Freundin in ihren Gedanken zu erreichen. Manchmal hatten sie das in der Zeit der langen Trennung getan. Sie hatten einen Zeitpunkt verabredet und dann an die andere gedacht. Erstaunlicherweise hatte sie Johannas Gedanken spüren können und auch gewusst, um was sie sich drehten. Und umgekehrt konnte Johanna von Anfang an Marlis' Gedanken lesen.

Sie setzte sich immer öfter mit dem kleinen Fred auf dem Schoß an das Wohnzimmerfenster und erzählte ihm, was auf der Kastanienallee zu sehen war. Dabei dachte sie an Johanna, sie versuchte, ihr Bilder zu schicken. Sie sagte ihr, es ist alles in Ordnung, wir kümmern uns um deinen Sohn, solange du nicht da bist. Bald sitzen wir gemeinsam an diesem Fenster und schauen auf die Kastanienallee hinaus. Ach, das weißt du ja noch nicht. Wir haben ihn Fred genannt, sicher heißt er eigentlich ganz anders. Verzeih, wenn du seinen Namen bei unserem letzten Treffen erwähnt hast, ich habe ihn vergessen. Ich war zu irritiert: Du mit einem Kind, das konnte ich mir nicht vorstellen. Sie ist doch noch so jung, habe ich damals gedacht.

Marlis schloss die Augen und konzentrierte sich. Sie hatte schon oft gehört, dass Mütter wussten, wie es ihren Söhnen im Feld ging und genau sagen konnten, was sie fühlten und dachten. Auch verliebte Paare standen in gedanklicher Verbindung miteinander, also warum nicht auch sie und Johanna, auch wenn sie nie ein Paar gewesen waren. Aber Marlis liebte Johanna und vielleicht reichte das, um ihre besondere Seelenverbindung wiederherzustellen.

Je länger im Dunkeln blieb, wie es Johanna ging und was mit ihr geschehen würde, desto verzweifelter wurde Marlis, und der Wunsch, Johannas Mutter zu besuchen, um von ihr etwas zu erfahren, wurde immer drängender. Und obwohl sie wusste, dass sie in Odas Wohnung auf E. treffen könnte, der wohl für Johannas Verhaftung verantwortlich war, ging sie zu Fuß zum nahe gelegenen Gendarmenmarkt.

Obwohl sie sich mitten im Krieg befanden, wirkte Prenzlauer Berg an diesem Morgen friedlich und ruhig. Die Sonne schien warm, und der Himmel strahlte in einem intensiven Blau, fast so wie in Lettland.

Die Knospen der Kastanienbäume waren in den letzten Tagen aufgeplatzt, zwischen zartgrünen Blättern leuchteten die weißen Blütendolden. Je schlimmer die Lebensumstände in Deutschland wurden, desto mehr erstaunte und erfreute es Marlis, dass die Natur so unbeirrbar ihrem Zyklus folgte, selbst wenn die Welt in Scherben lag. Solange es jedes Jahr wieder Frühling wurde, die Vögel zwitscherten, die Bäume grün wurden und die Wärme allmählich auch die klammen und feuchten Wohnungen der Hinterhöfe erreichte, gab es noch Hoffnung, dass die Zeiten irgendwann wieder besser würden.

Marlis hatte niemandem gesagt, was sie vorhatte. Ihr Vater hätte ihr sicher abgeraten. Er sagte immer, dass man sich mit dem Feind nicht einlassen sollte, und für ihn war klar, wo der Feind saß. Auch wenn sich Oda nie besonders für ihre Tochter interessiert hatte, war sie keine kalte oder böse Frau. Sie war einfach immer irgendwie abwesend und mit Dingen beschäftigt, von denen keiner wusste, was es eigentlich war. In diesem Punkt war sie ihrer Tochter sogar ähnlich, die auch oft abwesend wirkte, fand Marlis.

Es tat gut, den Weg zu Fuß zu gehen. Mitten auf dem Alexanderplatz hatte sie für einen kurzen Moment das Gefühl von Normalität. Die Fahnen von Hertie wehten auf dem Kaufhaus. Überall liefen Menschen geschäftig hin und her. Marlis hörte im Vorbeigehen Lachen und Gespräche. Die Straßenbahnen rumpelten an ihr vorbei. In den Straßencafés saßen die ersten Gäste. Frauen in teuren Mänteln oder mit leichten Pelzen gingen an ihr vorbei, selbstbewusst ihren Schmuck präsentierend. Sie schienen sich in keiner Weise daran zu stören, dass Krieg war und sie in einem menschenverachtenden Regime lebten. Sehr wahrscheinlich profitieren sie sogar davon, dachte Marlis. *Der Stürmer* schrie seine Lügen aus seinen Verkaufskästen, aber auch daran störte sich niemand. Marlis wurde schlagartig bewusst, dass die Zahl der mutigen Widerstandskämpfer nur klein war und die meisten Deutschen Adolf Hitler verehrten und an den Sieg der deutschen Truppen glaubten.

Plötzlich verwandelten sich die Passanten in Marlis' Augen zu einer undurchdringlichen Masse, die gemeinsam begeistert den rechten

Arm zum Führergruß hob und »Heil Hitler« brüllte. Was, wenn die Nazis wirklich siegen würden und all ihre Hoffnungen, dass Gerechtigkeit und Menschlichkeit zum Leitbild eines anderen Deutschlands werden würden, umsonst waren?

Aber wie sollte das auch funktionieren, überlegte Marlis, als sie über den Alexanderplatz ging und bei Aschinger vorbeiging, wo schon die ersten Gäste ihr Bier in der Sonne tranken. Die meisten Leute kümmerten sich nicht um Politik oder Menschenrechte, solange sie eine warme Stube, Bier, Essen, Arbeit und jemanden hatten, mit dem sie ab und zu das Bett teilen konnten.

Hier wirkte alles sauber und ordentlich, selbst jetzt noch im Krieg. Von den Obdachlosen, die sich hier früher aufgehalten hatten, weil sie bei Aschinger die günstigen Löffelerbsen bekamen, war an diesem lauen Frühlingstag nichts zu sehen. Marlis wusste, dass viele von ihnen verhaftet worden waren. Dieses »Gesocks« passte nicht zum sauberen Deutschen Reich, und einige ihrer Kunden, die selbst nicht viel hatten, waren froh darüber, dass dieser »Abschaum« von der Straße verschwunden war, und machten sich keine Gedanken darüber, wohin.

»Und wenn sie in ein Arbeitslager kommen, ist das auch in Ordnung«, hatte sie bei zwei Nachbarinnen aufgeschnappt, »da wird ihnen jedenfalls beigebracht, richtig zu arbeiten. Unsereiner macht sich den Buckel krumm, und die sollen damit durchkommen, dass sie gar nichts tun außer zu schnorren und zu betteln?«

Ja, in Deutschland war es kalt geworden, die Fronten waren aufgebaut, alles, was auf der anderen Seite des Zauns lebte, war Abschaum. Die Kinder fanden es vollkommen normal, so über Juden, Kommunisten, Schwule, Obdachlose und Behinderte zu reden.

Marlis konnte diese Gedanken fast über den Köpfen der Passanten sehen, die friedlich ihre Einkäufe erledigten, über den Platz schlenderten, in der Sonne eine Pause machten und sie unterhielten, als ob es Krieg nicht geben würde oder Verfolgung, Ungerechtigkeit, Unterdrückung, Folter. Und Marlis machte sich Sorgen, ob die Unterdrückung der Gedankenfreiheit und die Gleichschaltung aller schon so weit fortgeschritten war, dass es kein Zurück mehr geben würde.

Marlis kam am Berliner Dom vorbei und erinnerte sich daran, wie sie dort 1935 konfirmiert worden war. Sie hatte ein taubenblaues gesmoktes Kleid mit einem am Hals viel zu engen Ausschnitt tragen müssen, weiße Strümpfe, schwarze Lackschuhe, und sich sehr unwohl gefühlt. Ihre Mutter hatte ihr auch einen blauen Samtreif ins Haar geschoben und ihr verboten, ihn wieder abzusetzen, obwohl er schrecklich juckte. Ihre Füße in den neuen Lackschuhen, die sie nicht eingelaufen hatte, schmerzten, und das lange Sitzen machte sie unruhig. Sie hatte sich überhaupt nicht auf die Worte des Pastors konzentrieren können. Aber als sie den Kopf zur Kirchendecke hob und sah, wie das Sonnenlicht von oben hereinfiel und sich in unendlich vielen Farben wie durch ein Prisma brach, wurde sie ruhig und richtig andächtig. Das ist ein Zeichen von Gott, hatte sie damals gedacht. Er will uns damit zeigen, dass er bei uns ist und auf uns aufpasst. Er wird meine Eltern immer beschützen, meine Brüder, meine Freunde und natürlich Johanna, die heute nicht dabei sein konnte, aber ihr ein Buch mit lettischen Märchen in deutscher Übersetzung geschenkt hatte und einen gläsernen blauen Vogel mit weißem Schweif aus ihrer Sammlung. Marlis hatte es nicht ausgehalten können und schon vor der Kirche heimlich ihr Geschenk hervorgeholt, das auf dem Schrank in der Stube versteckt war und das sie natürlich erst nach der Kirche bekommen sollte. Sie hatte es ganz vorsichtig geöffnet und sich gemerkt, wie das Paketband geknotet worden war, um es dann wieder genauso zuzubinden, damit ihre Mutter nichts merkte.

Johanna war auch in jenem Frühjahr konfirmiert worden, und Marlis stellte sich vor, wie sie in den Rigaer Dom einzog, während die Orgel ein Präludium von Bach spielte. Ihre Haare glänzten sicher in einem prächtigen Zopf, den Mina geflochten hatte, und sie fühlte sich bestimmt sehr wohl in ihrem Kleid und hatte ihre Schuhe vor dem Anziehen geputzt. Sie wusste, dass es Johanna nicht um die Aufnahme in die Gemeinde ging oder darum, ihren Glauben durch die Konfirmation zu bekräftigen. Sie tat es nur, weil ihre Eltern, besonders ihr Vater, es so wollten, denn es war Familientradition. Johanna hätte ihm niemals gestanden, dass sie eigentlich gar nicht an den christlichen Gott glaubte, sondern an die Göttinnen Lettlands, an Feen, an einige Götter und die Macht der Natur, die über alles wachte. Im Winter hatten sie sich in ihren Briefen über dieses Thema ausgetauscht, und Marlis hatte versucht, ihrer Freundin die Ernsthaftigkeit der Konfirmation zu vermitteln und dass man das Glaubensbekenntnis nicht so oberflächlich aufsagen sollte. Johanna hatte sich nur über ihre preußische Strenge amüsiert und geantwortet, dass Gott sicher kein Donnergrollen vom Himmel schicken würde, wenn sie das Vaterunser und das Glaubensbekenntnis einfach nur so mitsprach.

Marlis wusste sogar noch Johannas Konfirmationsspruch: »Wie sich der Himmel über die Erde wölbt, so umgibt Gottes Liebe alle, die ihm vertrauen.« Sie hatte das etwas scheinheilig von Johanna gefunden, weil sie doch nicht einmal davon überzeugt war, dass es Gott gab. Aber sie verstand auch, warum ihn Johanna ausgesucht hatte. Wenn sie die Zeile »Wie sich der Himmel über die Erde wölbt« langsam und mit geschlossenen Augen sprach, sah sie den Himmel über Jurmala, wie er sich grenzenlos und magisch blau über der Bucht wölbte.

Wenn Marlis an ihren eigenen Konfirmationsspruch dachte, war ihr bis vor Kurzem immer leicht ums Herz geworden: »Fürchte dich nicht, ich bin mit dir, wanke nicht, denn ich bin dein Gott. Ich erhalte dich durch die rechte Hand meiner Gerechtigkeit.« Ja, sie hatte daran geglaubt, dass sie nichts zu fürchten brauchte. Sie hatte gedacht, dass Gott sie stark machen würde, jede Prüfung gut zu bestehen. Aber war sie nicht schon kurz nach der Konfirmation ins Wanken geraten, als sie feststellte, dass sich die Gefühle, die sie für Johanna empfand, nicht mit den Prinzipien der Kirche in Einklang bringen ließen? Sie hatte mit sich gehadert. Sie hatte gebetet, dass es vorbeiging, sie hatte in der Bibel gelesen, um vielleicht dort eine Antwort zu bekommen, und sie hatte sie auch gefunden. Für Jesus ging es überhaupt nicht darum, wen man liebte, es gab für ihn keine unschickliche Liebe, es ging ihm nur um die Liebe selbst. Er hätte sie nicht verurteilt. Aber als die Nazis anfingen, Homosexuelle zu verfolgen und zu verhaften, hatte sie sich gern mit den engen Vorstellungen der Kirche arrangiert, für die nur die Beziehung zwischen Mann und Frau von Gott gewollt war.

Jetzt wusste sie, dass Gott sie nicht davor bewahren konnte, sich zu fürchten, und dass sie auch wanken konnte, obwohl sie an ihn glaubte. Dass es keine Gerechtigkeit gab. Sie hatte gesündigt. Denn sie hatte der Schwachen, die anklopfte, nicht aufgetan, sie hatte sich nicht um die Hilfsbedürftige gekümmert, sondern sie einfach unbarmherzig weggeschickt.

Aber jetzt würde sie es wiedergutmachen. Sie würde zu Johannas Mutter gehen, sich vor ihre Füße werfen und darum betteln, sich bei ihrem Freund für Johannas Freilassung einzusetzen. Ein hochrangiger SS-Offizier konnte mit einem Anruf an der richtigen Stelle darüber bestimmen, ob jemand weiter in Haft blieb oder entlassen wurde.

Auch auf dem Gendarmenmarkt war es friedlich, und die Cafés waren gut besucht. Hier wirkte Berlin mondän und weltoffen. Der Gendarmenmarkt und die Friedrichstraße waren eine Bühne für die Reichen, Mächtigen und Schönen. Keine rußgeschwärzten Häuserfassaden, nirgends lag Unrat auf den Bürgersteigen, und niemand lief mit zerlumpten Kleidern durch die Gegend und bettelte. Wenn man sich hier auf die Mitte des Platzes stellt, könnte man meinen, man sei im Luxusparadies, dachte Marlis. Vorausgesetzt, man störte sich nicht an den riesigen roten Hakenkreuzfahnen, die überall wehten, und dass hier am 20. April, an Führers Geburtstag, die Jüngsten der Hitlerjugend, die Pimpfe, vereidigt wurden.

Was habe ich hier bloß verloren, dachte Marlis, ich gehöre nicht hierher in meinen fadenscheinigen karierten Hosen und dem etwas zu kleinen Pullover, der seine besten Tage schon lange hinter sich hat. Was soll ich nur tun, wenn dieser E. mir begegnet, dachte sie plötzlich und fröstelte. Noch kann ich unverrichteter Dinge umkehren. Aber dann beruhigte sie sich. Es war Dienstagvormittag, und auch SS-Offiziere waren jetzt vermutlich bei der Arbeit. Aber Marlis war sich ziemlich sicher, dass sie Oda zu Hause antreffen würde. In Jurmala war sie immer erst sehr spät am Vormittag munter geworden.

Sie erreichte das Jugendstilhaus in der Charlottenstraße, in dem Oda wohnte, ganz in der Nähe des Restaurants Lutter und Wegner, in das Vati sie alle ausgeführt hatte, als er zum Oberstudienrat ernannt worden war. *Von Klettenholz* – Marlis suchte Johannas Nachnamen auf den messingfarbenen Klingelschildern neben der Eingangstür und musste sich konzentrieren, um sie überhaupt lesen zu können. Sie war nur selten hier gewesen. Johanna hatte sich immer wohler bei ihnen in der Kastanienallee gefühlt. Eigentlich unfassbar, dachte Marlis, hier war es doch so wunderschön.

Als der Türöffner summte, stieg Marlis die Stufen der prächtigen Treppe hinauf, die mit einem zartgrünen Läufer ausgelegt war. Die Decke war mit Stuck verziert, der Handlauf an der Wand war sicher aus edlem Nussholz. Nirgendwo fanden sich Kritzeleien an den geweißten Wänden. Alle Glühbirnen in den Lampen funktionierten. Es drang kein Küchengeruch unter den Wohnungstüren hindurch und mischte sich im Treppenhaus. Stattdessen roch es nach Putzmitteln. Sie haben bestimmt eine Hauswirtin, die regelmäßig putzt und im Treppenhaus die Fenster öffnet, um unangenehme Gerüche zu verscheuchen. Die Mieten in diesem Haus sind sicher schwindelerregend hoch, dachte Marlis und fragte sich, ob Oda sich das überhaupt lange leisten konnte. Plötzlich verstand sie, dass Johannas Mutter sich in Berlin Schutz in Form eines hochrangigen SS-Offiziers gesucht hatte. Ihr Liebhaber brachte ihr sicher auch Geschenke mit oder ließ diskret mal Geld auf dem kleinen Holztischchen mit den Intarsien im Flur liegen. Und Oda, die eigentlich nie im Hier und Jetzt gelebt hatte, konnte sich einreden, dass sie wieder sicher war wie bei ihrem Mann.

Einmal hatte sie Oda und Johanna beim Walzertanzen am Strand gefunden. Oda hatte Johanna hin und her gewirbelt und gesungen, denn sie hatten am Strand natürlich keine Musik gehabt. Es war eigentlich noch viel zu früh für Oda, gerade mal neun Uhr am Morgen, und um diese Zeit war sie sonst nie auf den Beinen. Marlis hörte Johannas unverkennbares Lachen, das so laut und voll war, dass es eigentlich gar nicht zu ihrem zarten Körper passte. Als sie es zum ersten Mal gehört hatte, war sie erstaunt gewesen, später hatte sie verstanden, dass es zu Johannas unabhängiger, unerschrockener Persönlichkeit passte. Sie ist glücklich, dachte sie, weil ihre Mutter Zeit für sie hat. Als sie näher kam, bemerkte sie, dass Oda Johanna wild hin und her schleuderte und immer lauter sang. Soviel Marlis verstand, war es der Walzer »An der schönen blauen Donau« von Johann Strauß. Jetzt machte Oda keine Walzerschritte mehr, sondern tanzte Polka und zerrte Johanna mit sich, die aufgehört hatte zu lachen. Johanna konnte sich nicht befreien, sie stolperte nur den Schritten ihrer Mutter hinterher.

Marlis versuchte, sich bei Oda bemerkbar zu machen. Sie winkte, rief ihren Namen, aber nichts half. Johannas Mutter tobte immer schneller über den Strand, hielt ihre Tochter im Klammergriff und ließ sie nicht los.

»Frau von Klettenholz, bitte nicht so schnell!«, rief Marlis und rannte zu den beiden, »ich glaube, Johanna wird schlecht.« Aber Oda hörte sie nicht. Sie sang und tobte über den Strand, als ob sie nicht mehr ganz bei Sinnen war. Marlis war froh, dass um diese Zeit noch niemand am Strand war, denn sie wollte nicht, dass die Leute die Mutter ihrer Freundin für verrückt hielten. Aber das ist sie, hatte Marlis gedacht. Dieser Gedanke war ihr an jenem Morgen zum ersten Mal in den Sinn gekommen. Sie traute sich lange nicht, ihre Eltern zu fragen, was sie über Oda dachten, aber irgendwann hielt sie es nicht mehr aus. Ihr Vater runzelte nur die Stirn und zog an seiner Pfeife, als sie ihn vorsichtig fragte, ob er nicht auch glaube, dass Oda etwas neben der Spur wäre.

»Das würde ich nicht so sagen«, antwortete Vati. »Außerdem machen wir so etwas nicht, Marlis. Wir verurteilen niemanden. Wenn wir jetzt auch noch anfangen, wie die Nazis zu urteilen, was normal und was ›entartet‹ ist, wären wir bald da, wo die uns haben wollen. Also, Johannas Mutter ist nicht neben der Spur. Sie ist auch nicht anormal. Sie hat einfach nur ihre etwas eigene Ausdrucksweise. Vergiss nicht, sie ist Schauspielerin. Da hat sie das Recht, etwas exzentrisch zu sein. Und Marlis, für uns sind alle Menschen gleich, und jeder hat das Recht, so zu sein, wie er ist. Außer natürlich die Nationalsozialisten, das sind unsere Gegner, für immer und alle Zeiten, aber das spielt hier in Lettland glücklicherweise keine große Rolle, noch nicht.«

Marlis hatte eigentlich keine Einschätzung der aktuellen Lage Lettlands oder eine Kritik an den deutschen Verhältnissen haben wollen, sondern nur eine kurze Einschätzung des Gemütszustandes von

Johannas Mutter, aber sie hätte wissen müssen, dass ihr Vater gar nicht anders konnte, als ihr zu allen Dingen einen kleinen Vortrag zu halten.

»Lass mich los, Mama, du tust mir weh!«, rief Johanna, aber nicht sehr laut. Ihre Stimme klang verschüchtert und klein, als ob ihr jemand die Kehle zudrücken würde.

Marlis wusste nicht, was sie tun sollte. Lauter rufen als Johanna, riskieren, dass Frau von Klettenholz das als Respektlosigkeit auslegen und ihr vielleicht sogar verbieten würde, ihre Tochter weiter zu sehen? Nein, sie konnte nicht mehr tun, als darauf zu warten, dass der Spuk vorbeiging. Oder sollte sie Mina holen? Die würde dem Ganzen sicher schnell ein Ende bereiten. Sie hatte eine ganz bestimmte Art, mit Oda zu sprechen, und konnte sie beruhigen. Aber wenn ich weggehe, um Mina zu holen, kann ich nicht auf Johanna aufpassen, dachte Marlis verzweifelt. Sie war wie gelähmt, während Johanna jetzt weinte.

Auch damals habe ich Johanna nicht beschützt, dachte Marlis, als sie an diese Situation zurückdachte. Ich bin schon immer so gewesen. Eigentlich bin ich es nicht wert, ihre Freundin zu sein. Aber jetzt muss ich etwas erreichen, sonst kann ich ihr niemals mehr unter die Augen treten. Ich muss es einfach schaffen, Oda zu überzeugen, ihren Einfluss auf den SS-Offizier geltend zu machen. Sie war doch eine schöne Frau. Sie würde schon Mittel und Wege finden, um ihn umzustimmen.

Die weiß lackierte Wohnungstür war angelehnt. Eigenartig, dachte Marlis. Hatte Oda keine Angst vor zwielichtigen Gestalten? Marlis stieß die Tür vorsichtig auf und trat in den Flur mit den hohen Stuckdecken. Hier war nichts eng und schmal wie bei ihnen in der Kastanienallee. Auf dem Boden lag ein blauer Läufer mit byzantinischem Muster. Bei ihnen gab es nur die knarrenden alten Holzbodendielen. Auf dem reich verzierten Mahagoni-Tischchen, das Marlis aus Lettland kannte und das eins der wenigen Möbelstücke war, die Oda aus Jurmala mitgenommen hatte, standen weiße Lilien in einer Kristallvase. Marlis hatte keine Ahnung, wie Oda um diese Jahreszeit an diese Blumen gekommen war. Sicher ein Geschenk ihres Verehrers. An der

Garderobe hing ein dunkler Staubmantel, darunter standen schwarze, hochschaftige Stiefel. O Gott, er ist doch da, dachte Marlis erschrocken, vielleicht ist er über Nacht geblieben, warum habe ich nicht daran gedacht? Sie ging leise rückwärts zur Tür. Sie durfte diesem Menschen nicht begegnen, weil sie nicht sicher war, was sie dann tun würde. Vielleicht würde sie sogar die Beherrschung verlieren und auf ihn losgehen?

Die Tür zum Salon öffnete sich, und Oda trat in den Flur. Ihre Haare waren noch nicht frisiert. Sie trug einen seidenen roten Morgenmantel, der mit Drachen verziert war und wahrscheinlich aus China stammte. Sie sah hinreißend aus, alterslos. Sie hatte dieselben Augen wie Johanna und auch ihre Haare waren genauso schön, selbst ungekämmt glänzten sie atemberaubend. Ihre Füße, die so viel zierlicher waren als die von Marlis, steckten in mit Strasssteinen besetzten roten Samtpantoffeln. In Jurmala hat sie sich nie so auffallend gekleidet, fiel Marlis auf. Bei all ihrer Exzentrik war sie doch immer ordentlich angezogen gewesen, wenn sie Gäste empfing. Verlangte ihr Liebhaber, dass sie so aussah und immer auf Abruf bereitstand, um ihm seine exotischen Träume von Erotik und ein Gefühl wie in Tausendundeiner Nacht zu vermitteln?

»Marlis, was für eine Freude, dich zu sehen«, sagte Oda und kam mit geöffneten Armen auf sie zu. Schwankte sie etwa? Als sie ihre Wange an Marlis' Wange drückte und ihr sogar einen Kuss gab, roch Marlis Alkohol. Er war nicht nur in Odas Atem, sondern kroch ihr aus jeder Pore. Konnte es sein, dass sie schon um diese Uhrzeit betrunken war? Das war doch nicht möglich. So früh am Morgen? Auch in Jurmala hatte Oda bei Gesellschaften oder nachmittags gerne etwas getrunken, einen Likör, einen Wein, aber Marlis war nie aufgefallen, dass sie über die Stränge schlug. Johanna hatte ihr einmal erklärt, dass Alkohol bei ihrer Mutter und bei ihr selbst eine verheerende Wirkung hatte.

»Er macht uns verrückt«, hatte Johanna gesagt. »Du weißt doch, wir sind sowieso nicht so richtig von dieser Welt, und wenn wir etwas trinken, katapultiert uns der Rausch in eine Welt, in der jedes Geräusch, jede Farbe verstärkt wird, aggressiv, aufdringlich. Die Welt verschwindet nicht in einem angenehmen Nebel wie bei den meisten, die viel Alkohol getrunken haben, sondern springt uns an.«

Oda hat nicht nur getrunken, dachte Marlis, als sie den glasigen, irgendwie abwesenden Ausdruck in ihren Augen bemerkte.

»Komm in den Salon, lass uns ein wenig plaudern«, sagte Oda.

»Gerne, Frau von Klettenholz«, sagte Marlis. Was sollte sie auch sonst tun? Sie musste das Spiel jetzt mitspielen und hoffen, dass sich bald eine Lücke der Klarheit in Odas benebeltem Bewusstsein auftun würde. Jedenfalls ist E. nicht da, dachte Marlis erleichtert, als sie in den Salon trat.

Auf dem Flügel standen zwei leere Champagnerflaschen und Gläser direkt auf dem Mahagoni. Auf dem Boden hatte sich eine Champagnerpfütze gebildet. Die Korken lagen in der Ecke vor dem Fenster, und an der weißen Zimmerdecke entdeckte Marlis zwei feuchte Abdrücke, als ob die Korken an die Decke geknallt waren. Auf dem Boden vor dem Sofa lagen Schuhe und Kleider von Oda. Marlis entdeckte sogar ein Mieder und Strümpfe. Auf dem niedrigen Tisch vor dem Biedermeiersofa standen noch halb volle Likörgläser und ein randvoller Aschenbecher. In Jurmala hatte sie so etwas morgens nie zu Gesicht bekommen. Da hatte Mina nach den Gesellschaften, die Oda gab, immer noch in der Nacht aufgeräumt und abgespült, damit alles ordentlich und sauber war, wenn Johanna aufwachte und zum Frühstück in die Küche kam.

Marlis war das alles furchtbar peinlich. Sie wusste überhaupt nicht, wo sie hinsehen sollte.

»Setz dich doch«, sagte Oda vage, fegte schwarze Lackschuhe vom Sessel und kickte sie unter das Sofa.

»Wir hatten gestern eine kleine Party, es ist spät geworden. Meine Zugehfrau kommt erst heute Mittag«, sagte Oda mit einem flüchtigen, entschuldigenden Wedeln ihrer Hände.

»Möchtest du vielleicht einen Likör? Tee oder Kaffee kann ich dir leider nicht anbieten. Es ist, glaube ich, keiner mehr da. Paula bringt nachher welchen mit.«

»Nein«, sagte Marlis. Sie war entsetzt. Das konnte doch nicht Odas Ernst sein? Likör um diese Zeit?

»Ach, ich nehme mir einen«, sagte Oda. »Der beruhigt. Komm, lass uns über Jurmala plaudern, ich finde es so schön, dass du das gelbe Haus kennst. Hier weiß sonst niemand Lettland zu schätzen, jedenfalls nicht die, mit denen ich verkehre. Na ja, macht ja nichts«, sagte sie und kicherte plötzlich.

»Frau von Klettenholz, ich muss mit Ihnen über etwas Wichtiges sprechen«, versuchte es Marlis. »Frau von Klettenholz, bitte hören Sie mir zu.«

»Ja, Marlis«, sagte Oda und versuchte, ihre Stimme fester klingen zu lassen. Sie setzte sich gerader hin, sackte aber gleich wieder in sich zusammen.

»Hast du was von Johanna gehört? Sie hat ja so viel zu tun in dem Varieté. Ich habe gehört, dass sie jetzt auch tanzt, ist das nicht toll? Sie wird bestimmt einen großartigen Weg gehen«, sagte Johannas Mutter unvermittelt.

Sie weiß nichts, dachte Marlis, wie kann sie nicht wissen, dass ihre Tochter im Gefängnis sitzt?

»Ich kann da ja nicht hingehen als anständige Frau, aber Erich hat mir erzählt, dass sie sich richtig gut macht.«

Wie kann das sein!, schrie Marlis innerlich. Weiß sie wirklich nichts, oder tut sie nur so? Wenn sie ihr sagte, was sie wusste, würde Oda dann zusammenbrechen, hysterisch werden und auf sie losgehen? Das durfte sie nicht riskieren. Sie musste jetzt einen kühlen Kopf bewahren. Irgendetwas tun, aber was?

»Wenn du sie siehst, grüße sie von mir, und sage ihr, wie stolz ich auf sie bin. Sie wird mich bestimmt bald besuchen«, sagte Oda. »Ein Kind muss doch seine alte Mutter besuchen kommen«, fügte sie mit kokettem Ton in der Stimme hinzu.

»Sie sind doch nicht alt, liebe Frau von Klettenholz«, sagte Marlis pflichtschuldig, und Oda lächelte glücklich wie ein kleines Mädchen. Jetzt sieht sie aus wie Johanna, dachte Marlis, und dieser Gedanke fuhr ihr wie ein Pfeil durch das Herz. Was ist, wenn Johanna auch so wie ihre Mutter ist? Sie versuchte, diesen Gedanken wieder in den Hintergrund zu drängen, aber sie konnte nicht. Sie ähneln sich so, dachte sie. Was, wenn an der Theorie über die Erbgesundheit etwas dran war? Sie hatte sie zwar von Anfang an verabscheut, denn sie widersprach allem, an das sie glaubte. Aber wenn es doch stimmte, und es lebenswertes und unwertes Leben gab?

Was ist mit mir, dachte Marlis. Wie kann ich nur so etwas denken? Tropft das Gift der Nazis auch in meinen Kopf und in mein Herz? Und was ist mit denen, die nicht so viel Widerstand leisten wie ich? Glauben die alle wirklich daran, dass es lebensunwertes Leben gab?

Oda war betrunken und von Medikamenten oder irgendwelchen Drogen betäubt. Das war alles, eine andere Erklärung gab es nicht.

»Hatten wir nicht wunderbare Zeiten in Jurmala, wir gehen ganz bald dahin zurück. Das habe ich Johanna versprochen. Ich muss hier nur noch einige Dinge regeln, und dann fahren wir nach Hause. Berlin ist überhaupt nicht mehr das, was es in meiner Kindheit war. Ich fühle mich hier nicht mehr wohl. Ich werde mit Johanna nach Hause fahren, und du kannst uns da ja besuchen. Vielleicht bleibst du einfach einige Zeit. Genug Platz ist ja in unserem wunderbaren Haus.«

Sie hat vergessen, dass sie es verkauft hat, dachte Marlis.

»Mein Bekannter hat mir versprochen, dass wir dorthin ziehen, wenn das Deutsche Reich gesiegt hat. Lettland ist ja glücklicherweise jetzt schon von den Deutschen besetzt, und die Sowjets, die Schweine, sind vertrieben. Wir müssen nur noch eine ganz kleine Weile warten, und dann können wir zurück. Und Johanna wird in Riga auftreten. Mein Bekannter kann dafür sorgen, dass sie Karriere macht, er kennt so viele Leute.«

Genauso wie er dafür sorgen konnte, dass sie ins Gefängnis kam, dachte Marlis.

»Ja, ich werde Sie dort mit Vergnügen besuchen, wenn alles ruhiger geworden ist, darauf freue ich mich schon.«

Sie musste gute Miene zum bösen Spiel machen. Falls der SS-Offizier Oda erzählt hatte, was mit ihrer Tochter geschehen war, hatte sie es in eine Ecke ihres Kopfes verbannt, an die sie nicht mehr herankonnte oder wollte.

Wirf dich vor ihre Füße, fleh sie an, es muss doch einen Weg geben, sie zu erreichen, dachte Marlis verzweifelt, kämpfe für Johanna. Aber sie tat nichts. Sie saß einfach da und hörte Oda zu, wie sie über Jurmala plauderte.

Die Minuten tropften zäh dahin wie dicker Honig. Hier drin schien die Zeit stillzustehen, und während Oda über die Farben des lettischen Himmels und den Strand sprach, von den wunderbaren hellen Nächten und dem Duft der Kiefern am Meer schwärmte, über das bunte Volk philosophierte, das sie im Sommer immer zu ihren legendären Teegesellschaften eingeladen hatte, brach Marlis' Widerstand. Sie schloss die Augen, hörte Odas melodiöser Stimme zu und glaubte nach einer Weile selbst daran, dass sie bald alle dorthin zurückkehren und ein Leben in Unbeschwertheit, Helligkeit und Freude führen würden. Sie entspannte sich und lehnte sich in die Polster des Sessels zurück. Es wäre so schön, so schön, dachte sie.

»Wie sieht es denn hier aus«, dröhnte eine Stimme aus dem Hintergrund.

»Entschuldige, Paula, wir haben ein wenig gefeiert«, sagte Oda von Klettenholz plötzlich im Tonfall eines Schulmädchens. »Nicht böse sein.«

»Nee, bin ick nicht, aber jetzt hopp, hopp, Mädchen, unter die Dusche. Sie können doch niemand in diesem Aufzuch empfangen.«

Dann blaffte Paula Marlis an: »Kommen Se später wieder. Se sehen doch, Frau von Klettenholz muss sich erst frisch machen.«

Marlis sprang auf, sie wusste genau, dass bei Paula kein Widerspruch möglich war.

Sie wurde von ihr fast zur Wohnungstür geschoben.

»Wer sind Se überhaupt?«, fragte Paula unwirsch. Heute Abend erstattet sie dem SS-Offizier Bericht, dachte Marlis.

»Marlis …«, sagte sie. Es war sinnlos, sie anzulügen. Oda würde Erich von Lietzendorff sehr wahrscheinlich berichten, dass sie hier gewesen war, wenn sie es nicht sofort wieder vergaß, und sie würde davon schwärmen, dass sie so nett über Lettland geplaudert hatten.

Die Tränen kamen sofort, als sie wieder unten auf dem Gendarmenmarkt war. Marlis wusste nicht mehr, was sie jetzt noch tun sollte.

Johannas Mutter war ihre letzte Hoffnung gewesen. Nur sie hätte sich für ihre Tochter einsetzen können, nur sie hatte die Macht, wirklich etwas zu erreichen, aber jetzt war Marlis klar, dass auch Oda ein Opfer war. Ihr Erich, ihr SS-Offizier, der sie eigentlich hätte beschützen sollen, richtete sie langsam zugrunde. Bei allen Eigenheiten und aller Egozentrik, die Oda in Lettland an den Tag gelegt hatte, hatte sie ihren Mann geliebt und ihm vertraut. Er war das Bollwerk zwischen ihr und der Welt da draußen gewesen. Sie hatte ihn dringend gebraucht, um sorglos und ohne Probleme in ihrer eigenen Welt leben zu können. Und Herr von Klettenholz hatte diese Aufgabe sehr gerne erfüllt. Oda blieb für ihn immer ein geheimnisvolles Geschöpf.

Johanna hatte Marlis die Liebesgeschichte ihrer Eltern eines Abends erzählt, als sie in Decken eingehüllt stundenlang auf der Veranda saßen und in die Dämmerung sahen, die sich nicht entscheiden konnte, wirklich in eine dunkle Nacht überzugehen. Wie sehr hatte Marlis die Helligkeit der lettischen Sommernächte geliebt. Es war der Sommer gewesen, in dem sie entdeckt hatte, dass sie Johanna auf eine Art mochte, die nicht so war, wie man sich in der Regel freundschaftliche Gefühle vorstellte. Vor jedem Treffen mit Johanna war sie aufgeregt und konnte es gar nicht abwarten, sie zu sehen.

Johannas Vater hatte sich sofort in ihre Mutter verliebt, als er sie bei einem Freund in Riga bei einer Soiree Rilke-Gedichte zitieren hörte. Sie war mit ihrer Mutter nach Riga gekommen, einer Gräfin von Sonnenberg, die in Lettland geboren und durch Heirat nach Berlin gekommen war. Das hatte sie niemals wirklich verwunden, und so oft sie konnte, reiste sie nach Riga, erst allein und später mit ihrer Tochter, als diese alt genug war.

»Ich möchte auch so etwas wie meine Eltern erleben«, hatte Johanna damals gesagt. »Es muss so romantisch gewesen sein. Meine Mutter stand auf einer kleinen improvisierten Bühne, sie war gerade mal 19 und zitierte Rilke. Sie trug ein weißes, bodenlanges Kleid, sehr altmodisch, und sah aus wie eine Fee, hat mir mein Vater mal erzählt. Sie hat das Kleid immer noch, es hängt in ihrem Kleiderschrank in Riga, und sie hütet es wie ihre größte Kostbarkeit. Ich glaube, sie zieht es ab und zu an, wenn sie allein sind.«

Marlis' Mund wurde trocken, und sie musste schlucken. Es war ihr peinlich, diese Details zu hören. Es reichte ihr schon, dass sie jetzt wusste, was ihre Eltern in den Nächten am Strand gemacht hatten, als sie frisch verheiratet waren.

»Meine Mutter musste zwei Tage später nach Berlin zurück, aber mein Vater hat nicht lockergelassen und ihr Geschenke geschickt. Ich glaube, sein Weihnachtsgeschenk war ein gläserner, rot-weißer Vogel mit einem Schweif aus einer Pfauenfeder. Meine Mutter hat mir erzählt, dass sie sich in dem Moment, als sie dieses Geschenk auspackte, in den etwas älteren Mann verliebte. Sie wusste, dass er verstand, wie sie war. Dass er ihr das geben konnte und wollte, was sie brauchte, und immer dafür sorgen würde, dass sie so sein konnte wie dieser gläserne Vogel, der sich nur in seiner wunderschönen Voliere wohlfühlt, weil er für die Natur viel zu zerbrechlich ist. Sie schickte ihm ein Gedicht, das sie geschrieben hatte, und erlaubte ihm, sie zu besuchen. Er hielt um ihre Hand an, und sie sagte ja.«

Marlis war sich sicher, dass Oda ihren Mann sehr geliebt hatte und ohne ihn vollkommen aufgeschmissen war. Es musste für sie ein Verrat an allem gewesen sein, als sie von seinem Tod erfuhr. Sie war nicht auf ein Leben ohne seinen Schutz vorbereitet gewesen. Ihre Eltern waren schon tot. Sie hatte niemanden außer Johanna.

Marlis beruhigte sich langsam auf dem Weg zurück nach Prenzlauer Berg. Jetzt war sie sicher, dass Oda diesen E. gar nicht mochte und es nur ertragen konnte, dass er sie anfasste, wenn sie sich durch Alkohol und Tabletten betäubte.

»Wo warst du, wir hätten dich gebraucht«, sagte ihre Mutter vorwurfsvoll, als sie in den Laden kam. Marlis war schon klar, warum. Aus dem Hinterzimmer war Gebrüll zu hören.

»Fred lässt sich überhaupt nicht beruhigen. Und Oma geht es mal wieder nicht gut.«

Marlis ging in das Hinterzimmer des Ladens und nahm Fred aus der Wiege. Jetzt waren es schon drei Wochen, in denen sie sich um ihn kümmerten, und man konnte zusehen, wie er wuchs. Hoffentlich kann ich ihn beruhigen, dachte sie und versuchte, ihre Angst um Johanna und ihre innere Unruhe vor Fred zu verbergen. Er hörte nicht auf zu weinen.

»Es kann nicht daran liegen, dass er Hunger hat!«, rief ihre Mutter aus dem Laden. »Ich habe ihn gerade gefüttert. Vielleicht gehst du einfach ein bisschen mit ihm hin und her und wiegst ihn. Oder noch besser. Nimm ihn mit nach draußen, er braucht sicher frische Luft, und die Sonne scheint doch. Aber zieh ihn richtig an, es ist noch etwas frisch. Ich habe seine Strickjacke und seine Mütze schon bereitgelegt, neben dem Kinderwagen.«

Jetzt stand ihre Mutter neben ihr.

»Jetzt ist gerade keiner im Laden. Soll ich ihn schnell anziehen?«, fragte sie und hatte ihn ihr schon aus dem Arm genommen. Das kann ich auch, wollte Marlis sagen, aber sie wusste ja selbst, dass sie sich etwas ungeschickt anstellte. Dieses Baby war so klein. Ihre Hände wirkten riesig und ungelenk. Ihre Mutter wusste genau, was zu tun war. Lustlos schob Marlis den Kinderwagen auf den Bürgersteig und ging in Richtung Eberswalder Straße. Sie wusste, dass die meisten dachten, Fred wäre ihr Sohn, wenn sie mit dem Kinderwagen unterwegs war, und das war ihr unangenehm. Vielleicht kann ich Vati abholen, dachte sie, und ihm auf dem Weg erzählen, was bei Oda geschehen ist. Er musste es wissen, und dann konnte er entscheiden, ob er es Mama erzählte. Sie würde es jedenfalls nicht tun. Fred beruhigte sich glücklicherweise sehr schnell und schlief ein. Die Sonne wärmte, Marlis knöpfte sich ihren Mantel auf, den Mutter ihr noch schnell von oben aus der Wohnung geholt hatte.

»Kind, du warst ohne Mantel draußen? Du bist ja ganz verkühlt. So warm ist es doch noch nicht.«

Marlis hätte es schöner gefunden, wenn Mutter ihr eine warme Milch gemacht und sie im Laden hätte bedienen lassen, statt mit Fred spazieren zu schicken.

Auf der Eberswalder Straße kam Vater ihr entgegen. Sie erkannte ihn schon von Weitem. Er ging schnell, seine Jacke stand offen. Er schlenkerte mit den Armen und seine Schritte federten. Er überragte die meisten Passanten. Marlis war sehr stolz, einen so großen Vater zu haben und auch darauf, dass sie selbst größer war als die meisten Frauen. Als er sie entdeckte, ging er noch schneller, winkte ihr zu und rief ihren Namen. Einige Passanten sahen sich nach ihm um, aber das schien ihn überhaupt nicht zu stören. Er schien es noch nicht einmal zu bemerken. Manchmal war er so unbekümmert. Wie sie das liebte.

»Marlis!«, rief er von Weitem. »Gut, dass ich dich treffe. Ich habe etwas herausgefunden – über Johanna.«

»Vati, nicht so laut. Soll das wirklich jeder mitbekommen?«

»Du hast recht, das habe ich vollkommen vergessen«, sagte er und blieb vor ihr stehen. Er war so aufgeregt, dass er noch nicht einmal in den Kinderwagen nach Fred sah, was er normalerweise immer tat.

»Wir bilden hier ein Hindernis auf dem Bürgersteig«, sagte Marlis.

»O ja, stimmt«, sagte Vater und ging neben ihr her. Fred schlief glücklicherweise immer noch.

»Ich weiß, wo Johanna jetzt ist.«

»Wirklich, kann ich zu ihr? Können wir sie rausholen?«

»Nein, das wohl nicht. Sie ist in der Barnimstraße.«

»O Gott, das ist das Frauengefängnis«, sagte Marlis heiser. Einige ihrer Bekannten und Freunde waren schon dort inhaftiert gewesen und hatten Schlimmes erzählt. Wer in der Untersuchungshaftanstalt der Gestapo saß, wusste nicht, wie lange er dort auf seinen Prozess warten musste. Prozess, das klang nach Fairness, Gerechtigkeit, dachte Marlis. Als ob es so etwas in Deutschland überhaupt noch gab. Marlis hatte gehört, dass man von dort zum Verhör zur Gestapo gebracht werden konnte, wenn man eine Politische war. Ihr Vater hatte mal mit einem Gefängniswärter gesprochen, der die Frauen nach den Verhören wieder in Empfang nahm. »Ihre Augen sind oft zugeschwollen, man muss ihnen brutal ins Gesicht geschlagen haben. Und bei manchen sind die Finger blutig, ihre Nägel nicht mehr da.« Vater hatte ihr das bei einem ihrer Abendspaziergänge erzählt. »Mit Mama kann ich nicht darüber sprechen, das macht ihr Albträume, aber du bist stark. Du hältst so etwas aus. Wir sind aus demselben Holz, wir können die

Wahrheit verkraften«, hatte er damals gesagt, und Marlis war sehr stolz gewesen, dass es etwas gab, das er nur ihr erzählte.

Jetzt wünschte sie sich, sie hätte nie etwas davon gehört. Grauenhafte Bilder drängten sich ihr auf, Bilder von Johannas geschwollenem Gesicht, sie hörte sie vor Schmerzen weinen, und als sie Johannas wunderbare Hände mit blutigen Klumpen anstelle von Fingerkuppen sah, wurde ihr schlecht.

»Ich weiß, es ist furchtbar, aber wir wissen nicht, ob sie zum Verhör abgeholt worden ist. Sie ist doch nur ein kleines Licht. Die Gestapo ist hinter politischen Gefangenen her, nicht hinter jemandem, der mit zu vielen Männern geschlafen hat.«

»Das hat sie gar nicht, glaubst du denen jetzt etwa?«, fragte Marlis schrill.

»Nein, Marlis, natürlich nicht«, sagte ihr Vater, aber das klang nicht sehr überzeugt. »Ich weiß jedenfalls, wo ich noch mehr Informationen über Johanna bekomme. Du kennst doch Frau Rose von gegenüber? Sie kümmert sich um die Frauen in der Barnimstraße. Sie weiß bestimmt mehr. Und wir können ihr auf jeden Fall vertrauen, das weiß ich. Vielleicht können wir ihr etwas für Johanna mitgeben. Auf jeden Fall können wir ihr schreiben. Auch wenn ich nicht glaube, dass wir irgendetwas von Bedeutung schreiben dürfen.«

»Danke, Vati, dass du dich so kümmerst«, sagte Marlis und unterdrückte mühsam ein Schluchzen.

»Du brauchst mir nicht zu danken, das ist für mich selbstverständlich als Mensch und Christ«, antwortete er. Sein Tonfall klang immer noch vorwurfsvoll. Aber jetzt würde alles besser werden. Sie wussten, wo Johanna war. Jedenfalls ist es ein Gefängnis und kein KZ, dachte Marlis, das ist bestimmt gut.

Sobald sie konnte, machte sie sich auf den Weg zur Barnimstraße in Friedrichshain, nicht weit weg von Prenzlauer Berg. Das Gefängnis war ein großer Gebäudekomplex aus rotbraunem Backstein, nicht alle Fenster vergittert. Was wusste sie über dieses Gefängnis? Dass es dort Einzelzellen gab und nicht diese Massenzellen wie in Moabit. Dass dort viele politische Gefangene waren.

Jedem war klar, dass er schnell und ohne langes Fackeln von der Straße weg verhaftet werden konnte. Das Schutzhaftgesetz von 1933 machte das möglich, das am Anfang einer Reihe absurder Gesetze und Verordnungen stand, die nur zur Unterdrückung der Bevölkerung erlassen worden waren. Marlis hätte nie damit gerechnet, dass jemanden aus ihrem engsten Kreis dieses Schicksal ereilen würde. Bisher war ihre Familie durch Glück und Vorsicht dem Schlimmsten entgangen. Sie waren immer besonnen und überlegt gewesen in dem, was sie taten. Sie wussten, dass sie nicht auffallen durften, ihren Widerstand gegen die Nationalsozialisten geheim halten mussten und sich auf keinen Fall in dem Dickicht der vielen neuen Verordnungen und Gesetze verheddern durften. Der Grat zwischen Ungehorsam und Gesetzesbruch war sehr schmal, und sie hatten es bisher geschafft, auf der sicheren Seite zu bleiben.

Direkt neben dem Gefängnisgebäude standen Arbeiterhäuser. Marlis überlegte, ob man von dort aus vielleicht in den Gefängnishof sehen konnte.

Marlis wusste nicht, wie lange sie schon vor dem Frauengefängnis stand. Sie wusste auch nicht, worauf sie eigentlich wartete. Vielleicht, dass sich das eiserne Tor öffnete und Johanna herausspazierte? Manchmal half es ja, sich etwas zu wünschen und ganz genau vorzustellen. Das hatte doch früher schon ein paar Mal geklappt. Johanna war davon überzeugt, dass man durch bloße Vorstellung den Lauf der Dinge beeinflussen konnte. Marlis hatte ihre Zweifel gehabt, aber jetzt, in der Wärme des wundervollen Frühlingstages, verrückt vor Angst und Sorge um ihre Freundin, war sie versucht, doch daran zu glauben, dass Johanna da drinnen, nur einige hundert Meter, aber ganze Welten von ihr entfernt, in der Lage war, durch ihre Vorstellungskraft den Verlauf der Dinge zu ändern und alles zum Guten zu wenden.

Kapitel 4

Johanna hatte gerade Fred gefüttert und ihn zum Schlafen in ihr Bett gelegt. Es war ein friedlicher Moment gewesen. Sie hatte dem Atmen ihres Sohnes zugehört und war dadurch ruhig geworden. Am liebsten hätte sie sich auch ins Bett gelegt und noch ein bisschen geschlafen. Aber sie musste wach bleiben, sich überlegen, wie es weitergehen sollte. Fred und sie mussten weg aus Berlin, das stand fest. Vielleicht würde es ihr gelingen, mit dem Zug nach Riga zu fahren? Schließlich musste sie dafür nicht mehr durch Feindesgebiet. Alles gehörte jetzt irgendwie zum Deutschen Reich. Könnte sie mit ihrem Sohn in Lettland leben? Und ihm die unbeschwerte Kindheit am Strand von Jurmala schenken, die sie selbst erlebt hatte? Vielleicht sollte ich es einfach versuchen, dachte sie. Einfach meine Sachen zusammenpacken und mit Fred zum Bahnhof fahren. Sie hatte genug Geld, um die Fahrkarten nach Riga zu bezahlen. Und wären sie erst einmal dort, würde ihnen schon jemand weiterhelfen. Sie kannte dort viele Leute. Ihre Großmutter lebte dort bei ihrer Tante. Zwar hatte sie die beiden seit der Beerdigung ihres Vaters nicht gesehen, aber Johanna war sicher, dass die beiden sie unterstützen würden, wenn sie mit Fred vor der Tür stünde.

Ich habe die Lösung, dachte Johanna erleichtert. Jetzt schlafe ich noch einen Moment, um Kraft zu schöpfen, und dann bereite ich ganz schnell alles für unsere Abreise vor. Ich werde niemandem Bescheid sagen, auch nicht Marlis. Dafür bleibt keine Zeit. Ich werde sie aus Lettland informieren. Vielleicht interessiert sie ja auch gar nicht mehr, was aus mir wird.

Ich werde weggehen, dachte Johanna mit einer Bestimmtheit, die ihr Kraft gab. Sie freute sich über ihren Mut, diese Entscheidung für Fred und sich getroffen zu haben. Sie freute sich über ihre Kraft. Sie war kein Opfer, ihr musste man nicht helfen. Sie war in der Lage, ihr Leben selbst in die Hand zu nehmen. Entspannte Zuversicht breitete sich in ihr aus. Nur noch einmal kurz hinlegen, dachte sie. Es ist noch so früh. Sie vergrub ihre Nase in Freds Haarflaum und nickte ein.

Johanna hörte nicht, dass die Tür der Wohnung geöffnet wurde. Sie hörte nicht, dass die Wirtin mit den Männern sprach, sie hörte das Knarren der Holzdielen nicht, als sie den schmalen Flur hinunterkamen. Sie war in ihrer eigenen Welt. Sie lag mit ihrem Sohn in den Armen auf dem Bett und war gleichzeitig hunderte Kilometer weit weg.

Sie schreckte auf durch ein Husten direkt vor ihrer Tür. Und sie wusste sofort, was das bedeutete. Reflexartig sprang sie aus dem Bett und deckte ihren Sohn mit der Decke zu. Gott sei Dank schlief er weiter. Sie hoffte, dass er genug Luft bekam. Hauptsache, er würde das, was gleich geschehen würde, überleben. Johanna drehte sich zur Tür. Auf einmal war sie ganz ruhig und gelassen. Was geschah, geschah. Und wenn sie keinen Widerstand leistete, würde es schnell gehen. Vor der Tür wartete bestimmt E., der gekommen war, um sein »Recht« einzufordern. Und dieses Mal würde sie sich nicht wehren, sondern ihm gleich das geben, was er wollte. Aber nicht auf dem Bett, sondern sie würde ihn zum Stuhl neben der Kommode führen. Dort würde sie vor ihm auf die Knie gehen, seine Hose öffnen und ihm das geben, was er wollte. Sie hatte so etwas zwar noch nie gemacht, aber sie war überzeugt, dass sie schon irgendwie wissen würde, wie es geht. Und dann würde sie sich so lange von ihm nehmen lassen, bis er keine Lust mehr hatte. Sie würde nicht schreien oder sich wehren. Sie würde es stumm geschehen lassen. Und wenn sie Glück hatte, würde er danach einfach wieder gehen. Ich werde ihm alles geben, was er will. Ich bin bereit, und dann werde ich mit Fred zum Bahnhof fahren und für immer verschwinden.

Die Tür ging auf. Zwei Männer kamen herein, die sie nicht kannte. E. war nicht dabei.

»Sie sind wegen Prostitution und Beischlafdiebstahls verhaftet«, sagte der eine, der wie ein Polizist aussah. Er hatte braune Augen, und Johanna bemerkte in seinen Augen sogar einen Funken Mitleid, bevor sich sein Blick wieder verschloss und undurchdringlich und kalt wurde.

»Kommen Sie mit«, sagte der andere Mann mit knarrender, ungeduldiger Stimme. Er trug eine schwarze Uniform, schwarze Lederstiefel, eine schwarze Koppel. War er von der SS? Warum war er von der SS? Seine Stimme war leise und fast tonlos, aber gleichzeitig schneidend.

»Machen Sie schon, ich habe nicht den ganzen Tag Zeit«, sagte er. Johanna erkannte, dass es ihm nur darum ging, seine Arbeit möglichst schnell und reibungslos zu erledigen. Er hatte für den Tag mit Sicherheit einen engen Zeitplan, und sie zu verhaften war nur ein kleiner Auftakt. Eine unliebsame Angelegenheit, die schnell zu erledigen war.

»Muss ich etwas mitnehmen?«, fragte Johanna. Bitte, Fred, wach jetzt nicht auf, betete sie.

»Nein, Sie bekommen alles da«, sagte der Mann mit den braunen Augen. Johanna wagte nicht, zu fragen, wo das denn wäre. Ich muss jetzt schnell sein, dachte sie. Die müssen hier raus! Ich will nicht, dass sie meinen Sohn mitnehmen und der Fürsorge übergeben. Johanna ging mit den beiden Männern und schloss die Tür hinter sich, ohne sich umzudrehen.

Die Zimmertür der Wirtin öffnete und schloss sich leise, als sie vorbeigingen. Frau Burg wird Fred finden und sich um ihn kümmern, versuchte Johanna, sich einzureden. Sie ist kein Unmensch. Und dann wird Marlis kommen und ihn zu sich nehmen. Aber sie zitterte vor Angst und Panik. Auch wenn E. ihr gedroht hatte, auch wenn sie Marlis erzählt hatte, dass sie in Gefahr war – so richtig hatte sie doch nicht daran geglaubt. Alles war bisher für sie ein Spiel gewesen, nur ein Spiel, aber als sich die Tür hinter ihr schloss und sie ihren Sohn zurücklassen musste, hörte das Spiel für sie auf: schlagartig und unwiderruflich. In ihrem Innern legte sich ein Schalter um. Plötzlich nahm sie alles nur noch wie durch Watte wahr.

Erste Station: Gefängnis Moabit. Sammelzelle. Unzählige Frauen in einem Raum – laut, schmutzig. Einige Frauen weinten und schrien die ganze Zeit, dass sie unschuldig hier waren. Andere spuckten verächtlich auf den Boden. Viele waren schmutzig, ihre Haut fahl, und sie stanken. Ich gehöre nicht hierher, dachte Johanna, ich bin keine von euch. Ich bin unschuldig, ich bin unschuldig, ich weiß noch nicht mal, was Beischlafdiebstahl ist.

»Warum biste hier, Kleene«, wurde sie nicht nur einmal gefragt, aber sie schwieg. Sie wollte und konnte mit diesen Frauen, die sie nicht verstand, deren Körpersprache sie nicht kannte, deren Grobheit sie abstieß, nichts gemein haben. Sie wollte nicht mit ihnen reden. Sie saß auf einer Bank in einer Ecke in dieser viel zu kleinen Zelle für zu viele Menschen. Sie kauerte sich zusammen und versuchte, sich wegzuträumen. Es wird bald alles vorbei sein, dachte sie. Meine Mutter wird E. davon überzeugen, die Anzeige zurückzunehmen, und er wird sagen, dass das alles ein großes Missverständnis war. Oda wird erfahren, dass ich hier bin, redete sich Johanna ein, und dann wird sie sich um mich kümmern.

»Sie werden mich hier rausholen, wenn sie erfahren, dass ich hier bin«, murmelte sie vor sich hin, ohne dass sie es merkte.

»Das glaubste doch selbst nicht«, sagte eine grell geschminkte Frau neben ihr. »Da wird niemand kommen. Sie wissen es sicher noch nicht mal, dass de hier bist.«

»Werden sie nicht benachrichtigt?«, fragte Johanna.

»Nee, nur auf Anfrage. Du musst schon von deinen Leuten vermisst werden. Aber das wirste ja sicher, so süß wie du bist«, sagte die Mitinsassin und machte Anstalten, Johanna durchs Haar zu streichen.

»Tu das nicht«, kam es aus Johannas Mund, bevor sie noch etwas dagegen tun konnte. Es klang zu barsch und zu böse. Ihre Nachbarin sah sie erschreckt an. Jetzt wird sie mich gleich schlagen, dachte Johanna.

»Kindchen, warum biste so empfindlich. Ich mach ja nischt. Is jut.« Sie hob ihre Hände beschwichtigend und rückte von Johanna ab, so gut es in der Enge ging.

»Vorsicht«, sagte sie zu ihrer Nachbarin auf der anderen Seite. »Die ist bissig. Der darfste nicht zu nahe kommen.«

Es geschah nichts, außer, dass man ihnen Essen brachte, wenn man die Pampe überhaupt Essen nennen konnte. Waren das Kartoffeln, war das Kohl? Roch sie ranziges Fett? Sie konnte es nicht herunterbringen.

»Willste nicht?«, fragte Bertha neben ihr, die nicht mehr von ihrer Seite wich und sich als ihre Beschützerin aufspielte.

»Nee, kannste haben«, murmelte Johanna und schob ihr den Napf hin.

»Mensch, danke«, sagte Bertha. »Is das Essen hier nicht dufte? Draußen bekomme ich nicht so viel warmes Essen.«

Johanna nickte, und Bertha tätschelte ihr das Knie. Mittlerweile konnte sie das aushalten, ohne zurückzuzucken.

Tage, Nächte, Tage. War es wirklich Tag? Sie konnte von dem Platz aus, an dem sie saß, das Fenster nicht sehen. Aber ab und zu erhaschte sie einen Lichtstrahl auf dem Boden.

Es wurden immer wieder Frauen aus der Zelle entlassen, andere kamen hinzu. Es lohnte sich nicht, sich Gesichter zu merken oder mit jemandem in Kontakt zu kommen. Bertha saß die ganze Zeit neben ihr. Sie war mehrfach wegen Prostitution vorbestraft. Sie hatte bereitwillig ihre Geschichten erzählt, und mittlerweile wusste Johanna auch, was Beischlafdiebstahl war. Ihr wurde also vorgeworfen, als Prostituierte einen Kunden vor oder nach dem Akt bestohlen zu haben. Johanna konnte sich nicht vorstellen, dass E. behauptet hatte, er wäre bestohlen worden. Er hatte sicher einen seiner Untergebenen bestochen, das zu behaupten. Aber es war ja eigentlich kein Problem für ihn. Wenn man mit einer Prostituierten schlief, machte man sich nicht strafbar, nein, schuldig war die Prostituierte, die Hure.

»Ja, ich bin eine Hure«, hatte Bertha ihr erklärt. »Und ich bin stolz darauf. Es gibt so viele arme Männer da draußen, die niemanden haben, der sie mal in den Arm nimmt. Ich mache das. Se wollen nicht alle mit mir schlafen. Viele wollen nur lieb jehabt werden. Besonders die hohen Herren. Pass uff, se werden mich demnächst laufen lassen, weil einer von denen sich für mich einsetzt.«

Sie hob die Hand zu einer Siegergeste, als sie geholt wurde, weil sie dachte, dass sie rauskäme.

»Die freut sich zu früh«, sagte eine fette Frau, die wegen Diebstahls in der Zelle saß. »Die is sicher auf dem Weg nach Ravensbrück.«

»Woher weißt du das?«, fragte Johanna.

»Ist 'ner Freundin von mir passiert. Allerdings schon vor Jahren. Sie ist zwar nach einigen Monaten wieder rausgekommen, aber war total kaputt. Sie war der Dreck im Lager, musste einen schwarzen Winkel tragen, weil sie 'ne Asoziale war.«

»Was hat sie denn gemacht?«

»Viel gefeiert, viel getrunken, eine Zeit lang hatte sie keine Bleibe. Da hat sie bei Freunden gewohnt und bei schönem Wetter an der Spree oder am Wannsee übernachtet. Das war 1938, ein toller Sommer. Irgendwann wurde se aufgegriffen, und dann war se wech. Ich habe erst Monate später von ihrer Mutter erfahren, dass se in Ravensbrück ist. Weißte, das kann jetzt fast jedem blühen hier. Die stecken einen nicht mehr in jemütliche Jefängnisse. Wenn se können, kommste ins Lager, wenn du jenuch anjestellt hast.«

Johanna wurde schwarz vor Augen. Bisher hatte sie wenig über diese Lager gehört, aber sie wusste, dass sie dort nicht überleben würde. Sie würde es einfach nicht aushalten, eingesperrt zu sein. Sie brauchte ihre Freiheit, das Gefühl, jederzeit nach draußen gehen und so lange laufen zu können, wie sie wollte.

»Kindchen, jetzt mach mal nicht schlapp«, hörte sie eine Stimme neben ihr. Als sie wieder zu sich kam, lag sie in den Armen der dicken Frau.

»Du wärst fast von der Bank gekippt, da musste ich dich halten«, sagte sie. »Oder hättste auf dem Boden liegen wollen?«

Johanna schüttelte den Kopf und richtete sich auf. Nein, auf diesem schmutzigen Boden voller Rotz, Spucke und Erbrochenem wollte sie nicht liegen.

Ja, sie wusste, dass sie zu empfindlich war. Mina hatte das auch immer gesagt. Sie mochte es sauber und ordentlich. Sie liebte Weiß. In Jurmala hatte sie einen ganzen Schrank voll weißer Kleider gehabt. Mina hatte sich zwar manchmal beschwert, weil Johanna nicht genug aufpasste und ihre Kleider schnell schmutzig wurden, aber eigentlich liebte sie ihre kleine Fee in diesen weißen Kleidern und kümmerte sich sehr gern darum, sie zu waschen und zu bügeln.

Die fette Frau stieß sie an.

»He, nimm das. Du musst was essen. Ich habe für dich auffüllen lassen. Wenn du nicht isst, wirst du hier drin noch krepieren, und das willste doch nicht.«

»Lass mich in Ruhe«, sagte Johanna, aber die fette Frau gab nicht auf. Sie zog so lange an ihrem Ärmel, bis sie die Augen wieder öffnete und in die Realität zurückkehrte.

Der beißende Gestank aus Urin, Kot, ungewaschenen Frauenkörpern, schmutzigen Haaren und schlechtem Essen drang augenblicklich in ihre Nase, und ihr wurde schlecht. Wenn sie etwas im Magen gehabt hätte, hätte sie sich bestimmt übergeben, aber sie hatte auch schon das Frühstück ausgelassen.

»Nee, das lasse ich nicht zu. Du wirst jetzt essen, und wenn ich dir den Löffel in den Rachen stopfen muss. Da nimm.«

Johanna nahm den Napf und den schmutzigen Löffel, den die fette Frau an ihrem Kleid abgewischt hatte, bevor sie ihn ihr gab. Ihr wurde schon wieder übel, weil sie sich den Schmutz und den Schweiß in diesem Kleid vorstellte. Ich muss mich jetzt zusammenreißen, dachte sie, sonst wird die Frau nicht aufhören, mich zu bedrängen. Sie nahm den Napf und den Löffel in die Hand und begann zu essen. Es schmeckte furchtbar. Sie sah nicht hin, weil sie gar nicht wissen wollte, was sie da aß. Nase von innen verschließen, nicht atmen, dann wird es gehen, dachte sie: kauen und schlucken, kauen und schlucken.

Und dann kam sie in die Barnimstraße. Jedenfalls sagte die Wärterin so etwas, die sie abholte, in einen Wagen drängte und wieder auslud.

Bei der Aufnahme hatte sie sich wie eine Gefangene zweiter Klasse gefühlt. Die Politischen hielten sich für etwas Besseres, das spürte Johanna sofort. Aber genau wie sie musste auch Johanna nach der Ankunft im Frauengefängnis Barnimstraße baden. Als sie ihre schmutzige Unterwäsche auszog, sie seit Tagen nicht mehr hatte wechseln können – wie viele waren eigentlich seither vergangen? – schrie sie eine hünenhafte Aufseherin an, die die Flecken in ihrer Unterhose gesehen hatte.

»Du bist widerlich, kannst du dich nicht sauber halten. Ist aber klar, du bist ja eine Asoziale«, blaffte sie.

Johanna schämte sich und stieg schnell in die Wanne mit dem Schmutzrand, in der sich vorher schon viele andere Frauen gewaschen hatten.

»Ich kann doch nichts dafür. Ich verabscheue es auch, dreckig zu sein«, hätte Johanna am liebsten gesagt. Aber sie blieb stumm. Die Hünin machte ihr Angst. Sie sah brutal aus. Ihre Stimme war harsch und laut. Ihr Blick war streng, ihre Hände waren sicher grob. Die schlägt bestimmt auch mal zu, dachte Johanna. Eine andere Aufseherin sah ihr während des Bades interessiert zu und schien sich an ihrem Körper zu erfreuen.

Nach einer Ewigkeit brachten sie ihr die Gefängnisuniform. Sie bekam grobe Unterwäsche, schlüpfte in ein blaues Kleid mit engem Oberteil und weitem Rock und musste sich eine karierte Schürze und ein Halstuch umbinden. Wie verrückt, dachte Johanna. Die Uniform war geschnitten wie ein Dirndl. Als ob wir hier auf Sommerfrische wären. Dabei gehöre ich jetzt nicht mehr zu den normalen Menschen. Ich bin eine Asoziale, eine Prostituierte, auch wenn ich gar keine bin. Sie haben mich dazu gemacht.

»Ich bin keine Prostituierte«, hätte sie der Direktorin des Gefängnisses am liebsten gesagt, als sie vor ihr stand. Links und rechts vom Schreibtisch hatten sich zwei Kalfaktorinnen aufgebaut, Gefangene mit besonderen Aufgaben, wie sie lernte. Die Direktorin las ihre Anzeige laut vor.

»So eine bist du also«, sagte sie. »Dann wirst du hier wohl nicht lange bleiben.« Johanna wusste nicht, was sie damit meinte.

Man gab ihr eine Decke, einen Blechnapf, einen Löffel. Das war alles. Dann führte man sie durch den Gefängnistrakt über die eisernen Treppen zu ihrer Zelle auf einem der drei Stockwerke. Die Schritte knallten auf das Eisen der Treppen. Auf jedem Absatz stand ein Tisch, der von einer kleinen Lampe beleuchtet war, und an dem eine Aufseherin thronte. Johanna war überzeugt, dass niemand sie wahrnahm, sie wirklich ansah. Für die Aufseherin war sie eine Kriminelle, eine, die zu Recht eingesperrt war. Es spielte keine Rolle, dass es noch keine Verhandlung gegeben hatte. Und die ganze Zeit dieses Klirren und Scheppern der Schlüsselbunde, das Auf- und Zusperren der Türen.

In der Zelle, die oben ein kleines Mattglasfenster hatte, das man tatsächlich einen winzigen Spalt öffnen konnte, erholte Johanna sich erst einmal von diesen Geräuschen, die nur noch sehr gedämpft durch die Tür drangen. In der ersten Stunde genoss sie es sogar, allein zu sein, Ruhe zu haben, sich auf dem Bett ausstrecken zu können, ihren Gedanken nachzuhängen. Ich bin hier besser aufgehoben, dachte sie. Die vielen Frauen in der engen Zelle in Moabit hätten mich irgendwann wahnsinnig gemacht. Sie schloss die Augen und versuchte, zu entspannen. Die Matratze war hart und bestand wahrscheinlich aus Stroh. Dort fühlten sich bestimmt Wanzen und Läuse sehr wohl, doch sie versuchte, diese Gedanken so schnell wie möglich zu verdrängen.

Zuerst hatte sie sich gefreut, dass sie in einer Einzelzelle untergebracht war. Niemand bedrängte sie, roch streng oder kam ihr zu nahe. Aber es passte auch niemand auf, ob sie etwas aß. Also aß sie nichts. Johanna hatte versucht, sich in der Einzelzelle häuslich einzurichten. Aber wie sollte das mit nichts außer einem Napf und einer Decke funktionieren? Die Einrichtung bestand nur aus einem Bett, das man hochklappen konnte, einem Stuhl und einem Tisch, die festgeschraubt waren, und dem Klo: eine schmutzigweiße Schüssel ohne Deckel in der Ecke. Neben der stählernen Zellentür konnte man von draußen links an der Wand eine Klappe öffnen und die Gefangene beobachten. Wenn die Klappe offen war, drangen aber auch Geräusche der anderen Frauen in die Zelle. Murmeln, einzelne Wortfetzen. Nach einigen Tagen, in denen Johanna so gut wie gar nicht gesprochen hatte, außer ein knappes »Danke, ja« beim Essenfassen – sie durfte nicht auf den Hof, warum, wusste sie nicht – freute sie sich jedes Mal wie ein kleines Kind, wenn die Klappe aufging. Eine Unterbrechung dieses unerträglichen Gefühls, ganz allein mit ihren Gedanken und Ängsten zu sein. Für einen Moment konnte sie sich einreden, dass es ganz in der Nähe andere Menschen gab, denen es vielleicht nicht egal war, was für ein schreckliches Schicksal ihr widerfahren war.

Ich liege in meinem wunderbaren weißen Himmelbett in Jurmala, das nach Lavendel und Rosen duftet, stellte sich vor, wenn sie sich abends auf ihrer Matratze ausstreckte. Sie versuchte, sich mit aller Macht in diesen Tagtraum davonzustehlen, aber dieses Mal gelang es ihr nicht. Denn in dem Moment, wenn sie sich entspannte, sprangen sie die immer gleichen Gedanken an, für die sie in Moabit zu erschöpft und zu schockiert gewesen war: Wo ist Fred, wer hat ihn gefunden? Hat ihn jemand gefunden? Was, wenn ihn niemand gefunden hat? Ist er tot? Ich habe ihn getötet. Ich habe meinen Sohn zurückgelassen, ich habe Fred verlassen. Er ist ohne mich verloren. Fred, lebst du noch? Wo bist du? Wo bist du? Warum habe ich dich allein gelassen? Wenn ich nicht die Decke über dich gezogen hätte, wärst du jetzt vielleicht auch hier im Gefängnis und würdest im Kindertrakt versorgt werden. Das gab es hier in der Barnimstraße, das hatte sie gehört.

Diese Gedanken peitschten in den nächsten Tagen in jedem Augenblick auf sie ein. Nur selten hatte sie noch die Kraft, sich gegen sie zu wehren.

Wie dumm sie doch gewesen war. Wie wenig sie wirklich gewusst hatte, wie die Welt funktioniert. Jetzt wusste sie es. Die Welt war grausam und hässlich. Sie quälte einen so, dass man dem Ganzen am liebsten ein Ende setzen würde. Sie war zerstörerisch und nahm ihr die Kraft und den Glauben an alles Schöne. Und das war fast das Schlimmste für Johanna. Aber ab und zu gelang es ihr doch, sich einzureden, dass noch Hoffnung bestand.

Fred geht es gut. Er ist in der Kastanienallee, redete sie sich dann gut zu. Wenn es ihm schlecht ginge, würde ich es doch spüren! Oder soll ich die Aufseherinnen nach ihm fragen? Werden sie mir etwas sagen können oder etwas für mich herausfinden? Was passiert, wenn ich es den Aufseherinnen sage? Werden sie Fred dann bei Marlis abholen und in ein Heim stecken? Oder ins Gefängnis bringen lassen? War es nicht vielleicht besser, Fred auch hier im Gefängnis zu haben? Auch wenn er nicht bei ihr sein konnte?

Diese Gedanken drehten sich stundenlang in ihrem Kopf. Sie würden Johanna zermürben und vernichten, wenn sie nicht aufpasste. Schon jetzt schwächten sie ihren Körper, malträtierten ihren Geist und ließen sie nicht in den Schlaf finden. Reiß dich zusammen, schalt sie sich. Du darfst nicht jetzt schon aufgeben. Du darfst nicht die ganze Zeit Angst haben, sonst wirst du verrückt. Fred ist in Sicherheit. Du hast dich genau richtig verhalten. Nur so konntest du ihn schützen. Er ist bestimmt bei lieben Menschen. Aber egal wie sehr Johanna versuchte, ihre Gedanken zu kontrollieren, es gab immer einen Rest Angst und Scham, der permanent an ihr nagte.

Nach Tagen ging dann endlich die Tür auf und jemand schrie sie an. »Raustreten!« Tatsächlich war sie gemeint. Sie existierte also noch für andere Menschen. Johanna trat schnell aus ihrer Zelle und versuchte, wie die anderen Gefangenen strammzustehen. Das kann ich, dachte sie, das schaffe ich. Aber ihre Beine zitterten nach kurzer Zeit vor Anstrengung. Sie hatte auch zu wenig gegessen, das wusste sie, aber sie bekam einfach nichts hinunter. Die Sorge um ihren Sohn schnürte ihr die Kehle zu und machte ihren Magen zu einem knotigen Klumpen. Was geschieht jetzt mit mir, fragte sie sich. Werde ich verhört? Bisher hat mich noch niemand verhört. Eine Angeklagte muss doch auch angehört werden?

Sie sah nach links und nach rechts. Vor den Einzelzellen hatten sich die anderen Frauen aufgestellt und vermieden es, herumzuschauen. Auch sie versuchten, strammzustehen, aber bei einigen erkannte man die Angst an ihrer Körperhaltung. Die Schultern hochgezogen, der Kopf gebeugt. Johanna versuchte, den Kopf möglichst oben zu halten, geradeaus zu gucken und keine Schwäche zu zeigen.

Dann gab die Aufseherin das Kommando.

»Links um«, und die Frauen in ihren blauen Dirndln drehten sich nach links. »Marsch!« Die Frauen gingen im Gleichschritt Richtung Treppe hinunter. Das brachte die Eisentreppe in Schwingung. Johanna spürte die Vibration in ihrem Körper. Sie gingen zwei Stockwerke hinunter durch einen dunklen Gang. Johanna passte sich dem Tempo ihrer Vorderfrau an, eine schlaksige, große Person kurzen Haaren. Bloß nicht auffallen, dachte sie.

»Wo gehen wir hin?«, hätte sie gern gefragt, aber es war wohl am besten, zu schweigen. Eine Tür öffnete sich, und Tageslicht fiel in den Gang. An der Tür hatte eine Aufseherin Posten bezogen.

»Drei, vier, fünf.« Johanna war sieben, die Aufseherin schob sie durch die Tür nach draußen in einen Hof. Sonne, dachte Johanna, unfassbar. Sie wandte ihr Gesicht automatisch nach oben.

»Nicht stehen bleiben«, meckerte eine Frau hinter ihr und knuffte ihr in den Rücken. »Andere wollen auch noch raus.«

Johanna bewegte sich im Gleichschritt wie die anderen Frauen. Sie musste auf die anderen Gefangenen achten, denn sie kannte die Choreografie dieses Hofausganges noch nicht. An einem Busch, der zarte grüne Blätter trieb, geriet der Zug der Frauen ins Stocken, weil viele die Blätter anfassten. Die Aufseherinnen ließen es geschehen.

»Sie haben doch ein Herz«, flüsterte eine zierliche Frau mit weißen Haaren neben ihr. Woher sie kam, wusste Johanna nicht, aber ihre Stimme war angenehm und warm.

»Du bist Johanna?«, fragte sie so leise, dass es fast nicht zu verstehen war.

»Ja«, sagte Johanna. Woher wusste die Frau, wie sie hieß? Ihr schossen Tränen in die Augen, denn die Frau legte ihr kurz die Hand auf den Arm, als Aufseherin Krause, die hier draußen für sie zuständig war, durch die Brüste einer Gefangenen, die beim Marschieren wippten, abgelenkt war.

»Fred ist in Sicherheit bei Marlis und ihren Eltern. Das soll ich dir sagen«, flüsterte die alte Frau.

»Woher weißt du das?«, fragte Johanna.

»Das tut nichts zur Sache. Ich soll es dir ausrichten. Ich bin Else. Und jetzt geh weiter. Die Krause guckt schon böse.«

Else drehte ihr den Rücken zu und reihte sich wieder ein. Johanna blinzelte in die Sonne und den blauen Himmel. Sie merkte, wie alle ihre Ängste Erleichterung und Glück wichen. Sie wusste, dass sie der Frau, die sie nicht kannte, vertrauen konnte. Sie hatte es in ihren Augen gesehen. Mit letzter Kraft schleppte sie sich in ihre Zelle zurück, wartete, bis die Tür und die Klappe geschlossen waren, und setzte sich auf den Boden in die Ecke der Zelle, die auch nicht einzusehen war, wenn jemand die Klappe öffnete. Sie wusste, dass sie eigentlich auf dem Stuhl mit dem Gesicht zur Tür sitzen musste, aber das schaffte sie jetzt nicht.

Tränen liefen ihr die Wangen hinunter. Sie schluchzte und schluchzte, bis sie keine Tränen mehr hatte. Das war das erste Mal, dass sie weinte, seit sie verhaftet worden war.

Sie wusste nicht, wie lange sie auf dem Boden gekauert hatte. Aber draußen wurde es schon dunkel. Das Essen, das durch die Klappe geschoben worden war, ein Stück Brot, ein winziger Klumpen Margarine – und sollte das Käse sein? –, standen immer noch auf dem Boden, daneben der Becher mit dem sogenannten Tee, der mehr nach Wasser als nach allem anderen schmeckte. Johanna wusste, dass sie den Teller nicht auf dem Boden stehenlassen durfte, wenn sie nicht wollte, dass nachts Schaben und anderes Ungeziefer aus den Ritzen in der Wand kamen und über das Essen herfielen. Sie stand mühsam auf und schleppte sich zu der Klappe, bückte sich unter Schmerzen. Sie war doch erst 22. Wie konnte sie sich jetzt schon fühlen wie 70? Sie hob den Teller und den Becher hoch und trug sie langsam zum festgeschraubten Tisch. Sie musste jetzt etwas essen. In den vergangenen Tagen hatte sie so gut wie keine Nahrung zu sich genommen, das durfte nicht so weitergehen. Sie merkte, wie schwach sie geworden war. Wenn sie nicht auf sich aufpasste, würde sie krank werden, und das durfte nicht sein. Es gab zwar eine Krankenstation im Gefängnis, aber Johanna konnte sich nicht vorstellen, dass dort die nötigen Maßnahmen getroffen wurden, um jemanden wirklich gesund zu machen. Sie zwang sich, das Brot mit der ranzigen Margarine zu bestreichen und den öligen Käse darauf zu legen. Sie führte das Brot zum Mund und biss hinein. Es war hart. Johanna konnte es kaum kauen, aber zumindest war es nicht schimmlig wie manchmal in Moabit. Sie kaute und versuchte, ihre Nase wieder von innen zu verschließen, damit sie nichts schmecken musste. Ich bin zu sehr von Minas Essen verwöhnt, dachte sie. Bertha hätte es sicher geschmeckt. Was wohl aus ihr geworden ist? Musste sie wirklich nach Ravensbrück? Wie viel schlimmer war das, als hier im Gefängnis zu sitzen? Jedenfalls wäre ich dort nicht so allein, dachte Johanna.

Das Alleinsein zerrte mehr an ihren Nerven, als sie gedacht hatte. Eigentlich war sie es ja gewohnt, als Kind war sie doch so oft allein gewesen. Aber jetzt wusste sie, dass sie damals eigentlich nie richtig allein gewesen war. Mina war immer irgendwo in der Nähe. Abends kam ihr Vater nach Hause oder besuchte sie im Sommer am Wochenende in Jurmala. Selbst ihre Mutter, deren Gegenwart immer irgendwie vage war, hatte sie selten wirklich allein gelassen. Und in den Sommermonaten waren Marlis und ihre Familie da.

Es hat so viele Menschen gegeben, die sich um mich sorgten und sich für mich interessierten, dachte Johanna, während sie das mittlerweile kalte, schmutzigbraune Teewasser, das brackig schmeckte, in kleinen Schlucken trank. Wenn ich damals gewusst hätte, was ich jetzt weiß, wäre ich die ganze Zeit glücklich gewesen, dachte Johanna, aber sie wusste auch, dass sie sich keine Vorwürfe machen durfte. Selbstvorwürfe würden ihren Körper von innen vergiften, ihn krank und noch weniger widerstandsfähig machen.

Wenn ich doch nur lesen dürfte, dachte sie. Es gab in der Barnimstraße eine Gefängnisbibliothek, das hatte ihr die Aufseherin mit den nicht so kalten Augen erzählt, und es war den Kriminellen eigentlich erlaubt, sie aufzusuchen. »Nicht den Politischen«, hatte sie gesagt, »die könnten vielleicht durch die Bücher auf noch schlimmere Gedanken kommen, aber euch schon. Du kannst doch lesen?«

Sicher besser als du! Hatte sie das laut gesagt? Unwillkürlich duckte sie sich, weil sie befürchtete, dass die Aufseherin sie jetzt schlagen würde. Aber sie sah nur weiter dumpf vor sich hin. Gott sei Dank, ich habe das nicht ausgesprochen, sondern nur in meinem Kopf laut gedacht.

Es gab laute und leise Gedanken, helle und dunkle, knallbunte und Gedanken in Pastelltönen. Die Gedanken an Fred waren jetzt, wo sie wusste, dass er bei Marlis' Familie in Sicherheit war, pastellfarben und sanft.

Wenn sie nachts auf der schmalen Pritsche lag und versuchte, eine einigermaßen bequeme Position zu finden, um schlafen zu können und sich auszuruhen – aber von was sollte sie sich überhaupt ausruhen, sie hatte sich ja gar nicht angestrengt –, nahm sie die Decke in die Arme und stellte sich vor, dass das Fred war. Sie hörte sein leises Atmen und roch seine Haut. Sie lag auf ihrer Pritsche und versuchte, ihre verkrampften Muskeln zu entspannen. Früher hatte es auch geholfen, wenn sie sich streichelte. Aber in dieser Atmosphäre war überhaupt nicht daran zu denken. Die Sehnsucht nach Erotik spielte hier drinnen keine Rolle. Johanna stellte sich manchmal vor, wie es mit Freds Vater gewesen war.

Andris hatte sie und Fred besucht. Er hatte ihr sogar Blumen mitgebracht, drei lachsfarbene Rosen. Sie hatte sich wahnsinnig darüber gefreut, denn wo hatte er um diese Jahreszeit überhaupt Rosen herbekommen? Er hatte nicht oft Gelegenheit gehabt, bei ihnen zu sein. Als sie ihm gesagt hatte, dass sie schwanger sei, hatte er ihr zwar gesagt, dass er für sie und das Kind da sein wollte, wenn er Zeit dafür erübrigen konnte, dass das aber nicht so oft möglich sein würde, wie sie sich das wünschte.

»Du weißt ja, meine Frau, sie hat das Geld, ich kann mich nicht von ihr scheiden lassen, auch wenn ich sie nicht mehr liebe.« Dabei hatte er sehr traurig ausgesehen. Johanna hatte das zwar einen Stich gegeben, weil sie sich immer vorgestellt hatte, dass sie auch einmal eine Familie haben würde, und nicht, dass sie irgendwann allein mit einem Kind dastehen würde. Aber sie hatte ihn auch verstanden. Er konnte seine Frau wirklich nicht verlassen. Er war krank aus dem Ersten Weltkrieg zurückgekommen, was er hatte, wusste Johanna nicht, aber es musste so schlimm sein, dass ihn niemand mehr an der Front gebrauchen konnte. Jetzt versuchte er, sich in Berlin durchzuschlagen. Vor dem Krieg hatte er mit allen möglichen Dingen gehandelt. Seine Großmutter stammte aus Lettland, daher kannte er Riga und auch Jurmala. Aber jetzt verdiente er nichts mehr und musste seine Frau, die einer wohlhabenden Grunewalder Familie entstammte, um Geld bitten.

Als Andris in das Varieté kam, war er Johanna gleich aufgefallen, denn er sah so vertraut aus. Ein wenig wie ihr Vater, sicher war er auch nicht viel jünger, aber das machte Johanna nichts aus, als er sie bei seinem dritten Besuch fragte, ob er sich mit ihr an einem ihrer freien Tage zum Spazierengehen im Tiergarten verabreden dürfe.

Sie hatte ihr rotes Kleid mit dem engen Oberteil und dem weiten Rock angezogen, sogar etwas Rouge und rauchblauen Lidschatten aufgetragen und ihre Haare hundertmal gebürstet. Sie wollte für Andris schön sein, er bedeutete für sie Heimat, er kannte Jurmala und Riga und schien genauso für die Ostsee in der Rigaer Bucht zu schwärmen wie sie.

Sie musste lange auf ihn warten, aber als er dann erschien, machte ihr Herz einen Hüpfer. Vielleicht ist er meine Rettung, dachte sie, vielleicht kann er mich aus meiner Situation befreien. Ich werde nicht mehr in dem Varieté arbeiten müssen. Sie hasste ihre kurzen, glitzernden Hosen, die sie dort tragen musste, und die schwarze Korsage. Sie verstand nicht, wozu das notwendig war, sie verkaufte doch nur Zigaretten. Sie mochte es nicht, wenn die Männer ihr im Vorbeigehen an den Po fassten, besonders die in Uniform schienen es sehr gerne zu tun und auch zu meinen, dass ihnen die Uniform das Recht dazu gab, sie so zu behandeln. Andris war anders gewesen, er trug immer einen Smoking, in dem er unfassbar elegant aussah. Er hatte sie auch nicht angefasst, sondern ihr Komplimente für ihre Schönheit gemacht, als sie ihm das erste Mal Zigaretten verkaufte.

Er kam eine Stunde zu spät, aber sie ging nicht weg. Er hat bestimmt noch etwas sehr Wichtiges zu tun, dachte sie.

Als er endlich kam, war ihre Ungeduld von einer Sekunde auf die andere verflogen. Er brachte ihr Blumen mit, Anemonen und Klatschmohn, den sie so mochte. Er hakte sie ein und ging mit ihr weiter in den Tiergarten hinein. Es war ein sonniger Frühlingstag, und überall auf den Wegen gingen viele Paare spazieren. Andris sagte, er würde gern mit ihr allein sein und führte sie in einen Abschnitt des Tiergartens, den sie noch nicht kannte. Hier war niemand.

»Wo gehst du mit mir hin?«, fragte sie.

»Du magst es bestimmt, es ist ein ganz gemütlicher Ort, wo uns niemand überraschen wird.«

Johanna ließ sich weiter von ihm führen, obwohl sie viel lieber auf den Wegen geblieben wäre, wo alle Passanten ihren Begleiter hätten sehen können. Aber sie wollte ihn auch nicht verärgern und ließ es zu, dass er sie hinter große Büsche führte.

Er zog seine Jacke aus und legte sie auf den Boden.

»Setz dich«, sagte er, »hier ist es doch gemütlich.« Er nahm ihre Hand und zog sie mit sich auf den Boden. Sie legte sich hin und sah in den Himmel. Die Sonne wärmte ihre nackten Arme. Eigentlich war es sehr angenehm, hier so zu liegen und Andris, der sehr gut nach seinem teuren Rasierwasser roch, neben sich zu spüren. Er hatte sich auf einen Arm gestützt und begann, ihr sanft über den Ausschnitt zu streichen. Er hielt immer wieder inne, um zu sehen, wie sie reagierte. Sie schloss die Augen. Es fühlte sich schön an. Ihr Atem ging schneller. Jetzt hob er den Rock und streichelte ihre Beine. Johanna merkte, wie ihr zwischen den Beinen heiß wurde. Das hatte sie schon öfter erlebt, aber noch nie mit einem Mann.

»Mach weiter«, seufzte sie. Es war himmlisch, sie wollte sich auflösen, Andris sollte nicht aufhören. Als er in sie eindrang, schrie sie auf, es tat kurz weh, aber nicht sehr, sie wollte ihn in sich spüren, sie hatte schon so oft daran gedacht, wie es wohl zusammen mit einem Mann sein würde, und jetzt geschah es tatsächlich.

Als er fertig war, blieben sie nebeneinander liegen, und er nahm ihre Hand.

»War es schön?«, fragte er.

Sie nickte und küsste ihn. Sie war jetzt seine Geliebte. Und das fühlte sich himmlisch an. Sie wollte das noch oft mit ihm erleben.

Als Andris eine Woche nicht im Varieté erschien, dachte Johanna, vielleicht hat er neue Geschäfte aufgetan. Sie wartete geduldig. Freute sich plötzlich jeden Abend auf ihre Arbeit, weil sie hoffte, nein wusste, dass ihr Andris, ihr Geliebter, bald kommen würde.

Aber er kam nicht, nicht nach zwei Wochen, nicht nach drei, nicht nach einem Monat. Und als sich ihr Bauch wölbte, und sie wusste, dass sie schwanger war, hatte sie die Hoffnung aufgegeben, ihn je wiederzusehen. Sie versuchte, zu kaschieren, dass sie schwanger war, sie schnürte ihren Bauch, solange es ging, aber als es zu offensichtlich war, verlor sie ihre Arbeit. Sie wusste nicht, wo sie hingehen sollte. Sie schämte sich, wie hatte sie auf jemanden hereinfallen können, der nur das Eine wollte und sie dann wegwarf. Aber sie musste stark sein, denn da war Fred, ihr Sohn. Sie wusste, dass sie einen Sohn bekam, das spürte sie.

Es dämmerte in der Zelle in der Barnimstraße. Johanna hatte bisher kein Auge zugetan und in der Unbarmherzigkeit des wiederkehrenden Lichtes, das den Schmutz und die Armseligkeit offenbarte, gestand sie sich ein, dass Andris Fred nie gesehen hatte, dass alles eine Fantasie war und er ihr nur ein einziges Mal Blumen mitgebracht hatte, und zwar nur, weil er die ganze Zeit den Plan gehabt hatte, mit ihr auf dem dreckigen Boden im Tiergarten zu schlafen. Gab es überhaupt Liebe? Sie wusste es nicht mehr.

Die Wärterinnen in diesem Gefängnis waren jedenfalls alles andere als liebevoll, sondern überwiegend hinterhältig und kalt.

Sie hätte niemals gedacht, dass es solche Frauen überhaupt gab. Sie schienen wirklich Spaß daran zu haben, die inhaftierten Frauen zu demütigen. Johanna versuchte, den Aufseherinnen nicht direkt in die Augen zu sehen, das war ein Teil der Vorschriften, die ihr am Anfang ihrer Haftzeit eingebläut worden waren. Jetzt wusste sie, wie es ging. Sobald jemand die Tür von ihrer Zelle öffnete und sie heraustreten sollte, sah sie auf den Boden oder schräg an den Aufseherinnen vorbei, es sei denn, sie wurde aufgerufen, sie direkt anzuschauen. Und meistens sah sie dann in Augen voller Kälte und Härte, ohne jeglichen Ausdruck von Menschlichkeit.

Hier in der Zelle, die sie immer noch allein bewohnte, obwohl sie gehört hatte, dass das Gefängnis voll war, zahlte es sich aus, dass Johanna die meiste Zeit ihres bisherigen Lebens in der Welt ihrer Bücher und ihrer selbst ausgedachten Geschichten gelebt hatte. Sie musste nur unbeweglich auf der Pritsche liegen oder tagsüber auf dem Stuhl sitzen, die Augen schließen, ruhig atmen und sich dann entscheiden, wohin sie in ihrer Fantasie gehen wollte. Und wenn sie sich darauf konzentrierte und gleichzeitig ihren Geist öffnete, gelang es ihr. So konnte sie Stunden verbringen, jedenfalls nahm sie an, dass Stunden vergingen. Sie hörte nicht mehr das Klirren der großen Schlüsselbunde der Wärterinnen, das laute Auf- und Zuklappen der schweren Eisentüren, das Knallen der Schritte der Wärterinnen auf dem harten Steinboden, das metallene Klirren der Treppen, die Schreie der anderen Gefangenen, die nachts manchmal aus den Zellen drangen, das kaum wahrnehmbare Huschen der Schaben und Mäuse über den Zellenboden in der Nacht. Aber sie überhörte auch das leise Klopfen ihrer Zellennachbarinnen, die mit ihr in Kontakt treten wollten. Sie war auf ihrer einsamen Insel, weit weg von allen anderen, sie lag zwar auf der Pritsche oder saß am Tisch, aber eigentlich war dort nur ihr Körper, während ihre Seele und ihr Geist auf Reisen gingen, sich über die Gefängnismauern erhoben und dorthin flogen, wo sie sich wohlfühlten.

Sie war in der Barnimstraße – gut. Es war richtig, dass sie bestraft wurde, fand Erich. Mit Sicherheit gehörte sie zu den leichten Mädchen, deren asoziale Lebensweise jetzt endlich vom Staat bekämpft wurde. Auch wenn ich ein wenig nachhelfen musste, damit sie verhaftet wurde. Es war absolut rechtens gewesen. Und so einfach. Er hatte nur dem Braun befehlen müssen, zur Polizei zu gehen und zu melden, dass er von der Prostituierten Johanna von Klettenholz bestohlen worden war. Wozu so getreue SS-Kameraden doch gut sein konnten. Und besonders das, was man über sie wusste. Jeder war erpressbar. Und so war es sehr leicht gewesen, Braun für seine Zwecke einzusetzen.

Bevor es Oda gab, waren sie ab und zu gemeinsam im SS-Bordell gewesen. Dort hatte er die Erleichterung gefunden, die seine Frau ihm nicht mehr gewährte. E. hatte gesehen, was Braun mit Frauen anstellte, wenn er sich erst einmal gehenließ. Er fesselte sie, schlug sie, riss an ihren Haaren und nahm sie dann mit Gewalt. Er zwang die Frauen, sich vor ihn hinzuknien, ihm einen zu blasen, und danach fickte er sie in den Arsch, grob, schnell und tief. Manchmal hatten sie danach geblutet. Und er schlug sie, mit der Hand, mit der Reitgerte, mit einem Gürtel. Das bereitete ihm Vergnügen. Erich hatte nichts dagegen, dass Huren rangenommen wurden. Sie waren ja dazu da, sie bettelten förmlich darum. Sie ließen sich ja freiwillig von fremden Männern ficken und nahmen dafür Geld. Aber sie so verprügeln, dass sie nicht mehr gehen konnten? Das war zu viel, fand Erich – es gab Grenzen.

Brauns Frau wusste sicher nichts von seinen Besuchen im Bordell. Und sollte es bestimmt auch niemals erfahren. Erichs Androhung, sich mal mit Brauns Frau zu unterhalten, hatte ausgereicht, und der Wicht hatte ihm aus der Hand gefressen, die Aussage, die Erich ihm diktiert hatte, aufgeschrieben und war schnurstracks zum nächsten Polizeirevier gelaufen. Soviel er wusste, war die Kleine am nächsten Tag abgeholt worden.

Das war die gerechte Strafe dafür, dass sie ihn abgewiesen und sogar bespuckt hatte, fand Erich. Er war schließlich ein hochrangiger SS-Offizier und kam aus einer guten Familie. Er gehörte zur Elite Deutschlands. Ihn bespuckte man nicht ungestraft. Er tat seinen Dienst im Reichssicherheitshauptamt, Abteilung Amt II gegen Gesinnungsgegner. Das war eine sehr wichtige Aufgabe.

Eigentlich hätte Johanna als Asoziale sehr schnell ins Lager abgeschoben werden müssen, aber Erich hatte seine Kontakte spielen lassen und erreicht, dass sie erst einmal nur in die Barnimstraße kam. Vielleicht reichte das ja schon als Abschreckung, um sie gefügig zu machen.

Er war doch kein Unmensch. Vielleicht würde er sogar selbst veranlassen, dass sie demnächst aus der Untersuchungshaft freikam. Er konnte das, und diese Macht gefiel ihm. Ein Anruf an der richtigen Stelle genügte. Er wusste, an welchen Schrauben man drehen musste. Johanna würde ihm dafür dankbar sein, und Oda auch. Aber vielleicht war es auch gut, die Kleine als Faustpfand zu behalten, um Oda noch gefügiger zu machen à la: Du tust, was ich dir sage, oder deine Tochter landet im Lager. Momentan brauchte er das noch nicht. Immer wenn er Lust auf Oda hatte, stand sie ihm zur Verfügung, ganz egal, wann er vorbeikam. Er hatte sie schon in allen erdenklichen Stellungen genommen. Sie machte alles mit. Er brauchte keine Hure mehr, er hatte seine persönliche. Sie war zwar nicht mehr so frisch wie Johanna, die hätte er am liebsten gefickt, das stimmte. Sicher hätte er sie auch vergewaltigen können, ohne dafür belangt zu werden. Aber er war ja kein Unmensch. Er tat so etwas nicht.

Er kam aus einer guten, unbescholtenen Familie. Sein Vater, Gott hab ihn selig, war Jurist gewesen, die Mutter Hausfrau, wie es sich gehörte. Seine Mutter wohnte jetzt bei seiner Schwester in Grunewald und war stolz auf ihren Sohn, der im Zentrum der Macht arbeitete. Nicht so wie Braun in Oranienburg in der Inspektion der Konzentrationslager. Was für eine Drecksarbeit, fand Erich, aber Braun glaubte wirklich, dass er es weit gebracht hatte nach seinem nur sehr mittelmäßigen Abschluss in Betriebswirtschaftslehre. Der Eintritt in die SS hatte ihm den Weg in eine bessere Welt geebnet, so sah Braun es. Braun hatte Erich auch von seiner Tätigkeit erzählt, der Idiot. Das durfte er wegen der Geheimhaltung gar nicht, aber Braun dachte wohl, sie wären Freunde. Das bildete sich Braun nur ein, aber Erich ließ es dabei. Er würde sich doch nie mit jemandem anfreunden, der so weit unter ihm stand. Aber ihn in seinem Fußvolk zu wissen, war gut. Man wusste ja nie, wozu es nützlich sein konnte, jemanden an der Basis zu kennen.

Braun beschäftigte sich seit einiger Zeit mit der Umsetzung der Anordnung, Lagerbordelle einzurichten. Das war sehr interessant, fand auch Erich. Man musste sich Gedanken machen, welche Frauen als Prostituierte in Frage kamen, wie man sie rekrutierte, wie alt sie sein durften, wie man die Lagerbordelle einrichten sollte. In Mauthausen hatten sie gerade das erste Bordell in Betrieb genommen. Es lief sehr gut, hatte Braun ihm erzählt. Er war auch begeistert von der Funktionalität und Zweckmäßigkeit dieser Baracke gewesen. Sie lag direkt am Lagertor. Auf der rechten Seite der Baracke waren zehn Bordellzimmer mit einer Größe von jeweils 1,6 mal 3,2 Meter untergebracht. Auf der linken Seite lagen sechs weitere Räume, die als Badezimmer und Schlafräume gedacht waren. Braun hatte Erich sogar die Pläne gezeigt. Der Eingang des Bordells lag in Richtung Lagereingang, im Eingangsbereich befanden sich das Ärztezimmer und die Verwaltung. Natürlich waren die Fenster vergittert, und die Räume nur so groß, dass ein Bett, der Arbeitsplatz der Frauen, hineinpasste, außerdem ein Stuhl, ein Tisch und ein Waschbecken.

Die Häftlinge konnten dort ihren Druck ablassen, aber nur, wenn sie sich den Bordellbesuch als Prämie für gute Führung verdient hatten. SS-Wachmänner, die durch Sehschlitze in die Zimmer gucken konnten und so alles unter Kontrolle hatten, sorgten dafür, dass bei den Besuchen alles ordnungsgemäß ablief. Sie konnten jederzeit eingreifen, wenn ihnen das, was sie sahen, unschicklich vorkam. Soweit Erich wusste, war nur die Missionarsstellung erlaubt – rein, raus.

Alle Frauen, die im Lagerbordell arbeiteten, kamen aus dem KZ Ravensbrück. Den SS-Leuten war es eigentlich verboten, zu den Prostituierten zu gehen, aber er vermutete, dass sie es doch heimlich machten. Sie hatten ja schließlich die Macht über diese Frauen, konnten alles von ihnen verlangen. Erich hatte gehört, dass SS-Männer schon mal morgens nach dem Frühstück mit offener Hose in den Aufenthaltsraum der Frauen kamen und sie zwangen, ihnen einen zu blasen. Ihren eigenen Frauen, die durch und durch aufrechte Deutsche waren, konnte man mit so etwas nicht kommen.

Erich war sicher, dass Ostfrauen dagegen viel mehr Feuer hatten, und Oda war ja eigentlich eine Ostfrau, so lange, wie die in Lettland gelebt hatte. Was spielte es für eine Rolle, dass sie ursprünglich aus Berlin kam. Aber sie war rassisch eben doch rein, eine Deutsche, so konnte er mit ihr ohne schlechtes Gewissen vögeln.

Braun beschäftigte sich mit der Frage, wie viele Seegrasmatratzen für die Bordelle bestellt werden sollten und wie der Ablauf besser geregelt werden könnte. Er hatte nichts gegen diese Arbeit, auch wenn sie natürlich nicht so wichtig war wie die Arbeit im Reichssicherheitshauptamt in Berlin. Aber man hatte ihm versprochen, dass er dorthin versetzt werden könnte, wenn er in der Inspektion der Konzentrationslager seine Aufgaben mit Auszeichnung erledigte. Träum weiter, dachte Erich, als er das hörte.

Erich fand es unglaublich raffiniert, dass den Frauen in den Lagern versprochen wurde, nach einem halben Jahr Dienst im Bordell entlassen zu werden. Und wie er gehört hatte, fielen immer wieder weibliche Häftlinge darauf herein und meldeten sich freiwillig. Sie kamen natürlich nicht nach einem halben Jahr frei, und wenn sie klüger wären – aber wie sollten sie das denn sein, es waren ja überwiegend Asoziale, die sich meldeten –, hätten sie sicher begriffen, dass sie belogen wurden.

Das Gesetz zur Verordnung des Reichspräsidenten zum Schutz von Volk und Staat vom 28. Februar 1933, dieses Datum würde Erich nie vergessen, war ein Segen für die Verfolgung von Gegnern. Jeder konnte auf Verdacht verhaftet und ohne Verhandlung mehrere Wochen in Schutzhaft festgehalten werden. So konnte man dem Gesocks, das auf den Straßen herumlief, den Obdachlosen, den Prostituierten, vor allem den politischen Gegnern, endlich Herr werden. Und die Bürger konnten sich endlich wieder sicher fühlen. Nach dreimaliger Gesetzesübertretung führte die Schutzhaft direkt ins Lager. Und wenn man in Johannas Geschichte grub, würde man bei ihr sicher auch etwas finden.

Die Tage vergingen und nichts geschah. Es gab keine weiteren Informationen aus der Barnimstraße. Marlis hatte versucht, bei der Gefängnisleitung etwas über Johannas Straftat zu erfahren, aber keine Auskunft bekommen, denn sie war keine Angehörige. Vielleicht sollte ich doch noch mal mit Oda sprechen, erwog sie kurz, aber sie wusste, dass das keine gute Idee war. Nein, sie mussten auf andere Weise herausfinden, was mit Johanna geschehen war. Die Zeit drängte.

Johanna würde es sicher nicht mehr lang im Gefängnis aushalten können. Bei der Vorstellung, dass ihre freiheitsliebende Freundin Tag für Tag und Nacht für Nacht in einer Zelle sitzen musste und sie mitschuldig daran war, wurde Marlis übel. Frau Rose hatte ihr erzählt, dass das Essen in der Barnimstraße immer schlechter und weniger wurde. Das Gefängnis war überbelegt, weil jetzt so viele Politische eingeliefert wurden. Einige warteten dort auf die Vollstreckung der Todesstrafe, denn für Frauen war die Barnimstraße die letzte Station vor der Hinrichtung in Plötzensee. Johanna ist keine Politische, und deshalb wird sie sicher nicht von der Gestapo zum Verhör abgeholt, versuchte sich Marlis vergeblich zu beruhigen. Die Sorge um ihre Freundin zermürbte sie. Und sie hatte Angst, dass Johanna bald nach Ravensbrück gebracht werden könnte. Das Konzentrationslager lag nur 80 Kilometer von Berlin entfernt, aber wenn Johanna einmal dort wäre, gäbe es für sie wohl keine Rettung mehr. Marlis hatte gehört, dass immer mehr Frauen nach Ravensbrück verschwanden, nicht nur Politische und Jüdinnen. Die Frauen hausten in überfüllten Baracken, die hygienischen Verhältnisse waren katastrophal, das Essen noch schlimmer als im Gefängnis. Sie mussten schwere körperliche Arbeit im Lager oder außerhalb in einer Arbeitskolonne leisten. Stundenlanges Strammstehen auf dem Appellplatz kam dazu. Marlis wollte gar nicht wissen, auf welchen Wegen diese Informationen zu ihnen gelangt waren und von wem sie stammten, aber sie wusste, dass sie stimmten und dass die Wahrheit wahrscheinlich noch viel schlimmer war. Johanna würde Ravensbrück sicher nicht überleben. Sie brauchten einen Plan, ihnen musste irgendetwas einfallen, um sie aus der Barnimstraße herauszubekommen, und das möglichst schnell.

An einem Dienstagabend war es dann endlich soweit. Es gab Wichtiges zu besprechen, ein Schlachtplan für Johannas Rettung. Endlich geschieht etwas, dachte Marlis aufgeregt. Sie war sehr stolz darauf, dass sie Vati hatte überzeugen können, auch Kuno mit ins Boot zu holen. Er war Mitglied im Kirchenvorstand der Zionskirche und kannte den Seelsorger sehr gut, der gelegentlich zu den zum Tode Verurteilten in die Barnimstraße geholt wurde. »Aber Mama ziehen wir da nicht mit rein«, hatte Vati gesagt. Es war besser, ihre Mutter rauszulassen. Sie hatte genug mit dem Laden, Fred und der Sorge um Oma zu tun, die schon wieder mit einer Lungenentzündung im Krankenhaus lag. Außerdem war es sicherer, wenn sie nicht zu genau über die Dinge Bescheid wusste, die Johanna betrafen. Ihre Mutter war nicht besonders gut darin, ein Geheimnis für sich zu behalten.

Nach Ladenschluss zog Marlis die Rollos herunter und setzte Wasser im Hinterzimmer des Ladens auf. Sie stellte vier Becher auf den Tisch und holte die Zuckerdose vom obersten Regal. Heute sollten alle in den Genuss eines gesüßten Tees kommen. Im Laden war auch heute nicht viel los gewesen. Das kam in der letzten Zeit öfter vor. Es gab nicht mehr so viel zu verkaufen oder unterm Ladentisch zu tauschen. In den Arbeitspausen saß Marlis hinten und lernte ihr aktuelles Lieblingsgedicht von Rilke auswendig: *Menschen bei Nacht.* Das lenkte sie von ihren Sorgen ab und gab ihr etwas zu tun.

Die Nächte sind nicht für die Menge gemacht.
Von deinem Nachbar trennt dich die Nacht,
und du sollst ihn nicht suchen trotzdem.
Und machst du nachts deine Stube licht,
um Menschen zu schauen ins Angesicht,
so musst du bedenken: wem.

Kuno kam als Erster. Er trug wie immer eine braune Schiebermütze und war wohl schon Mitte 40. Marlis war es unangenehm, mit ihm allein zu sein. Das war sie nicht gewohnt. Sein Sohn Hans war seit Monaten an der Westfront verschollen. Er hatte nicht zu den jungen Männern gehört, die sich gleich 1939 freiwillig gemeldet hatten, denn er war Pazifist und gegen den Krieg gewesen. Hinter verschlossenen Türen und im geschützten Raum der Kirche hatte er das auch immer wieder gesagt. Aber als der Einberufungsbefehl kam, war ihm nichts anderes übrig geblieben, als ihm zu folgen. Vielleicht hat er ja genauso viel Glück wie ich, hatte Kuno einmal gesagt. Er war aus dem Ersten Weltkrieg nur mit einem tauben Ohr und der Überzeugung zurückgekehrt, dass der Krieg schlecht war. Kuno war Pazifist geworden und hatte seinen Sohn so erzogen. In den vergangenen Monaten hatten sich tiefe Falten in seine Stirn und um den Mund herum gegraben. Dass es ihn belastete, seinen Sohn nicht vor dem Krieg bewahren zu können, sah man ihm an.

Vati kam aus der Wohnung herunter. Er hatte mit Mama noch zu Abend gegessen, damit sie keinen Verdacht schöpfte. Frau Rose klopfte an die Scheibe des Ladens. Marlis ließ sie schnell rein. Sie wollte nicht, dass die Nachbarn etwas von ihrer kleinen Versammlung mitbekamen. Leider wusste man in diesen Zeiten nicht mehr, wem man noch trauen konnte.

Vati setzte sich an das Kopfende des Tisches. Marlis, Frau Rose und Kuno saßen auf der Eckbank. Vati hatte kurz erwogen, auch noch Oda zu dieser Versammlung einzuladen, aber Marlis konnte ihn davor überzeugen, dass das keine gute Idee war. Wir müssen einen Plan haben, wenn wir sie einweihen, hatte sie gesagt und er hatte zugestimmt.

Vati ergriff das Wort und erklärte den Sachverhalt. Eigentlich haben wir nur sehr wenig Informationen, dachte Marlis.

Johanna war abgeholt worden, sehr wahrscheinlich von Polizisten, die sie in vorübergehenden Polizeigewahrsam nahmen, weil jemand sie angezeigt hatte. Aus dem Polizeigewahrsam war dann Schutzhaft geworden, sie war ins Gefängnis in Moabit gekommen und von dort in die Barnimstraße.

»Wir wissen immer noch nicht, warum sie angezeigt worden ist und von wem. Wir vermuten zwar, dass sie wegen Prostitution angeklagt ist, aber wir sind nicht sicher«, sagte Vati.

»Ist das denn so wichtig? Es ist doch sowieso aus der Luft gegriffen«, fiel Marlis ihm ins Wort. Ihr Vater sah sie streng an und hob beschwichtigend die Hand. Er wirkte sehr sicher und bestimmt. Er hat bereits einen Plan, dachte Marlis. Er weiß schon, wie wir Johanna befreien können.

»Nicht so schnell, Marlis. Ich weiß, wie sehr du leidest, weil Johanna im Gefängnis ist. Sie ist unschuldig, das ist mir auch klar. Aber trotzdem wäre es gut, wenn wir wüssten, was ihr vorgeworfen wird und vor allem, wer diese Vorwürfe erhoben hat.«

»Wir müssten an das Protokoll der Anzeige kommen«, sagte Frau Rose. »Das liegt in ihrer Akte.«

»Und wo ist die?«, fragte Vati.

»Im Büro der Direktorin«, sagte Kuno. »Aber hat sie nicht Angehörige, die sich nach dem Sachverhalt erkundigen können? Das ginge doch viel schneller.«

Marlis schüttelte den Kopf. Es wäre zu kompliziert, Kuno jetzt zu erklären, warum es keine gute Idee war, Oda einzuweihen. Sie sah zu ihrem Vater. Er nickte ihr zu, und sie war stolz, dass er sie wie eine Erwachsene behandelte.

»Kuno, Frau Rose, ihr habt doch Kontakte ins Gefängnis. Könnt ihr nicht was herausfinden?«, fragte er jetzt.

Kuno schwieg nachdenklich und trank seinen Tee. Frau Rose rührte in ihrer Tasse herum. Lass sie wirklich nachdenken, wünschte sich Marlis. Lass sie eine Lösung finden. Sie wusste zwar nicht, warum ihr

Vater unbedingt wissen wollte, wer Johanna angezeigt hatte, aber es gab sicher einen Grund. Er war ein fantastischer Stratege. Er hatte bestimmt schon weiter gedacht als sie alle zusammen.

»Ich habe eigentlich nur Kontakt zu einigen politischen Gefangenen. Ich weiß, dass die nur in Ausnahmefällen mit den Kriminellen in Kontakt kommen – Entschuldigung, aber Johanna ist ja sicher als Kriminelle eingestuft worden –, so wie damals Elsa beim Hofgang. Und den Grund der Verhaftung wird Johanna wohl selbst nicht genau wissen. Manchmal wird er ihnen bei der Aufnahme ins Gefängnis genannt, oft aber auch nicht«, sagte Frau Rose langsam.

»Kuno, was ist mir dir? Du kennst doch den Seelsorger?«, fragte Vati.

»Ja, da könnte ich sicher was machen. Er hat einen guten Draht zur Direktorin. Er kann vielleicht etwas herausfinden.«

»Das wäre fantastisch. Wie lange wird es wohl dauern, bis er eine Information bekommt?«

»Soweit ich weiß, ist er zweimal wöchentlich in der Barnimstraße und kümmert sich um die zum Tode Verurteilten.«

»Wie leichthin du so etwas sagst. Als ob es normal ist, was hier passiert«, platzte es aus Marlis heraus.

»Ist es nicht, Marlis. Das wissen wir doch alle. Es ist grausam, unmenschlich und furchtbar, aber wir müssen uns jetzt zusammenreißen und sachlich darüber reden, bitte«, erwiderte ihr Vater und sah sie streng an.

»Entschuldige, Vati«, sagte Marlis. Auf einmal kam sie sich dumm vor. Sie wusste gar nichts und konnte auch nichts zu dem Plan beitragen.

»Marlis, du hast doch erzählt, dass Johanna von Erich von Lietzendorff, diesem SS-Mann, bedrängt und bedroht wurde und dass du vermutest, er wäre für die Verhaftung verantwortlich?«, wandte sich ihr Vater an sie.

»Es ist natürlich nur ein Verdacht«, sagte Marlis aufgeregt. Sie war froh, dass er sie doch mit einbezog. »Aber ich bin mir sicher, dass Johanna mich nicht belogen hat. Können wir damit etwas anfangen? Erich von Lietzendorff, lasst ihn uns E. nennen, so hat es Johanna auch gemacht, das ist anonymer.« Marlis' Stimme wurde immer bestimmter. Sie kam richtig in Fahrt und genoss es, dass alle ihr aufmerksam zuhörten. »Also, die Frage ist, können wir ihn irgendwie unter Druck setzen? Ihn mit etwas drankriegen? Hat er ein Geheimnis? Diese feinen Herren haben doch immer irgendein Geheimnis. Und hat er selbst für die Anzeige gesorgt?«

»Ich denke nicht«, antwortete Kuno. »Das hat E. bestimmt jemand anderen machen lassen. Die setzen sich in seinen Kreisen doch alle gegenseitig unter Druck. Jeder hat da eine Liste mit Leuten, die er mit brisanten Informationen über sie erpressen kann. Wenn wir herausfinden, wer die Anzeige aufgegeben hat, werden wir vermutlich schnell eine Verbindung zu E. herstellen können.«

»Und dann?«, fragte Marlis. Kuno und Frau Rose wichen ihren Blicken aus. Vati überlegte lange schweigend und zog an seiner Pfeife.

»Angenommen, ich wäre selbst so jemand wie E.«, sagte er schließlich.

»Nein!«, rief Marlis und schlug sich auf den Mund.

»Marlis, bitte. Es geht jetzt nicht um Gefühle, sondern um eine Strategie. Also angenommen, ich wäre E. und würde Johanna eins auswischen wollen, weil sie mich zurückgewiesen hätte. Was würde ich tun? Ich dürfte mir auf keinen Fall selbst die Hände schmutzig machen. Ich würde jemand anderen anstiften, Johanna eins auszuwischen. Ich würde ihm mit etwas drohen, nach dem Motto, wenn du die Anzeige nicht schreibst, verpfeife ich dich. Aber wenn du Johanna anzeigst, werde ich dichthalten, und dein Geheimnis ist bei mir sicher – bis ich dich noch einmal brauche.«

»Das verstehe ich. Wenn wir also den Namen von dem herausbekommen haben, der Johanna ans Messer geliefert hat, müssen wir herausfinden, was für einen Dreck er am Stecken hat«, folgerte Marlis. Ihr Vater nickte anerkennend.

»Aber da werden wir doch wohl ewig im Trüben fischen«, seufzte Frau Rose.

»Nicht unbedingt«, sagte Vati. »Meistens geht es doch bei diesen Skandalen um Geld oder Sie wissen schon …«

Frau Rose wurde rot und murmelte: »Da mögen Sie wohl recht haben.« Anscheinend wurde ihr dieses Gespräch langsam peinlich. Das tat Marlis leid. Auf der anderen Seite konnte sie es gar nicht abwarten, zu erfahren, was ihr Vater noch überlegt hatte.

»Frau Rose, auch wenn es mir unangenehm ist, Sie danach zu fragen, Sie sagten ja schon, dass sie überwiegend Kontakt zu den Politischen in der Barnimstraße haben, aber kennen Sie vielleicht doch einige Prostituierte?«

Frau Rose hüstelte verlegen. Gleich steht sie auf und verlässt den Laden, dachte Marlis. Ihr Vater war mit dieser Frage eindeutig zu weit gegangen.

»Entschuldigen Sie, dass ich Sie das frage, aber es ist wichtig«, sagte er.

»Ja, das habe ich tatsächlich. Sie tun mir eben leid, und ich kümmere mich um einige von ihnen«, gab Frau Rose leise zu.

»Ist es nicht so, dass die Mädchen über besondere Freier reden?«, fragte Kuno.

»Ja, das stimmt. Sie tratschen ganz schön. Warum fragen Sie?«

»Meinen Sie nicht, ob sie die fragen können, was sie über E. wissen? Oder den, der die Anzeige aufgegeben hat, wenn es nicht E. war?«, hakte er nach.

»Ach, jetzt verstehe ich, was Sie wollen. Ja, wenn ich den Namen hätte, könnte ich sicher meine Kontakte spielen lassen und einiges erfahren«, sagte Frau Rose.

»Gut«, sagte ihr Vater. »Dann warten wir jetzt erst einmal ab, ob Kunos Kontakt erfahren kann, wer die Anzeige gestellt hat. Und wenn wir damit erfolgreich sind, ist das Ihr Einsatz, Frau Rose, einverstanden?«

»Das klingt plausibel. Ja, ich werde mich bereithalten.«

»Wenn wir diese Informationen haben, können wir damit weiter agieren«, sagte er und wies auf Marlis und auf sich selbst.

»Wie meinst du das, Vati?«

»Das werde ich dir später erklären. Ich denke, wir sind uns alle einig, dass jeder möglichst wenig über den Gesamtplan wissen sollte«, antwortete er.

»Das wäre mir auch lieber«, sagte Frau Rose.

Kuno nickte. Keiner durfte zu viel wissen und damit vielleicht selbst erpressbar werden.

»Ihr helft uns sehr«, sagte ihr Vater jetzt und nickte Kuno und Frau Rose freundlich zu. »Das Wichtigste haben wir besprochen. Lasst uns noch über etwas Unverfängliches plaudern, damit wir alle das Gleiche sagen können, wenn wir mal gefragt werden, was wir nach Ladenschluss noch zu besprechen hatten.«

»Reden wir doch über das Sommerkonzert in zwei Wochen. Wir brauchen noch jemanden, der die Stühle und Pulte aufstellt. Frau Rose, würden Sie bitte einen Kuchen backen? Vielleicht kannst du ihr ja mit Butter und Zucker unter die Arme greifen, Albert?«

»Ja, ich bitte meine Frau darum. Sie ist bestimmt einverstanden.«

»Das wäre schön. Der Chor gibt sich solche Mühe, auch in diesen Zeiten etwas Gutes auf die Beine zu stellen. Dieses Jahr singen wir Bachkantaten. Kennt ihr *Nach dir Herr verlanget mich*?«, fragte Kuno.

Die anderen schüttelten den Kopf.

»Dann müsst ihr auf jeden Fall kommen. Wir singen noch mehr Lieder, aber das wird das Herzstück des Konzertes sein. Hört zu, es ist beeindruckend.«

Er begann, mit seiner klaren Bassstimme zu singen. Marlis lief ein Schauer über den Rücken.

»Nach dir Herr verlanget mich, verlanget mich«, sang er und wiederholte es noch einmal. »Lass mich nicht zuschanden werden, lass mich nicht zuschanden werden. Denn du bist mein Gott.«

Angelockt von Kunos Gesang, stand Mama plötzlich im Hinterzimmer des Ladens.

»Wenn ich gewusst hätte, dass du ein Privatkonzert gibst, hätte ich darauf bestanden, bei dem Treffen dabei zu sein«, sagte sie. »Es klingt wunderbar, Kuno. Ich habe es oben in der Küche gehört. Wie Balsam für die Seele.«

Frau Rose hatte Tränen in den Augen.

»Ich werde auf jeden Fall einen Kuchen backen«, sagte sie. »Und ich komme. Leider klingt meine Stimme wie ein Reibeisen, wenn ich singe, und ich kann keinen Ton halten, aber ich werde andächtig zuhören.«

»Danke, liebe Frau Rose. Leute wie Sie sind so wichtig für die Gemeinde.«

»Ich glaube, es wird Zeit, dass wir uns duzen«, sagte Frau Rose. »Ich bin Anna.«

»Marlis, Albert, Kuno, Greta«, sagten die vier anderen reihum und gaben ihr die Hand. Dann umarmten sie sich alle kurz, und die Besprechung war beendet.

Wie auch immer der Plan war, den sich ihr Vater ausgedacht hatte, er hielt dicht und weihte sie nicht weiter ein.

»Aber du hast mir doch gesagt, dass ich auch helfen kann«, sagte Marlis enttäuscht.

»Ja, das habe ich, du wirst es vielleicht auch müssen, aber ich sage es dir erst, wenn ich sicher bin. Vielleicht geht es auch ohne deine Hilfe.«

»Hältst du mich für so unfähig?«, fragte Marlis ungläubig. Was war mit ihrem Vater geschehen? Er hatte doch sonst immer alles mit ihr besprochen, das mit Johanna zu tun hatte.

»Marlis, bitte, werd' wieder vernünftig. Ich traue dir sehr viel zu, wie du weißt, aber das habe ich dir doch schon erklärt. Falls der Plan, den ich habe, schiefgeht, möchte ich nicht, dass ihr als Mitwisser in Frage kommt.«

»Ist es denn so gefährlich, was du vorhast?«

»Es kann unter Umständen gefährlich sein, das weiß man nie so genau in der heutigen Zeit. Aber vielleicht ist das ja alles für dich schon normal. Du hast ja die meiste Zeit deines Lebens unter dieser Diktatur gelebt.« Nein, bitte nicht, dachte Marlis. Ich möchte jetzt keinen Vortrag hören.

»Das stimmt, das habe ich, aber glaubst du wirklich, dass ich mich nicht an die Zeiten davor erinnere? Ich weiß, was Freiheit ist, besonders in Lettland habe ich sie erlebt«, antwortete sie und hoffte, ihren Vater so von seiner Moralpredigt abzuhalten.

»Ach, Lettland, wie gerne würde ich da wieder hin. Weißt du noch, wie wir abends vor dem Essen oft einen Spaziergang durch den Ort gemacht haben? Alle sahen so fröhlich aus, die vielen Familien, die wunderschön angezogenen Frauen. Die Konzerte, zu denen wir in die Dzintari-Konzerthalle ganz nahe der Ostsee gegangen sind? Ihr wart doch öfter dabei, Johanna und du. Johanna konnte gar nicht genug von diesen Abenden bekommen. Michael und Jürgen ließen sich ja selten zu einem Besuch im Konzerthaus bewegen. Hoffentlich ist ihnen nichts zugestoßen«, seufzte er tief. »Ich habe solche Angst um sie.« Marlis erschrak. Vati musste panisch vor Angst sein, wenn er das ihr gegenüber zugab. Sie hatten seit Wochen nichts mehr von Michael und Jürgen gehört.

»Es geht ihnen sicher gut«, versuchte sie, ihren Vater zu beruhigen. Aber es fühlte sich wie eine Lüge an. Gestern Nacht hatte sie von Michael geträumt. Er hatte er ihr etwas sagen wollen, aber nur stumm seine Lippen bewegt. Sein Gesicht war schmerzverzerrt gewesen. Marlis war sich sicher, dass es ihrem Bruder sehr schlecht ging, aber das wollte sie ihrem Vater nicht sagen. Vielleicht irrte sie sich. Es war schließlich nur ein Traum gewesen.

Seitdem Johanna im Gefängnis war, träumte Marlis nicht mehr von ihr. Vielleicht hat Johanna die Verbindung gekappt, dachte sie. Vielleicht ist sie immer noch wütend auf mich, weil ich sie nicht verstecken wollte? Aber sie weiß doch, dass wir uns jetzt um Fred kümmern. Es war entsetzlich, dass sie keine Besuchserlaubnis bekam, weil sie nicht mit Johanna verwandt war. Sie hatte sich überlegt, einen Brief zu schreiben, den Gedanken aber dann wieder verworfen. Was hätte sie auch schreiben sollen? Sie war nicht gut in so etwas. Johanna hätte es sicher gewusst.

Wie lange war es her, dass sie abgeholt worden war? Drei Wochen? Marlis konnte es nicht mehr so genau sagen. Es gab eine Zeit vor Johannas Besuch in ihrem Laden und eine danach. Und die beiden hatten wenig miteinander zu tun.

Ihr Vater saß immer noch schweigend in der Stube und rauchte seine unvermeidliche Pfeife. Vielleicht hat er vergessen, dass ich noch im

Raum bin, dachte Marlis. Er schien angestrengt nachzudenken, und sie wusste, dass sie es überhaupt nicht zu versuchen brauchte, jetzt zu ihm durchzudringen. Sie kannte diese Versunkenheit in sich selbst nur zu gut bei ihrem Vater.

Sie ließ ihn allein und ging in die Küche, wo ihre Mutter die Reste vom Abendessen in das Kühlfach räumte.

»Wenn es so weiter so warm bleibt, müssen wir neues Eis bestellen«, sagte sie. »Sonst verderben uns die Lebensmittel.«

Mit einem Tuch wischte sie den Holztisch ab und räumte dann das Geschirr in den Schrank. Dabei summte sie etwas vor sich hin. Marlis bewunderte sie für ihre Fähigkeit, sich in den einfachen Beschäftigungen des Alltags zu verlieren. Sie war sich sicher, dass ihre Mutter in diesem Moment nicht an Krieg, Not und Unterdrückung dachte. Sie konnte sogar die Angst um ihre Söhne gut verdrängen.

»Sie werden schon wieder zurückkommen«, sagte sie immer. »So stark, wie sie sind.« Mit diesen Worten schaffte sie es tatsächlich, ihren Mann zu beruhigen, wenn sie ihm dabei auch noch die Hand auf die Schulter legte. Marlis sah, wie ihr Vater sich augenblicklich entspannte. Ich möchte auch so etwas erleben wie Mama und Vati, dachte Marlis dann oft ein wenig eifersüchtig, sie lieben sich wirklich. Sie würden alles füreinander tun.

Aber hatte sie das nicht auch? Sie würde alles für Johanna tun, sie liebte sie wie niemand anderen auf der Welt, nur dass Johanna das gar nicht wusste und es sicher auch niemals erfahren würde. Und wohl auch nur mit Männern zusammen sein wollte. Aber es war sicher besser so. Alles andere wäre einfach zu gefährlich. Homosexuelle wurden verfolgt und in Konzentrationslager gesperrt. Udo und Peter, die ganz in der Nähe in der Oderberger Straße gewohnt hatten und im Sommer oft im Prater Garten im Orchester als Geiger mitspielten, waren vor Kurzem abgeholt worden. Ganz früh am Morgen war ein schwarzer Wagen vorgefahren. Das hatte ihre Nachbarin, Frau Giesbart, beim Einkaufen erzählt.

»Ich habe gerade auf dem Balkon die Blumen gegossen«, sagte sie. »Als ich das Auto sah, wusste ich gleich, was los war. Ich habe mich dann auf meinen Balkon in eine Ecke gesetzt und gewartet. Man muss doch wissen, was so passiert. Nach kurzer Zeit kamen der Udo und der Peter mit den beiden Männern, Sie wissen schon, welche ich meine, aus dem Haus. Sie wurden wie Kriminelle in den Wagen gestoßen. Ich weiß zwar nicht, was sie angestellt haben, aber komisch war es doch, dass sie zu zweit zusammenwohnten, obwohl sie nicht verwandt waren, oder? Irgendwie unnatürlich. Ich will ja nichts sagen, aber …«

Marlis schnitt gerade ein Brot in der Mitte durch und rutschte beinah mit dem Messer ab, als sie das hörte. O Gott, wie sie Frau Giesbart hasste.

»Möchten Sie noch etwas, liebe Frau Giesbart?«, fragte ihre Mutter gleichbleibend freundlich, als ob sie nicht gehört hatte, was diese eben erzählt hatte.

»Ich mein' ja nur, vielleicht ist es besser, wenn Menschen wie die beiden in ein Arbeitslager kommen. Da wird ihnen vielleicht ihre unnormale Art ausgetrieben?« Frau Giesbart war nicht zu stoppen.

»Marlis, bist du mit dem Brot fertig?«, fragte ihre Mutter freundlich, aber an einem fast nicht wahrnehmbaren Zittern merkte Marlis, dass ihre Mutter sich kaum noch beherrschen konnte. Sie verpackte die Brothälfte. Frau Giesbart lebte allein. Anfang 1940 hatte sie als eine der Ersten im Viertel erfahren, dass ihr Mann gefallen war. Damals war sie im fünften Monat schwanger gewesen und hatte ihr Kind verloren. Seitdem kümmerte sie sich hingebungsvoll um die Pflanzen auf ihrem Balkon und streute den Vögeln jeden Tag Brotkrumen hin, was Udo und Peter überhaupt nicht gefallen hatte.

»Wer weiß, was die Viecher an Krankheiten haben, und dann die viele Vogelscheiße«, hatten sie sich mal bei ihr beschwert. Wegen der Vögel hatte es immer wieder Streit mit ihrer Nachbarin gegeben.

Vielleicht hatte ja Frau Giesbart Peter und Udo denunziert? Dieser Gedanke setzte sich hartnäckig in Marlis' Kopf fest. Sie konnte ihre Mimik nur mit Mühe kontrollieren und war froh, als Frau Giesbart endlich aus dem Laden raus war.

Es war kein Kunde im Laden. Ihre Mutter legte Marlis beschwichtigend die Hand auf den Rücken, wie sie es auch bei ihrem Mann immer tat.

»Gut, dass du nichts gesagt hast. Ich glaube auch, dass die Giesbart Udo und Peter angezeigt hat, aber beweisen können wir das nicht, und was bringt uns das auch?«, sagte sie.

»Aber es ist so ungerecht. Homosexuelle sind nicht kriminell.«

»Ich weiß, meine Süße, das weiß ich doch«, sagte Mutter und drehte sie zu sich um. »Es ist ganz egal, wen du liebst, Mann oder Frau. Die Liebe kommt von Gott, alles ist in Ordnung«, sagte sie und sah ihr eindringlich in die Augen. Seitdem ihre Mutter sie in Jurmala wegen Liebeskummer getröstet hatte, hatten sie nie wieder über dieses Thema gesprochen.

»Danke, Mama«, sagte Marlis und drückte ihre Mutter an sich, die einen halben Kopf kleiner war als sie selbst.

Wird es eine Zeit geben, in der es in Ordnung ist, wenn man eine Frau liebt?, dachte Marlis. In der ich Johanna meine Gefühle offenbaren könnte, ohne Scham, ohne Zweifel, dass ich nicht normal bin oder ohne Angst, dass ich von der Gesellschaft dafür gedemütigt werde? Wie konnte sich überhaupt eine Regierung in das Liebesleben ihrer Bürger einmischen und festlegen, was rechtens war? Spätestens ab dem Zeitpunkt, als die Rassengesetze im September 1935 erlassen wurden, hätten die Leute in Deutschland doch aufstehen und sich wehren müssen. Ab sofort war es Ariern verboten, mit jüdischen Partnern zusammen zu sein, sie zu lieben. Wenn man heiraten wollte, musste man einen Ariernachweis vorlegen. Marlis war 15, als dieses Gesetz erlassen wurde, aber sie hatte schon verstanden, dass dadurch alles, wofür in den Zwanzigerjahren gekämpft worden war, was ihr Vater so sehr verteidigte – Demokratie, Freiheit des Einzelnen –, zunichtegemacht worden war. Und heute wusste sie, dass sie eigentlich auch zur stigmatisierten Gruppe der Homosexuellen gehörte, die jetzt in Konzentrationslager eingeliefert wurden, wie das sicher auch mit Udo und Peter geschehen war. Sie empfand Erleichterung, dass Johanna nicht bemerkt hatte, was in ihr vorging. Wenn es nötig war, würde sie ihr Geheimnis bis in den Tod bewahren, dachte Marlis. Natürlich hoffte sie, dass sie irgendwann in einem Land leben würde, das jedem die Freiheit gab, zu lieben, wen er wollte. Sie hielt sich genau wie Mama und Vati an dem Glauben fest, dass das Böse besiegt werden würde. Schließlich war der Angriff auf Moskau im Winter 1941 gescheitert, auch wenn die deutsche Presse das natürlich anders darstellte. Marlis und ihre Eltern glaubten nichts, was in den Zeitungen stand, die man am Kiosk kaufen konnte. Sie hörten wie viele in ihrem Viertel heimlich und ganz leise BBC, auch wenn es verboten war.

»Wenn ich das nicht mehr mache, gehe ich vor die Hunde. Denn irgendwann würden sie es schaffen, mein Gehirn mit ihren Falschmeldungen zu überschwemmen, und ich würde anfangen, ihnen zu glauben«, hatte ihr Vater gesagt, als sie ihn besorgt gefragt hatte, ob das nicht zu gefährlich sei. Auf das unerlaubte Abhören eines Feindsenders stand doch die Todesstrafe.

»Wir dürfen uns eben nicht erwischen lassen, Marlis«, sagte er. »Und wir dürfen uns durch diese vielen Drohungen nicht beugen lassen. Wenn es nach denen ginge, würden wir vor lauter Angst gar nichts mehr tun, sondern nur noch mit dem Hitlergruß durch die Straßen laufen, dem *Stürmer* und dem *Völkischen Beobachter* jedes Wort glauben, und du würdest dir einen schmucken, blonden Parteigenossen oder SS-Mann suchen, dem du ganz viele Kinder schenkst.«

»Gott bewahre, eher würde ich mich von der Oberbaumbrücke in die Spree stürzen«, sagte Marlis.

»Ich bin mir zwar nicht sicher, ob dich das töten würde, aber mich freut dein Engagement.« Ihr Vater lachte. Selbst in dieser Situation hatte er seinen Humor nicht verloren.

Die Tage vergingen im Einerlei des Alltags ohne Nachrichten von Kuno oder Anna Rose. Marlis stand früh auf, um sich um Fred zu kümmern. Sie bereitete ihm einen dünnen Grießbrei zu und fütterte ihn. Danach räumte sie Ware in die Regale und schloss den Laden auf. Seitdem ihre Großmutter ausfiel, arbeitete sie an vier Tagen im Laden und ging nur noch zweimal die Woche ins Büro am Gendarmenmarkt, um die Schreibarbeiten für Herrn Reichmann zu erledigen, der als Groß-und Außenhandelskaufmann in Kriegszeiten nicht mehr viel zu tun hatte. Er hat wohl nicht die richtigen Kontakte, um Geschäfte machen zu können, dachte sie und freute sich insgeheim darüber.

Wenn es am Vormittag ruhig war, malte sie sich manchmal aus, was sie getan hätte, wenn sie zu einer anderen Zeit und als Mann geboren worden wäre. Mit Sicherheit hätte sie genauso selbstverständlich wie ihre Brüder studiert. Und wenn sie die Augen schloss, sah sie sich als jungen Mann mit anderen Männern in der Humboldt-Universität sitzen, an deren Hauptgebäude sie jetzt nur sehnsüchtig vorbeigehen konnte, und einer Architektur-Vorlesung zuhören. Denn das hätte sie wohl am liebsten studiert. Mathematik konnte sie, Zeichnen auch. Von ihren Brüdern wusste sie, wie man mit Männern umging. Sie hätte sich sicher auch auf dem Bau durchsetzen können.

Vati hatte sie als Achtjährige oft zur Erich-Weinert-Straße in Prenzlauer Berg mitgenommen, wo die Wohnstadt Carl Legien entstand – mehrstöckige, kastenförmige Häuser mit Wohnungen, die für alle bezahlbar waren, hatte Vater ihr damals begeistert erklärt. Marlis wusste, dass die Architekten Bruno Taut und Franz Hillinger, die die Wohnblöcke geplant und errichtet hatten, schon lange nicht mehr in Deutschland lebten. Sie und ihre Architektur waren hier nicht mehr erwünscht. Marlis konnte mit den protzigen Bauten der neuen deutschen Architektur nichts anfangen. Sie fand sie zu kühl, zu wuchtig und zu grau. Wenn die Nazis den Krieg gewinnen, sieht es hier bald überall so aus, dachte sie mit Grausen. Dann werde ich auswandern und irgendwo anders hingehen, wo es Demokratie gibt, wenn sie mich dort überhaupt aufnehmen würden. Johanna und Fred nehme ich mit, wenn sie wollen. Vielleicht nach Lettland, das würde ihrer Freundin gefallen. Aber Lettland war seit Juni 1941 von den Deutschen besetzt, zwar immer noch halb souverän, doch die Deutschen hatten ein Getto in Riga eingerichtet und ein Konzentrationslager, das sie Kaiserwald nannten. Diese Informationen hatten sie von Tante Margarethe. Auch dass viele Letten die Deutschen als die Befreier von den Russen feierten. Das Volk ist so dumm, stand in dem Brief. Es begreift nicht, dass die eine Diktatur die andere abgelöst hat und beide schlimm sind. Aber sie werden es schon noch merken. Marlis war froh, dass keiner auf dem Postamt diesen Brief »aus Versehen« geöffnet hatte. Das geschah immer wieder, und man bekam die Briefe geöffnet zugestellt.

Sie fragte ihren Vater bei einem Abendspaziergang, was er über die Situation in Lettland dachte.

»Nicht viel mehr als du – nur dass sich Tausende Letten zur SS gemeldet haben, finde ich schlimm«, seufzte er traurig.

»Das kann ich mir überhaupt nicht vorstellen, Vati.«

»Aber es ist so, Tochter. Das weiß jeder in Riga. Und viele sind auch noch stolz darauf. Ich kann mir denken, woher das kommt. Sie glauben, dass die Deutschen besser zu ihnen sind als die Sowjets. Als die deutschen Soldaten so geordnet in Reih und Glied durch Riga marschierten, war das für viele Einheimische fast eine Erleichterung. Mit den Deutschen haben sie schon über Jahrhunderte Erfahrungen gesammelt. Und sie waren nicht nur schlecht. Viele Letten erinnern sich noch an die Zeiten, als sie auf einem deutschen Gut eine feste Anstellung hatten und sie sich keine Sorgen um die Zukunft machen mussten. Der Gutsherr kümmerte sich ja im Idealfall um die ganze Familie.«

»Und sie glauben wirklich, so würden auch die neuen Deutschen, die ihr Land besetzt haben, wieder sein?«, fragte Marlis ungläubig. Sie liebte es, mit ihrem Vater politische Themen zu besprechen.

»Ja, zumindest glaube ich, dass es für einen Teil der Bevölkerung so ist«, sagte Vati. Sie gingen die Kastanienallee in Richtung Prater Biergarten hinunter. An diesem lauen Frühsommerabend waren viele Tische besetzt. Überall unterhielten sich Menschen, lachten, fielen sich ins Wort. Die Frauen waren herausgeputzt, denn es war Samstagabend. Man könnte meinen, es ist Frieden, dachte Marlis.

»Lass uns doch ein Bier trinken«, sagte Vati, »Es ist ein so schöner Abend, und das haben wir uns verdient, findest du nicht auch – bei all den Sorgen?«

Marlis nickte. Sie war glücklich, mal wieder mit ihrem Vater allein unterwegs zu sein. Seit der Unterredung mit Anna Rose und Kuno hatte sie nichts mehr über seinen Plan gehört, und er konnte auch im Biergarten in aller Öffentlichkeit nicht darüber sprechen. Aber es war einfach nur gut, neben ihm zu sitzen und seine zuversichtliche Ruhe zu spüren.

»Wenn man die Augen schließt, könnte man meinen, es ist noch so wie früher«, sagte ihr Vater, nachdem er einen großen Schluck aus seinem Glas genommen hatte. »Du hörst Musik, Lachen, das Geplauder der Leute. Alles wirkt friedlich.«

Marlis schloss die Augen. Es stimmte. Sie hörte die fröhlichen Geräusche eines Samstagabends. Ab und zu polterte die Elektrische durch die Kastanienallee. Sie hörte das Gemurmel der Menschen um sie herum, das hohe Pfeifen der Stare und das zarte Piepsen der Spatzen. Alles war friedlich.

Aber als sie die Augen öffnete, wurde ihr schlagartig wieder bewusst, wie es in Wirklichkeit war. Wo sie auch hinsah, saßen Männer in Uniformen an den langen Biertischen: Soldaten, SS-Mitglieder, Hilfspolizisten und andere, die Marlis gar nicht zuordnen konnte.

»Wie ich das hasse«, flüsterte ihr Vater, der scheinbar ihre Gedanken las. »Wenn der Spuk vorbei ist, hoffe ich, dass ich auch diese Uniformen niemals wiedersehen werde.«

»Glaubst du wirklich noch daran, dass es anders wird?«, fragte Marlis.

»Ja, sonst könnte ich nicht weiterleben.«

Ein Mann in SS-Uniform, der hinter ihrem Vater auf der Bierbank saß, drehte sich neugierig nach ihm um.

»Vati, leiser«, raunte Marlis und beugte sich zu ihrem Vater hinüber. »Wir werden belauscht.«

Ihr Vater nickte dem SS-Mann freundlich zu. Der drehte sich schnell wieder um, als ob er sich ertappt fühlte.

»Ist hier noch frei?«, fragte ein Mann und setzte sich an ihren Tisch, ohne eine Reaktion abzuwarten. Hinter seinem Rücken kam eine schmale, etwas jüngere Frau zum Vorschein, die eine entschuldigende Geste machte.

»Selbstverständlich«, sagte Marlis Vater und lächelte ihr aufmunternd zu. Sie lächelte zurück, anscheinend froh darüber, dass man ihr die Rüpelhaftigkeit ihres Mannes nicht übelnahm.

Sie war blass, hatte aschblonde Haare, die nach der neuesten Mode in Wellen gelegt waren. Sie trug ein weißes Kleid mit grünen Punkten, das etwas zu weit war. Ihre Hände umklammerten die Handtasche, die sie auf ihrem Schoß behielt, als ob sie befürchtete, dass sie ihr gleich entrissen werden würde.

»Zwei Bier!«, rief der Mann dem Kellner zu und streckte zwei Finger nach oben. Der Kellner nickte in seine Richtung und nach kurzer Zeit brachte er die Biere. Das ist einer, der wie selbstverständlich erwartet, das zu bekommen, was er will, dachte Marlis. Sie saß dem Mann gegenüber. Er trug eine hellbraune Hose und ein weißes Hemd, sein Sakko hatte er ausgezogen und neben sich auf die Bank gelegt. Er fühlte sich sichtlich wohl in seiner Haut. Sein Haar war modisch sehr kurz geschnitten. Marlis merkte, wie er ihren Vater missbilligend ansah, weil der seine Haare länger trug als allgemein üblich. Ihr Vater hielt seinem Blick stand und lächelte freundlich.

Der Mann verlor das Interesse und wandte sich seiner Frau zu.

»Weißt du, diese Woche war Dr. Robert Ley bei uns im Werk, und wir hatten Schulung. Nur die Führenden waren dazu eingeladen, ich natürlich auch«, sagte er so laut, dass sie jedes Wort hören konnten.

Seine Frau sah ihn fragend an.

»Mensch, ich habe dir doch schon oft erzählt, wer das ist. Ein wichtiger Mann. Reichsorganisationsleiter der Partei und Reichswohnungskommissar. Warum kannst du dir das nicht merken?«

Seine Frau zuckte mit den Schultern und trank einen Schluck von ihrem Bier.

»Der Ley hat mir aus dem Herzen gesprochen, Mathilde. Dass die Juden vernichtet werden müssen. Wir müssen Frauen und Kinder vor diesem dreckigen Ungeziefer schützen, hat er gesagt. Sieh dich mal in Berlin um. Hier leben zu viele Menschen auf zu engem Raum. Es ist etwas besser, seit immer mehr Juden weg sind, aber es sind immer noch zu viele. Wir müssen weiter kämpfen im Krieg. Unsere Soldaten an der Front unterstützen, die für uns in die Schlacht ziehen, für unser Land, damit wir uns weiter ausbreiten können. Mehr Raum für das deutsche Volk. Prost, Mathilde, wahre Worte.«

Der Mann hatte einen roten Kopf bekommen, so sehr hatte er sich in Begeisterung geredet. Mathilde erhob das Glas. Ihre Wangen glühten, und ihre Augen leuchteten.

»Und weißt du, was er noch gesagt hat. Wir müssen die deutsche Frau gut behandeln, er hat richtig dazu aufgerufen. Und er hat gesagt: Wenn ich mitbekomme, dass jemand seine Frau schlecht behandelt, werde ich ihn höchstpersönlich durchprügeln. Er zieht den Hut vor der deutschen Frau. Wie ich auch.«

Mathilde lächelte jetzt. Ihr Mann sah sich um.

»Merkst du was. Es ist hier viel schöner als früher. Alles ordentlich, keine Juden hier, keine Staatsfeinde. Du wirst sehen, bald werden wir alle Gegner der nordischen Rasse in die Knie gezwungen haben.«

»Juden sind kein Ungeziefer, du bist Ungeziefer.« Die Worte brannten in Marlis' Kehle und wollten raus. Sie presste ihre Lippen zusammen und nahm einen langen Schluck von ihrem Bier. So etwas durfte sie auf keinen Fall sagen. Ihr Nachbar sprach so laut, dass sie gar nicht weghören konnten. Sie sah ihren Vater an, der zwar so tat, als ob er mit seinen Gedanken ganz woanders war, aber ganz genau hinhörte.

»Und weißt du, was Robert Ley zum Schluss gesagt hat. Dass wir bei Siemens die Leistung um fünfzig Prozent erhöhen sollen und dass wir das schaffen können. Zuerst dachte ich, das ist unmöglich, aber dann hat er uns daran erinnert, dass auch die Soldaten im Feld das Unmögliche tun, also auch wir. Alle haben gejubelt. Es war richtig erhebend.«

»Ein kluger Mann, wenn er das mit den Juden so deutlich angesprochen hat«, sagte Mathilde. »Weißt du noch, die Cohns über uns. Die waren so dreckig, und dann noch die fünf Kinder, denen ständig der Rotz aus der Nase floss. Sie hatten sicher auch Läuse. Und sie waren immer so laut. Jeden Tag habe ich mich beschwert. Aber hat sich an dem Lärm was geändert? Nein. Und das Treppenhaus hat die alte Cohn auch nicht anständig geputzt.«

»Da musstest du wirklich viel aushalten, arme Mathilde«, sagte Friedrich und tätschelte die Hand seiner Frau.

»Aber jetzt sind sie ja weg und die anderen Drecksjuden aus dem Haus auch. Ist doch schön jetzt. Alles so sauber und ruhig. Und die neuen Mieter sind so anständig, auch die Jungs in ihrer adretten Kluft. Ich weiß nicht, wie Frau Sand das macht, aber die Uniformen sind immer piekfein sauber und gebügelt.«

»Ja, das stimmt, Mathilde. Auf die neue Zeit«, sagte Friedrich und stieß mit seiner Frau an.

Marlis' Vater wurde blass. Seine Lippen zitterten.

»Lass uns gehen«, sagte Marlis leise. Ihr Vater schien sie nicht zu hören, sondern wandte sich stattdessen seinem Sitznachbarn zu.

»Vati, wir müssen los«, sagte Marlis jetzt lauter und packte ihn am Arm. »Bitte, komm.« Er reagierte erst, als sie ihn an der Schulter rüttelte.

»Ist ja gut, Marlis, lass mich heil«, sagte ihr Vater und erhob sich unwillig.

»Was für ein Benehmen«, sagte Friedrich hinter ihrem Rücken zu seiner Frau. »Wie der mit sich umspringen lässt. Das würde ich mir nie gefallen lassen.« Er lachte schadenfroh.

Marlis merkte, wie ihr Vater anfing zu schnauben, er war kurz davor, vor Wut zu explodieren. Sie legte ihre Hand beschwichtigend auf seinen Arm. »Lass gut sein«, sagte sie. »Ruhig, lass gut sein.«

Auf dem ganzen Weg nach Hause sagte Albert kein Wort. Und als sie in der Wohnung ankamen, ging er gleich in sein Arbeitszimmer und schloss die Tür hinter sich ab. Kurze Zeit später schallte der erste Satz der Fünften von Beethoven durch die Wohnung, die er nur hörte, wenn er sehr wütend war.

»Was hat er denn?«, fragte Mama, die in der Stube vor dem Volksempfänger saß und das *Wunschkonzert für die Wehrmacht* hörte.

»Ach, nichts«, sagte Marlis. Sie wollte ihre Mutter nicht beunruhigen. Der zornige Ausdruck in den Augen ihres Vaters und die fast unkontrollierte Wut waren in seinem Gesicht so deutlich zu sehen gewesen, dass sie zum ersten Mal Angst gehabt hatte, ihr Vater könnte sie in Gefahr bringen. Dieser Friedrich hätte sicher große Freude daran gehabt, sie zu denunzieren. Marlis hatte Angst. Plötzlich war ihr Vater nicht mehr ihr Fels in der Brandung, der in allen noch so unangenehmen Situationen den Überblick behielt und sich nie falsch verhielt. Heute hätte er sie beinahe in große Schwierigkeiten gebracht.

Sie lauschten der Musik. Greta hatte ihr Strickzeug herausgeholt. Sie arbeitete an einem Pullover für Fred, den sie aus der aufgeribbelten Wolle von Marlis' altem Baumwollpullover strickte. Aus dem Radio tönten Schlager. Marlis versuchte, sich auf ihr Buch zu konzentrieren, aber die Mischung aus Beethoven und Schlagermusik war zu viel.

»Kannst du nicht wenigstens das Radio abstellen?«, fragte Marlis.

»Nein, gleich spielen sie Jürgens und Michaels Lied«, antwortete ihre Mutter. Marlis sah sie an, sie hatte Tränen in den Augen.

»Was ist los, hast du was gehört?«, fragte sie atemlos.

»Nein, aber Frau Schmidt aus dem zweiten Stock hat heute den Brief bekommen.«

»O Gott. Der Wolfi?«

»Ja, er ist gefallen.«

Marlis hatte Wolf eigentlich nie gemocht. Er hatte sie immer geärgert und wollte sie beim Fußballspielen nie dabeihaben. Und er hatte sie manchmal geknufft und geschubst, nur so aus Spaß, wie er sagte. Dann hatte sie sich gewünscht, dass er eine fiese Krankheit bekäme, die ihn für lange Zeit ans Bett fesselte. Aber tot? Sie wusste nicht, was sie sagen sollte. Sie dachte an den Traum, den sie vor einiger Zeit gehabt hatte. Wie Michael sie mit schmerzverzerrtem Gesicht angesehen hatte. Und wenn ihre Vorahnung doch stimmte?

»Jetzt kommt's«, sagte Marlis. Die Musik aus dem Arbeitszimmer ihres Vaters verstummte.

»Gott sei Dank rechtzeitig«, sagte Greta. Sie drehte die Lautstärke des Radios hoch.

»Was ist mit Fred?«

»Du weißt doch, wenn der erst mal schläft, kann ihn nichts stören«, winkte sie ab.

Als das Lied *Gute Nacht Mutter* begann, schloss sie die Augen und sang mit.

Gute Nacht Mutter, gute Nacht
Hast an mich jede Stunde gedacht.
Hast dich gesorgt, gequält
Um deinen Jungen,
Hast ihn des Abends
Ein Schlaflied gesungen.

Gute Nacht Mutter, gute Nacht
Hab dir Kummer und Sorgen gemacht.
Du hast verziehen mir,
Du hast gewacht,
Gute Nacht Mutter, gute Nacht.

Heut kam ein Brief
Den Du mir schriebst,
Nur ein paar kurze Zeilen.
Von Mutterhand,
Dass Du mich liebst
Kam über 1000 Meilen

Plötzlich warst du mir so nah,
Saß ich dir zu Füßen.
Plötzlich war die Heimat da
Mit 1000 lieben Grüßen.

Nun ist es spät,
Du bist schon müd',
Schwer waren Mühen und Sorgen.
Dein Sohn ist da.

Marlis wusste, dass sie nicht stören durfte, während das Lied gespielt wurde. Und sie wusste, dass ihr Vater dieses Lied genauso hasste wie sie selbst. Sie hörte die Tür seines Arbeitszimmers klappen und die Holzdielen im Flur knarren. Lass ihn nicht reinkommen und schimpfen, dachte sie. Aber er öffnete die Tür, kam herein und setzte sich in seinen Lieblingssessel neben seine Frau. Er hörte stumm zu. Auch seine Augen füllten sich mit Tränen. Das machte ihr Angst. Ihr Vater war doch immer so rational und behielt seine Gefühle für sich. Wenn selbst er jetzt weinte, waren die Jungen wirklich in großer Lebensgefahr oder Schlimmeres.

In dieser Nacht konnte sie nicht schlafen. Vielleicht leben Michael und Jürgen schon gar nicht mehr, dachte sie. Und so sehr sie versuchte, diese Gedanken wieder zu verscheuchen, es gelang ihr nicht.

Kapitel 5

Johanna war nicht mehr allein in der Zelle. Das war gut, denn so konnte sie mit jemandem reden. Aber genau das war auch ein Problem, denn Irma hörte gar nicht mehr auf zu reden. Kurz nach dem Aufwachen fing sie an. Sie erzählte Johanna, was sie geträumt hatte. Meistens hatte sie von Essen geträumt, und Johanna war fast neidisch, weil Irma selbst an diesem Ort keine Albträume zu haben schien. »Ich bin eine Politische«, sagte sie gleich, nachdem sie in die Zelle geführt worden war. Es war klar, dass sie stolz darauf war. Und ich bin eine Asoziale, dachte Johanna, sagte es aber nicht. Das würde sie nie mit Stolz sagen können.

»Ich hab' Plakate auf dem Ku'damm geklebt. Mit pazifistischen Parolen«, erzählte Irma ihr ungefragt. »Bin dabei erwischt worden. Ist ja klar, sonst wäre ich jetzt nicht hier.« Lachte Irma wirklich über diesen verunglückten Witz?

»Ich wusste die ganze Zeit, dass das, was ich mache, brandgefährlich ist. Aber das war es mir wert. Solange es nur für die Sache ist. Und, warum bist du hier?«

»Weiß ich nicht, das hat man mir nicht gesagt.«

Sie hoffte, dass Irma das schlucken würde und sie im schlimmsten Fall für dumm hielt. Wenn sie herausfände, dass Johanna kriminell und sogar eine Prostituierte wäre, würde Irma sie sicher verachten. Politische fühlten sich als was Besseres. Das war hier so. Sie waren ehrenhaft, hatten für die richtige Sache gekämpft. Der Rest war minderwertig. Beim Hofgang achteten die Politischen darauf, nur mit ihresgleichen zu sprechen.

»Du kannst mir ruhig sagen, dass du eine Kriminelle bist«, hatte Irma geantwortet. »Das weiß ich doch sowieso. Das brauchst du mir nicht zu sagen. Wir Politischen kennen einander und wissen, wenn jemand nicht dazugehört.«

Seither gab es in der Gefängniszelle eine klare Hackordnung. Wenn es Essen gab, nahm sich Irma immer zuerst. Sie wusch sich auch zuerst und blieb so lange am Waschbecken, dass Johanna dafür nur wenig Zeit blieb. Einmal hatte es nur dafür gereicht, sich flüchtig das Gesicht zu waschen. Dann hatten sie auch schon mit dem Stricken von Männersocken für die Front anfangen müssen, was sie seit Neuestem stundenlang tun mussten.

»Tut mir leid, Johanna, aber ich muss mich so gründlich waschen, sonst drehe ich hier durch! Du kannst ja sicher mal darauf verzichten. Ich schätze, das bist du ja gewöhnt«, hatte Irma während des Strickens gesagt. Das sollte wohl eine Entschuldigung sein, aber Johanna spürte, wie der Zorn in ihr aufstieg. Du tust so, als ob du was Besseres bist, dachte sie. Aber ich sehe doch genau, woher du kommst, so wie du redest. Soll ich dir von meinem Haus in Jurmala erzählen und den drei Schlafzimmern? Das würdest du mir sicher nicht glauben. Ich komme nicht aus einer Etagenwohnung mit schmalem Bad, die ich mir mit Eltern und Großeltern teile. Johanna wusste, dass sie diese Gedanken für sich behalten musste.

Irma war 23, ihr Freund war auch im Widerstand, ziemlich lange schon. Na klar, durch ihn bist du sicher erst auf die Idee gekommen, dich zu engagieren, dachte Johanna. Und so war es auch.

»Bevor ich Joachim kennenlernte, war ich eine ganz normale Deutsche. Ich war beim BDM, natürlich, wie alle. Ich habe nach der Schule eine Stelle im KaDeWe gefunden, war zuständig für Handschuhe und Hüte. Eine famose Arbeit, ich habe sie geliebt. Leider habe ich die jetzt verloren, und ich bekomme sie sicher auch nicht wieder. Wer will schon jemanden, der im Gefängnis war? Aber ich bin mir sicher, dass sich meine Freunde aus dem Widerstand um mich kümmern, wenn ich wieder rauskomme.«

»Ich habe Joachim kennengelernt, als ich ihm Handschuhe verkauft habe. Weißt du, er kommt aus Dahlem aus einer guten Familie. Beim Schlittschuhlaufen hatte er seine schwarzen Lederhandschuhe verloren und brauchte dringend neue. Weißt du noch, es war doch so kalt vorigen Winter?«

Johanna nickte.

»Was für ein schöner Mann, dachte ich. Aber bestimmt hat er kein Interesse an mir. Ich bin ja nur eine Verkäuferin. Aber er kam zwei Tage später wieder und fragte mich, wann ich Pause habe. Wir sind auf dem Ku'damm spazieren gegangen. Es war einfach himmlisch. Er hat mich alle paar Tage abgeholt. Und dann hat er eines Tages beim Spazierengehen meinen Arm genommen. Stell dir das mal vor. Am helllichten Tag. Ich habe das geliebt und fühlte mich mit ihm schon verlobt. Er ist so gebildet, na klar. Er arbeitet in einem Verlag, sie machen dort Bücher, weißt du? Und seiner Familie gehört alles, kannst du dir das vorstellen? Aber er ist ja auch schon älter. Achtunddreißig. Aber das stört mich nicht. Ich mag es, wenn Männer erfahrener sind.«

Sie glaubt, dass ich nicht weiß, was ein Verlag ist, dachte Johanna wütend. Ich werde ihr gleich mal erzählen, wo sie sich ihren Hochmut hinstecken kann. Aber dann beruhigte sie sich wieder. Es hatte überhaupt keinen Sinn, mit Irma zu streiten. Sie wusste nicht, wie lange sie mit ihr zusammen hier eingesperrt bleiben würde.

»Zuerst war ich entsetzt, als er mir erzählte, was er und seine Freunde machen: Plakate gegen den Krieg drucken und sie nachts aufhängen. Aber er war so begeistert. Da hat er mich gleich damit angesteckt. Und als er mich fragte, ob ich auch welche aufhängen möchte, habe ich nicht nein gesagt. Da hat er mich geküsst und gesagt, dafür mag ich dich umso mehr.«

Johanna glaubte, dass das der einzige Grund gewesen war, warum er Irma überhaupt mochte, aber sie sagte nichts.

»Ich war fürchterlich aufgeregt, als es losgehen sollte. Die Plakate hatte ich in meinem Zimmer unter der Matratze aufbewahrt. Sie waren nicht groß, *Stopp den Krieg, stopp Hitler* stand darauf. Ich hatte furchtbare Angst, dass man meine Tasche kontrollieren würde, als ich mit der Bahn fuhr. Die drei Plakate brannten ein Loch in meine Tasche, so kam es mir vor. Aber nichts passierte. Ich wartete ab, bis es dunkel war und niemand mehr unterwegs. Ich nahm sie aus der Tasche und klebte sie an die Schaukästen auf dem Ku'damm. Das klappte sofort. Ich war schnell fertig. Und ich fühlte mich toll. Als ich am nächsten Tag zur

Arbeit ging, hingen die Plakate immer noch da. Ich war so stolz! Mittags waren sie dann abgerissen, aber Joachim hat mich fest in die Arme genommen und zum ersten Mal richtig geküsst, weil alles so gut gelaufen war.«

»Und wie bist du dann erwischt worden?«

»Ich wurde übermütig, wollte immer mehr Plakate kleben, damit Joachim weiter stolz auf mich ist. Er könnte selbst nicht mehr an diesen Aktionen teilnehmen. Er hätte andere wichtige Dinge zu tun, sagte er.«

»Und hat er dir geholfen, als er erfahren hat, dass du verhaftet wurdest?«

»Nein, natürlich nicht. Er darf doch nicht auch noch auffliegen. Das verstehe ich. Er kann mir nicht schreiben oder sich dafür einsetzen, dass ich rauskomme. Er muss weiter für die Sache kämpfen«, sagte sie.

Träum weiter, Schätzchen, hätte Johanna gerne geantwortet. Aber ein Blick in Irmas Gesicht genügte, und sie wusste, wie verzweifelt sich ihre Zellengenossin an dieser Überzeugung festhielt.

Johanna war sich nicht sicher, aber sie vermutete, dass Plakate zu kleben, auf denen *Stopp den Krieg* stand, Volksverhetzung war und daher sehr hart bestraft werden konnte.

Irma gab sich zuversichtlich. Sie war überzeugt, dass sich ihre politischen Freunde draußen schon für sie einsetzen würden. Aber in einer der dunkelsten Stunden der Nacht, als auch sie nicht schlafen konnte, gestand sie Johanna, dass sie eigentlich nur Joachim kennengelernt und er ihr seine Freunde nie vorgestellt hatte.

Bevor Irma bei ihr einquartiert wurde, hatte eine Aufseherin eine Matratze auf den nackten Boden gegenüber von Johannas Pritsche gelegt. Auch wenn Irma mehrmals betonte, dass sie ja Anspruch auf das Bett hätte, weil sie schließlich älter wäre und für die gerechte Sache gekämpft hätte, hatte sich Johanna standhaft dagegen gewehrt, dass ihr das Bett weggenommen wurde. Es war ihre Insel, auf die sie sich zurückziehen konnte. Wenn sie sich zur Wand drehte, war sie sogar in der Lage, Irmas Gegenwart auszublenden.

Die meiste Zeit mussten sie mit zur Zellentür gewandten Gesichtern Wollsocken stricken. Johanna hatte das vorher noch nie gemacht. Am Anfang war jemand aus der Fabrik da gewesen und hatte es ihr kurz gezeigt. Johanna hatte den ersten Tag damit verbracht, immer wieder die Maschen zu verlieren, sich mit den Holznadeln in den Handrücken zu stechen und den Faden aus dem Wollknäuel auf wundersame Weise zu verknoten. In diesem Fall war Irma eine Wohltat. Weil sie anscheinend schon unendlich viele Wollsocken gestrickt hatte, konnte sie es Johanna geduldig erklären und zeigen, bis sie es konnte.

Ihrer Zellengenossin schien gar nicht aufzufallen, dass Johanna wenig von sich erzählte. Sie geht bestimmt davon aus, dass mein Leben bisher so trostlos gewesen ist, dass ich gar nichts zu erzählen habe, dachte Johanna.

Aber auch wenn Irmas Gegenwart die meiste Zeit an ihren Nerven zerrte, so war sie doch ein Mensch. Und die Gegenwart eines anderen Menschen war Balsam für ihre Seele. Trotz ihrer Fähigkeit, sich davonzuträumen, konnte Johanna die Einsamkeit nicht mehr ertragen. Je schlechter das Essen wurde, desto entkräfteter fühlte sie sich. Weil sie sich so wenig bewegte, wurde das Gefühl der Kraftlosigkeit noch verstärkt. Irma war noch frisch. Jeden Morgen nach dem Aufstehen machte sie 40 Kniebeugen. In einem gesunden Körper wohnt ein gesunder Geist, sagte sie immer wieder und versuchte, auch Johanna dazu zu bewegen. Aber ihr Körper wollte sich nicht mehr bewegen als nötig, das war schon immer so gewesen. Wenn es ihr schlecht gegangen war, hatte sie sich am liebsten in ihr Zimmer zurückgezogen, die Tür geschlossen und aufs Bett gelegt, bis es wieder vorbei war. Aber das konnte sie hier nicht mehr tun. Diese Strümpfe zu stricken, war eine absolut eintönige Arbeit, die sie hasste. Aber sie musste immer weiterstricken. Sie hatten schließlich ein Pensum zu erfüllen, und die Frau von der Fabrik wurde böse, wenn sie ihr Soll nicht schafften. Und so strickten Johanna und Irma Tag für Tag, stundenlang, bis ihre Finger sich verkrampften.

Manchmal summte Irma dabei vor sich hin, immer das gleiche Lied. Johanna vermutete, es sollte *Am Brunnen vor dem Tore* sein. Irma sang falsch, aber Johanna traute sich nicht, ihr das zu sagen. Sicher hätte sie verächtlich geantwortet, woher weißt du das schon, du bist doch eine Kriminelle, du hast keine Ahnung von Musik.

Aber nachdem Irma eines Morgens wieder ein und dasselbe Lied vor sich hin summte, platzte Johanna der Kragen.

»Hör auf, so falsch zu singen«, brach es aus ihr heraus, und ihre Stimme war so spitz und kalt wie die Eiszapfen, die in Jurmala im Winter von den Vordächern herunterhingen.

Irma ließ die Stricknadeln sinken.

»Was hast du gesagt?«, fragte sie barsch.

»Du singst falsch, merkst du das nicht?«

»Woher weißt du das denn?«

»Meine Mutter ist Schauspielerin und Sängerin, ich habe Musikunterricht bekommen, seit ich fünf bin, ich weiß, wovon ich rede.«

»Dann sing du doch mal, wenn du es so genau weißt.«

»Ich mag das Lied nicht.«

»Du kannst es nur nicht, du wolltest dich nur wichtigmachen.«

»Also gut«, sagte Johanna und fing an zu singen. Ihre Stimme klang fremd in dieser kalten Zelle, aber Johanna hatte das Gefühl, dass ihr wärmer wurde. Und sie sah, wie Irmas Gesicht anfing zu leuchten.

»Das war so schön«, sagte sie. »Bitte sing noch mal was für mich.«

Jetzt bin ich doch mehr wert als eine gewöhnliche Kriminelle, dachte Johanna. Aber sie sang *Mondnacht* von Schumann. Irma sah sie erst ungläubig, dann bewundernd an. Johanna sang leise, um die Aufseherinnen nicht aufzuscheuchen.

Es war, als hätt' der Himmel
Die Erde still geküsst
Dass sie im Blütenschimmer
Von ihm nun träumen müsst.

Die Luft ging durch die Felder,
Die Ähren wogten sacht,
es rauschten leis' die Wälder,
so sternklar war die Nacht.

Und meine Seele spannte
Weit ihre Flügel aus,
Flog durch die stillen Lande,
als flöge sie nach Haus.

Irma liefen Tränen über die Wangen. Nicht weinen, dachte Johanna, ich darf nicht weinen. Sonst öffnen sich alle Schleusen, und ich kann nicht mehr aufhören. Es war absolut still, als der letzte Ton verklungen war. Dann hörten sie ein Klopfen, erst von einer Seite an der Wand. Und nach einer Weile setzte ein Klopfen von der anderen Seite ein. Johanna wusste gar nicht, was das bedeutete.

»Sie haben es gehört«, sagte Irma. »Sie wollen sich damit für deinen Gesang bedanken. Das war wunderschön.« Sie sah Johanna bewundernd an. Das Eis ist gebrochen, dachte Johanna. Jetzt ist sie bereit, mich so zu sehen, wie ich bin.

Vor dem Morgengrauen wurden sie von Schlüsselklappern und Scheppern geweckt. »Aufstehen!«, rief Aufseherin Krause mit den besonders kalten Augen.

Johanna konnte sich nicht bewegen, die Aufseherin brüllte ihr direkt ins Ohr.

»Sofort aufstehen!«

»Was ist los?«, fragte sie Irma leise, als sie nebeneinander im Nachtzeug in der Zelle strammstanden.

»Ich glaube, sie holen mich jetzt.«

»Wohin?«

»Nach Plötzensee.«

»Aber dich doch nicht!«

»Hast du dich nicht gewundert, warum ich die schwarze Armbinde trage?«

»Nein, darüber habe ich mir keine Gedanken gemacht.«

»Keine Privatgespräche«, herrschte die Aufseherin die beiden Frauen an. Und zu Irma gewandt: »Anziehen, mitkommen.«

Irma zog sich schnell an. Johanna war vollkommen verwirrt. Sie wusste nicht, was geschah. War es wirklich möglich, dass sie tagelang mit Irma in einer Zelle gesessen und nicht gewusst hatte, dass sie zum Tode verurteilt war? Plötzensee war die letzte Station, dort wurde man hingerichtet. Sie hatte die Aufseherinnen darüber sprechen hören, wie bewundernswert effektiv die Hinrichtungsstätte war.

»Warum hast du mir nichts gesagt?«, flüsterte Johanna. Die Aufseherin wartete im Gang vor der Zelle auf Irma.

»Weil ich die letzten Tage so normal wie möglich verbringen wollte. Manchmal habe ich es tatsächlich auch vergessen. Danke, dass du gestern für mich gesungen hast, das hat mir die Angst genommen. Mach's gut.«

Sie legte ihr die Hand auf die Schulter und drückte sie an sich. Dann fiel die Tür hinter ihr zu. Auf ihrer Matratze lag Irmas zerknülltes Leibchen. Als sie allein war, riss Johanna es auseinander, um Monatsbinden daraus zu machen.

Als Kuno endlich in den Laden kam, ein Brot kaufte und Marlis dabei verschwörerisch zuzwinkerte, hätte sie den Laden am liebsten sofort geschlossen, um seine Neuigkeiten zu erfahren. Aber sie musste erst die Kundin vor ihm bedienen, während Kuno wartete und dabei ungeduldig von einem Fuß auf den anderen trat. Sobald die Frau draußen war, konnte er sich nicht mehr zurückhalten.

»Marlis, ich habe etwas für euch«, erklärte er zufrieden grinsend. »Aber es ist vielleicht besser, wenn ich dir das nicht hier sage. Ist dein Vater auch da?«

»Er kommt gleich von der Arbeit. Warte, ich mache den Laden zu.« Sie schloss die Tür ab und zog das Rollo herunter.

»Ist das nicht zu auffällig? Ich komme hier rein, und du schließt den Laden?«

»In ein paar Minuten ist sowieso Mittagspause«, sagte Marlis mit einem Blick auf die Uhr, die über dem Tresen hing.

»Komm mit. Wir gehen in die Küche. Mama ist bei Oma. Sie hat mir Essen auf den Herd gestellt. Das kann ich kurz aufwärmen. Hast du Hunger?«

Ohne seine Antwort abzuwarten, verschwand sie durch die Seitentür im Hinterzimmer. Kuno folgte ihr ins Treppenhaus des Wohnhauses.

Sie stiegen die Stufen in die erste Etage hinauf, ohne jemandem zu begegnen.

Ich war noch nie mit einem Mann allein hier in der Wohnung, dachte Marlis, außer natürlich mit Jürgen, Michael und Vati. Aber das zählte nicht, das war ja Familie. Die Situation verunsicherte sie. Kuno folgte ihr durch den langen, schmalen Gang in die Küche. Sie spürte seine Blicke in ihrem Rücken. Marlis mochte es gar nicht, von Männern so angesehen zu werden. Glücklicherweise hatte bisher noch nie jemand versucht, sie anzufassen, aber schon die Blicke störten sie.

Kuno saß am Küchentisch und beobachtete, wie sie Teller, Gläser und Besteck hinstellte, und dann die Herdflamme anzündete und das Essen erhitzte. Bitte, lass Vati bald kommen, betete sie. Auch wenn niemand mit ihr darüber geredet hatte, warum die Männer sie seit einiger Zeit so ansahen, wusste sie: Sie wollten sie anfassen, streicheln, küssen oder sogar noch mehr. Wobei sich Marlis dieses Mehr nicht einmal vorstellen wollte.

Sie gab Kuno ein Glas Wasser und setzte sich zu ihm an den Küchentisch. Sie konnte ihre Finger nicht ruhig halten und trommelte nervös auf die Tischplatte.

»Erzähl schon«, sagte sie betont burschikos, um ihre Unsicherheit zu überspielen.

»Lass uns warten, bis Albert da ist.«

»Dann muss ich aber den Topf von der Flamme ziehen, damit das Essen nicht verbrennt. Wartet deine Frau mit dem Mittagessen nicht auf dich?«

»Heute nicht. Sie ist zum Ku'damm gefahren und geht dort mit einer Freundin bummeln.«

Endlich hörte Marlis den Schlüssel im Schloss der Wohnungstür.

»Das ist Vati«, sagte sie eine Spur zu enthusiastisch. Ich klinge wie ein kleines Mädchen, ärgerte sie sich. Fehlt nur noch, dass ich zur Tür hüpfe und Vati in die Arme springe.

»Marlis, das duftet ja großartig, ich habe einen Bärenhunger«, sagte Albert schon im Flur.

Als er in die Küche kam, stand Kuno auf und lächelte verlegen.

»Kuno, was für eine Überraschung«, sagte ihr Vater etwas verdutzt.

»Ich habe Neuigkeiten für euch. Ich wollte auf dich warten, und Marlis war so nett, mich zum Essen einzuladen.«

»Ja, klar, wir haben genug. Schön, dich zu sehen«, sagte ihr Vater. Dann wusch er seine Hände und setzte sich zu ihnen an den Tisch.

Marlis stellte den Topf mit der dampfenden Suppe in die Mitte und steckte die silberne Kelle hinein. Ihre Mutter hätte die Suppe sicher vorher in eine Terrine umgefüllt, weil ein Gast da war, aber Marlis wollte auf keinen Fall länger warten.

»Also, was hast du rausgefunden?«, fragte Albert, während Marlis beiden Suppe in die Teller schöpfte.

»Ich habe meinen Freund gestern getroffen, ihr wisst schon, den Seelsorger in der Barnimstraße.«

»Mensch Kuno, nun mach es nicht so spannend«, sagte Albert ungeduldig.

»Also, er hat die Akte von Johanna einsehen können, als die Direktorin für einen Moment nicht in ihrem Büro war. Sie lag einfach plötzlich vor ihm auf dem Schreibtisch. Ist das nicht ein toller Zufall?«

»Ja, wirklich. Mir hätte es gar nicht geschmeckt, wenn er Aktenschränke hätte durchwühlen müssen«, sagte Albert.

»Also, er sagte, da lag die Akte und er hat sie aufgeschlagen, durchgeblättert. Viel war nicht vorhanden. Aber ziemlich weit vorne war die Anzeige. Sie wurde wegen Beischlafdiebstahl angeklagt, ihr wisst doch, was das ist?«

»Ja, wissen wir«, sagte Albert ungeduldig. Marlis wusste es nicht, aber sie traute sich nicht, danach zu fragen.

»Ich weiß, wer dahintersteckt«, platzte Marlis heraus.

»Marlis, halt den Mund. Jetzt keine voreiligen Schlüsse. Hören wir doch lieber, was Kuno zu sagen hat. Hat dein Freund auch rausbekommen, wer die Anzeige erstattet hat?«

»Ein Walter Braun. Er arbeitet in Oranienburg im Wirtschaftsamt der Konzentrationslager. Stand da auch als Information zu seiner Person.«

»Danke, Kuno. Du hast uns sehr geholfen.«

»Kennt ihr einen Walter Braun?«

»Nein, tun wir nicht. Und wir vermuten, Johanna auch nicht«, sagte Albert. Marlis schwieg. Innerlich zitterte sie vor Aufregung, wollte das aber nicht zeigen. Sie war sicher, dass dieser Walter Braun von E. angestiftet worden war, die Anzeige zu machen. E. muss irgendetwas Schwerwiegendes gegen Walter Braun in der Hand haben, dass er sich selbst bezichtigte, bei einer Prostituierten gewesen zu sein.

Schweigend löffelten sie die Suppe, während Kuno offensichtlich darauf wartete, mehr über Johanna zu erfahren.

Als sie fertig waren, stand Albert auf.

»Danke, Kuno. Du hast uns sehr geholfen. Aber es ist sicher besser, wenn du jetzt gehst. Du weißt, wir haben uns darauf geeinigt, dass jeder so wenig Informationen hat wie möglich – zur eigenen Sicherheit.«

Kuno nickte ernst und stand ebenfalls auf.

»Danke, Marlis, dass ich mitessen durfte. Es war köstlich«, sagte er und winkte ihr zu. Dann verließen die beiden Männer die Küche. Marlis stellte das Geschirr in die Spüle und ließ warmes Wasser einlaufen. Fragen überschlugen sich in ihrem Kopf. Was bedeutete diese Information? Wie lange musste man für so ein Vergehen im Gefängnis bleiben? Waren Prostituierte nicht asozial? Wie groß war die Gefahr, dass Johanna irgendwann ins Konzentrationslager kam?

»Denkst du auch das, was ich denke?«, fragte ihr Vater, als er in die Küche zurückkam.

»Ja, ich glaube schon«, sagte Marlis. Aber eigentlich konnte sie gerade gar nicht denken.

»Die Zeit drängt. Es kann sein, dass sie bald nach Ravensbrück kommt. So ist es schon einigen ihrer Schützlinge ergangen, hat Anna Rose gesagt. Du glaubst doch auch, dass E. dahinter steckt?«

»Ja, ich bin ganz sicher, Vati.«

»Ich auch. Selbst wenn es mir nicht schmeckt, dass das nur eine reine Vermutung ist.«

»Wir müssen jetzt Anna Rose informieren.«

»Du hast recht. Sie kann uns vielleicht helfen. Vielleicht weiß sie irgendwas über diesen Braun. Ich bin mir sicher, dass er wirklich zu

Prostituierten geht. Es ist ein Fischen im Trüben, aber wir haben keine andere Möglichkeit.«

»Und wenn sie was rausfindet?«

»Dann haben wir Glück.«

»Warum?«

»Marlis, jeder ist erpressbar. Besonders in diesen Zeiten. Wir müssen nur hoffen, dass dieser Braun genug Dreck am Stecken hat.«

»Kann ich dabei sein, wenn du mit Frau Rose sprichst?«

»Nein, Marlis, das hatten wir doch schon besprochen.«

»Aber ich möchte erfahren, was sie herausfindet.«

»Ja, natürlich. Das wirst du. Und jetzt versuch mal zu lächeln, Tochter. Wir schaffen das schon. Noch ist nichts verloren. Johanna ist noch nicht auf dem Weg nach Ravensbrück. Ich habe schon von anderen Fällen gehört, wo jemand aus dem Gefängnis rausgekommen ist.«

»Wirklich?«, fragte Marlis, wagte es aber nicht, ihren Vater anzusehen. Sie hatte Angst vor dem Zweifel in seinem Gesicht.

Wieder vergingen Tage. Es war viel zu tun, im Laden, bei ihrer Arbeitsstelle als Sekretärin, bei Großmutter im Krankenhaus, der es immer schlechter ging, und Fred musste auch irgendwie noch versorgt werden. Marlis fiel abends hundemüde ins Bett. Natürlich machte sie sich auch weiterhin immer und überall Sorgen um Johanna, aber sie raubten ihr nicht mehr den Schlaf wie in der Zeit davor. Dafür war sie zu erschöpft. Immer wenn sie ihrem Vater begegnete, wollte sie ihn fragen, ob er schon etwas von Anna Rose gehört hatte, aber sie hielt sich zurück. Sie musste sich zusammenreißen. Er musste annehmen, dass sie die Nerven behalten konnte. Denn wenn ihr Vater der Meinung wäre, dass sie ihre Gefühle nicht unter Kontrolle hatte, würde er ihr vielleicht gar nichts mehr erzählen.

»Marlis, nimm deine Jacke, wir gehen spazieren«, sagte Albert in der nächsten Woche, als sie abends das »Geschlossen«-Schild umdrehte, die Tür des Ladens abschloss und das Rollo herunterzog. Erschrocken drehte sie sich um. Sie hatte ihren Vater nicht aus dem Hinterzimmer in den Laden kommen hören.

Sie fühlte sich ausgelaugt. Es war so ein anstrengender Tag gewesen. Vormittags hatte sie im Büro gearbeitet, dann war sie nach Hause gehetzt, hatte sich in der Mittagspause um den ständig schreienden Fred gekümmert, der sich von ihr nicht beruhigen ließ und erst still war, als ihre Mutter aus dem Krankenhaus kam. Danach war sie, ohne etwas gegessen zu haben, in den Laden hinuntergegangen. Nachmittags waren besonders furchtbare Kunden da gewesen – rotzige Hitlerjungen, die ihre Groschen überheblich auf den Tisch knallten, woher auch immer sie die hatten, und sich bedienen ließen, als ob ihnen der ganze Laden gehörte. Marlis wusste, dass sie freundlich zu ihnen sein musste. Sie trugen ihre Kluft stolz und riefen mit Begeisterung »Heil Hitler!«, wenn sie in den Laden kamen. So war auch sie gezwungen, »Heil Hitler« zu sagen. Die aus dem Kiez kannte sie mittlerweile alle. Die drei Schnösel von heute Nachmittag waren eindeutig nicht aus Prenzlauer Berg, sondern aus einer schickeren Gegend. Was machen die hier, hatte sie sich gefragt, spionieren die mir etwa hinterher? Sind die von E. geschickt worden? Die Bengel waren vielleicht gerade mal 15. Aber sie hatten sie angestiert, besonders der eine, der so aussah, als wäre er dem *Stürmer* entsprungen: weißblonde Haare, strahlend blaue Augen, groß für sein Alter, breite Schultern, kräftige und lange Beine. Damit entsprach er genau dem Bild des arischen deutschen Jungen. Damit war er aber einer der wenigen. Marlis fand es immer wieder komisch, wie wenig die Wirklichkeit das Ideal der arischen Rasse widerspiegelte. Sie dagegen war blond, hatte blaugrüne Augen und war groß. In der Schule war einmal ihr Schädel vermessen worden. Nach ihrer Kopfform gehörte sie zur reinen arischen Rasse, hatte man ihr stolz erklärt. Darauf war Marlis selbst aber alles andere als stolz.

»Marlis, hol deine Jacke, wir gehen spazieren«, sagte ihr Vater noch einmal.

Ihr Vater wartete ungeduldig vor dem Hauseingang auf sie. Es regnete in Strömen. Ein Sommergewitter hing über Berlin. Und ihr Vater hatte zwar seinen Hut auf wie immer, aber anscheinend den Schirm vergessen. Sie würde in kurzer Zeit nass werden, ihre leichte Sommerjacke hielt keine Feuchtigkeit ab, aber das musste sie wohl jetzt aushalten.

Sie gingen die Kastanienallee entlang zum Park am Weinbergsweg. Es waren nicht sehr viele Menschen unterwegs und die meisten versteckten sich unter ihren Regenschirmen.

Ihr Vater stürmte in großen Schritten vor ihr her. »Vati, renn nicht so schnell!«, rief Marlis. »Was ist denn los?«

»Lass uns erst mal in den Park gehen, dann reden wir.« Erst im Park wurde Albert langsamer. Sie waren allein. Alle anderen Spaziergänger hatten sich in Cafés geflüchtet. Unter einer Kastanie, deren Blätterdach etwas Schutz vor dem Regen bot, blieben sie stehen.

»Anna Rose hat mir eben etwas erzählt. Es ist unglaublich.« Er lachte. Seine Stimme klang plötzlich aufgeregt und fröhlich.

»Was denn. Mensch, Vati. Sag es mir.« Ihr Herz raste.

»Aber du musst mir erst versprechen, dass du niemandem was sagst, niemals. Egal, was sie mit dir machen, du darfst nichts sagen. Kannst du mir das versprechen?«

»Ja, Vati, das kann ich. Du kennst mich doch. Ich bin verschwiegen.«

»Das stimmt, meine Tochter, das hast du von mir«, sagte er mit einem Lächeln.

»Was ist los? Was weißt du?«

Der Regen hatte schon etwas nachgelassen. Aber ihre Jacke war völlig durchweicht.

»Hat Anna Rose was gegen Walter Braun rausgefunden?«

»Ja, das auch, er scheint die Prostituierten unglaublich brutal zu behandeln, richtig widerlich. Ich bin mir sicher, dass seine Frau das nicht erfahren soll. Entschuldige, dass ich überhaupt über diese Dinge mit dir reden muss, Marlis. Das ist mir sehr unangenehm.«

»Ich weiß, Vati, und ich versteh' das. Ich kann das aushalten. Also haben wir Braun in der Hand? Jetzt könnten wir ihn erpressen?« Marlis kam sich vor wie in einem der Krimis, die sie früher gern gelesen hatte.

»Das könnten wir. Obwohl wir ja nur Annas Aussage haben und keine Beweise.«

»Ach Vati, Beweise. Die braucht man doch heute nicht, um jemanden hinter Gitter zu bringen.«

»Stimmt, Marlis, in was für einer Zeit bist du groß geworden. Es tut mir so leid.«

»Vati, jetzt nicht. Du wolltest mir doch noch was sagen.«

»Ja, es ist ungeheuerlich, einfach unglaublich. Und so einfach.«

»Und, was ist es?«, fragte Marlis neugierig.

»E. Er hat ein Riesengeheimnis, und wir haben ihn sowas von in der Hand. Stell dir nur vor: Er hat nichtarische Vorfahren. Seine Urgroßmutter ist jüdisch.« Marlis stockte der Atem.

Albert lachte und konnte sich kaum mehr einkriegen.

»Ist das nicht komisch? E. ist in der SS, arbeitet im Reichssicherheitshauptamt und hat nichtarische Vorfahren? Man muss doch einen absolut rein arischen, bis 1750 zurückreichenden Stammbaum vorlegen, wenn man in die SS aufgenommen werden will!«

»Aber wie hat E. dann den Ariernachweis bekommen?«, fragte Marlis. Sie konnte die Bedeutung dieser unglaublichen Information noch gar nicht ganz ermessen.

»Er hat ihn wohl gefälscht. Ist das zu fassen. E. hat jüdische Wurzeln. Wenn es nicht so absurd wäre, wäre es unglaublich komisch, findest du nicht?«

Ihr Vater lachte wieder. Marlis sah ihn verstört an. Sie konnte daran nichts Komisches erkennen.

»Vati, beruhige dich. Ich möchte wissen, was Anna Rose dir erzählt hat.«

Ihr Vater atmete tief durch.

»Marlis, entschuldige, es wird schon wieder etwas pikant. Ich werde nur das Nötigste erzählen, um dich zu schonen.«

»Das ist eine Ausnahmesituation. Da musst du mich nicht schonen.«

»Also gut. Anna Rose hat eine Prostituierte gefunden, die ihr das gesagt hat. Sie hat vor einigen Jahren mit E. zu tun gehabt. Er hat sie immer wieder zu sich bestellt. Sie sagt, dass er eigentlich ganz nett war. Nur ab und zu musste sie seinen schweren Ledergürtel und den Hals legen und er zog zu, aber nicht so viel, dass sie keine Luft mehr bekam, während er sich an ihr abreagierte.« Erschrocken hielt er inne. »Entschuldige Marlis, das wollte ich dir eigentlich nicht erzählen«, sagte ihr Vater betreten.

Marlis schluckte. Sie hatte nicht einmal geahnt, dass Menschen anderen Menschen so etwas antaten.

»E. war in sie verliebt, hat sie erzählt. Er hat ihr vertraut, hat ihr mmer wieder mehr Geld gegeben.«

»Und was ist dann passiert?«, fragte Marlis.

»Als er in die SS aufgenommen wurde, hat er das mit ihr gefeiert. Er hat der Frau eine Flasche Champagner ausgegeben und Schnaps mit ihr getrunken, bis er vollkommen blau war.«

»Musste sie mittrinken?«, fragte Marlis. Sie wusste nicht, ob es ihr gefiel, diese furchtbaren Dinge zu erfahren, aber sie durfte sich nichts anmerken lassen. Ihr Vater sollte glauben, dass sie das alles aushalten konnte.

»Nein, nach dem Champagner hat sie den Schnaps in die Blumenvase gekippt, wenn er es nicht gesehen hat. Auf einmal wurde E. weinerlich und hat ihr gebeichtet, dass er ja eigentlich gar nicht von der SS hätte aufgenommen werden dürfen. ›Ich bin ein Lügner!‹, soll er gerufen haben. »›Ich habe eine jüdische Urgroßmutter und habe meinen Stammbaum gefälscht‹, hat er der Prostituierten gebeichtet.«

»Was für eine Geschichte«, murmelte Marlis.

»Frau Roses Schützling war natürlich starr vor Schreck. Sie hatte Angst, dass er sie am nächsten Tag umbringt, wenn er sich daran erinnerte. Sie flößte ihm noch mehr Schnaps ein, und am nächsten Morgen wusste er wirklich gar nichts mehr.«

»Und jetzt?«

»Es geht noch weiter! Weißt du, wo die jüdische Urgroßmutter gewohnt hat?« Albert lachte laut auf.

»Nein, woher auch«, sagte Marlis. Langsam fand sie das Verhalten ihres Vaters sehr eigenartig.

»Sie wohnte hier in der Nähe. Ist das zu fassen? Ich war schon beim Amt. Du weißt doch, ich kenne Frau Grube, die arbeitet dort. Ihr Sohn war bei mir in der Klasse, und ich habe ihm damals in Mathematik unter die Arme gegriffen. Das hat mir seine Mutter nie vergessen und so ließ sie mich die Unterlagen einsehen. Es stimmt! E.s Urgroßmutter ist jüdisch. Sie hat mir sogar eine Kopie angefertigt, mit Stempel und so. Wie dumm von ihm, die Originale damals nicht verschwinden zu lassen. So weit scheint seine Macht dann wohl doch nicht gereicht zu haben.«

»Glaubst du nicht, dass sie dich verraten wird, wenn sie gefragt wird?«

»Nein, dafür lege ich meine Hand ins Feuer.«

»Na, dann hoffe ich mal, dass du recht hast«, sagte Marlis.

»Aber was machen wir jetzt?«

»Du machst gar nichts. Frau Rose hat auch gewusst, dass Braun und E. oft zusammen unterwegs sind. E. weiß also von Brauns Vorlieben und konnte ihn damit erpressen.«

Marlis schwieg. Alles drehte sich. Sie konnte gar nicht klar denken.

»Aber wir brauchen Braun nicht. Wir nehmen E. Ich schicke ihm anonym einen Brief, dass ich die Beweise, dass sein arischer Stammbaum gefälscht ist, an seinen Schwiegervater und seine Frau schicke, wenn er nicht veranlasst, dass Johanna binnen zwei Tagen entlassen wird.«

»Geht das so schnell?«, fragte Marlis.

»Das kann so schnell gehen.«

»Und du glaubst, E. wird es machen?«

»Ich denke schon. Er begreift bestimmt, dass das kein Spaß ist.«

»Aber Vati, die Verbindung zu uns kann er doch sehr schnell herstellen. Ist es nicht einfacher, du gibst Braun die Informationen?«

»Und dann?«

»Dann kann er E. erpressen. Und wir erpressen ihn damit, dass wir die Informationen über seine Vorlieben haben. Er verlangt von E., die Anzeige zurückzuziehen, die ja für ihn auch nicht gut ist, und dass E. nie wieder etwas Schlechtes über ihn behauptet. Und wir drohen Braun damit, dass wir die Informationen über seine schmutzigen Vorlieben sonst direkt an seine Frau und ihre Familie liefern.«

»Marlis, das klingt gut. Ist sogar brillant. Ich wusste gar nicht, dass du ein Händchen für Intrigen hast.«

»Tja«, sagte Marlis stolz.

»Wir werden die Säcke fertigmachen!«

»Vati, wie redest du?«

»Entschuldige, das wollte ich nicht.«

»Macht nichts. Ich bin sehr stolz auf dich.«

»Danke, Tochter, ich auch auf dich. Aber für dich ist jetzt Feierabend. Ich mache den Rest allein.«

»Warum?«

»Weil ich nicht möchte, dass auch du in Gefahr gerätst.«

»Aber, Vati, ich könnte dir sicher helfen.«

»Nein, Marlis. Lass mich das allein machen. Es ist schon gefährlich genug, dass du alles weißt.«

»Gut, Vati, das verstehe ich«, sagte Marlis zögernd.

»Komm, Mädchen, lass uns nach Hause gehen, du bist ganz nass«, sagte ihr Vater. Seit Ewigkeiten gingen sie das erste Mal eingehakt nach Hause.

Das Aufwachen lohnte sich nicht mehr. Stundenlang blieb Johanna mit geschlossenen Augen auf dem harten Betonklotz mit Holzauflage liegen. Auch wenn sie schon lange nicht mehr müde war, presste sie ihre Augenlider zu. Sie wollte nichts mehr sehen, nichts mehr spüren. Sie wollte sich an den Punkt in ihr Inneres zurückziehen, wo sie sich fast auflöste. Dafür brauchte sie Kraft, und die hatte sie nicht mehr. Sie hätte alle Empfindungen ausschalten müssen, aber das gelang ihr nicht. Alles tat ihr weh, die Haut juckte und brannte – hatte sie Krätze? Sie wusste nicht mehr, wann sie sich das letzte Mal gewaschen hatte. Hier unten gab es nichts. Kein Waschbecken, keinen Stuhl, keinen Tisch, nichts außer dieser unmenschlichen Schlafgelegenheit und dem Kübel. Sie versuchte, ihren Körper mit der dünnen Decke gegen die Kälte zu schützen, aber es half nichts. Hier unten war es kalt, feucht und muffig. Sie war endgültig am Abgrund angekommen. Sie wollte sich hinunterstürzen. Einfach Schluss machen. Aber man hatte ihr alles weggenommen: Kleider, Schnürsenkel, Essbesteck, damit hätte sie sich ja sonst umbringen können. Sie hatte nur noch ein vor Schmutz starrendes

Leibchen an. Sie stank mit Sicherheit bestialisch. Der Kübel, den sie nur schemenhaft im Halbdunkel in der Ecke erkennen konnte, war immer randvoll, bevor er geleert wurde.

Johanna hatte nicht gewusst, dass sie sich strafbar machte, als sie das zurückgebliebene Leibchen von Irma zerriss. Irma, sie war jetzt sicher tot, ermordet in Plötzensee. Aber vielleicht war das ja besser als in der Arrestzelle zu sitzen, dachte sie. Sie war im Keller gefangen, und durch das winzige Fenster über ihrem Kopf konnte sie die Füße der Frauen im Gefängnishof sehen. Johanna war sich nicht mehr sicher, ob sie überhaupt einen Rundgang aushalten würde. Ihre Beine fühlten sich an wie Pudding. Sie schaffte es nicht, die Muskeln zu trainieren, um sie wieder zu stärken. Eigentlich hätte sie aufstehen und sich bewegen sollen. Selbst in der Arrestzelle hätte sie Kniebeugen machen oder die Arme über den Kopf strecken können, um sie zu kräftigen.

Meine Güte, ich bin erst 21, oder hatte ich schon wieder Geburtstag, dachte sie. Sie wusste nicht mehr, was heute für ein Datum war. Sie war noch so jung, aber ihr Körper fühlte sich alt und verbraucht an. Wenn ich überhaupt aus dem Gefängnis komme, bin ich ein Wrack, dachte Johanna. Aber werde ich überhaupt jemals wieder rauskommen? Haben mich nicht alle vergessen? Kämpfte überhaupt jemand für sie? Es fühlte sich nicht so an. Irgendwann werde ich hier sterben, und es wird draußen keinen interessieren. Sie konnte nicht mehr an Jurmala denken oder an Marlis. Die Gedanken an Fred verbat sie sich. Jedenfalls das schaffte sie noch. Die Gedanken an ihren Sohn hätten sie zu sehr gequält. Er war doch ihr Kind, und er musste jetzt ohne sie sein.

Warum hatte sie nicht nachgedacht? Warum hatte sie auch die dreckige Wäsche einer Todgeweihten zerrissen, um das Blut aufzufangen, das eventuell sonst ungehindert ihre Beine hinunterlief? Sie hatte ihre Regel doch im Gefängnis noch gar nicht bekommen. Zuerst hatte sie entsetzt gedacht, dass sie wieder schwanger war, aber das konnte gar nicht sein. Seit dem Nachmittag im Tiergarten hatte sie nie wieder mit jemandem geschlafen. Dieses Kapitel war für sie abgeschlossen. Sie würde nie wieder mit einem Mann schlafen.

Hunger? Irgendwann hatte sie dieses Gefühl verspürt, aber auch das war verschwunden. Hier unten in ihrer Arrestzelle bekam sie nicht jeden Tag eine warme Mahlzeit. Johanna hatte versucht, sich zu merken, wie oft es dunkel wurde, bevor sie wieder etwas Warmes zu essen bekam. Es waren wohl zwei Nächte gewesen. Also musste sie drei Tage ohne eine warme Mahlzeit auskommen. Ansonsten schoben ihr die Wärterinnen ab und zu ein hartes Stück Brot und eine Schale Wasser in die Zelle.

Sie war so einsam. Dass sie die Beine der anderen Gefangenen sehen konnte, machte es nur noch schlimmer. Niemand da oben auf dem Gefängnishof dachte an sie. Sie wussten nicht, dass sie ganz in ihrer Nähe war. Manchmal hörte sie das Murmeln ihrer Stimmen, wenn sie sich leise unterhielten. Und die harschen Befehle der Wärterinnen. In den ersten Tagen in der Arrestzelle hatte sie sich noch vorgestellt, wie wunderbar die Sonne ihre Haut gewärmt hatte, als sie im Gefängnishof Elsa begegnet war, die ihr erzählt hatte, dass Fred in Sicherheit war. Sie hatte gespürt, wie eine leichte Brise sanft über ihre Haut gestreichelt hatte. Mit geschlossenen Augen hatte sie in das kleine Stück blauen Himmels geschaut, das sie vom Gefängnishof aus hatte sehen können.

Jetzt sah sie hinter ihren geschlossenen Augenlidern nur dumpfe Schwärze. Sie wollte nichts mehr tun. Noch nie hatte sie sich so elend gefühlt. Hatte sie überhaupt jemals ein Leben außerhalb dieses Gefängnisses gehabt? Vielleicht war das alles nur eine Illusion gewesen, und sie hatte schon immer hier in dieser Zelle gelegen?

Hör auf damit, schalt sie sich in lichteren Momenten. Reiß dich zusammen. Du darfst nicht verrückt werden. Du darfst dich nicht von dieser Welt abwenden. Aber sie dachte darüber nach, wie es wäre, wenn sie einfach nichts mehr trinken würde. Das Wasser roch sowieso muffig und alt. Es war sicher schmutzig. Was wäre, wenn sie einfach hier liegenbliebe und beschlösse zu sterben? Würde das gehen?

In einigen klaren Momenten blitzten die Gedanken an Fred auf, an Marlis, aber sie waren nicht mehr so tröstlich wie noch oben in der Zelle. Nein, sie fuhren ihr wie tausend Messer durchs Herz. Fred liegt in Marlis Armen und lächelt sie an. Dann öffnet er den Mund und sagt Mama zu ihr.

Sie hatten sie alle vergessen. Sie war für sie sicher schon gestorben. Niemand scherte sich um sie. Es wäre eine Erleichterung, zu sterben. Sich einfach auflösen zu können. Sie würde es schaffen. Sie musste nur auf dem Betonklotz liegenbleiben und sich nicht mehr bewegen.

Die Idee, Braun zu erpressen, damit der wiederum E. erpresste, war Albert zuerst genial erschienen, aber jetzt glaubte er nicht mehr daran, dass sie funktionierte. Was, wenn Braun nicht so reagieren würde, wie sie sich das erhofften? Sie kannten ihn nicht. Sie wussten nicht, was er tun würde. Vielleicht würde er Geld von E. erpressen? Alle wussten, dass die Familie von E.s Frau sehr vermögend war. Und Braun hätte eine nicht versiegende Quelle, wenn er sie erst einmal anzapfte. Was wäre, wenn E. ihn einfach umbringen ließe? Heutzutage gab es sicher Menschen, die so eine Arbeit mit Leichtigkeit erledigten. Töten war doch schon längst nur noch ein Kavaliersdelikt, wenn es um »die richtige Sache« ging. Und E. hatte sich »der richtigen Sache« verschrieben. E. würde sehr wahrscheinlich alles unternehmen, um Braun schnell aus dem Weg zu räumen. Albert konnte also nicht den Weg über Braun gehen, sondern musste sich direkt an E. wenden. Aber er durfte seine Tarnung nicht verlieren. Denn wenn E. herausfand, wer ihm drohte, würde er sicher nicht lange fackeln. E. hatte bestimmt Neider und Feinde, weil er es bis ins Reichssicherheitshauptamt geschafft hatte. Soweit Albert herausgefunden hatte, hielt sein Schwiegervater die Hand über E. Er war ein ausgesprochen einflussreicher Mann. Aber ein Wink seines Schwiegervaters würde genügen, um auch E. zu zerstören. Und das würde er mit Sicherheit tun, wenn er erführe, dass sein Schwiegersohn jüdische Vorfahren hatte. Es war so ein unglaubliches Glück gewesen, dass Frau Grube ihm die Dokumente herausgesucht hatte.

Seine Frau durfte niemals erfahren, was danach geschehen war. Und auch nicht, dass er sich auf die Informationen einer Prostituierten verlassen hatte. Seine Frau hatte ihn auch deshalb geheiratet, weil seine moralischen Vorstellungen so einwandfrei waren. Aber jetzt war er kurzzeitig von diesem Weg abgekommen. Selbst wenn es dazu diente, Johanna zu helfen, würde seine Frau ihm diesen Betrug nie verzeihen. Und wenn sie wüsste, dass es ihm sogar Spaß gebracht hatte … Er konnte sich zwar überhaupt nicht erklären, wie es dazu gekommen war, aber irgendwie hatten die Dinge ihren Lauf genommen, und er hatte es einfach geschehen lassen.

Im Amt war alles normal abgelaufen. Er hatte mit Frau Grube geredet und bemerkt, wie sie ihn anhimmelte, aber das kannte er ja schon. Er hatte ihren Sohn durchs Abitur geschleust, und er hatte sein Studium beenden können, bevor der Krieg begann. Albert wusste es nicht genau, aber er vermutete, dass Frau Grube etwas älter war als er und schon lange Witwe. Es war wirklich nicht schwer gewesen, die Informationen über E. zu bekommen. Der Trottel hatte vollkommen vergessen, die Geburtsurkunde der Urgroßmutter verschwinden zu lassen. Frau Grube hatte auch gar nicht gefragt, warum er eine Kopie des Originals mit Stempel brauchte. Normalerweise durfte sie solche Urkunden gar nicht an Fremde herausgeben, »aber bei Ihnen drücke ich ein Auge zu«, hatte sie gesagt und dabei gezwinkert.

Dann hatte ihre Mittagspause begonnen, und sie hatte vorgeschlagen, noch etwas zusammen zu essen. Sie würde gar nicht weit weg wohnen. Albert hatte zuerst nicht gewollt, war aber dann doch mitgegangen. Das war er dieser Frau für ihre wertvollen Dienste schuldig, fand er.

Als sie dann ihre Wohnungstür hinter sich ins Schloss geworfen hatte, hatte sie sich auf einmal an seinen Hals geworfen. Das hatte ihn überrumpelt. Sie küsste ihn voll auf den Mund und drängte sich an ihn. Er spürte ihre weichen Brüste an seiner Brust. Sie roch so gut. Er wollte sie eigentlich wegstoßen, aber stattdessen presste er sein Becken gegen sie. Sein Körper reagierte, ohne dass er es verhindern konnte. Sie lachte leise, als sie merkte, dass er auf sie reagierte.

»Ich wusste es, du willst es auch. Ja, das fühlt sich gut an.«

Sie rieb sich jetzt an seinem aufgerichteten Schwanz. Sein Verstand sagte ihm, dass er sie jetzt sofort loslassen musste und dann so schnell wie möglich aus dieser Wohnung flüchten, aber sein Körper reagierte nicht auf diesen Befehl. Er drehte Frau Grube um, schob ihr den Rock hoch und den Schlüpfer herunter. Sie bückte sich, ihr blankes Hinterteil streckte sich ihm entgegen. Das war zu viel für ihn. Er öffnete seine Hose, holte seinen erigierten Schwanz heraus und drang in sie ein. Wie feucht sie war. Er hörte Stöhnen und Gurren. Er bewegte sich wie er wollte und achtete nicht darauf, ob es zu stark war, wie er das bei seiner Frau immer tun musste. Er ließ sich gehen, und es dauerte endlos. Gerade noch rechtzeitig konnte er seinen Schwanz aus ihr herausziehen, um nicht in ihr zu kommen. Als der Rausch vorbei war, wusste er nicht, was er tun sollte. Beschämt knöpfte er sich die Hose zu. Frau Grube brachte ihre Kleider wieder in Ordnung und tat so, als ob sie nicht eben wie die Tiere übereinander hergefallen wären. »Möchten Sie ein Glas Wasser?«, fragte sie höflich. Es erregte ihn, dass sie ihn siezte, obwohl er gerade eben noch in ihr gewesen war.

»Es tut mir so leid«, murmelte er. »Ich wollte nicht, ich durfte nicht.« Aber eigentlich hätte er sie am liebsten in ihr Schlafzimmer geführt und noch einmal auf ihrem Bett genommen.

»Ich sag's deiner Frau nicht, keine Angst, das bleibt unser Geheimnis«, sagte Frau Grube. Und dann so etwas wie »Danke«.

Albert verabschiedete sich überstürzt und rannte die Treppe hinunter. Er hastete die Straße entlang. Erst drei Straßen weiter wurden seine Schritte langsamer. Was hatte er bloß getan? Das durfte Greta niemals erfahren. Er hatte sie betrogen. Er war ein Ehebrecher. Das war unverzeihlich. Auch wenn es für eine gute Sache war. Auch Marlis durfte das nicht wissen. Auf keinen Fall seine Tochter. Alles nur wegen Johanna. Die stürzte sie alle ins Unglück.

Albert war überzeugt, dass seine Frau Fred schon als ihren eigenen Sohn betrachtete. Ihr würde das Herz gebrochen werden, wenn sie ihn wieder zurückgeben müsste. All die Liebe, die sie ihren Söhnen nicht mehr geben konnte, verschenkte sie an Fred. Eigentlich wäre es sicher das Beste für sie, wenn sie sich für immer um Fred würde kümmern dürfen. Aber das war verrückt und falsch. Fred hatte eine Mutter und eine Großmutter. Und Greta würde sie niemals ersetzen können, obwohl sie sich sicher viel besser um das Kind kümmern konnte als Oda und Johanna. Greta wird sehr leiden, wenn der Kleine nicht mehr da ist, dachte Albert. Aber er hatte sein Wort gegeben. Er musste Johanna helfen. Das war seine Pflicht als Christ – Nächstenliebe. War dieses Gebot nicht noch höher einzuschätzen als »Du sollst nicht ehebrechen«?

Ich darf nicht immer mit meinen Gedanken abschweifen, dachte Albert. Ich muss mich jetzt auf den Plan konzentrieren. Fakt war, dass er Braun heraushalten wollte. Das hatte er Marlis auch mitgeteilt, als er sie heute Morgen allein in der Küche antraf, und hatte ihr noch einmal eingeschärft, dass sie niemandem etwas erzählen durfte.

»Niemandem, Marlis, verstehst du? Das hier könnte uns alle ins Gefängnis bringen oder sogar noch schlimmer.«

Marlis hatte genickt und dabei keine Miene verzogen, aber in ihren Augen hatte er gelesen, wie verletzt sie war, dass er ihr tatsächlich Verrat zutraute. Augenblicklich tat es ihm leid. Er wusste doch, wie verschwiegen seine Tochter war.

Also, wie würde er vorgehen? Er hatte die Beweise für E.s Betrug. Sie lagen in der untersten Schublade seines Schreibtisches, die er abschließen konnte und deren Schlüssel er immer bei sich trug. Er würde auf der alten Schreibmaschine, die schon lange im Kabuff im Keller stand, einen Brief schreiben. Er hatte dort unten auch eine Schachtel mit alten Farbbändern gefunden, von denen er hoffte, dass sie noch funktionierten. Er würde den Brief schreiben und dafür sorgen, dass E. ihn erhielt. Gleichzeitig würde er einen Brief an dessen Schwiegervater schreiben. Die Adresse hatte er leicht herausfinden können. Die Familie war sehr bekannt und wohnte in einer eleganten Wohnung an der Bismarckallee in Grunewald. Er würde E. damit drohen, dass er den Brief an seinen Schwiegervater binnen eines Tages bei ihm abgeben lassen würde, wenn er nicht dafür sorgen würde, dass Johanna freikam. Es war bestimmt realistisch, E. nur so ein kleines Zeitfenster zu geben. Dann würde er sich doppelt anstrengen. Und er konnte doch mit einem Anruf erreichen, dass Johanna aus der Haft entlassen wurde. Er stand weit genug oben in der Befehlskette. Dennoch war das Ganze hochriskant. Was würde geschehen, wenn E. ihnen auf die Schliche käme? Würde er über Oda die Verbindung zu seiner Familie herstellen können? Aber würde er sich überhaupt die Zeit dafür nehmen, um herauszufinden, wer der Erpresser war, wenn er nur so wenige Stunden zur Verfügung hatte? Sehr wahrscheinlich nicht. E. wusste doch, dass für ihn alles auf dem Spiel stand und sein Schwiegervater niemals von seinem Verrat erfahren durfte. Der würde umgehend dafür sorgen, dass sein Schwiegersohn aus der SS entlassen wurde. Als Erstes würde er aber die Scheidung seiner Tochter von diesem Mann mit dem jüdischen Blut veranlassen, schnell und diskret. Und dann würde er dafür sorgen, dass E. irgendwohin käme, wo er nicht störte.

Als alle die Wohnung verlassen hatten, stieg Albert in den Keller hinunter und holte die alte Schreibmaschine aus dem Kabuff. Marlis und Greta würden erst zum Mittagessen in die Wohnung zurückkehren. Es blieb genug Zeit, unbehelligt die Briefe zu schreiben. Er schloss die Tür zu seinem kleinen Arbeitszimmer ab und setzte sich an seinen Schreibtisch. Vorsichtig wischte er den Staub von den Tasten der Schreibmaschine und nahm ein Farbband aus der Schachtel. Er spannte es ein und drehte die Walze, bis sie wieder frei war. Dann holte er sich ein Blatt Papier. Er hatte sich die ganze letzte schlaflose Nacht überlegt, was er schreiben würde. Jetzt musste er ohne Zögern vorgehen. Er hatte nicht sehr viel Zeit. Er brauchte drei Stunden und unzählige Blätter Papier, bis er einen Text zustande gebracht hatte, der ihm sinnvoll erschien. Er versiegelte beide Umschläge, ging mit den gebrauchten Papieren in die Küche, öffnete die Tür des Kohleofens und verbrannte jeden kleinen Schnipsel, bis nichts mehr übrig war. Dann schaffte er die Schreibmaschine wieder nach unten in ihr Kabuff und stellte sie in die hinterste Ecke, wo niemand sie finden würde. Wenn sich eine Gelegenheit in der nächsten Zeit bot, würde er sie aus dem Haus schaffen.

»Wo ist Vati?«, fragte Mama. »Er wollte doch heute Nachmittag mit mir zu Großmutter?«

Marlis wusste nicht, was sie antworten sollte. Ihr Herz raste. Ihr wurde abwechselnd heiß und kalt, ihre Stirn war schweißnass. Ihre

Mutter hätte sicher etwas bemerkt, wenn sie nicht am Herd gestanden und die Bratkartoffeln in der Pfanne gewendet hätte. Sie musste sich beruhigen, bevor sie antworten konnte. Einatmen, ausatmen, tief durchatmen. Ihre Stimme durfte nicht zittern. Denn das würde ihre Mutter sofort bemerken.

Marlis wusste auch nicht, wo ihr Vater war, aber sie konnte es sich schon denken. Wie hatte sie nur zulassen können, dass er sich so sehr auf diese Sache einließ? Eigentlich ging es ihn doch gar nichts an. Johanna war ihre Freundin, nicht seine. Er hätte sich überhaupt nicht so für sie einsetzen müssen. Als sie mit Fred aus Johannas Zimmer zurückgekommen war, hätte er ihr auch sagen können, dass sie das Kind zu Oda bringen sollte. Das hätten die meisten Väter sicher getan. Aber ihr Vater war schon immer anders gewesen. Von klein auf hatte er ihr gepredigt, dass man sich für Gerechtigkeit einsetzen musste. Er hatte ihr immer wieder erzählt, dass sie den Traum nicht aufgeben durfte, dass die Nazis irgendwann die Macht verlieren würden.

»Das ist bisher mit allen Diktaturen so gewesen«, sagte er. »Wir werden noch die Zeit erleben, in der sich Deutschland wieder in eine Demokratie verwandelt«, sagte er. »Du wirst sehen.«

Sie hatte immer an diesem Traum festgehalten, auch als die ersten kommunistischen Freunde abgeholt worden waren und Bekannte ihre Arbeit verloren. »Irgendwann wird der Spuk vorbei sein«, hatte sie sich immer wieder gesagt, trotz der Rassengesetze und als die Synagogen brannten, als Menschen grundlos verhaftet wurden oder die Homosexuellen ohne Prozess in Arbeitslager kamen und als Juden einen Stern tragen mussten. Aber seit sie miterlebt hatte, wie schnell Johanna, die nichts verbrochen hatte, als Kriminelle abgestempelt und ins Gefängnis geworfen werden konnte, fiel es ihr immer schwerer, an eine andere, goldene Zeit zu glauben. Und auch ihr Vater glaubte vielleicht nicht mehr daran. Er lachte nicht mehr oft, seit Michael und Jürgen im Krieg waren.

»Ich glaube, er musste noch etwas Wichtiges in der Schule erledigen«, sagte Marlis. Das klingt zu vage, dachte sie, aber ihr fiel nichts anderes ein.

»Immer die Schule«, seufzte ihre Mutter. »Er hätte mir jedenfalls auch Bescheid sagen können. Jetzt habe ich viel zu viele Kartoffeln gekocht.«

»Er wird sie sicher sehr gerne heute Abend essen, wenn er nach Hause kommt. Du weißt, doch, wie sehr er deine Kochkünste liebt.«

»Früher ja, aber jetzt wohl kaum noch. Ich weiß gar nicht mehr, was ich aus dem wenigen, was wir haben, noch machen soll.«

Marlis wusste, dass sie nicht antworten musste. Dass sie nicht das kochen konnte, was sie wollte, weil es nicht mehr so viele Lebensmittel gab wie vor dem Krieg, bedrückte ihre Mutter sehr. Das Wohl ihrer Familie stand bei ihr an erster Stelle. Es war wichtiger als alles, was in der Welt vor sich ging. Ihre Mutter konnte sich mehr darüber aufregen, dass die Kartoffeln, die sie für den Laden besorgt hatte, wieder zu viele braune Stellen hatten, als darüber, dass die Juden seit September 1941 einen gelben Stern tragen mussten. Jedenfalls kam Marlis es so vor. Aber vielleicht unterschätze ich sie auch, dachte Marlis. Ihre Mutter war ein pragmatischer Mensch, der die Dinge, die als Erstes erledigt werden mussten, immer als Erstes erledigte. Und in einer solchen Situation wie der ihren war es nun mal sehr wichtig, ob die Kartoffeln braune Stellen hatten oder nicht.

Sie saßen sich am Holztisch gegenüber und schwiegen. Marlis musterte ihre Mutter verstohlen. Ihre noch vor kurzem hellbraunen Haare durchzogen weiße Haarsträhnen. Seit wann hatte sie denn weiße Haare? Und waren die zwei Falten zwischen ihren Augenbrauen immer schon so tief gewesen? Traten die Adern auf ihren Handrücken schon immer so stark hervor? Marlis bemerkte, dass der Nagel des linken Daumens ihrer Mutter zur Hälfte schwarz verfärbt war. Wann hatte ihre Mutter sich so geklemmt? Es musste sehr wehgetan haben, und warum hatte sie ihr nichts davon erzählt?

Wenn Vati bei seiner Rettungsaktion für Johanna erwischt wird, bleibe ich mit Mama, Oma und Fred zurück, dachte Marlis. Bei diesem Gedanken wurde ihr schlecht. Sie wollte nicht die Verantwortung für die Familie übernehmen, helfen, ja, aber nicht für alle Zeiten.

Letzte Nacht hatte sie davon geträumt, mit Johanna und Fred wegzugehen. Sie waren in eine Bahn gestiegen und hatten Berlin einfach verlassen. Sie waren glücklich gewesen, hatten Stullen gegessen, die ihre Mutter ihnen noch geschmiert hatte. An einem der Bahnhöfe hatten sie sich sogar Limonade gekauft. Fred war die ganze Zeit artig gewesen, und Johanna so fröhlich.

Am Nachmittag musste Marlis im Laden bedienen. Es war viel los, sie hatte keine Zeit nachzudenken. Ihre Mutter hatte gesagt, dass sie erst abends wiederkommen würde. Fred hatte sie mitgenommen. Marlis war überzeugt, dass sie keinen Verdacht geschöpft hatte. Heute Abend ist Vati sicher wieder zu Hause und hat alles geregelt, versuchte sie sich einzureden, aber es gelang ihr nicht richtig. Egal, wie viel sie zu tun hatte, sie hatte Angst. War es nicht vermessen, sich überhaupt mit einem so starken Gegner anzulegen? Das war doch fast so wie bei David und Goliath. E. hatte alle Trümpfe in der Hand. Er besaß so viel Macht, dass er sie alle mit einem Streich ins Unglück stürzen konnte. Wie konnten sie nur glauben, dass sie gegen ihn eine Chance hatten? Es war ein ungleicher Kampf, den ihr Vater doch eigentlich überhaupt nicht gewinnen konnte. Das wäre alles nicht geschehen, wenn Johanna in Lettland geblieben wäre, dachte Marlis plötzlich. Was hatte sie überhaupt in Deutschland verloren? Sie gehörte doch überhaupt nicht hierher. Sie war zwar Deutsche, aber hatte doch gar nichts mit ihrem Land zu tun. Ihre Freundin gehörte nach Lettland, in diese etwas antiquierte Welt mit ihren Teegesellschaften, Adeligen, die immer noch das Sagen hatten, obwohl sie offiziell ihre Macht verloren hatten. Den Malern, die in der Rigaer Bucht das Licht für das perfekte Meeres-Stillleben fanden. Sie gehörte in die Welt der Reichen, in der Geld keine Rolle spielte, in der es wirklich eine Bedeutung hatte, dass Johannas Mutter ein großes Talent gewesen war, bevor sie ihren Mann heiratete. Doch, Oda hatte in ihrer Kindheit zu Berlin gehört, aber zu einem Berlin, das Marlis niemals kennengelernt hatte und, wenn sie ehrlich zu sich war, auch nicht kennenlernen wollte. In ihren Augen waren alle Menschen gleich und sollten auch die gleichen Chancen bekommen. Aber sie wusste, dass das in der Welt von Oda nie der Fall gewesen war. Es stimmte eben nicht, was ihr Vater immer wieder predigte. Dass die Leistung darüber entscheiden sollte, ob jemand erfolgreich war. Das war sein Credo für die Arbeit an seiner Schule. Er wollte vor allem den weniger Privilegierten die Möglichkeit einer guten Schulbildung geben. Aber wie viele seiner ehemaligen Schüler waren tatsächlich auf die Universität gegangen, selbst wenn sie hervorragende Leistungen vollbracht hatten? An der Humboldt-Universität war seit jeher nur Platz für die Kinder von Akademikern oder Reichen und Adeligen. Aber so verrückt es auch war: Die Nationalsozialisten hatten dieses verkrustete System etwas aufgeweicht. Jetzt konnten auch einfache Männer die Karriereleiter emporsteigen, wenn sie in der Partei waren und dort stetig vorankamen. Wenn die Grundvoraussetzung einer arischen Abstammung erfüllt war, konnte man etwas werden, auch ohne aus einer guten Familie zu kommen. Wie grotesk, dachte Marlis. Das, wofür ihr Vater eigentlich sein ganzes Leben gekämpft hatte, schrieben sich jetzt seine größten Gegner auf die Fahnen. Obwohl so ein Aufstieg eigentlich reine Augenwischerei war. Denn in Wahrheit war das auch nur für Linientreue möglich. Und auch nur, weil viele von denen, die wichtige Positionen innegehabt hatten, einfach entlassen und vertrieben worden waren.

Die Nachmittagsstunden verstrichen, aber ihr Vater kam nicht nach Hause. Und es gab kein Lebenszeichen von ihm. Nach außen tat Marlis geschäftig, aber innerlich legte sich langsam eine harte Eisschicht um ihr Herz. Wenn es schiefgeht, wenn Vati etwas passiert, wenn sein Plan scheitert und Johanna sofort nach Ravensbrück gebracht wird … Marlis wäre schuld an allem. Das wusste sie. Und sie war sich nicht sicher, ob sie mit dieser Schuld überhaupt würde weiterleben können. Wenn sie damals – war es wirklich erst vier Wochen her – nur anders reagiert hätte, als Johanna in ihren Laden gekommen war. Wenn sie ihre Freundin doch einfach dabehalten hätte. Wo hatte sie Fred an diesem Nachmittag eigentlich gelassen? Sie hatte ihn nicht dabeigehabt. Hatte sie ihn im Kinderwagen draußen vor der Tür stehen lassen, während sie im Hinterzimmer miteinander sprachen? Marlis durfte sich das gar nicht erst vorstellen. Eins war jedenfalls klar. Sie hatte damals versagt. Ohne sie hätte die Katastrophe nicht ihren Lauf genommen. Ihr Vater hätte bestimmt eine Möglichkeit gefunden, Johanna und Fred zu helfen. Wie konnte sie annehmen, dass Johanna überhaupt noch mit ihr reden würde, wenn sie aus dem Gefängnis herauskäme? Wie konnte sie auf ihr Verzeihen hoffen? Gestern Nacht war es so schön gewesen. Im Traum hatte Johanna dicht neben ihr im Zugabteil gesessen und sie angelächelt, und ihr Blick war voll Liebe gewesen.

Das werde ich nie erleben, dachte Marlis. Sie spürte wieder die altbekannten Herzstiche und bekam nur mühsam Luft. Ruhig bleiben, dachte sie verzweifelt, bloß nicht herunterfallen. Sie stand gerade auf einer Leiter und war im Begriff, die obersten Regale zu wischen. Aber sie konnte sich auf einmal nicht mehr bewegen. Ihre Hände zitterten, sie schwitzte. Tief durchatmen, dachte sie. Das ist kein Herzanfall, das ist nur Panik. Sie spürte kalten Schweiß, und ihr wurde schwindelig. Ich darf nicht runterfallen und mir etwas brechen, dachte sie. Alles drehte sich. Sie versuchte, ihren Atem zu kontrollieren. Es tat weh, aber sie schaffte es: einatmen, ausatmen, einatmen, ausatmen. Nur auf ihren Atem achten. Es dauerte nur wenige Minuten, aber für Marlis fühlte es sich an wie eine Ewigkeit. Langsam hörte der Schwindel auf. Ihr Herz schmerzte zwar noch, aber es schlug nicht mehr so unregelmäßig. Jetzt musst du die Stufen der Leiter hinuntersteigen, sagte sie sich. Und dabei nur stur auf die Stufen sehen, nicht nach unten. Es durfte nur jetzt niemand in den Laden kommen. Dann wäre es schlagartig vorbei mit ihrer Konzentration, und sie würde doch noch von der Leiter fallen.

Die Briefe brannten Albert ein Loch in die Tasche. Er lief zum Alexanderplatz und versuchte, einen klaren Kopf zu bekommen. Bis hierher hatte er einen Plan gehabt, aber jetzt wusste er nicht mehr weiter. Sollte er die Briefe einfach in einen Postkasten werfen? Aber was wäre, wenn er nicht rechtzeitig geleert werden würden? So etwas kam doch immer wieder vor. Ich gebe sie besser bei der Post ab, dachte er. Dann werden sie auf jeden Fall sicher weiter transportiert.

Er merkte, wie ihn der Mut verließ, und kam sich lächerlich vor. In seinem Arbeitszimmer zu Hause oder während der Stunden in der Schule, wenn die Schüler still über ihren Aufgaben saßen, hatte er sich immer wieder ausgemalt, was er im Widerstand tun würde. Wie tapfer er wäre, wenn sich ihm nur endlich eine Gelegenheit böte. Er wäre ein Mann der Tat und nicht nur der Worte. Er würde in der ersten Reihe stehen und dem Feind unerschrocken entgegentreten. Er würde nicht daran denken, dass ihm dabei etwas geschehen könnte. Er würde Gefängnis und Folter nicht fürchten. Er hatte sich vorgestellt, wie er geehrt werden würde, wenn die Nazis nicht mehr an der Macht wären. Er wäre einer von den Guten, den Widerstandskämpfern gewesen. Diese Tagträume hatten ihn durch seine manchmal trüben und langweiligen Arbeitstage getragen. Und er war sich immer sicher gewesen, dass er genau so handeln und keine Angst haben würde, wenn es darum ginge, die Freiheit zu verteidigen.

Aber jetzt, wo er Mut gebraucht hätte, verließ er ihn, obwohl der Plan doch eigentlich sehr gut war. Er hatte alle Informationen zusammen. Er war sich so verwegen vorgekommen wie eine Figur von Hemingway oder Karl May, mindestens wie Old Shatterhand. Er hatte gedacht, dass er das Unternehmen *Rettet Johanna* kaltblütig durchziehen würde. Und jetzt wusste er nicht weiter. Er wollte die Briefe nicht zur Post bringen und sie abgeben, denn er hatte auf einmal Angst, aus der Menge der Wartenden herausgegriffen und gefragt zu werden, warum er ausgerechnet E. einen Brief schriebe. War das Postgeheimnis nicht schon längst nur eine Farce? Was wäre, wenn der Brief geöffnet werden würde und man Rückschlüsse auf ihn ziehen würden? Albert hatte natürlich nicht mit seinem Namen unterschrieben, aber die Gestapo war doch mit allen Wassern gewaschen. Vielleicht würde sie dennoch darauf kommen, dass er den Brief geschrieben hatte? Was, wenn sie dann zu seiner Familie nach Hause gingen? Es blieb ihm wohl nichts anderes übrig. Er musste E. den Brief persönlich vorbeibringen. Aber wie sollte er das anstellen? Er konnte doch nicht bei ihm zu Hause reinspazieren und seiner Frau sagen, dass sie ihrem Mann diesen Brief geben soll? Und E. würde er den Brief auch nicht persönlich geben können.

Er musste nachdenken, ihm musste eine Lösung einfallen. Er konnte nicht nach Hause kommen und Marlis gestehen, dass er die Briefe gar nicht abgegeben hatte. Er musste mutig sein. Sicher würde es ihm helfen, jetzt erst einmal spazieren zu gehen. Er musste sich nur unauffällig verhalten, damit niemand ihn anhielt und aufforderte, seine Taschen zu leeren. Dann würde man die Briefe finden. Die Spitzel der Gestapo waren doch überall. Sie durften nicht auf ihn aufmerksam werden. Am Alexanderplatz stieg er in die Straßenbahn und fuhr bis zum Brandenburger Tor. Die ganze Zeit hatte er Angst, dass die Briefe aus der Innentasche seiner Jacke fallen würden. Aber es geschah nichts.

Erst mal in den Tiergarten, dachte Albert. Da setze ich mich auf eine Bank und beruhige mich. In der Natur hatte er immer die besten Einfälle. Das würde jetzt sicher auch wieder so sein. Aber es passierte nichts. Die Angst wurde nur immer größer, bis sie wie ein großer, schwarzer Grizzly hinter der Bank stand und nach ihm griff. Es war doch verrückt gewesen, sich überhaupt auf so einen Plan einzulassen. Sie taten doch genug für Johanna, weil sie für Fred sorgten. Und wie sollte er überhaupt Greta klarmachen, dass sie sich von Fred trennen müsste. Seit sie sich um ihn kümmern durfte, ging es ihr doch ein klein wenig besser. Sie lachte sogar ab und zu, wenn auch nicht mit ihm gemeinsam. Aber da erwartete er sicher zu viel.

Manchmal glaubte er, seine Frau würde ihn dafür verantwortlich machen, was mit Jürgen und Michael geschehen war. Hätte er, der Pazifist, sie nicht davor schützen müssen, dass sie in den Krieg gingen? Hätte er sich nicht eine List ausdenken müssen, als sie Ende August 1939 einberufen wurden? Sie hatte ihm das kurz nach Kriegsbeginn vorgeworfen. Ja, und sie hatte auch irgendwie recht gehabt. Er kannte doch einen Arzt, Georg. Er hatte ihn während des Studiums kennengelernt. Vielleicht hätte er die beiden zu Invaliden erklären lassen können, wenn er ihn darum gebeten hätte. Das wäre eine Möglichkeit gewesen, auf die er selbst nicht gekommen war. Aber hätte es wirklich etwas gebracht? Hatte seine Frau nicht den Stolz in den Augen ihrer Söhne gesehen, als sie nach Hause kamen und wie alle Studenten ihrer Jahrgänge einberufen worden waren? Sie hatten tatsächlich in diesem Moment geglaubt, dass sie für eine gerechte Sache kämpfen würden. Sie hatten angenommen, dass sie nur kurz in den Krieg ziehen und bald als Sieger nach Hause zurückkehren würden, um dann ihre Studien wiederaufzunehmen und ihr Leben weiterzuleben. Albert hatte damals nichts gesagt. Er wollte sich nicht mit seinen Söhnen überwerfen, kurz bevor sie in den Krieg zogen. Sie mussten an ihr Zuhause mit Liebe und Vertrauen denken und nicht mit Groll. Aber er hätte sie damals am 26. August 1939, als die Einberufung kam, und sie stolz aufgerichtet vor ihm standen – plötzlich waren sie Männer –, am liebsten geschüttelt und geschrien: »Ihr seid so naiv, seid ihr wahnsinnig, euch auf den Krieg zu freuen. Ihr seid doch gegen das alles.« Sie waren nicht bei den Hitlerjungen gewesen. Sie hatten sich bis zu diesem Zeitpunkt gegen jede Beeinflussung gewehrt, zumindest innerlich, das hatte er ihnen beigebracht. Und jetzt machten sie begeistert mit? Hatten sie ihn die ganze Zeit angelogen und waren eigentlich auch Anhänger von *Vor uns liegt Deutschland, in uns marschiert Deutschland und hinter uns kommt Deutschland*?

Albert hatte 1934 einen Abdruck der Rede *An die deutsche Jugend* gelesen und ihm war schlecht geworden bei dem Gedanken, dass seine Kinder mit diesem Gedankengut infiltriert werden würden. Aber sie waren an seiner Schule, und er konnte ein Auge auf sie haben. Dort herrschte selbst während des Dritten Reiches die Möglichkeit der Freiheit. Die Lehrer waren keine Anhänger des Nationalsozialismus, zumindest nicht im Herzen. Sie taten und sagten nur das Nötigste, um keinen Ärger zu bekommen.

Warum schweiften seine Gedanken schon wieder ab? Ich werde alt, dachte Albert. Ich darf nicht an meine Söhne denken. Verflucht. Warum musste ich mich gegenüber Marlis als Held aufspielen? Ich bin kein Held, ich möchte es auch gar nicht sein. Ich will nichts mit der Sache zu tun haben. Ich will Johanna eigentlich gar nicht retten. Ich will nach Hause gehen und mein ruhiges Leben weiterleben. Und Greta dann behutsam davon überzeugen, dass wir Fred zu Oda bringen müssen. Marlis wird sehr wütend auf mich sein. Aber das muss ich in Kauf nehmen. Und sie muss gehorchen und sich meinem Urteil beugen. Sie ist schließlich die Tochter, und ich bin der Vater. Johanna würde sicher auch ohne sie irgendwann aus dem Gefängnis kommen.

Er hatte sich überrumpeln lassen und war von seiner Idee begeistert gewesen. Als sie im Hinterzimmer des Ladens mit Anna Rose und

Kuno zusammensaßen, war alles noch ein aufregendes Spiel gewesen, und er war sich großartig und toll vorgekommen. Er hatte endlich auch zu einem konspirativen Kreis gehört, der etwas gegen die Nationalsozialisten tat. Aber jetzt dachte er nur daran, dass er wegen seiner Rettungsaktion selbst verhaftet werden konnte. Das durfte er nicht riskieren. Er musste an seine Frau denken. Als die beiden Jungen in den Krieg ziehen mussten, hatte sie schon mehr als genug gelitten. Es war seine Aufgabe, sie zu beschützen. Er durfte sie nicht in Gefahr bringen, und durch diese Briefe brachte er sie in Gefahr. Er war der Verfasser, und er war sich sicher, dass man das mit den Methoden der Gestapo auch schnell herausfinden könnte, so sehr er sich auch bemüht hatte, keine Spuren zu hinterlassen. Selbst wenn er einen Boten beauftragte, den Brief abzugeben, selbst wenn das gut gehen und der sich rechtzeitig wieder aus dem Staub machen könnte, ohne seine Identität preiszugeben, wäre das Risiko immer noch zu groß.

Albert wusste nicht, wie lange er auf der Bank im Tiergarten saß. Langsam füllte sich der Park mit Menschen. Sicher wartete Marlis schon auf ihn. Was würde er seiner Tochter bloß sagen? Sie würde ihn sehr wahrscheinlich verachten, wenn sie erführe, dass er gekniffen hatte. Und wenn er den Brief auf der Stelle zerfetzte und die Schnipsel einfach in die Spree warf oder ihn dort drüben hinter den Büschen an Ort und Stelle verbrannte? Musste er ihr überhaupt sagen, dass er das getan hatte, oder konnte er einfach so tun, als ob er ihn abgegeben hatte? Oder durfte er riskieren, die Wahrheit zu sagen? Das wäre zwar der ehrlichste Weg, aber auf der anderen Seite würde das sicher dazu führen, dass Marlis sich als Botin zu Verfügung stellte. Das wollte er auf keinen Fall. Keiner aus seiner Familie sollte in Gefahr gebracht werden.

Albert stand mühsam auf. Plötzlich tat ihm alles weh. Aber er wusste jetzt, was er tun musste. Er würde nach Hause gehen und mit Greta darüber sprechen, dass sie Fred zu Oda bringen müssten. Sie war schließlich Johannas Mutter. Sie musste sich in Zukunft um ihre eigenen Angelegenheiten kümmern. Greta würde das sicher einsehen. Falls nicht, konnte er immer noch darauf bestehen, dass er der Haushaltsvorstand war und die Entscheidungen fällte.

Johanna wusste nicht mehr, welche Tageszeit war. Sie hatte aufgehört, sich Gedanken über irgendetwas zu machen. Sie hatte aufgehört zu hoffen. Sie hatte aufgehört zu essen und zu trinken. Sie lag auf ihrer Pritsche und nahm alles nur noch durch einen Schleier wahr, der immer undurchsichtiger wurde. Wenn sie die Augen schloss, sah sie nicht mehr nur Schwärze vor sich wie noch vor zwei, drei Tagen. Sie war wieder an ihrem Lieblingsstrand an der Küste von Jurmala, und sie ging neben ihrem Vater spazieren. Es war Herbst. Er trug seinen braunen Gehrock, und der Wind wehte beinahe seinen Hut vom Kopf. Sie hatte ihr dunkelrotes Kleid aus dickem Baumwollstoff an und trug dazu passende graue Strumpfhosen mit weinroten Blumen darauf. Auch sie hatte sich einen Hut aufgesetzt, er war aus grauem Filz und passte genau zu ihrem Mantel, den sie fest um sich zog. Der Wind war kalt und schneidend. Sie gingen sehr schnell nebeneinander her in Richtung Konzerthalle. Sie freuten sich auf Odas Auftritt dort. Sie würde Schubert-Lieder singen und die Rilke-Gedichte zitieren. Mama war schon mittags zur Probe in die Konzerthalle gefahren, und danach war sie mit dem Pianisten und dem Konzertveranstalter essen gegangen.

Papa hatte eigentlich mit einem Wagen zur Konzerthalle fahren wollen, es war wirklich empfindlich kalt, aber Johanna hatte darauf bestanden, zu Fuß zu gehen, und ihren Willen durchgesetzt. Vater hatte ihr versprochen, dass sie nach dem Konzert mit ins Restaurant gehen durfte. Es war ein wunderbarer Herbsttag. Und sie war so glücklich. Da waren ihr Vater und ihre Mutter, da war Mina, da war ein Sommer voll Freundschaft mit Marlis und den Jungs gewesen, da war ihr wunderbares Zimmer in dem gelben Haus, ihr verwunschenes Paradies.

Johanna lag auf der Pritsche und bewegte sich nicht mehr. Nie wieder würde sie in die Wirklichkeit zurückkehren. Sie würde für immer bei ihrem Papa am Strand bleiben, sich gegen den Wind stemmen und schnell gehen, um noch rechtzeitig in die Konzerthalle zu kommen, wo ihre Mutter auf der Bühne so schön singen und aussehen würde. Nach dem Konzert würde sie ihrer Mutter Blumen auf die Bühne bringen.

Als Albert die Straße herunterkam, fegte Marlis gerade den Gehweg vor dem Laden. Er hatte gehofft, dass er ihr nicht begegnen würde, dass sie mit Kunden beschäftigt war und er an ihr vorbeischleichen konnte. Aber sie hörte mit dem Fegen auf und sah ihn erwartungsvoll an. Noch bevor er darüber nachdenken konnte, nickte er und hob den Daumen. Sein Hals, sein Kopf und seine Hand machten diese Bewegungen von selbst.

»Alles erledigt?«, fragte Marlis atemlos. »Ja, alles erledigt«, sagte Albert. Irgendwie stimmte das ja auch, oder? Er hatte mit der Post das Haus verlassen, wie sie es sich ausgedacht hatten. Er hatte sich auf den Weg gemacht. Wenn er jetzt bestätigte, dass alles erledigt war, log er nur ein ganz klein wenig. Er wollte nicht weiter mit Marlis darüber reden. Er wollte nur noch in seinem Arbeitszimmer verschwinden und dann einen Moment abpassen, wo er die Briefe im Kohlenherd in der Küche verbrennen konnte. Greta kam mit Fred die Straße hinunter und winkte ihnen zu. Gott sei Dank, dachte Albert erleichtert, jetzt konnte seine Tochter ihn nicht weiter ausfragen.

»Wo warst du, Albert?«, fragte Greta vorwurfsvoll. »Du hattest mir versprochen, mit zu Mutter zu gehen.«

»Entschuldige, Liebes«, sagte Albert und deutete eine Umarmung an.

»Ich war in die Vorbereitung für meinen Unterricht vertieft, habe dabei die Zeit vergessen. Es tut mir sehr leid, aber du kennst mich ja. Ich vergesse schon mal die Zeit.«

»Ja, ich kenne dich«, sagte seine Frau mit einem liebevollen Seufzer. »Aber nächstes Mal gibst du mir Bescheid, wenn du länger in der Schule bleibst und wir eigentlich etwas vorhaben. Ich habe mir auch ein wenig Sorgen gemacht, dass dir was passiert ist.«

»Natürlich«, antwortete Albert. »Das werde ich tun.« Er winkte Marlis zu und begleitete seine Frau und Fred in den Hausflur. Wenn Greta wüsste, wie berechtigt ihre Sorge war und dass er sich fast in eine schlimme Lage gebracht hatte …

Marlis war erleichtert. Vati hatte alles geregelt. Etwas anderes hatte sie aber auch nicht erwartet. Vati hatte sie noch nie enttäuscht. Jetzt mussten sie nur noch warten. Die Maschinerie war angeworfen worden. Bald würde E. einige Anrufe machen, und dann würde Johanna mit Sicherheit freikommen. Ihr Plan war so genial gewesen, der würde bestimmt nicht scheitern.

Fast fröhlich schloss Marlis eine halbe Stunde später den Laden ab. Morgen früh nehme ich mir frei und gehe zur Barnimstraße, dachte sie. Vielleicht kommt Johanna ja schneller frei als erwartet. Marlis konnte vor Aufregung kaum schlafen. Sie lag wach im Bett und überlegte, was sie morgen anziehen sollte. Sie wollte besonders hübsch aussehen, falls sie ihre Freundin morgen schon wiedersah. Ich ziehe die blaue Marlene-Dietrich-Hose an und dazu eine weiße Bluse, dachte sie. Es sollte morgen wieder sehr heiß werden, sodass es sicher angenehmer wäre, ein Kleid zu tragen. Aber Marlis wusste, dass Johanna diese blaue Hose besonders mochte, und sie selbst fühlte sich wohl darin. Vielleicht kann ich Johanna etwas zu essen mitbringen, dachte Marlis. Es beruhigte sie, die Dinge für Johannas Entlassung schon jetzt vorzubereiten. Sie wusste zwar, dass es unwahrscheinlich war, dass sie schon morgen rauskam, aber das machte nichts. Sie würde auch übermorgen wieder zum Gefängnis gehen und warten.

Um drei Uhr schlief sie endlich ein, aber wachte nach zwei Stunden wieder auf. Es war schon hell draußen, die Vögel zwitscherten unverschämt laut, als ob es keinen Krieg gäbe. Die Sonne ging atemberaubend schön auf. Marlis wusch sich und zog sich schnell an. Sie schlich in die Küche und schnitt dicke Scheiben von dem Graubrot ab. Mama würde sicher böse werden, wenn sie das bemerkte, aber das störte Marlis nicht. Sie holte Wurst und Käse aus dem Kühlfach und belegte die Scheiben dick damit. Sie traute sich sogar, einen Klumpen Butter unter der Wurst auf das Brot zu verteilen, auch wenn sie genau wusste, dass ihre Mutter bestimmt wütend werden würde, wenn sie das herausbekäme. Butter war in der heutigen Zeit so kostbar, dass man damit sehr sparsam umgehen musste und sie eigentlich nur zu besonderen Anlässen verwenden durfte. Normalerweise nahmen sie Margarine. Die war nicht so teuer. Aber Marlis wusste, dass Johanna diesen Geschmack überhaupt nicht mochte. Sie sollte dort vor dem Gefängnistor das

Gefühl haben, wieder in Lettland am Strand zu sitzen und in die wunderbaren Brote von Mina zu beißen, die sie ihnen immer mitgegeben hatte. »Schließ die Augen«, würde sie Johanna nachher sagen und dann das Brot, das sie jetzt fürsorglich in Papier einpackte, auswickeln. Und Johanna würde den Duft des Butterbrotes einatmen, lächeln, und ihre wunderschönen Augen würden strahlen.

Es war noch niemand wach, als sie die Wohnungstür leise hinter sich ins Schloss zog. Fred war gestern Abend so spät eingeschlafen, dass er ganz gegen seine Gewohnheit um diese Zeit noch schlief. Ihre Mutter und ihr Vater lagen auch noch in den Federn. Sie musste schnell sein. Bald würden alle aufstehen, und die Wohnung wäre mit den morgendlichen Geräuschen ihrer Familie erfüllt. Marlis trat auf die Straße und atmete die klare Sommerluft ein. Der Himmel war hellblau, kleine Schwalben flogen von Sims zu Sims. Es waren nur sehr wenige Menschen unterwegs. Sie ging zu Fuß zur Barnimstraße. Es war nicht weit.

Die schwere Eisentür öffnete sich. Grelles Licht erhellte das Dämmerlicht der Zelle.

»Aufstehen!«, brüllte jemand. Johanna hörte es dumpf wie durch eine dicke Wolldecke. »Aufstehen!«, brüllte die Stimme wieder. Sie sollte damit aufhören, sie sollte weggehen. Es war so schön in dem Traum. Sie wollte dort nicht mehr hinaus. Sie spürte doch schon, dass sie ganz schwach war. Es würde nicht mehr lange dauern, und dann hätte sie es geschafft. Dann würde sie gehen können.

Jemand rüttelte an ihrer Schulter.

»Du, hörst du nicht. Du sollt aufwachen. Hier wird nicht geschlafen, du Drecksstück, es ist mitten am Tag. Nur Faule schlafen um diese Zeit.«

Es wurde weiter an ihrer Schulter gerüttelt. Aber gehörte der Körper, der dort schlaff auf der Liege lag, eigentlich noch ihr? Sie war doch schon lange nicht mehr Teil dieses Haufens aus Knochen, Fleisch und Blut, der dort zusammengekauert auf der Pritsche lag. Sie war doch gar nicht mehr da, sondern ganz in ihrem Innern verschwunden. Und es würde nicht mehr lange dauern, bis sie sich auflösen würde. Sie müsste nur noch einige Zeit hier liegenbleiben und nichts tun.

Zwei harte, kalte Hände griffen nach ihren Schultern und rissen sie von der Pritsche hoch, packten sie dann an einem Arm. Zwei Hände umschlossen ihren anderen Oberarm und stellten sie auf die Füße.

»Das ist ja widerlich«, hörte sie eine Stimme, die sie nicht zuordnen konnte. »Die hat sich eingeschissen«, sagte sie. »Die stinkt ja bestialisch.«

Johanna verstand nicht. Sie sollte das sein, die bestialisch stank? Aber sie bestand doch gar nicht mehr aus diesem dummen Körper, und was der machte, interessierte sie schon lange nicht mehr.

»Bevor sie abtransportiert wird, müssen wir sie wohl noch sauber machen. Das können wir niemandem zumuten«, sagten die beiden Wärterinnen, die sie immer noch mit eisernem Griff festhielten. »Auch wenn ich glaube, dass es dort, wo sie hinkommt, nicht sehr sauber sein wird«, sagte die eine Wärterin jetzt, die andere lachte.

So sehr sich Johanna auch dagegen wehrte, ihre Traumwelt zu verlassen, die harschen, fast brutalen Stimmen der Frauen zwangen sie dazu.

»Die ist ja fast verdurstet«, sagte jetzt die eine Wärterin, deren Stimme Johanna wiedererkannte. Es war die Krause. »Die macht schlapp, bevor sie angekommen ist, wenn wir ihr jetzt nicht was zu trinken geben.«

Sie setzten sie unsanft auf die Pritsche und hinderten sie daran, zur Seite zu kippen. Johanna versuchte, die Augen zu öffnen, aber sie fielen ihr wieder zu. Sie fühlte, wie ihr etwas Blechernes gegen die Lippen gedrückt wurde.

»Los, öffne den Mund, trink. Mach schon. Wehr dich nicht.«

Sie spürte, wie das Wasser ihre Lippen benetzte. Plötzlich hatte sie unbändigen Durst, den sie vorher gar nicht wahrgenommen hatte. Sie öffnete den Mund und trank gierig.

»Na siehste, geht doch«, sagte die eine Wärterin plötzlich mit sanfterer Stimme.

Johanna merkte, dass die Lebensgeister wieder in ihren Körper zurückkehrten.

»Und jetzt steh auf und geh«, befahl die Wärterin mit der harten Stimme. Johanna öffnete die Augen. Die Tür der Arrestzelle war offen. Das grelle Licht vom Flur brannte in ihren Augen. Sie wollte sich wegdrehen, aber die starken Arme der Wärterinnen, die sie dazu zwangen, sich wieder aufzurichten und zu gehen, hinderten sie daran, sich auf dem Boden zusammenzurollen.

»Wir bringen sie jetzt ins Badezimmer und spritzen sie ab«, sagte die Krause. »Soll uns niemand vorwerfen, dass wir unsere Gefangenen in der eigenen Scheiße ersticken lassen.«

Johanna brauchte alle Kraft, um die Füße voreinander zu setzen, und wenn sie dabei nicht gehalten worden wäre, hätte sie den langen Weg durch den Gang, die Treppen hinauf und durch einen weiteren Gang sicher nicht geschafft. Sie versuchte, sich darauf zu konzentrieren, dass ihr Körper wieder funktionieren sollte. Sie sollte anscheinend woanders hinkommen. Und davor sollte sie gebadet werden.

»Du kommst frei«, flüsterte ihr eine leise Stimme ins Ohr.

»Es hat dich niemand vergessen, sie haben für dich draußen gekämpft, du kommst frei.« War das nicht Marlis Stimme?

Es war unglaublich anstrengend, in die Badewanne zu steigen. Vorher zogen sie ihr das Leibchen aus, das sie als Einziges am Körper trug. Sie warfen es mit spitzen Fingern in eine Ecke. Es war wirklich vollkommen verdreckt. Wie habe ich das übersehen können, dachte Johanna und schämte sich plötzlich entsetzlich dafür.

Der harte Strahl des kalten Wassers aus dem Duschkopf traf sie unerwartet. Ihr blieb die Luft weg, sie japste und schrie auf.

»Die ist überhaupt nicht abgehärtet«, sagte die Krause. »Sicher so ein Prinzesschen gewesen. Schau mal, wie zart die ist. Die hat überhaupt keinen Hintern und ihrer Hüften stehen hervor. Und die Arme könnte man ihr mit Leichtigkeit brechen, so zart sind die.«

»Das kam sicher gut an bei den Freiern«, lachte die Krause höhnisch, die sie jetzt mit harten Griffen abtrocknete, als ob sie ein Stück Vieh wäre.

Dann hievten sie Johanna wieder aus der Wanne und gaben ihr Unterwäsche und die Kleider, die sie bei der Ankunft in der Barnimstraße getragen hatte. Sie waren gewaschen und gebügelt. Ich komme frei, dachte Johanna zaghaft. Sie geben mir meine eigenen Kleider zurück.

»Los, anziehen, aber dalli«, blaffte die Walküre. Johannas Arme schmerzten. Ihre Hände zitterten. Sie konnte die Knöpfe der Bluse zuerst nicht schließen. Konzentrier dich, konzentrier dich, dachte sie, sonst schlagen sie dich.

»Und jetzt noch die Schuhe!«, rief die kleine Wärterin mit spitzer, kalter Stimme und warf ihr ihre eigenen Schuhe hin. Endlich wieder ein Paar, das mir passt, dachte Johanna.

»Mach schon, wir haben nicht ewig Zeit.«

Das Bücken ging gar nicht. Johanna konnte sich die Schnürsenkel nicht zubinden und hoffte, dass sie die Wärterinnen nicht dazu zwingen würden.

»Ich komme frei«, brüllte es jetzt in ihrem Kopf. Die Wärterinnen führten sie in den Flur Richtung Ausgang, den sie auch am ersten Tag ihrer Gefangenschaft gegangen war.

Noch ein paar Schritte, dachte Johanna, dann bekomme ich meine Kette zurück, meine Schlüssel für die Wohnung, die ich in der Tasche hatte, als sie mich abholten. Und dann werden sie die Tür öffnen und mich rauslassen. Und ich werde die Sonne wieder auf meinem Gesicht spüren können. Fred, schrie es auf einmal in ihrem Kopf. Jetzt, da sie ihn bald sehen würde, gab es keinen Grund mehr, ihre Sehnsucht zu unterdrücken. Alles wird gut. Bald werde ich alles vergessen, was hier gewesen ist. Und ich werde nichts erzählen. Ich habe ja eben ein Papier unterschrieben, dass ich nichts sagen werde. Jetzt bin ich entlassen und alles wird gut. Die beiden Wärterinnen hatten sie immer noch zwischen sich untergehakt. Ich kann wieder allein gehen, wollte sie ihnen sagen, aber sie traute sich nicht.

Eine dritte Wärterin öffnete eine schwere Eisentür mit einem der Schlüssel aus ihrem klirrenden Schlüsselbund. Sie traten ins Freie. Aber sie standen nicht vor dem Gefängnis, sondern auf einem weiteren Hof. Ein Gefängniswagen wartete dort mit laufendem Motor. Dahinter stand ein Mann in Uniform und rauchte eine Zigarette.

»Da seid ihr ja endlich. Mensch. Was hat das lange gedauert. Ist das die Letzte? Wir müssen los. Die Bahn wartet nicht.«

»Ja, das ist die Letzte. Du kannst jetzt los.«

Der Mann warf seine Zigarette weg, packte sie am Arm und schob sie durch die Seitentür in den Wagen. Dort saßen schon andere Gefangene auf Holzbänken. Johanna wurde auf eine Seite geschubst, die Tür wieder zugeklappt, und der Wagen setzte sich in Bewegung.

Niemand sagte etwas. Jede starrte vor sich hin. Johanna sah hoffnungslose Augen, verhärmte Körper, Blässe, eingefallene Wangen, Falten, Schrunden an den Händen. Dreckige Haare. Einige stanken. Nicht jede hier drin war wohl vor dem Abtransport gewaschen worden.

Neben ihr saß eine große Frau, die ehemals sicher sehr schön gewesen war. Johanna erinnerte sich an sie von den Hofgängen. Ihr blondes Haar hatte in der Sonne geleuchtet, und das hatte sie an Marlis erinnert. Auch ihre blauen Augen hatten so gestrahlt wie die von Marlis am Strand. Und es hatte ihr einen Stich gegeben, denn sie hatte sich plötzlich so nach ihrer Freundin gesehnt. Damals auf dem Gefängnishof, als Johanna gerade gehört hatte, dass Fred in Sicherheit war, hatte sie einen Blick dieser Frau, die jetzt neben ihr saß, aufgefangen. Und in ihm hatte sie Stolz und Stärke gelesen, als ob sie sagen wollte: »Halte durch, sie werden uns nicht in die Knie zwingen, wir sind stärker als sie.«

Wo war dieser stolze Gesichtsausdruck jetzt? Nichts schien davon übrig geblieben zu sein. Sie war zerstört worden. Sehe ich auch so aus wie sie?, dachte Johanna. Wie lange hatte sie nicht mehr ihr eigenes Gesicht im Spiegel gesehen?

»Wo fahren wir hin?«, fragte sie ihre Nachbarin flüsternd. Die Wächterin, die bei ihnen mitfuhr, saß glücklicherweise auf der anderen Seite des Wagens und döste vor sich hin, als ob sie sich sehr sicher war, dass keine der Gefangenen es wagen würde aufzumucken.

»Das weißt du nicht? Sie müssen es dir aber gesagt haben, als sie dir deine Strafe verlesen haben.«

»Das wurde bei mir nicht gemacht.«

»Das glaube ich nicht. Was das angeht, sind sie sehr korrekt.«

»Ich war in der Arrestzelle«, flüsterte Johanna. Das Sprechen strengte sie an. Sie hatte ihre Stimme schon so lange nicht mehr gebraucht.

»Ach so, verstehe. Wie lange?«

»Das weiß ich nicht mehr. Tage, Wochen?«

»Dein Gedächtnis hat gelitten. Du hast sehr wahrscheinlich aufgehört zu essen und zu trinken? Wolltest du sterben?«

Johanna merkte, wie Tränen in ihr aufstiegen. Halt sie zurück, befahl sie sich. Ich darf jetzt nicht schwach werden, denn wenn ich einmal anfange zu weinen, werde ich nie wieder aufhören können.

»Lass es, das bringt nichts. Es würde ewig dauern, bis du dich auf diese Weise umbringst. Und sie würden es auch nicht zulassen.«

»Wo fahren wir hin?«, wiederholte Johanna. Ihre Nachbarin zuckte alle paar Minuten mit dem Kopf. Auf ihrer rechten Wange prangte eine schlecht verheilte Narbe, die aussah wie ein Striemen.

»Wir kommen nach Ravensbrück. In das Konzentrationslager. Das ist das Richtige für mich, da werde ich endlich lernen, was ehrliche Arbeit ist, haben sie gesagt.«

Ihre Nachbarin lachte heiser. Johanna schloss die Augen und versuchte, sich daran zu erinnern, dass ihr irgendwann ihr Urteil verlesen worden war. War sie aus dem Gefängnis in einen Gerichtssaal gebracht worden? Hatte sie jemanden gehabt, der sie verteidigte? Weshalb war sie angeklagt worden? Sie strengte sich an. Ihr musste das wieder einfallen, aber das Denken fiel ihr zu schwer. Weil sie vorhin Wasser getrunken hatte, kehrten ihre Lebensgeister zwar wieder zurück und irgendwo ganz hinten im Erinnerungstunnel tauchten auch einzelne Bilder auf. Aber nur schemenhaft. Sie war einmal abgeholt worden, kurz bevor Irma in ihre Zelle gebracht worden war. Auf einmal erinnerte sie sich an die Fahrt zu einem anderen Ort, an einen Raum, der so ausgesehen hatte wie ein kleiner Gerichtssaal. Schemenhaft sah sie einen Richter, der ein Urteil verlas. Sie konnte sich aber nicht mehr genau erinnern, was er vorgelesen hatte. Hatte es Gefängnis und danach Unterbringung in einem Lager geheißen? Zum Schutz der Bevölkerung, ja. So war das gewesen. Und sie hatte noch gedacht, jetzt bin ich jemand, vor dem die Bevölkerung beschützt werden muss. Jemand, den man einfach wegsperren kann. Für etwas, das ich gar nicht getan habe. Hatte sie im Gerichtssaal »Ich bin unschuldig!« gerufen? Oder bildete sie sich das nur ein? Sie war danach wieder zurück in die Barnimstraße gebracht worden, und dann hatte sie alles vergessen. Wie war so etwas möglich? Ihr Gedächtnis hatte doch sonst immer funktioniert? Sie hatte Marlis immer damit verblüfft, dass sie auch noch im nächsten Sommer ganze Passagen ihrer Unterhaltungen hatte nacherzählen können. Jetzt schien sie diese Fähigkeit verloren zu haben.

Sie hielten an einer Ampel. Johanna konnte durch das Fenster des Gefängniswagens auf die Straße sehen. Fußgänger überquerten die Kreuzung. Sie wirkten alle sehr geschäftig. Waren sie auf dem Weg zur Arbeit oder war es vielleicht Sonntag? War es früh am Morgen? Sie sah genauer hin, sie erkannte die Gegend. Sie fuhren die Torstraße entlang. Das ist ganz in der Nähe von Marlis' Wohnung, registrierte Johanna. Warum lassen sie das zu, dachte Johanna. Warum holt mich keiner hier raus? Haben sie mich alle vergessen? Papa, warum bist du nicht mehr da? Papa, du hättest mir geholfen. Marlis stand bestimmt gerade in ihrem Laden, räumte auf und machte alles zurecht, bevor sie die Tür aufsperrte. Sie würde vor die Tür treten, einen Moment auf dem Gehsteig stehen und die Sonne genießen. Dann würde sie wieder zurück ins Geschäft gehen und sich auf ihre Arbeit konzentrieren. Vielleicht ist sie sogar froh, dass ich nicht mehr da bin, dachte Johanna. So hat sie Fred jetzt für sich allein.

Der Wagen hielt wieder an. Die Tür wurde geöffnet, und die Wärterin erwachte zu neuem Leben.

»Austreten«, sagte sie. »Schnell, schnell, wir haben nicht ewig Zeit. Der Zug fährt gleich ab.«

Johanna stolperte ins Freie. Sie war immer noch so schwach, dass sie nicht wusste, ob sie sich überhaupt auf den Beinen halten konnte. Sie waren an einem Bahnhof. Johanna erkannte ihn. Es war der Stettiner Bahnhof. Von hier fuhren Züge an die Ostsee. War sie nicht vor langer Zeit mit Marlis nach Rostock gefahren? In ihrem anderen Leben, als sie noch in der großen Wohnung am Gendarmenmarkt lebte? Als sie noch daran glaubte, dass sie eine Zukunft hatte? Vielleicht hätte ich einfach das machen sollen, was E. von mir verlangt hat. Dann wäre ich immer noch in dieser Wohnung und nicht hier, dachte Johanna. Es wäre doch gar nicht so schlimm gewesen. Einfach Augen zu und Beine breit. Sie war doch perfekt darin gewesen, sich in eine andere Zeit und Welt zu träumen.

Sie kamen an einen Bahnsteig, wo schon ein Zug bereitstand. Um sie herum herrschte normale, frühmorgendliche Geschäftigkeit. Niemand schien sie zu bemerken, als ob sie Tarnkappen trügen. Sie wurden zum Ende des Zuges gebracht. Dort war ein Zellenwagen angekoppelt worden.

»Der ist für uns. So nobel werden wir also jetzt reisen«, sagte die Frau mit den ehemals so schönen blonden, aber jetzt nur noch aschfarbenen Haaren.

»Aber ich bin doch unschuldig«, kam es aus Johannas Mund, bevor sie überhaupt etwas dagegen tun konnte.

Die Frau lachte heiser.

»Tja, Kindchen, das sind wir doch alle, aber das stört hier niemanden.«

»Los, los, beeilt euch«, sagte die Wärterin, die jetzt von einem Mann in SS-Uniform unterstützt wurde, und schob sie mit ihrem Knüppel in den Wagen. Johanna hatte Mühe, die Stufen zum Abteil zu erklimmen.

»Mensch, Kleene, mach hinne. Sonst schlägt se dich noch«, sagte eine dicke, alte Frau, die unangenehm aus dem Mund roch. Ihre Zähne bestanden nur noch aus braunen Stummeln. Sie packte Johanna am Arm und zog sie hoch. Ihre Nachbarin aus dem Gefängniswagen schob sie. Im Waggon war es halbdunkel. Sie konnte einen schmalen Gang mit auf jeder Seite blank geputzten Stahltüren erkennen.

»Was für ein schnieker Zellenwagen«, sagte die alte Frau lachend. »Der ist ganz neu. Die scheinen uns für wirklich prominente Gefangene zu halten. Das muss ich nachher meinen Kameradinnen erzählen. Die warten ja schon auf mich.«

»Schnauze, Müller«, brüllte die Wärterin jetzt und ließ ihren Knüppel durch die Luft sausen.

Die Frau, die Müller hieß, zog noch nicht einmal den Kopf ein. Johanna wurde mit den beiden anderen in eine winzige Zelle geschubst, dann wurde die Tür verriegelt. Sie konnten sich überhaupt nicht drehen und wenden, so eng war es.

»Komm, setz dich«, sagte die ehemals Blonde, »sonst fällst du mir noch um.«

Sie schob sie auf die Pritsche und setzte sich neben sie.

»Wenn du dich nicht halten kannst, fällst du auf mich drauf, da ist es jedenfalls weich«, sagte sie. »Ich bin übrigens Lulu.«

»Lulu«, lachte jetzt die alte Frau mit den Zahnstummeln. »Ich wusste es.«

»Was wusstest du?«

»Du bist keine Politische so wie ich. Und die da neben dir auch nicht, stimmt's?«

»Und wenn es so wäre, wäre das so schlimm?«

Die alte Frau sagte nichts, sondern lächelte nur verkniffen. Sie wandte sich, so gut es ging, von ihnen ab, als ob nicht sie roch, sondern die beiden jungen Frauen.

Der Zug fuhr an. Johanna musste an all die Menschen denken, die vorn in den Abteilen saßen und sich auf einen wunderbaren, sonnigen Tag am Meer freuten. Ja, es war Sonnabend, das hatte sie vorhin auf dem Bahnhof gehört. Einige von ihnen hatten sicher Butterbrote mitgenommen, die sie irgendwann am Strand essen würden. Vielleicht gab es auch Äpfel in ihren Paketen oder Schokolade. Sie würden sich von ihrem Geld eine Limonade an der Promenade von Warnemünde gönnen und dann an den Strand gehen, die Füße ins Wasser stecken oder sogar schwimmen. Sie würden für einen Tag die Schrecken des Krieges vergessen. Sicher zappelten in den anderen Abteilen Kinder auf ihren Sitzen, weil sie es nicht abwarten konnten, das Meer zu sehen, und ihre Mütter hatten Mühe, sie ruhig zu halten, weil sie selbst aufgeregt waren. Vielleicht gibt es einen Soldaten auf Heimaturlaub im Abteil, der mit seiner Liebsten ans Meer fährt und sich darauf freut, sich mit ihr ein ruhiges Plätzchen zu suchen. Und seine Liebste hat sich extra ihr bestes Sommerkleid angezogen, sieht den Kindern zu, die unruhig auf ihren Sitzen herumrutschen, lehnt sich verstohlen an ihren Mann und denkt daran, dass sie bald auch ein Baby haben werden und dass dieses Baby endlich die Sehnsucht nach ihrem Mann lindern wird.

Und Johanna war sicher, dass viele von denen, die direkt vor ihnen in den Waggons saßen, sie gesehen hatten, als sie einstiegen, und auch genau wussten, was das für ein Wagen war und wo er hinfuhr. Aber sie war plötzlich auch sicher, dass es kaum jemanden interessierte, und dass die meisten von ihnen dachten, dass sie es sicher verdient hatten, dass sie Abschaum waren, Kriminelle, Asoziale. Und dass die Lager ein Segen waren, wo Abschaum wie sie zu aufrechten Menschen umerzogen wurden.

Die Stunden vergingen. Marlis wartete vor dem Gefängnistor. Sie wusste, dass das albern und unnütz war, aber sie konnte nicht wieder gehen. Die Sonne brannte und machte sie ganz duselig. Sie hatte vergessen, einen Hut mitzunehmen. Sie hatte vergessen, sich eine Flasche Wasser einzupacken. In einer Tasche trug sie die Flasche für Johanna, aber die wollte sie nicht anbrechen. Sie merkte, dass sie hungrig war. Aber die Stullen, die sie für Johanna geschmiert hatte, würde sie auch nicht essen. Sie wartete gegenüber dem Gefängnistor auf der anderen Straßenseite. So hatte sie das ganze Gebäude gut im Blick. Sie redete sich ein, dass Johanna bald rauskommen würde. Marlis sah auf die Uhr. Es war jetzt elf Uhr. Sie würden Johanna noch vor Mittag rauslassen. Es würde nicht mehr lange dauern. Das versuchte sie sich einzureden, denn wenn es nicht so wäre, wozu hätte sie dann sonst vor dem Gefängnis gewartet? Sie wird heute noch entlassen, dachte Marlis. Das ist sicher kein Hirngespinst. Sie versuchte, sich an dieser Überzeugung festzuhalten. Vielleicht sollte ich versuchen, ins Gefängnis zu kommen und dort jemanden fragen? Aber würde man ihr überhaupt etwas sagen? Sie war ja keine Verwandte. Einen Versuch war es wert. Marlis beschloss, noch etwas zu warten und es zu versuchen, sobald sie ihre Angst, in das Gefängnis zu gehen, in den Griff bekommen hatte. Das Gebäude sah so furchteinflößend aus. Aber das schien nur sie zu stören. Niemand, den sie hier auf der Straße sah, schien es zu kümmern, dass in unmittelbarer Nähe Frauen im Gefängnis saßen. Jungen spielten auf dem Bürgersteig Fußball, drei Mädchen trieben abwechselnd einen Holzreifen vor sich her. Zwei alte Frauen saßen auf mitgebrachten Stühlen auf dem Bürgersteig in der Sonne und unterhielten sich. Vielleicht wissen die was, dachte Marlis. Die Frauen sahen so aus, als ob sie oft auf ihrem Platz saßen und alles wussten, was in der Gegend vor sich ging.

Vorsichtig überquerte Marlis die Straße und ging auf die beiden zu. »Entschuldigung«, sagte Marlis zaghaft, »ich möchte Sie nicht stören, aber können Sie mir vielleicht helfen?«

Die beiden Frauen unterbrachen ihr Gespräch und blickten sie erstaunt an. Die werden wohl nicht oft gesiezt, dachte Marlis.

»Oh, eine feine Dame«, sagte die eine zur anderen. »Was machst du denn in dieser Gegend? Du wartest doch nicht auf jemanden von da?«, lachte die eine. »Das kann ich mir nicht vorstellen. Dafür biste viel zu gut, oder?«

»Vielleicht die Freundin von einer Politischen?«, gab die andere zu bedenken. Die scheinen sich auszukennen, dachte Marlis.

»Ich warte hier tatsächlich auf eine Freundin, Johanna von Klettenholz, sie müsste heute rauskommen. Sie saß zu Unrecht ein, verstehen Sie?«

»Ja, das sagen sie alle«, sagte die eine Frau.

»Die Tochter der Schulze sitzt auch zu Unrecht da drin. Sie wusste nicht, dass es strafbar ist, eine Hure zu sein. Armes Kindchen.« Jetzt verzog sich das Gesicht der Frau zur Grimasse, und sie lachte. Dabei musterte sie Marlis von oben bis unten, als ob sie herausfinden wollte, ob Johanna auch zu diesen Huren gehörte.

»Entschuldigen Sie, dass ich Sie gestört habe«, sagte Marlis und wollte sich wieder auf die andere Straßenseite zurückziehen. Warum war ich zu denen so höflich, dachte sie. Aber gegen so viel Scheußlichkeit war sie schon immer machtlos gewesen und hatte sich dann jedes Mal auf ihre gute Erziehung besonnen. Behandle alle Leute gleich, hatten die Eltern ihr immer wieder eingetrichtert. Sie wollten die Welt besser machen. Sie wollten, dass alle Menschen respektvoll, vorurteilslos miteinander umgingen, und sie kämpften dafür, so lange Marlis sich erinnern konnte. Aber wie wenig das gebracht hatte, ahnte Marlis schon lange.

»Jetzt sei nicht gleich eingeschnappt, Madamchen, wen suchste denn.«

»Das hat sie doch gesagt, Mathilde. Johanna von Klettenholz. Was für ein Name.«

»Kannste nicht mal die Hilde fragen, sie arbeitet doch da drüben in der Küche. Hat sie nicht heute frei? Die weiß doch immer alles, was im Gefängnis passiert. Könnte ein Buch drüber schreiben.«

Marlis wartete unschlüssig ab.

»Ich weiß, was wir tun, Mathilde, wir nehmen sie jetzt mit und klingeln bei Hilde. Die müsste zu Hause sein. Gut, so machen wir das«, sagte die andere. Marlis wollte widersprechen. Was würde sie tun, wenn Johanna gerade aus dem Tor käme, wenn sie im Treppenhaus war? Aber sie konnte nicht nein sagen. Die beiden Frauen waren zu bestimmend. Sie stiegen ein dunkles Treppenhaus hinauf, in dem es nach Essen roch. Im zweiten Stock klopfte Mathilde an eine schäbige, braun lackierte Wohnungstür.

»Hilde, mach auf!«, rief sie. »Hier ist jemand, der etwas von dir wissen möchte.«

Hinter der Tür hörte sie ein Rumpeln, Holzdielen knarrten. Dann schlurfte jemand den Flur entlang und öffnete die Tür.

Eine junge Frau, kaum älter als sie selbst, stand mit ungekämmten Haaren und im Morgenrock vor ihr.

»Na, Hilde, mal wieder zu lange gefeiert gestern? Biste alleine?«

»Ja«, sagte die junge Frau und zog ihren Bademantel enger um sich.

»Hier, die Frau da möchte dich was fragen«, sagte Mathilde.

»Dann kommt mal besser rein«, sagte Hilde und führte sie in eine kleine Küche.

»Ich mache mich nur schnell frisch, bin gleich wieder da.«

Marlis wusste nicht, was sie mit ihren Händen tun sollte, so nervös war sie. Unsicher blieb sie in der Nähe des Fensters stehen und verschränkte ihre Arme vor der Brust. Die beiden alten Frauen in identisch geblümten Kleidern – das bemerkte Marlis erst jetzt – setzten sich ächzend auf die Küchenstühle.

»Wo sind denn deine Eltern?«, rief Mathilde in den Nachbarraum.

»Sie sind zu Oma Winter nach Fürstenberg gefahren. Die hat so viele Beeren in ihrem Garten, da können Mama und Vati mitpflücken und beim Einkochen helfen. Und später dürfen sie dann Marmelade mit nach Hause nehmen. Ich weiß nicht, woher Oma Winter so viel Zucker hat, dass sie einkochen kann, aber sie hat ihn eben.«

Marlis sah aus dem Fenster. Sie konnte direkt in einen der Gefängnishöfe sehen.

»Ist die Dame hier, weil sie jemanden auf dem Hof sehen will?«, fragte Hilde jetzt. Mittlerweile war sie angezogen und gekämmt. »Das kostet was, das habt ihr der doch sicher erzählt?«

»Nee, aber das will sie auch nicht, sondern 'ne Auskunft.«

»Kann sie haben, aber auch das kostet was. Man muss ja sehen, wo man bleibt, nicht wahr?«

Was man wohl dachte, wenn man hier beim Mittagessen saß und gleichzeitig unten die verhärmten Häftlinge beim Hofgang beobachtete?

»Die tun mir schon leid, die armen Schweine«, sagte Hilde, als ob sie Marlis' Gedanken gehört hätte.

»Aber viele von denen haben es sicher auch verdient.«

Marlis wurde wütend. Aber sie durfte sich nichts anmerken lassen. Sie musste ruhig bleiben. Sie durfte die Frau nicht gegen sich aufbringen, sonst gab sie ihr sicher keine Informationen.

»Also, was wollen Se wissen, ich habe nicht ewig Zeit«, sagte Hilde. »Es kostet aber zwei Mark, die haben Se doch sicher übrig.« Sie musterte Marlis von oben bis unten, die nickte. Sie hatte tatsächlich so viel Geld eingesteckt und hatte Johanna davon eine Fahrt mit dem Taxi spendieren und sie zum Essen einladen wollen.

»Mensch, Hilde, du weißt aber, wie man Geschäfte macht«, sagte Mathilde bewundernd. »Vielleicht solltest du den Beruf wechseln.«

»Ich möchte wissen, ob Sie Informationen über eine gewisse Johanna von Klettenholz haben. Sie sollte heute eigentlich entlassen werden.«

Hilde ließ Wasser in einen Kessel laufen, entzündete die Flamme auf dem Herd und setzte den Kessel darauf.

»Jemand Muckefuck?«, fragte sie. »Was anderes habe ich nicht. Bohnenkaffee ist leider aus«, lachte sie zynisch.

»Gerne, Hilde. Schmeckt sicher immer noch besser als das, was die da drüben bekommen.«

Jetzt konnte sich Marlis vorstellen, was die Frauen dachten, wenn sie hier oben saßen und den Frauen im Gefängnishof zusahen. Sie fühlten sich besser als sie. Sie fühlten sich überlegen. Ach Vati, dachte sie, der Mensch ist gut? Was für ein Trugschluss. Vielleicht hättest du uns das nicht die ganze Zeit predigen sollen. Dann wären wir besser auf alles vorbereitet gewesen, anstatt in unserer kleinen Blase zu leben, wo die Menschen aufeinander aufpassten und sich achteten.

Marlis schüttelte den Kopf, als ihr ein Becher Getreidekaffee angeboten wurde.

»Ist sie sich zu fein für deinen Kaffee?«, zischte Mathilde. O Gott, das habe ich nicht bedacht, dass sie das denken könnten, dachte Marlis und nahm den Becher. Bloß nicht sagen, dass ich gestern noch echten Kaffee getrunken habe, weil Mama einige Bohnen aus ihrer geheimen Quelle spendiert hatte.

»Erst das Geld, dann die Information«, sagte Hilde jetzt. Marlis kramte die Silbermünze aus ihrem Portemonnaie und gab sie Hilde.

»Also, was weißt du über Johanna von Klettenholz? Schon mal den Namen gehört?«, fragte jetzt Mathilde.

Hilde runzelte die Stirn und überlegte. Es dauerte Ewigkeiten.

»Ja, da war doch was. Da haben sich zwei doch drüber unterhalten.«

»Jetzt mach's nicht so spannend«, sagte Gertrud.

»Also, das war sogar gestern. Lustig, dass ihr mich heute danach fragt. Die eine sagte, haste schon gehört, Johanna muss weg«, meinte Hilde

»Ich dachte, die wäre schon lange weg«, sagte die andere.

»Nein, ich habe gehört, dass sie in der Arrestzelle war, aber jetzt kommt sie raus. Woanders hin, wenn du weißt, was ich meine«, sagte Hilde.

»So wie Annette und die anderen?«

»Ja, genau dahin. Hab' ich gestern gehört, die Walküre hat sich darüber mit der Piefke unterhalten.«

Hilde schwieg und sah Marlis stolz an, als ob sie ein Riesengeheimnis ausgeplaudert hätte.

»Die Annette von den Zeugen Jehovas aus dem Haus gegenüber?«

»Ja, genau die.«

»Die ist doch nach Ravensbrück. Das hat mir ihr Bruder erzählt. Dem haben sie doch gleich zu Anfang ein Bein weggeschossen und jetzt ist er invalid. Die Annette hat sich um ihn gekümmert und ist zu den Bibelforscherinnen gegangen. Na ja, das hat se jetzt davon.«

Marlis wurde schwarz vor Augen. Johanna war nach Ravensbrück gebracht worden? Das war unmöglich. Vati hatte doch dafür gesorgt, dass sie freikommt. Sie merkte, wie ihre Beine nachgaben. Sie musste hier raus.

»Danke«, murmelte sie, stellte den Becher auf den Küchentisch und floh aus der Wohnung. Sie fiel die Treppe fast hinunter, und draußen auf der Straße musste sie sich erst einmal gegen eine Hauswand lehnen, um nicht umzukippen.

Sie lief den ganzen Weg nach Hause. Sie musste unbedingt mit ihrem Vater sprechen. Oder wusste er schon, dass seine Rettungsaktion zu spät gekommen war? Marlis konnte die Tränen nicht mehr zurückhalten. Es ist meine Schuld, dachte sie. Meinetwegen ist Johanna jetzt in Ravensbrück. Ihr Herz raste vor Angst um ihre Freundin. Sie hatten zu lange gezögert, bevor sie etwas unternahmen. Sie hätten viel schneller reagieren können. Warum hatte sie Vati so viel Zeit gelassen? Auch wenn er die Briefe losgeschickt hatte, war wohl etwas schiefgegangen. Sollte sie in seine Schule gehen und ihn informieren? Sie wollte eigentlich nicht warten, bis er nach Hause kam. Nur wusste sie nicht, ob es nicht zu auffällig wäre, wenn sie ihn so aufgewühlt in der Schule besuchte. Sie wusste, dass Albert in der Schule niemanden eingeweiht hatte. Er verstand sich gut mit seinen Kollegen, war sich aber nicht sicher, wem er dort noch trauen konnte.

Nein, es blieb ihr nichts anderes übrig, als nach Hause zu gehen und dort auf ihren Vater zu warten. Ihrer Mutter sagte sie, dass sie sich nicht gut fühlte und sich hinlegen müsste.

»Mach das, Marlis. Heute ist nicht viel im Laden los. Ich bringe dir nachher eine Brühe«, sagte ihre Mutter. Keine Frage, wo sie heute so früh gewesen war. Vielleicht ahnt Mama doch, was vorgeht, dachte Marlis. Sie legte sich auf ihr Bett und starrte an die Decke. Mehr konnte sie nicht tun. Sie wartete. Zählte von eins bis tausend und wieder zurück. Sie versuchte, sich dadurch zu beruhigen, und sie wurde auch ein klein wenig ruhiger.

Sie wusste nicht, wie viel Zeit vergangen war, als ihre Mutter mit der Brühe ins Zimmer kam. Sie hatte sogar ein Stück Brot auf die Untertasse gelegt.

»Das wird dir guttun«, sagte sie, stellte die Suppe auf dem Nachtisch ab und strich ihr über den Kopf. Sie weiß etwas, dachte Marlis. Sonst wäre sie nicht so zärtlich. Es war schon sehr lange her, dass Mutter ihr zum letzten Mal übers Haar gestreichelt hatte.

»Iss was, und dann versuche zu schlafen«, sagte ihre Mutter. »Ich schau nachher noch einmal nach dir.«

Mama hatte recht. Nachdem sie die Suppe gegessen hatte, entspannte sie sich und konnte sogar ein wenig schlafen. Sie wachte auf, als an die Tür geklopft wurde. Vati und Mama kamen herein. Vati setzte sich auf den Stuhl, Mama auf die Bettkante.

»Wir müssen mit dir reden, Marlis«, sagte Vati. Dabei sah er sehr ernst aus. »Gestern Abend habe ich Greta alles erzählt. Was wir vorhatten, um Johanna aus dem Gefängnis herauszubekommen.«

Marlis setzte sich im Bett auf. Sie war sofort hellwach. Was hatte das zu bedeuten? Hatte sich Mama etwa in ihren Plan eingemischt?

»Wir sind der Ansicht, dass wir uns nicht weiter einmischen sollten«, sagte Vati.

»Was willst du damit sagen?«, fragte Marlis. Ihre Stimme klang schriller, als sie wollte.

»Wir werden uns nicht darum kümmern, was mit Johanna geschieht. Und Fred werden wir zu Oda bringen. Wir haben jetzt lange genug für ihn gesorgt.«

Die Worte fuhren wie Schwerthiebe durch Marlis' Brust. Sie konnte nicht sprechen.

»Marlis, verstehst du uns? Wir können ihr nicht mehr helfen. Wir haben unsere Familie schon genug in Gefahr gebracht. Du musst akzeptieren, dass wir nichts mehr für Johanna tun können. Sie wird aber auch so sicher bald aus der Barnimstraße entlassen werden«, sagte ihr Vater.

»Aber Vati, weißt du das denn nicht? Sie ist heute nach Ravensbrück gebracht worden.«

Ihr Vater wurde leichenblass.

»Was sagst du da?«, stotterte er. »Sie ist im Lager?«

»Ja«, brachte Marlis nur heraus.

»O Gott«, sagte ihr Vater und vergrub seinen Kopf in den Händen. Marlis hörte ihn plötzlich schluchzen.

»Was ist los, Vati? Du kannst doch nichts dafür. Du hast die Briefe doch abgegeben?«

»Marlis, ich weiß Bescheid. Albert hat es mir gestern Abend gesagt, als er nach Hause kam. Er war so zerstreut und geschafft. Da habe ich so lange nachgefragt, bis er mir erzählt hat, was ihr mir die ganze Zeit verschwiegen habt. Ich will jetzt gar nicht darüber reden, wie traurig ich bin, weil ihr mich nicht eingeweiht habt. Nur eins, Marlis. Vati hat die Briefe nicht abgeschickt, sondern im Kohlenherd in der Küche verbrannt. Und er wird auch keine neuen Briefe schreiben.«

»Wie konntest du nur«, sagte Marlis, brach dann aber ab.

»Das war meine Idee, Marlis, nicht Gretas. Ich bin nach Hause gekommen und hatte die Briefe immer noch in der Tasche. Ich habe sie nicht abschicken können, weil ich endlich begriffen habe, in welche Gefahr ich uns alle damit bringe.«

»Albert hat recht. Es war sehr klug, sie nicht abzuschicken. Wir können uns nicht mit so einem starken Gegner einlassen«, sagte Mama mit sehr bestimmtem Tonfall.

»Aber Mama, sie ist in Ravensbrück. Ist dir das egal?« Jetzt schrie Marlis.

Ihre Eltern blieben ruhig.

»Nein, das ist uns nicht egal. Selbst wenn Vati die Briefe gestern abgeschickt hätte, wäre es zu spät gewesen. Der Beschluss, dass sie nach Ravensbrück kommt, war doch längst gefallen, Marlis. Das musst du verstehen«, sagte ihre Mutter. Ihr Vater wischte mit dem Taschentuch über sein Gesicht.

Lasst mich allein, dachte Marlis. Ich will euch nicht mehr sehen.

»Wir gehen jetzt«, sagte ihre Mutter. »Denk über das nach, was wir gesagt haben. Es ist auf jeden Fall besser, die Dinge jetzt ruhen zu lassen. Und du weißt ja, wie viele auch schon wieder aus dem Lager rausgekommen sind«, sagte ihre Mutter. »Es ist auch wegen Jürgen und Michael. Wenn irgendjemand Wind davon bekommen sollte, dass wir versucht haben, uns mit einem sehr mächtigen SS-Mann anzulegen, könnten sie im Feld schlechter behandelt werden.«

Ihre Eltern standen auf und verließen schweigend das Zimmer. Marlis zog sich die Decke über den Kopf. Vati hat mich verraten, dachte sie. Vati hat mich allein gelassen. Und sie fühlte sich so einsam wie niemals vorher.

Ein Fenster weit oben an der Wand. Lichtstreifen, die sich selbst jagen. Als sie um sechs Uhr in den Zug gestiegen war, Johanna hatte auf die Bahnhofsuhr gesehen, war die Sonne gerade aufgegangen. Kurz bevor die Wärterinnen sie in den Zug schoben, hatte sie in den Himmel geschaut und ihre Augen geschlossen. Woher sollte sie wissen, dass sie an dem Ort, zu dem sie jetzt gefahren wurde, die Sonne würde sehen können? Sie hatte nur sehr vage Vorstellungen, was sie im Konzentrationslager Ravensbrück erwartete. Nie hatte jemand mit ihr darüber gesprochen. Sie wusste zwar, dass Marlis' Familie öfter ehemalige KZ-Häftlinge in ihrem Laden versorgt hatte. Einige Male hatte sie auch dort welche gesehen. Die Frauen waren abgemagert gewesen. Sie sahen niemandem in die Augen. Ihre Haut hatte schmutzig und aschfahl gewirkt. Ihre Haare waren sehr kurz und nicht frisiert gewesen. Keine der Frauen schien Wert auf ihr Aussehen zu legen. Ihre Hände zitterten, wenn sie das Geld oder die Marken auf die Ladentheke legten. Johanna erinnerte sich besonders an eine, die bei der Fehlzündung eines Autos draußen auf der Straße in die Hocke gegangen war und ihren Kopf mit ihren Armen geschützt hatte. Marlis' Mutter hat sie danach ins Hinterzimmer geholt und ihr einen Muckefuck gemacht. Die Frau hatte auf der Eckbank gehockt und den Becher umklammert, als ob sie Angst hatte, er würde ihr wieder weggenommen. »Sind Sie in Ravensbrück gewesen?«, hatte Greta gefragt, aber die Frau hatte den Kopf geschüttelt. Sie lügt, hatte Johanna damals gedacht. Vielleicht hatte die Frau ja doch etwas Schlimmes getan und war deshalb im Lager gewesen? Vielleicht war es ja gut, dass es diese Lager gab?

Johanna hätte niemals gedacht, dass sie selbst in ein Lager geschickt werden würde. Sie legte sich doch mit niemandem an, hielt sich an alle Gesetze, blieb unauffällig. Bis E. sie bedrängt hatte, war es auch kein Problem gewesen, sich daran zu halten.

Und jetzt bin ich eine Asoziale.

Sie stand auf der untersten Stufe der Gefangenen. Sie war eine Kriminelle, Abschaum. Sie durfte von allen schlecht behandelt werden. Wie würde das im Lager sein? Würde sie dort auch kein Ansehen haben? Würde sie dort noch schlechter behandelt werden als die anderen, zum Beispiel die Politischen? Was wird in Ravensbrück sein?

Die Mitinsassinnen in der winzigen Zelle starrten schweigend vor sich hin. Der Zug ruckelte gemächlich. Früher hatte Johanna das immer gemocht. Wie gerne war sie mit dem Zug von Riga nach Jurmala gefahren. Die Geräusche des Zuges hatten ihr Freiheit verheißen, Glück, Sonne und am Beginn des Sommers ein Wiedersehen mit Marlis. Wenn sie nach Berlin gefahren war, hatte sie es sich auf ihrem Platz in der ersten Klasse bequem gemacht. Ihre Mutter hatte immer extra für sie eine Reisedecke und ein Kissen mitgenommen. Johanna hatte sich unter die flauschige Decke gekuschelt und die Augen geschlossen. Im Halbschlaf hatte sie den leisen Gesprächen der anderen Reisenden in diesem wunderbar luxuriösen Abteil gelauscht und war dann selig eingeschlafen – beschützt, warm und sicher.

Obwohl sie todmüde war, traute sich Johanna nicht, die Augen zu schließen. Sie blieb aufrecht auf der schmalen Pritsche sitzen und versuchte, nicht auf das einschläfernde gleichmäßige Rattern des Zuges zu hören. Er hielt mehrmals an. Wie hießen die Stationen noch mal? Sachsenhausen, Oranienburg, Gransee? Niemand stieg in ihren Waggon ein, und keiner wurde herausgelassen. Wir sind hier drin wohl alle auf dem Weg zum selben Ziel, dachte Johanna. Und ich bin mutterseelenallein. Die meisten, die vorne im Zug saßen, ignorierten den Zellenwagen sicher. Und neugierige Kinder, die vielleicht doch hinsahen, wurden von ihren Müttern bestimmt schnell weitergezogen, und ihnen wurde verboten, Fragen über diesen Waggon mit den vergitterten Fenstern zu stellen.

Der Zug hielt erneut. Johanna dachte, sie müssten wieder warten, und dann würde die Fahrt weitergehen, aber plötzlich wurde die Zellentür aufgesperrt, und die Wärterin brüllte barsch:

»Aufstehen, los beeilt euch, ihr müsst hier aus dem Zug raus, wird's bald.«

Johanna konnte nicht so schnell aufstehen, wie sie es sollte. Ihre Beine versagten, Lulu musste sie hochziehen und auf die Füße stellen.

»Du wirst mir jetzt nicht schlappmachen«, flüsterte sie ihr zu und hakte sie unmerklich unter. Sie gingen durch den schmalen Gang, und Johanna dachte, das ist das erste Mal seit langer Zeit, dass mich ein Mensch freundlich anfasst.

Noch bevor sie draußen war, hörte sie das Bellen von Hunden. Sie hatte Angst und blieb stehen. Aber das duldete die Wärterin nicht. Sie schlug ihr mit dem Knüppel auf den Rücken.

»Beeilt euch, los, der Zug muss weiter.«

Da draußen erwartet mich die Hölle, dachte Johanna. Warum bin ich in der Arrestzelle nicht gestorben? Sie stolperte die Eisenstufen des Waggons hinunter und gelangte auf eine Laderampe. Sie waren außerhalb des Bahnhofs, die Bahnsteige sah sie in einiger Entfernung.

Wir werden wie Vieh ausgeladen, dachte Johanna, oder hatte sie das laut gesagt? Sie sah drei Frauen in akkurat geschnittenen grauen Kostümjacken, mit langen Hosenröcken, gut frisierten Haaren unter grauen Kappen. Eine Aufseherin, die neben den Hundeführerinnen in Aufstellung gegangen war, Hände in Lederhandschuhen, mit hohen Lederstiefeln, verschränkte ihre Arme hinter dem Rücken. Sie hatte stechend blaue Augen und hellblondes Haar. Ganz so wie die Nazis es wollen, schoss es Johanna durch den Kopf. Sie dachte an ihre eigenen braunen Haare, ihre braunen Augen. Sie war klein und zierlich. Jetzt sicher absolut abgemagert. Vielleicht hielten sie die Aufseherinnen für eine Jüdin? Hatte sie Läuse? Sie wusste es selbst nicht mehr, juckte ihre Kopfhaut? Sie konnte es nicht sagen, weil so viel anderes in ihrem Körper wehtat.

»Zu fünft antreten, Hände runter, dämliche Weiber!«, brüllte die Aufseherin, die wohl das Sagen zu haben schien.

Johanna und die anderen Frauen stolperten hintereinander von der Laderampe. Ein Schäferhund kläffte, bleckte seine Zähne, knurrte, hätte sich sicher losgerissen und wäre auf sie losgegangen, wenn die eine Aufseherin ihn nicht fest am Halsband gepackt hätte. Johanna zitterte vor Angst, sie merkte, wie ihre Beine schon wieder nachgaben.

»Nee, Kleene, das machste jetzt nicht, du bleibst stehen«, sagte Lulu und zog sie neben sich.

»Du da, Hände runter, gerade stehen, wird's bald. Dämliche Kuh.«

Die Aufseherin kam sehr dicht an sie heran und machte eine Handbewegung, als ob sie zum Schlag ausholen wollte. Johanna zuckte, wollte sich wegducken, aber ihre Nachbarin stand so stramm, dass sie sich auch wieder fing.

»Was ist das denn, du Miststück, hast du Angst? Das ist gut«, schnarrte die Aufseherin mit den hellblonden Haaren und lächelte plötzlich zuckersüß.

»Setzt euch in Bewegung!«, brüllte sie aber sofort wieder.

Sie setzten sich in einer Fünferkolonne in Bewegung, eingerahmt von den beiden Frauen mit den Hunden und der Aufseherin, die das Sagen zu haben schien. Sie gingen um den Bahnhof herum und standen plötzlich auf dem Vorplatz. Menschen überquerten geschäftig den Platz. Sie nahmen keine Notiz von der Kolonne, als ob sie gar nicht existierte.

Sicher würde ihr niemand helfen, wenn sie von der Aufseherin jetzt hier auf dem Platz vor diesem schmucken Bahnhof geschlagen werden würde. Nicht die anderen Gefangenen, nicht die Passanten, niemand, dachte Johanna. Sie war kein Mensch mehr, für den man sich interessierte. Sie war Ungeziefer, vielleicht hatte ja der *Stürmer* recht mit dem, was er über Menschen schrieb, die nicht in das nationalsozialistische System passten. Das galt nicht nur für Juden, das galt auch für sie. Jetzt war sie eine Hure, jemand, den man anspucken konnte, den man schlagen konnte, den man quälen konnte. Und niemand würde dafür bestraft werden oder Reue zeigen.

Die Aufseherinnen brüllten, die Hunde zerrten an ihren Leinen.

»Marsch, marsch, Bewegung, ihr Dreckspack.« Und die Kolonne setzte sich in Bewegung. Sie gingen eine Straße hinunter. Johanna versuchte, mit den anderen Gefangenen hinter und vor ihr im Gleichschritt zu bleiben. Sie waren so viele. Bestimmt zehn Fünferkolonnen, also 50 Frauen. Sie gingen durch eine Wohnstraße. Moltkestraße hatte Johanna auf dem Straßenschild gelesen. Links und rechts von der Straße standen Wohnhäuser. Johanna sah zu einem Fenster hinauf. Hatte sie nicht eben ein Kind gesehen, das hinter der Scheibe stand und zu ihnen herabsah? Und war nicht eine Frau ans Fenster getreten, hatte das Kind weggerissen und den Vorhang zugezogen? Sie wusste nicht mehr, ob das wirklich geschehen war oder sie sich das nur einbildete. Ich gehöre doch zu euch, wollte sie den Fußgängern zurufen, die die Straßenseite wechselten, sobald sie die Kolonne sahen. Ich bin eine von euch. Ich habe nichts getan. Ich bin unschuldig. Ihre Schreie verhallten stumm in ihrem Kopf. Die Füße der gefangenen Frauen erzeugten einen dumpfen Klang auf dem Asphalt. Johanna ging in der Gruppe am Ende des Zuges. Dicht hinter ihr folgte die Aufseherin mit den hellblonden Haaren. Johanna hatte das Gefühl, den hechelnden Atem des Schäferhundes auf ihren Beinen zu spüren. Sie hatte ihren Hund, den sie liebevoll Hektor nannte, jetzt kurz an der Leine. Er ging bei Fuß, aber Johanna war bewusst, dass die Frau ihn mit einer Bewegung zu einer Bestie machen konnte, die ungehemmt auf sie losgehen würde, wenn sie es nur wollte.

Sie kamen an einem besonders gepflegten Vorgarten vorbei, Rosenbüsche mit weißen und roten Blüten, Hortensien. Inmitten dieser Blumenpracht zupfte eine Frau in einem Beet Unkraut. Sie tat so, als würde sie die Kolonne nicht sehen, obwohl sie nur ein paar Meter von ihr entfernt vorbeigingen. Das kann nicht wahr sein, dachte Johanna. Was ist nur aus diesen Menschen geworden? Das macht die Angst aus einem? Oder waren sie schon immer so feige gewesen?

Sie hätte am liebsten die Augen geschlossen, aber das durfte sie nicht. Sie brauchte all ihre Konzentration, um weiterzugehen und nicht zu stolpern. Sie fühlte sich so schwach. Und mutterseelenallein. Niemand würde kommen, um ihr zu helfen. Nicht ihre Mutter, nicht Marlis, niemand, alle hatten sie vergessen. Sie würde für immer in diesem fürchterlichen Ort verschwinden, der Ravensbrück hieß.

»Dreckspack, Ungeziefer«, hörte sie von der anderen Straßenseite herüberschallen. Hinter einem hölzernen Jägerzaun standen zwei etwa zehnjährige Jungen und warfen Steine in ihre Richtung. Und sie schrien die Beschimpfungen. Sie konnten das einfach ungehindert tun. Als ob es stimmte, was sie schrien. Aber vielleicht war das ja auch so? Johanna wagte einen schnellen Seitenblick. Sie musste vorsichtig sein und durfte ihren Kopf nicht zur Seite bewegen.

Den Jungen in kurzen Lederhosen und in karierten kurzärmligen Hemden – waren es Zwillinge? – schien es Spaß zu machen, sie zu beschimpfen. Johanna sah in ihre wutverzerrten Gesichter. Wir sind alle verloren, dachte sie, wir sind verloren.

»Hans-Günter, Eberhardt, kommt zum Frühstück!«, hörte sie jetzt eine Frau durch das geöffnete Fenster rufen. Hans-Günter und Eberhardt, die eben noch Steine geworfen hatten, wischten sich ihre Hände an den Hosen ab, drehten sich um und liefen sofort ins Haus.

Dieser Weg schien unendlich zu sein, und Johanna spürte, dass sie es nicht mehr lange durchhalten konnte. Und was wäre daran denn auch schlimm, hier zusammenzubrechen? Dann würde sie eben von einem Schäferhund angefallen werden, es würde sicher nicht lange dauern, bis sie in Ohnmacht fiele. Aber die Frau neben ihr zog sie weiter, auch wenn sie nicht mit ihr sprach und sie auch nicht berührte. Eins, zwei, eins, zwei, dachte Johanna. Immer einen Schritt nach dem anderen. Sie versuchte, nicht mehr darauf zu achten, dass Mütter ihre Kinder hinter ihrem Rücken versteckten, sobald die Kolonne an ihnen vorbeizog. Sie versuchte zu ignorieren, dass ein alter Mann auf einem Fahrrad hämisch grinste, als er an ihnen vorbeikam. Das hier war eigentlich gar nicht die Wirklichkeit, sondern entsprach einem ihrer schlimmsten Albträume, aus dem sie irgendwann wieder aufwachen würde, und dann wäre sie wieder in Jurmala am Strand.

Sie gingen auf eine Kirche zu. In diesem gottlosen Ort gab es eine Kirche? Morgen werden die Einwohner von Fürstenberg sich in der Kirche versammeln. Sie werden dafür beten, dass der Krieg bald siegreich zu Ende gehen wird. Sie werden für ihre Söhne im Feld beten und dafür, dass sie nicht verwundet oder getötet werden. Oder sie beten dafür, dass ihre toten Söhne in den Himmel kommen. Und dann werden sie Lieder singen, und der Pastor wird zum Schluss den Segen sprechen. Und keiner wird erwähnen, dass es Menschen gab, ganz in der Nähe dieses Luftkurortes, die in einem Konzentrationslager dahinvegetieren müssen. Denn ihnen wurde gesagt, dass die Häftlinge alle Diebe, Verbrecher und Mörder waren, die es verdient hatten, im Lager eingesperrt zu sein.

Sie erreichten eine Straße, die direkt zum Lager führte. Vor ihnen erhob sich eine hohe graue Mauer. Johanna fing an zu zittern. Die Angst kroch in ihren Körper und breitete sich aus. Wenn sie durch diese turmhohen, eisenvergitterten Tore ging, käme sie nie wieder dort raus. Sie kam an *Betreten verboten*-Schildern vorbei. Auf der einen Seite des Weges lag ein See. Johanna konnte es kaum fassen. Er grenzte fast bis an das Lager, und auf der anderen Seite sah sie Bootshäuser und einen Strand, als ob nichts an diesem See eigenartig wäre. Ihre Kehle schnürte sich zu. Sie versuchte, tief einzuatmen. Sie durfte nicht auf den letzten Metern schlappmachen. Einatmen, ausatmen und dabei weitergehen. Darauf musste sie sich konzentrieren, auch wenn ihre Lunge schmerzte und sich ihre Beine so schwer anfühlten, als ob sie aus Stein wären.

Sie sog die Luft durch die Nase ein. Was war das? Sie kannte den Duft doch? Es bedeutete etwas Schönes, was war das noch mal? Sie musste sich erinnern. Sie liebte diesen Duft doch. Hatte sie vergessen, was das war? Verstohlen sah sie nach rechts und nach links, um die Quelle dieses würzigen, wunderbaren Dufts auszumachen. Und plötzlich wurde es ihr klar. Hier standen überall Kiefern auf dem Sandboden. So wie in Jurmala. Sie schloss für eine Sekunde die Augen, um den Duft tiefer in sich aufzunehmen. Wie sie diesen Geruch liebte. Und sie hatte ihn schon fast vergessen. Sie hatte im Gefängnis gelernt, ihre Nase gegen alle schlimmen Gerüche zu verschließen, und davon hatte es dort eine Menge gegeben. Hier schien das anders zu sein. Sie würde vielleicht nicht nur in ihrer Baracke sein, sondern auch draußen arbeiten müssen, und dann würde sie mit etwas Glück diesen Geruch in der Nase haben können. Der leicht salzige Duft der Ostsee fehlte zwar, aber das hier würde ihr sicher auch helfen, Kraft und Mut zu schöpfen. Vielleicht würde sie diesen Ort doch irgendwie überleben, solange sie ab und zu Kiefern riechen konnte.

Sie passierten das Tor. Dahinter ein riesiger, sandiger Platz. An den Masten Lautsprecher, keine Wachtürme. »In Fünferreihen aufstellen, ausrichten, Hände runter!«, brüllten die Aufseherinnen. Die Sonne schien. Es war ungewöhnlich warm an diesem Morgen. Wohin soll ich mich ausrichten, dachte Johanna panisch. Ich weiß gar nicht, was damit gemeint ist. Sie entdeckte Baumwipfel hinter der Mauer. Sie sah einen Gemüsegarten mit Voliere, einen Hühnerstall. Sie entdeckte graue Baracken, die sich rechts und links einer Straße aneinanderreihten. Vor der ersten Baracke sah sie rote Blumen wachsen. Sie linste zu ihrer Nachbarin und versuchte das, was sie tat, zu kopieren. Sie hatte sich stramm aufgerichtet, ihre Füße zusammengepresst, die Knie durchgedrückt, die Hände und Arme lagen eng an ihrem Körper, als ob sie das schon oft getan hatte. Johanna machte es ihr nach und hoffte, dass sie damit die Aufseherinnen, die vor ihnen hin- und herpatrouillierten, zufriedenstellen würde.

»Los, Bewegung!«, schrie die Blonde jetzt. Die Kolonnen setzten sich wieder in Bewegung.

Ein Raum, Tische, Aufseherinnen an den Tischen.

Wie in der Barnimstraße, dachte Johanna. Sie wusste jetzt schon, was kam.

»Ausziehen, schnell!«, hörte sie die Rufe, auf die sie schon gewartet hatte. Ihre Hände zitterten, aber sie schaffte es, ihren Rock, ihre Bluse und die Unterwäsche auszuziehen. Eine Gefangene, die wohl die Arbeit der Aufseherinnen unterstützte, packte ihre Kleider in eine braune Papiertüte.

»Kette ab!«, brüllte sie jetzt.

Johanna erschrak. Sie war so glücklich gewesen, als sie die Kette vor einigen Stunden wiederbekommen hatte. Es war ein Geschenk ihrer Mutter zur Konfirmation gewesen, eine goldene Rose, und sie hatte sie bis zur Barnimstraße nie abgelegt.

»Mach schon!«, brüllte eine Aufseherin jetzt. »Oder muss ich sie dir runterreißen?«

Johanna hatte Mühe, den Verschluss der Kette zu öffnen, so sehr zitterten ihre Finger. Konzentrier dich, sagte sie sich. Konzentrier dich. Die anderen Frauen aus ihrer Kolonne standen nackt um sie herum und bedeckten ihre Scham mit den Händen. Einige schrien. Erst jetzt bemerkte Johanna, dass nicht nur Frauen im Raum waren. An den Wänden lehnten einige SS-Offiziere und stierten feixend die Frauen an. Johanna wäre am liebsten vor Scham im Boden versunken. Das sind die ersten Männer in meinem Leben, die mich nackt sehen, dachte sie. Andris hatte im Tiergarten nur ihre Bluse und ihren Rock hochgeschoben.

Mit zitternden Fingern gab sie der Frau ihre Kette, die in der Papiertüte verschwand. Jetzt sah sie, dass im hinteren Teil des Raumes Stellagen aufgebaut waren, an denen braune Papiersäcke hingen. Sie bewahren unsere Sachen auf, dachte Johanna. Sie lassen uns irgendwann wieder raus, und dann geben sie uns auch unsere Sachen wieder. Wie ein warmes Rinnsal sickerte Hoffnung durch ihren Körper. Vielleicht gibt es doch noch so etwas wie Gerechtigkeit in dieser Welt, dachte sie, und wir kommen hier raus, wenn wir unsere Strafe abgesessen haben.

»Du dreckige Fotze!«, hörte sie einen SS-Offizier rufen. Meinte er sie? Hatte sie etwas falsch gemacht? Sie wurden weitergeschoben. Zwei Frauen standen mit Scheren und Rasierapparat bereit. Der alten Frau vor ihr wurden erst die Haare abgeschnitten, dann wurde sie geschoren. Nein!, wollte Johanna schreien. Nicht meine Haare. Früher war sie so stolz auf sie gewesen. Nicht meine Haare. Das war das Einzige, was sie an sich mochte. Die Frau mit der Schere musterte sie von oben bis unten mit kalten Augen. Sie hob die Schere, um den Pferdeschwanz, den sie mit einer Hand gegriffen hatte, abzuschneiden.

»Stopp!«, rief plötzlich einer der SS-Offiziere. »Hat sie Läuse?«

»Nein«, sagte die Frau mit der Schere, nachdem sie ihre Kopfhaut unsanft begutachtet und hinter ihren Ohren nachgesehen hatte.

»Dann schneid die Haare nicht ab«, sagte der SS-Offizier. »Vielleicht können wir sie noch gebrauchen.«

Johanna hoffte, dass man ihren Seufzer der Erleichterung nicht hörte. Sie hatte keine Läuse. Sie konnte sich zwar nicht erklären, wie sie davongekommen war, aber so war es eben. Sie hatte keine Läuse. Und sie behielt ihre Haare. Sie war doch noch eine Frau.

Sie wurden in einen anderen Raum gedrängt. Dort waren Duschen angebracht. Johanna bekam ein Stück Tonseife in die Hand. Sie konnte es kaum glauben. Wann hatte sie das letzte Mal ein Stück Seife benutzt?

Sie drehte das Wasser auf. Es war eiskalt, aber Johanna biss die Zähne zusammen. Sie wusch sich schnell, denn sie wusste, dass man ihnen zum Duschen nur ganz wenig Zeit lassen würde.

Auf Tischen lagen blau-weiß gestreifte Kleider und Jacken. Ein Häftling gab Johanna einen Stapel mit Kleidungsstücken.

»Anziehen, aber dalli«, sagte sie und vermied es, ihr dabei in die Augen zu sehen. Wie kann sie nur für die arbeiten, dachte Johanna. Das würde ich nie tun, lieber würde ich sterben.

Sie zog eine viel zu große Unterhose an und einen BH, der ihr auch überhaupt nicht passte. Dann streifte sie das blau-weiße Kleid über und zog die Jacke an. Sie versuchte, ihre Haare unter das weiße Kopftuch zu schieben, das sie umbinden musste. Ihre nackten Füße zwängte sie in die Holzpantinen, die ihr zu klein waren. Eine von den Häftlingshelferinnen gab ihr einen schwarzen, dreieckigen Stofffetzen.

»Näh das an«, sagte sie mit sanfterer Stimme als die anderen. »Hier sind Nadel und Faden, ich habe ihn dir schon eingefädelt.«

Johanna versuchte zu lächeln und formte mit ihren Lippen ein »Danke«. Sie wäre nicht in der Lage gewesen, mit ihren zitternden Fingern einen Faden durch das Nadelöhr zu ziehen. Auch jetzt musste sie sich sehr konzentrieren, um die verbogene, rostige Nadel überhaupt durch den groben Stoff des Dreiecks und des Kleides stechen zu können. Sie wusste, was sie da tun musste. Sie kennzeichnete sich, genau wie die Juden das seit einigen Monaten tun mussten. Ab jetzt war sie nicht mehr Johanna von Klettenholz, sondern nur noch die Asoziale mit dem schwarzen Winkel. Sie schielte zu der alten Frau mit den schlechten Zähnen hinüber, die ihren Namen nicht verraten hatte, weil sie meinte, etwas Besseres zu sein und mit Frauen wie Lulu und Johanna nicht reden zu müssen. Auch sie nähte ein Dreieck auf ihre Kleidung. Aber ihres war rot, und Johanna hatte den Eindruck, dass sie es mit Stolz aufnähte. Sie war in Ravensbrück, weil sie für die gerechte Sache gekämpft hatte, weil sie zu den guten politischen Gefangenen gehörte. Sie war kein Abschaum. Sie war weder lesbisch noch Prostituierte. Sie war auch keine Jüdin. Sie würde nachher von ihren Freundinnen im Block freundlich empfangen werden. Sie würde vielleicht sogar als Heldin gefeiert werden, weil sie sich geopfert hatte.

Und mich und Lulu, dachte Johanna, wird niemand freundlich begrüßen. Wir werden mit den anderen Asozialen zusammengelegt werden. Sie ahnte, dass sie noch schlechter behandelt werden würde als die anderen Gefangenen.

»Bist du immer noch nicht fertig?«, fuhr eine Aufseherin sie an. Johanna versuchte, mit immer noch zitternden und schweißnassen Fingern schneller zu nähen, dabei rutschte ihr die Nadel aber immer wieder ab. Plötzlich tauchte Lulu neben ihr auf.

»Gib her«, flüsterte sie, »ich mach das eben schnell für dich.« Sie nahm ihr das Kleid ab und nähte das Dreieck in Windeseile an.

In ihren neuen Kleidern wurden sie auf den Appellplatz getrieben, Johannas Füße in den Holzschuhen brannten. Sie wusste, dass sie in kürzester Zeit Blasen bekommen würde. Sie mussten sich wieder in einer Reihe aufstellen. Lulu schaffte es, sich neben sie zu stellen. Johanna war ihr dankbar dafür. Diese grobe, einfache Frau, die sie zu einer anderen Zeit sicher noch nicht einmal eines Blickes gewürdigt hätte, weil sie ihr zu gewöhnlich vorgekommen wäre, hatte es sich anscheinend zur Aufgabe gemacht, sich um sie zu kümmern. Johanna versuchte, ihren Rücken gerade zu halten und ihre Knie durchzudrücken. Es war mittlerweile unerträglich heiß. Die Sonne brannte ihr auf den Kopf, und ihr Mund war vor Durst ganz ausgetrocknet.

»Nicht schlappmachen«, raunte Lulu ihr zu. Die beiden Aufseherinnen, die die Reihen abgingen, waren noch außer Hörweite.

»Du darfst denen keine Schwäche zeigen, dann schaffst du es hier auch wieder raus.«

Johanna sah zu den Kiefern hinüber, die über die Mauer lugten und stellte sich vor, was die Menschen in Fürstenberg, nur einige wenige Kilometer entfernt, jetzt taten. War es nicht Mittagszeit? Saßen sie jetzt nicht an einem gedeckten Tisch vor dampfenden Schüsseln? Hatten die Frauen ihren Kindern nicht gesagt, dass sie ihre Hände waschen sollten, bevor sie sich zum Mittagessen hinsetzten? Freuten sich die Kinder schon darauf, einen unbeschwerten Nachmittag draußen am See zu verbringen, wie jeden Sommertag? Dachten sie an das Lager, wenn sie am Ufer des Sees lagen? Oder verschlossen sie die Augen davor und stellten keine Fragen, wie ihre Mütter ihnen das befohlen hatten? Hatten sie vielleicht Angst, dass ihnen so etwas Ähnliches geschehen könnte wie den Frauen im Lager? Oder wiesen sie die Möglichkeit, dass sie auch mal hier landen könnten, weit von sich? Träumte eines der Mädchen dort drüben heute Nachmittag am See davon, nach der Schule in Ravensbrück zu arbeiten, eine so schöne Uniform zu tragen und einen Hund zu führen, endlich Macht zu besitzen und befehlen zu können und sich nicht mehr beugen zu müssen?

Johanna hatte immer gedacht, dass Menschen im Grunde gut waren. Aber jetzt hatte sie diesen Glauben verloren. Fred!, schrie ihr Herz. Ich werde dich vielleicht nie wiedersehen. Fred. Wer wird sich um dich kümmern? Sie würde die Sorge um ihren Sohn nicht mehr unterdrücken können, das wusste sie. Sie hatte ihre Fähigkeit verloren, sich einfach wegzuträumen. Es gab keine inneren Welten mehr, in die sie sich zurückziehen konnte. Aber sie brauchte diese Fähigkeit doch, um an diesem schrecklichen Ort zu überleben …

Johanna sah in den Himmel. Da oben stand die Sonne, und sie sah so freundlich aus. War das hier die Endstation für sie? Hatten Marlis und ihre Eltern, hatte Oda sie vergessen oder sogar aufgegeben? Würde Fred ohne sie aufwachsen und nie etwas über sie erfahren? Ich bin noch so jung, dachte Johanna, und jetzt bin ich hier. Und ich weiß gar nicht, wie es sich anfühlt, zu lieben und geliebt zu werden.

Am nächsten Tag konnte Marlis nicht aufstehen. Sie hatte Fieber, ihr Körper schien die Segel gestrichen zu haben, sie konnte einfach nicht mehr. Sie lag apathisch im Bett, ihr Kopf schmerzte, sie wollte nichts essen und trinken, und ihre Mutter hatte Mühe, ihr von Zeit zu Zeit zumindest etwas Wasser einzuflößen.

»Du darfst jetzt nicht aufgeben«, sagte ihre Mutter. »Wir brauchen dich. Ich bringe es nicht übers Herz, Fred bei Oda abzugeben, und du weißt, dass Vati keine große Begabung dafür hat, mit einem kleinen Kind umzugehen. Du musst also mitkommen. Und es muss wirklich schnell geschehen. Du weißt, dass wir es nicht länger hinauszögern können, jetzt, wo Johanna in Ravensbrück ist. Und ich glaube, Marlis, du weißt auch, wenn du darüber nachdenkst, dass ich recht habe. Wir dürfen uns nicht länger in diese Sache einmischen. Die sind mächtiger als wir. Dass wir Fred zu uns genommen haben, war eigentlich schon zu viel. Aber damals habe ich nur diesen süßen, kleinen Jungen gesehen und es war um mich geschehen, das weißt du doch. Und wie schwer fällt es mir, ihn wegzugeben. Aber es muss sein. Wir haben damit schon viel zu lange gewartet. Du musst dir mit deinem Vater eine gute Geschichte ausdenken, warum wir Oda Fred nicht früher gebracht haben.«

Ihre Mutter strich ihr die Haare aus der schweißnassen Stirn. Marlis hätte am liebsten den Kopf weggedreht. Zum ersten Mal in ihrem Leben konnte sie ihre Mutter nicht ertragen, wollte nur, dass sie aus ihrem Zimmer verschwand. Sie drehte sich mit dem Gesicht zur Wand und zog die Decke fester um ihre Schultern. Ihr war zwar unglaublich heiß, aber die Daunendecke war der Schutzschild gegen die Berührungen ihrer Mutter. Seit ihr Vater gestern Abend kleinlaut aus ihrem Zimmer geschlichen war, hatte sie ihn nicht mehr gesehen. Und dass war auch besser so, denn sie wusste nicht, wie sie auf ihn reagieren sollte. Sie verachtete ihn, weil er keinen Mut bewiesen hatte. Wie hatte er sie nur im Stich lassen können? Zuerst hatte er sich als Retter von Johanna aufgespielt. Sie hatte ihm ohne Wenn und Aber geglaubt, hatte sich bei der Planung im Hintergrund gehalten, weil sie davon überzeugt war, dass ihr Vater die Fäden besser in der Hand behalten konnte als sie. Er war ja schließlich ein Mann, und Männer waren nun mal mutiger und scharfsinniger als Frauen. Das hatte sie von klein auf gelernt, und daran glaubte sie eigentlich auch, obwohl sie bei ihren Brüdern manchmal daran gezweifelt hatte, dass sie wirklich klüger waren als sie selbst. Aber so war es nun mal gedacht. In Krisenzeiten musste einer die Führung übernehmen, und ihr Vater hatte das immer getan. Warum versagte er ausgerechnet jetzt so kläglich und konnte sich nicht gegen seine Frau durchsetzen? Oder hatte er auch früher hinter den Kulissen eigentlich das gemacht, was Mama wollte? Marlis erinnerte sich an frühere Krisensituationen und musste feststellen, dass auch damals ihre Mutter oft schon eine Lösung parat gehabt hatte, während ihr Vater noch nachdachte und die verschiedenen Möglichkeiten abwog.

Bis zum Abend ließ das Fieber nicht nach. Ihre Mutter kam immer wieder zu ihr, flößte ihr Brühe ein, ließ sie Wasser trinken. Und weil sie sich immer schwächer fühlte, war sie nach einer Zeit dankbar dafür, dass sie so umsorgt wurde.

»Wenn du dich morgen nicht wieder erholt hast, muss ich den Arzt rufen«, sagte Mutter, als sie ihr gute Nacht sagte. Nein, sie wollte keinen Arzt. Sie mochte den neuen nicht, der in der Gegend seine Praxis hatte. Seit Dr. Silberstein nicht mehr praktizieren durfte, hatte sein Kollege Dr. Duhm viel Zulauf bekommen, obwohl er viel weniger kompetent und unfreundlich war. Marlis wollte nicht, dass Dr. Duhm sie untersuchte, sie fand ihn unsympathisch. Also ließ sie es zu, dass ihre Mutter ihr spät abends noch einmal Wadenwickel machte, um das Fieber zu senken, und ihr heiße Milch mit echtem Bienenhonig einflößte, den sie wo auch immer aufgetrieben hatte. Und die Therapie wirkte. Marlis fühlte sich zwar am nächsten Tag noch sehr schwach, aber das Fieber war weg.

Marlis stand mittags auf, wusch sich, zog sich an und schleppte sich in die Küche. Dort bereitete ihre Mutter wie jeden Mittag in ihrer Pause das Essen zu. Marlis brauchte überhaupt keinen Blick in den Topf zu werfen, sie roch schon, was es gab. Mohrrübeneintopf mit Kartoffeln und Zwiebeln. Ohne Speck, ohne Sahne natürlich. Diese Dinge bot selbst ihre Mutter nur zu Festtagen an. Oder sie sammelte die Fleischmarken, die sie natürlich auch bekamen, um ihrem Mann ein Stück Braten zu kaufen.

Fred war wie immer bei Mama in der Küche. Er lag in dem kleinen Stubenwagen, in dem schon Marlis und ihre Brüder gelegen hatten, und brabbelte fröhlich vor sich hin.

»Vati kommt gleich nach Hause«, sagte ihre Mutter. »Und ich möchte, dass es keinen Streit zwischen euch gibt. Ich weiß, dass du immer noch nicht verstehst, warum er die Briefe verbrannt und nicht abgegeben hat. Vielleicht bist du einfach noch zu jung und zu naiv dafür. Genau das ist aber der Punkt. Du bist unsere Tochter, wir müssen entscheiden, was das Beste für uns alle ist. Dein Vater hat sich von seinem guten Herzen lange genug hinreißen lassen, und du auch. Ihr habt uns fast in große Gefahr gebracht. Aber glücklicherweise ist dein Vater ja noch rechtzeitig zur Vernunft gekommen. Wir wissen, was richtig für unsere Familie ist. Und du musst das akzeptieren, auch wenn du das vielleicht jetzt noch nicht einsiehst. Eines Tages wirst du uns verstehen, glaub mir. Da bin ich mir sicher.«

Während sie sprach, fuchtelte ihre Mutter mit dem Kochlöffel herum. Eigentlich konnte Marlis das, was sie gesagt hatte, deshalb nicht richtig ernst nehmen, aber das durfte sie sich auf keinen Fall anmerken lassen. Sie musste sich darauf konzentrieren, wie sie ihrem Vater gleich begegnen wollte. Und sie fühlte sich immer noch ziemlich schwach.

Ihr Vater kam in die Küche und begrüßte Greta betont fröhlich und liebevoll. Ihr warf er nur einen kurzen Gruß zu. Er kann mir nicht in die Augen sehen, dachte Marlis. Er fühlt sich schuldig. Aber es ist sinnlos, jetzt mit ihm zu diskutieren. Das musste sie auf später verschieben oder auf nie mehr. Etwas zwischen ihnen war zerbrochen, und Marlis war sich nicht sicher, ob sie die Scherben wieder kitten konnte.

»Ich denke, wir gehen heute Nachmittag einfach zu Oda«, sagte ihr Vater. »Ohne Vorwarnung. Und wenn sie nicht da ist, haben wir mit Fred einen Spaziergang gemacht.«

Irgendwie klang das plausibel. So konnte Oda keine Ausrede erfinden, um sie nicht empfangen zu müssen. Aber es bedeutete auch, dass sie Johannas Mutter damit überrumpeln würden, dass sie einen Enkelsohn hatte, falls sie immer noch nichts davon wusste.

Nach dem Essen packte ihre Mutter schweigend Freds wenige Habseligkeiten zusammen, machte noch eine Flasche fertig, falls er unterwegs Hunger bekäme, und legte ihn in den Kinderwagen im Hausflur. Dann küsste sie ihn zärtlich auf die Wangen.

»Bitte geht jetzt. Sonst bringe ich es doch nicht übers Herz«, sagte sie und verließ das Zimmer, um den Laden aufzuschließen.

Marlis schob den Wagen auf den Bürgersteig. Ihr Vater ging mit hängenden Schultern neben ihr her. Eigenartig, dachte Marlis. Plötzlich fühlte sie sich viel stärker als ihr Vater. Er versuchte gar nicht erst, mit ihr zu reden. Er fand anscheinend auch, dass es im Moment nichts mehr zu sagen gab. Wenn er mutiger gewesen wäre, hätten sie Johanna vielleicht vor Ravensbrück bewahren können. Wenn ich mutiger gewesen wäre, als Johanna damals um Hilfe bat, wäre sie vielleicht gar nicht erst verhaftet worden. Sie sind beide Feiglinge. Der Apfel fällt nicht weit vom Stamm, dachte Marlis bitter.

Sie gingen den Weg zum Gendarmenmarkt zu Fuß. Fred schlief die ganze Zeit. Es war wieder ein wunderbarer Frühsommertag. Die Luft war lau, warm und summte vor fröhlicher Geschäftigkeit. Viele hatten Stühle vor ihre Läden gestellt und warteten in der Sonne auf Kunden. Kinder spielten an den Brunnen und spritzten sich gegenseitig nass. Alles wirkte so idyllisch, dass es wehtat. Da sind wir, die Verlierer, auf unserem letzten Gang, dachte Marlis. Und wir haben überhaupt keinen Plan, wie wir Oda erklären sollen, dass wir Fred so lange behalten haben, ohne sie zu informieren. Oder hatte ihr Vater einen Plan? Marlis warf ihm einen schnellen Seitenblick zu. Er hatte dunkle Schatten unter den Augen, als ob er in der vergangenen Nacht auch nicht viel geschlafen hätte. Seine Schultern waren vorgebeugt, sein Kopf gesenkt. Er sah erbärmlich aus. Wie würde Oda auf diesen Trauerzug reagieren? Und was würde sie tun, wenn sie erfuhr, wo ihre Tochter war? Was wäre, wenn sie E. begegneten? Daran schien ihre Mutter gar nicht gedacht zu haben, als sie ihnen befohlen hatte, Fred heute Nachmittag zu Oda zu bringen. Eigentlich hatten sie gar keinen Plan, wie sie vorgehen würden, und waren nur hier, weil Greta sie dazu gezwungen hatte. Wir sind gar nicht die Starken der Familie, dachte Marlis, das ist Mutter.

Sie klingelten, und der elektrische Türsummer öffnete die Tür. Bitte, lass E. nicht da sein, betete Marlis, als sie sich mit dem Kinderwagen in den Fahrstuhl quetschten. Albert hatte Mühe, das Eisengitter zuzuziehen, damit der Fahrstuhl sich überhaupt in Bewegung setzen konnte.

Oda öffnete sofort. Sie war glücklicherweise ordentlich angezogen und wirkte frisch und aufgeräumt.

»Was für eine schöne Überraschung«, sagte sie. »Kommt doch herein, Albert und Marlis. Und wen bringt ihr mir da mit? Ich wusste ja gar nicht, dass du ein Kind hast, Marlis.«

Marlis schob den Kinderwagen in die Diele und ließ ihn dort stehen. Fred schlief noch immer. Oda beugte sich über den Wagen.

»Er hat ja dunkle Haare«, sagte sie. »Hat der Vater dunkle Haare? Du musst mir alles erzählen, Marlis. Und Sie, Albert, berichten mir bitte, wie es Ihrer Frau und Ihren Söhnen geht. Lassen Sie uns in den Salon gehen.«

Glücklicherweise war es hier dieses Mal aufgeräumt. Nirgendwo sah Marlis halb ausgetrunkene Sektgläser oder Flaschen herumstehen wie voriges Mal.

»Wir müssen mit Ihnen sprechen, Oda. Wir haben Ihnen etwas Wichtiges mitzuteilen«, sagte Vati. Marlis wusste nicht, was sie sagen sollte, und war froh, dass ihr Vater das in die Hand nahm. Sie setzte sich auf das Biedermeiersofa, faltete die Hände im Schoß und wartete ab. Ihr Vater saß gegenüber auf einem Sessel, der viel zu zierlich für ihn war.

»Entschuldigen Sie meine Unaufmerksamkeit. Ich werde gleich in die Küche gehen und Paula beauftragen, uns Tee und Kuchen zu bringen«, sagte Oda und verschwand, kam aber nach kurzer Zeit schon wieder zurück.

Sie bietet uns Kuchen an, dachte Marlis. Ihr muss es wirklich gut gehen.

»Danke, liebe Oda, das ist sehr nett von Ihnen, auch wenn es nicht nötig wäre.« Albert räusperte sich. Marlis beobachtete ihn. Seit gestern war er in ihrer Wahrnehmung irgendwie geschrumpft. Er wirkte nicht mehr so stolz und groß wie früher, sondern war einfach nur ein älterer Mann mit schütterem Haar und knochiger Figur, dessen Gesicht von tiefen Falten zerfurcht war.

»Wir müssen Ihnen etwas über Ihre Tochter sagen«, fing ihr Vater an. »Sie ist in Ravensbrück. Seit gestern.«

Marlis erschrak. Es war bestimmt nicht der richtige Weg, mit dieser Wahnsinnsinformation auf diese Weise herauszuplatzen und Johannas Mutter keine Möglichkeit zu geben, sich darauf vorzubereiten. Aber vielleicht war Marlis' Sorge ja auch unbegründet, und Oda wusste längst Bescheid. Gespannt wandte sie sich ihr zu.

Oda fasste sich an Herz und rang nach Luft. Nein, sie wusste es noch nicht, dachte Marlis. Sie war schlagartig kalkweiß im Gesicht und griff nach Marlis' Hand, als ob sie sich dadurch vor der Ohnmacht schützen könnte.

Albert sprang auf.

»Ich bringe Ihnen ein Glas Wasser«, sagte er. »Das wird Ihnen bestimmt guttun.«

Auf dem Teetisch standen ein Krug mit Wasser und ein Glas. Er warf fast das kleine Tischchen um, als er nach der Karaffe griff. Wie unbeholfen er ist, dachte Marlis. War ihr Vater schon immer so gewesen, und sie hatte das nicht bemerkt?

Oda nahm das Glas mit Wasser, setzte es an die Lippen, nippte aber nur.

»Wie kann das sein?«, fragte sie. »Was hat mein Mädchen angestellt? Was ist geschehen? Sie hat sich doch bisher nie etwas zuschulden kommen lassen. Sie war immer so ein liebes, wenn auch wildes Mädchen. Besonders, wenn ihr zusammen wart, Marlis«, fügte sie hinzu, und es klang wie ein Tadel.

»Sie ist zu Unrecht in Ravensbrück. Sie hat nichts verbrochen. Man hat sie denunziert, und deshalb ist sie dort«, sagte Vati jetzt.

»Aber das ist doch nicht möglich. Alle, die dorthin gebracht werden, haben etwas angestellt. Das hat mein Bekannter mir gerade erklärt.«

Marlis konnte kaum glauben, was sie da hörte. War Johannas Mutter wirklich so verblendet und naiv und glaubte alles, was E. ihr auftischte?

»Also, was hat sie angestellt. Und woher wissen Sie das eigentlich? Und ich nicht? Aber Johanna hat es ja auch nicht für nötig gehalten, sich im letzten Jahr viel um mich zu kümmern, obwohl ich ihr regelmäßig Geld geschickt habe. Sehr undankbar, finde ich übrigens.«

Sie hörten Fred in der Diele schreien. Marlis ging zu ihm und nahm ihn auf den Arm. Sofort beruhigte er sich. Er mag mich doch, dachte sie glücklich. Sie trug ihn in den Salon und setzte ihn auf ihre Knie. Oda sah Fred überhaupt nicht an, als ob sie sich gar nicht für das Kind interessierte.

»Also, Sie sind hierhergekommen, um mir zu erzählen, dass meine Tochter im Lager ist. Ich möchte gar nicht wissen, woher Sie das wissen. Es interessiert mich auch nicht. Und ich glaube, ich möchte auch gar nicht wissen, was meine Tochter angestellt hat, um so weit zu kommen. Ich schäme mich für sie, verstehen Sie?« Odas Gesicht war nicht mehr weiß, sondern mit roten Flecken übersät.

Marlis suchte den Blick ihres Vaters. Er war vollkommen perplex. Damit hatte er wohl genauso wenig gerechnet wie sie. Wie konnte es Oda nicht interessieren, was mit ihrer Tochter geschehen war, oder hatte sie Angst? Wusste sie, dass das Kind auf Marlis' Arm ihr Enkel war? Oder war sie wirklich vollkommen ahnungslos? Sie versuchte, ihrem Vater Zeichen zu geben. Sie mussten gemeinsam raus in die Diele, um sich darüber zu verständigen, wie sie jetzt weiter vorgehen wollten. Sie zog die Augenbrauen hoch und wies mit dem Blick in Richtung Tür. Und ihr Vater reagierte und stand auf.

»Entschuldigen Sie, Oda«, sagte er.

»Den Flur hinunter, neben der Eingangstür«, sagte sie.

Marlis erhob sich mit Fred auf dem Arm.

»Ich komme auch gleich zurück«, sagte sie und folgte ihrem Vater in den Flur. Sie begegneten Paula, die ein Tablett mit Tee und Kuchen an ihnen vorbeitrug und sie keines Blickes würdigte, als ob sie sagen wollte, dass sie sonst in dieser Wohnung nicht so gewöhnliche Menschen bedienen musste.

»Was machen wir?«, flüsterte Marlis und schaukelte den quengeligen Jungen wieder auf ihrem Arm. »Sollen wir Fred wirklich hierlassen? Sie wird sich doch sicher nicht um ihn kümmern, wenn sie schon kein Interesse an ihrer Tochter hat. Das musst du dir mal vorstellen. Sie ist ihr anscheinend vollkommen egal.«

»Ich weiß nicht, was wir machen sollen. Ich wünschte, Greta wäre hier. Die wüsste sicher einen Rat«, seufzte ihr Vater.

»Wir können Fred nicht hierlassen«, sagte Marlis. »Sie würde Johanna sicher eines liederlichen Lebensstils bezichtigen und nichts mit diesem Kind zu tun haben wollen«, sagte Marlis. Wenn schon ihr Vater nicht den Überblick über die Lage hatte, musste sie eben eine Entscheidung treffen.

»Meinst du? Vielleicht hat sie ja eben nur so reagiert, weil sie schockiert war?«

»Nein, das glaube ich nicht. Ich denke, sie sieht es wirklich so.«

»Kommen Sie doch zurück, Albert. Ihr Tee wird kalt. Paula hat Ihnen schon eingeschenkt«, sagte Oda in plötzlich aufgeräumtem Ton, der nicht darauf hindeutete, dass sie sich weiterhin Sorgen um ihre Tochter machte.

Sie gingen zurück in den Salon und setzten sich, als ob sie wirklich nur eine nachmittägliche Teegesellschaft wären. Oda würdigte Fred keines Blickes. Er wurde langsam unruhig. Er hat bestimmt Hunger, dachte sie. Aber sie wollte jetzt nicht die mitgebrachte Flasche herausholen.

»Ist der Vater im Feld?«, fragte Oda und deutete auf Fred.

Marlis nickte. Albert sah sie entsetzt an.

»Ja, er ist an der Westfront. Wir haben noch schnell geheiratet, bevor er dorthin kam. Aber für einen Ring hat es leider bisher nicht gereicht«, sagte Marlis, weil Oda ihr sofort auf die Finger sah.

»Wie schade, aber ihr werdet das sicher nachholen, wenn er wieder da ist. Lange kann es ja nicht mehr dauern.« Oda seufzte. »Ich bin so froh, wenn sich alles wieder beruhigt hat, und endlich Frieden ist.«

Marlis sah, dass Albert unruhig wurde. Wir müssen hier weg, sonst explodiert er noch, dachte sie. Glücklicherweise schrie Fred. Sie stand auf.

»Sie sehen, wir können nicht länger bleiben«, sagte sie.

»Ja, so ein kleiner Junge braucht viel Aufmerksamkeit«, sagte Oda irgendwie lahm. Auch sie stand auf, ging zu Albert und ergriff seine Hand.

»Nicht, dass Sie mich falsch verstehen, Albert«, sagte sie. »Ich mache mir große Sorgen um meine Tochter, und ich hoffe, dass der Aufenthalt in diesem … Lager nur kurz sein wird. Aber Sie wissen doch, wir können nichts tun. Müssen uns fügen. Und ich hoffe, das tut meine Tochter auch und beträgt sich dort gut. Dann wird sie schnell wieder rauskommen.«

Sie verabschiedeten sich hastig, denn Freds Geschrei wurde immer lauter. Sie legten ihn in den Kinderwagen und schoben ihn wieder ins Treppenhaus. Oda schloss hinter ihnen die Wohnungstür ab.

In der kleinen Kabine des Fahrstuhls achteten sie darauf, sich nicht zu berühren oder anzusehen. Das, was gerade geschehen war, drang noch nicht in ihr Bewusstsein. Erst als sie auf dem Gendarmenmarkt waren und Fred unzufrieden mäkelte, waren sie wieder in der Lage, sich anzusehen.

»Ich kann es nicht fassen«, sagte Albert. »Wie ist das möglich. Sie ist doch ihre Mutter. Ist das da eben wirklich passiert?« Marlis sah ihren Vater an. Er sah auf einmal ganz jung aus. Noch jünger als auf seinem Hochzeitsfoto, das in der Stube auf der Anrichte stand und von Mama jede Woche hingebungsvoll abgestaubt wurde. Daneben hatte sie jetzt Fotos von Jürgens und Michaels Abiturfeier aufgestellt, die sie oft in die Hand nahm und streichelte. Marlis hatte sie vor Kurzem dabei beobachtet und eifersüchtig festgestellt, dass das Foto von ihrer Abschlussfeier niemals in die Hand genommen wurde.

»Was sollen wir bloß jetzt tun, Marlis«, sagte ihr Vater und sah so unglücklich aus, wie sie ihn bisher nur sehr selten gesehen hatte.

Sie standen immer noch mitten auf dem Gendarmenmarkt. Fred quengelte mittlerweile laut, und Marlis wusste, dass sie etwas dagegen tun musste – ihn aus dem Kinderwagen nehmen und ihn auf ihren Armen wiegen. Wenn alle Stricke rissen und sie ihn dadurch nicht beruhigen konnte, müsste sie ihm hier, mitten auf dem Platz, die Flasche geben, die Mama ihnen im Flaschenwärmer mitgegeben hatte. Das wäre auch möglich, es waren ja genug Bänke da, auf die sie sich setzen konnten, denn die *Für Juden verboten*-Schilder galten ja nicht für sie. Aber ihr wäre es dennoch unangenehm, Fred hier draußen zu füttern, weil die Passanten ihn dann für ihren Sohn halten würden, und das wollte sie nicht.

»Marlis, sag doch was.« Sie konnte es nicht fassen. War das der starke Mann, der immer auf alles eine Antwort parat hatte, an den sie sich anlehnte und auf den sie sich verließ, seit sie denken konnte? Jetzt wirkte er nur noch hilflos und klein. Aber vielleicht war er das ja auch die ganze Zeit gewesen, und sie hatte es nur nicht bemerkt? Vielleicht war Mama wirklich immer die Stärkere gewesen und hatte ihm unbemerkt bei allem, was er tat, den Rücken gestärkt, ohne dass es jemandem auch nur aufgefallen war? Aber vielleicht bin ich ja auch die Einzige, die das nicht verstanden hat, dachte Marlis.

»Vati, ich weiß es auch nicht«, sagte Marlis. Fred schrie mittlerweile wie am Spieß. Sie nahm ihn aus dem Kinderwagen und steuerte auf eine Bank zu. »Komm, nimm den Kinderwagen mit und gib mir seine Flasche «, sagte sie zu ihrem Vater und erschrak selbst über ihren Befehlston. Denn egal wie sehr sie sich auch manchmal über ihn geärgert hatte oder er sich über sie – sie hatten sich immer mit großem Respekt behandelt. Aber er tat, was sie ihm sagte, und kurze Zeit später saßen sie nebeneinander auf der Bank, Fred lag in ihren Armen und saugte an dem Nuckel der Flasche und machte zufriedene Schmatzgeräusche.

»Wir könnten ihn in ein Kinderheim bringen«, sagte ihr Vater unvermittelt, nachdem sie lange geschwiegen hatten, während Fred begeistert trank. »Es gibt doch jetzt so viele Wohlfahrtseinrichtungen, und ich habe gehört, dass die gar nicht so schlecht sein sollen. Dort können sie sich dann um ihn kümmern, bis Johanna wieder aus Ravensbrück draußen ist. Was meinst du, Marlis? Du weißt doch, dass wir ihn nicht wieder zu Greta zurückbringen können. Sie hat uns den Auftrag gegeben, ihn wegzubringen, weil wir uns zu sehr gefährden, wenn wir uns noch länger um ihn kümmern. Das weißt du doch?«

Marlis schluckte. Sie konnte nicht glauben, dass ihr Vater das eben gesagt hatte. Er, der Regimegegner, wollte diesen kleinen Jungen jetzt einer Einrichtung übergeben, die Teil des Regimes war, das er so hasste? Und nur, weil er Angst hatte, sich gegen seine Frau durchzusetzen?

»Das kann doch nicht dein Ernst sein, Vati. Entschuldige, dass ich das so direkt sage. Also wirklich … und dann wird er möglicherweise einer regimegetreuen Familie gegeben, die keine Kinder bekommen kann? So etwas geschieht immer wieder, du hast doch sicher auch davon gehört, oder? Und was sagen wir Johanna, wenn sie wieder rauskommt? Oder hast du diese Möglichkeit schon ad acta gelegt? Ich nicht. Sie wird wieder rauskommen, und dann werde ich mich um sie kümmern. Und um Fred. Und jetzt gehen wir nach Hause und sagen Mama, dass wir ihn behalten werden. Koste es, was es wolle. Und dann denken wir darüber nach, wie wir Johanna helfen können, da rauszukommen, wo sie jetzt ist. Hörst du, Vati?«

»Marlis, wie redest du mit mir? Ich höre dich und bin nicht plötzlich dumm geworden. Aber ich glaube nicht, dass es eine gute Idee ist, ihn wieder mit nach Hause zu nehmen. Mama wird bestimmt sehr böse sein.«

»Das nehme ich auf meine Kappe. Das kenne ich ja schon von ihr. Sie wäre nicht das erste Mal böse auf mich. Und ich bin mir sicher, sie vermisst Fred jetzt schon, und wenn wir ihr sagen, dass nur wir uns um ihn kümmern können, wird sie schlussendlich begeistert sein.«

»Dein Wort in Gottes Ohr, Marlis. Ich hoffe, du hast recht. Obwohl ich mir da nicht so sicher bin«, seufzte Albert. Fred hatte mittlerweile ausgetrunken. Sie legten ihn wieder in den Wagen und hofften, dass er nicht in die Windel machen würde, bevor sie wieder in der Kastanienallee angekommen waren. Marlis schob den Kinderwagen, und ihr Vater trottete neben ihr her.

Den ganzen Vormittag wanderte Oda unruhig durch ihre Wohnung – vom Schlafzimmer in den Salon, in das Esszimmer, in das Badezimmer, in die Küche, in Johannas Zimmer und wieder zurück. Sie hinterließ Spuren auf den Orientteppichen, die überall auslagen, und die sie als Erstes in Berlin gekauft hatte, nachdem sie angekommen waren. Sie war froh, dass Paula nicht kam, und auch Erich hatte sich erst wieder für morgen Abend angekündigt. Heute führten ihn wichtige Geschäfte aus Berlin, und den Abend musste er mit seiner Frau verbringen. War es nicht ihr Hochzeitstag? Oda behielt ihren seidenen Morgenmantel an. Sie wusch sich nicht und kämmte sich nicht die Haare. Sie putzte sich noch nicht einmal die Zähne, obwohl sie den Geschmack in ihrem Mund hasste. Wenn es wirklich so war, wie Albert und Marlis ihr erzählt hatten, wenn ihre Tochter in einem Lager war, in dem es sicher sehr schmutzig war und es ihr schlecht ging, wollte sie auch nicht mehr sauber sein. Sie aß nichts, sie trank auch nichts, obwohl sie Hunger und Durst hatte. Johanna hatte sicher auch Hunger und Durst, und Oda hatte die Vorstellung, ihr irgendwie näher zu sein, wenn sie selbst auch fastete. Auch wenn sie gegenüber Albert und Marlis erst so getan hatte, als ob sie es nicht glauben konnte, und ihnen dann vorgespielt hatte, dass ihre Tochter es verdient hätte, in so einem Lager zu sein, und die beiden ihr sogar geglaubt hatten, was sie am erschreckendsten gefunden hatte. Ihr war klar, dass die beiden die Wahrheit gesagt hatten und Johanna wirklich zu Unrecht in Ravensbrück war. Sie konnte sich sogar vorstellen, wer dafür verantwortlich war. Sie war nicht so naiv, wie sie immer tat. Manchmal benebelten die Tabletten, die sie nahm, das Opium, das sie ab und zu mit Erich rauchte und die Liköre, die sie so gern trank, um die Leere und die Einsamkeit zu vertreiben, die sie seit dem Tod ihres Mannes empfand, ihr Hirn. Aber momentan war es überhaupt nicht so, und sie konnte sehr klar denken.

Sie wusste schon lange, dass Erich Johanna nachgestellt hatte, und eigentlich war sie sehr glücklich darüber gewesen, dass ihre Tochter plötzlich auszogen war. So kann ihr nichts mehr passieren, hatte Oda damals gedacht. Und wenn ich mich anstrenge und Erich alles gebe, was er will, wird er vielleicht vergessen, dass Johanna die jüngere Version von mir ist, und er schärfer auf sie ist als auf mich. Sie tat alles, was er wollte. Mittlerweile konnte sie ihm einen blasen bis zum Schluss, ohne dass ihr schlecht wurde. Und das tat sie, so oft er es wollte.

Sie wusste, dass sie abhängig von ihm war. Sie brauchte einen starken Mann an ihrer Seite, der sie beschützte. Sie hatte immer einen starken Mann gebraucht. Erst war ihr Vater da gewesen, der sie in ihrer wunderbaren Siedlung in Grunewald vor allem beschützt hatte. Sie hatten dort ein zauberhaftes Leben geführt, umgeben von Wissenschaftlern, Künstlern, Geschäftsleuten und ihren Familien. Viele von ihnen waren Juden gewesen, was für sie und die anderen Familien vollkommen normal gewesen war. Sie hatten in wunderbarer Eintracht alle zusammen am Wannsee gelebt, und Oda hatte gedacht, ihr Leben würde immer so aussehen, und sie würde immer beschützt und umgeben von Schönheit und Reinheit sein. Dieses Gefühl hatte ihr auch Heinrich vermittelt. Als er sie fragte, hatte sie ohne zu zögern ja gesagt, auch wenn sie ihn nur kurz kannte. Sie wusste, dass ihr Mann ihr all das geben würde, was sie zum Leben brauchte. Sie verliebte sich sofort in dieses zauberhafte Lettland, in Riga, das nicht so groß und chaotisch war wie Berlin, und in dem alle Menschen wussten, wer sie waren. Und sie hatte sich in die Kiefernwälder und die vielen Schattierungen von Grün im Sommer verliebt, in die Ostsee, in ihr gelbes Haus in Jurmala. Johanna hatte ihr Glück perfekt gemacht. Als sie mit ihr auf dem Arm nach Riga zurückkam, hatten sich die Verhältnisse zwar verändert. Sie waren nicht mehr die von allen anerkannten und bewunderten Adeligen gewesen, aber man hielt zusammen. Ihr Mann konnte sich eine neue Existenz aufbauen und auch sein Vermögen retten. Er kannte immer noch viele Leute, die Einfluss hatten. Und Oda verschwand wieder in ihrer eigenen Welt, die aus Kunst bestand, aus Teegesellschaften, Abenden mit ihrem Mann oder ihren Freunden im Theater und natürlich aus dem

Zusammensein mit Johanna, die sie behandelte wie eine kostbare Puppe, in Weiß gekleidet. Und da war Minas Fürsorge, in die sie sich genauso hatte hineinfallen lassen können wie in die Fürsorge ihrer Mutter und des Hauspersonals in Grunewald, als sie ein Kind gewesen war.

Mit dem Tod ihres Mannes war alles vorbei gewesen. Sie hatte erst nicht gewusst, was sie tun sollte. Aber dann war der Ruf von Adolf Hitler gekommen, und Oda war überzeugt davon, dass er der nächste starke Mann war, an den sie sich hängen konnte, und der sich um sie kümmern würde. Auf ihre Eltern konnte sie nicht zählen. Sie waren beide schon gestorben. Oda fuhr oft zu ihrem Grab im Grunewalder Forst und sprach mit ihnen. Sie fragte sie um Rat, hoffte auf eine Antwort. Aber die bekam sie nie.

Und jetzt war Johanna in einem Lager, allein, zwischen all diesen Frauen, die es verdient hatten: den Kriminellen, den Juden, den Prostituierten. Ihr weißes Täubchen hatte das nicht verdient, niemals. Sie hatte niemandem etwas getan, für das sie bestraft werden musste. Da war sich Oda sicher. Sie würde umkommen, wenn sie zu lange in diesem Lager eingesperrt war. Sie musste frei sein. Sie hatte in Lettland nichts anderes kennengelernt, und seit Marlis in ihr Leben getreten war, hatte sie sich noch mehr in die Freiheit hinausgetraut.

Oda hatte gehört, dass diese Lager eingezäunt waren, und niemand herauskonnte. Dass Aufseherinnen mit Hunden darauf achteten, dass niemand die Regeln brach. Erich hatte ihr das vor kurzem mit Leuchten in den Augen erzählt. Er glaubte an die gerechte Sache. So fest, wie ihr Mann an die Herrschaft der Baltendeutschen in Lettland geglaubt hatte. Johanna würde sterben, wenn sie dort nicht bald wieder rauskäme. Oda wusste, dass sie die Einzige war, die Erich dazu bringen konnte, sich für Johanna einzusetzen. Sie musste einen Plan schmieden. Irgendeinen. Er wusste sicher schon längst über Johannas Lage Bescheid. Sie musste Informationen bekommen, ohne dass er es merkte, und sie durfte ihn auf keinen Fall verärgern. Denn er war in der Lage, nicht nur ihre Tochter, sondern auch sie mit einem Streich zu vernichten.

Erst am Nachmittag war Oda so erschöpft und hungrig, dass sie in die Küche ging und sich etwas von dem Apfelkuchen holte, den Paula gestern gebacken hatte. Sie brühte sich einen echten Kaffee auf, und war Erich kurzzeitig dafür dankbar, dass er ihr immer wieder aus geheimen Quellen welchen mitbrachte. Sie ging ins Badezimmer und putzte sich die Zähne, kämmte sich die Haare und wusch sich das Gesicht. Dann zog sie ein einfaches graues Hauskleid an und setzte sich mit Kaffee und Kuchen in den Salon. Sie musste nachdenken. Sie musste Informationen sammeln, mit denen sie Erich unter Druck setzen konnte. Sie wusste schon einiges über ihn. Er betrog seine Frau mit ihr, was diese auf keinen Fall erfahren durfte, denn dann wäre der gute Ruf der Familie ruiniert. Er hatte eine Vorliebe für junge Mädchen, das war ihr klar. Sie war überzeugt, dass Johanna nicht die Einzige gewesen war, die er belästigt hatte. Vielleicht kann ich etwas arrangieren, ihm junge Mädchen zuführen, hier bei mir in der Wohnung, ihn betrunken machen und ihn dazu bringen, sich mit einer von ihnen einzulassen. Sie kannte einige junge Mädchen, die auf eine Karriere als Schauspielerin hofften. Sicher wären sie bereit, sich mit Erich einzulassen, wenn sie ihnen verspräche, dass er sich dann für sie an den richtigen Stellen einsetzen würde. Jeder wusste doch, dass Goebbels das auch so machte und schon viele Schauspielerinnen davon profitiert hatten, dass er sie zuerst in sein Arbeitszimmer auf sein Sofa einlud, um sie dann in einem Film zu besetzen. Vielleicht könnte sie Erich mit einem Foto erpressen, wenn er es mit einem sehr jungen Mädchen trieb. Erich liebte es, Fotos zu machen, er hatte mal eine teure Kamera mitgebracht und sie dazu gezwungen, ihm einen zu blasen, und sie dabei fotografiert. Oda wusste auch, dass er diese Fotos in seiner Brieftasche aufbewahrte, sie waren seine Trophäen, mit denen er sicher in den Bordellen, die er ganz bestimmt auch besuchte, angab.

Ich werde ihn dazu bringen, mit blutjungen Mädchen zu schlafen, und ihn dabei fotografieren, wenn er blau genug ist. Ich werde ihm sagen, dass ich die Fotos an einem sicheren Ort aufbewahrt habe und sie sofort an seine Frau geschickt werden, sobald mir oder Johanna etwas geschieht. Das werde ich tun, dachte Oda. Und wenn es das

Letzte ist, was ich für meine Tochter tun kann, und dabei draufgehe. Ich werde es schaffen.

Das Kind, das Marlis und ihr Vater mitgebracht hatten, war Johannas Sohn, ihr Enkel. Das hatte Oda sofort gesehen. Er sah genauso aus wie ihr Mann auf dem Porträt, das sie in dem Familienschloss in Lettland gesehen und das später in seinem Arbeitszimmer in Riga gehangen hatte. Sie hatte es nicht mit nach Berlin genommen, sondern seinen Schwestern überlassen, damit sie es in ihre Ahnengalerie aufnahmen. Am liebsten hätte sie Johannas Sohn sofort auf den Arm genommen und nie wieder hergegeben. Aber sie durfte es nicht. Es war richtig, ihn in der Obhut von Marlis und ihren Eltern zu lassen. Da war er gut aufgehoben. Hier würde sie sich nicht um ihn kümmern können. Erich würde sofort herausbekommen, wer er war, und dann sicher noch eifersüchtiger sein, weil ein anderer Mann bei Johanna hatte landen können und ihr sogar ein Kind gemacht hatte. Doch wenn alles vorbei war, wenn sie es geschafft hatte, mithilfe von Erichs Einfluss Johanna aus dem Lager zu holen, würde sie sich um den Kleinen kümmern. Sie würde Johanna und ihm zumindest Geld geben. Die beiden sollten Deutschland verlassen, bis der Krieg zu Ende war. Zumindest weit weg von Berlin gehen, vielleicht sogar nach Lettland, auch wenn das jetzt unter deutscher Besatzung stand. Dort könnten sie sicher in Frieden leben. Und am besten wäre es, wenn Marlis auch mitgehen würde.

Kapitel 6

Jurmala, Sommer 2015

Fred schlenderte durch die Fußgängerzone von Jurmala. Er hatte Zeit. Die Hochzeitsfeier am Strand vor dem Lime Grill Restaurant würde erst in ein paar Stunden beginnen. Und vorher wurde er bestimmt nicht gebraucht. Luisa hatte ihn eingeladen, nach Lettland zu ihrer Hochzeit mit Janis zu kommen, sich zu amüsieren, mit ihr anzustoßen und vielleicht nachher ein Tänzchen zu wagen. Sicher nicht, um sich vor der Hochzeit in die Organisation einzumischen. Wenn Marianne noch leben würde, wäre das anders. Seine Frau hatte sich immer blind mit ihrer einzigen Enkeltochter verstanden, obwohl oder vielleicht gerade, weil sie vollkommen unterschiedlich waren. Aber Marianne war schon seit drei Jahren tot. Es war nicht vorgesehen gewesen, dass sie vor ihm starb. Sie war jünger gewesen als er und hatte ihm sogar versprochen, ihn auch noch im Rollstuhl durch die Gegend zu schieben, falls es einmal dazu kommen würde. Und er hatte sich darauf verlassen, dass sie einmal allein zurückbleiben würde. Und dann war Marianne eines Tages einfach umgekippt. Er hatte sie gefunden und sofort einen Rettungswagen gerufen. Aber als der Notarzt ankam, war Marianne schon sehr lange bewusstlos gewesen. Die Schlagader in ihrem Gehirn war gerissen. Am nächsten Tag war sie dann gestorben. Das war schlimm gewesen, und nur weil er sich vor zwei Jahren aufgerafft hatte und in ein Fitnessstudio eingetreten war und seither dreimal in der Woche trainierte, war er noch nicht vor die Hunde gegangen. Mittlerweile kannte er alle Trainer und Trainerinnen im Studio. Immer wieder blieb jemand bei ihm stehen und plauderte mit ihm, wenn er auf dem Rad saß und seine imaginären Runden drehte. Manche schütteten ihm auch ihr Herz aus. Er hörte sich gerne die

Sorgen und Nöte der jungen Leute an. Er wurde gerne um Ratschläge gebeten. Das war eigentlich eher die Spezialität seiner Frau gewesen. Aber er hatte sie so oft dabei beobachtet, wie sie Leuten zuhörte und zum Reden ermunterte, dass er es mittlerweile selbst konnte. Nach dem vielen Training sah sein Körper jetzt so aus wie der eines Ende-60-Jährigen, und er fühlte sich auch ausgesprochen fit. Ihm war in der letzten Zeit immer öfter in den Sinn gekommen, dass es wieder schön wäre, eine Frau an seiner Seite zu haben, aber er hatte beschlossen, nichts übers Knie zu brechen. Früher oder später würde schon eine Frau vorbeikommen, die ihm gefiel. Sicher nicht so wie Marianne, aber den Anspruch hatte er auch nicht mehr. So eine innige, tiefe Liebe wie zwischen ihnen beiden gab es vielleicht nur einmal im Leben.

Fred hatte schon so lange nach Lettland fahren wollen, aber es irgendwie nie geschafft. Als Luisa vor einigen Jahren nach Riga ging, um dort im Rahmen des Austauschprogramms *Erasmus* ein halbes Jahr zu studieren – baltische Geschichte, meinte er sich zu erinnern –, hatte sie sich in Janis, einen Medizinstudenten, verliebt. Nach ihrem Abschluss in Deutschland war sie dann nach Lettland zurückgekehrt und hatte eine Stelle im Goethe-Institut ergattert. Damals war er zu beschäftigt mit seiner Arbeit als Steuerberater gewesen, um in Erwägung zu ziehen, mal nach Riga zu reisen und seine Enkelin zu besuchen. Marianne hatte ihn damals bekniet, sie dorthin zu begleiten, aber er hatte nie Zeit gehabt, und so war sie dann allein hingefahren. Er hatte seine Arbeit als Ausrede benutzt, denn es gab auch noch andere Gründe, die ihn von dieser Reise abgehalten hatten. Er war zwar neugierig, hatte aber große Angst vor einer Reise nach Lettland gehabt, was ihn unsicher machte. Vielleicht hatte er damals befürchtet, die Kontrolle über seine Gefühle zu verlieren, und wenn er etwas nicht leiden konnte, dann Kontrollverlust. So waren die Jahre ins Land gegangen, ohne dass er je das Heimatland seiner Mutter besucht hatte, und irgendwie war Fred auch froh darüber gewesen. Denn die Bucht von Riga kennenzulernen, von der Marlis ihm in seiner Kindheit und Jugend so oft vorgeschwärmt hatte, in der sie und Johanna die glücklichste Zeit ihres Lebens verbracht hatten, die dann so abrupt endete, barg für ihn eine Gefahr, die er nicht benennen konnte.

Es gab eine Fotografie, die immer auf Marlis' Mahagoni-Schreibtisch gestanden hatte, in einem bronzenen Jugendstilrahmen mit Blumenranken und einer Fee auf der rechten Seite. Eigentlich war dieser Rahmen viel zu kitschig für Marlis gewesen. Alle anderen Bilder steckten in schlichten Nussbaumrahmen. Das Bild zeigte ihre Freundin Johanna in einem weißen Kleid tanzend am Strand, einen Blumenkranz in ihren offenen Haaren. Nicht nur einmal hatte er Marlis dabei überrascht, wie sie dieses Bild in der Hand hielt und liebevoll streichelte. Er mochte die anderen Fotos lieber. Zum Beispiel das mit Marlis und ihm bei seiner Einschulung in Berlin-Wilmersdorf. Er hält sich an Marlis' Hand fest und guckt etwas unglücklich in die Kamera, als ob er dem, was hinter den Mauern des altehrwürdigen Backsteinbaus im Hintergrund in den nächsten Jahren passieren würde, eher skeptisch gegenüberstand. Fred nahm an, dass sein Großvater Albert das Foto gemacht hatte, obwohl es sicher nicht leicht gewesen war, so kurz nach dem Krieg einen Film aufzutreiben. Es gab auch eine offizielle Fotografie, die in einem Studio gemacht worden war: Marlis als Baby auf dem Arm ihrer Mutter Greta, die auf einem Stuhl sitzt. Auf beiden Seiten jeweils ein Sohn. Michael und Jürgen hatten sie geheißen, das wusste Fred. Sie waren brav gescheitelt und in ihre besten Kleider gesteckt worden und sahen etwas hölzern in die Kamera. Hinter dem Stuhl steht Albert und hat seine Hand auf die Schulter seiner Frau gelegt. Er ist sichtlich bewegt, auch er hat seinen besten Anzug an und trägt eine goldene Uhr in seiner Westentasche, deren Kette man sieht. Das Bild wurde im Mai 1921 in einem Studio in der Kastanienallee anlässlich von Marlis' Taufe geschossen, das hatte sie ihm nicht nur einmal erzählt. Nach Marlis' Tod hatte Marianne die Bilder zu ihrem Hochzeitsfoto und den Fotos von Katrin und Luisa gestellt.

Das Foto von Johanna und Marlis, das nach der schrecklichen Zeit in Deutschland am Strand von Jurmala entstanden war, zeigt die beiden in Badeanzügen – Johanna trägt einen grünen, Marlis einen blauen –, glücklich in die Kamera lächelnd und sich an den Händen haltend. Fred hatte es erst gar aufstellen wollen. Es war ihm peinlich, dass seine Mutter so offensichtlich in eine Frau verliebt gewesen war. Aber Marianne hatte seine Bedenken weggelächelt, wie so oft.

»Das ist deine Familie«, hatte sie gesagt, das trübe Glas im Rahmen austauschen lassen und dem Foto auf der Anrichte einen Ehrenplatz gegeben. Dort stand es jetzt immer noch.

Ja, das war wohl seine Familie. Und natürlich Marlis' Eltern, die sich rührend um ihn gekümmert hatten, als die zauberhafte Zeit in Lettland so jäh zu Ende gegangen war, obwohl sie selbst so viele Sorgen hatten. Michael und Jürgen waren im Krieg gefallen. Fred konnte sich dunkel daran erinnern, wie Marlis' Mutter ihn manchmal an sich gedrückt und in seine Haare geweint hatte, wenn sie die Sehnsucht wieder einmal übermannte.

Heute war noch nicht viel in der Fußgängerzone von Jurmala los. Die meisten Leute waren noch am Strand. Fred hätte nie gedacht, dass es so weit nordöstlich so warm sein konnte. Er trug wie immer einen Anzug, weil er wusste, dass er so einfach am besten aussah. Heute hatte er sich für einen leichten hellgrauen Anzug entschieden und für ein rot-weiß gestreiftes Hemd. Aber es war so heiß, dass er versucht war, seine Jacke auszuziehen, und das kam wirklich ausgesprochen selten vor. Außerdem hatte er Lust auf Kaffee, es war Stunden her, seit er im Amber Hotel, wo er mit Katrin wohnte, einen Kaffee getrunken hatte. Glücklicherweise hatte er den Vorschlag seiner Tochter, mit ihm eine Suite zu nehmen, abwenden können. Er wollte seine Privatsphäre haben, Tochter hin oder her.

»Du weißt, ich bin ein alter Mann, ich möchte lieber keine Gesellschaft haben, wenn ich morgens aufstehe. Ich sehe erst nach einer Stunde so jugendlich aus, wie ich es möchte. Du kannst mich dann gern beim Frühstück treffen.«

Heute Morgen hatte er sie aber verpasst, sie war schon joggen gewesen, als er in den Frühstücksraum des zauberhaften Hotels kam, das malerisch unter Kiefern lag und um diese Jahreszeit fast ausgebucht war. Nach dem Frühstück war er gemächlich Richtung Fußgängerzone gewandert und hatte es genossen, an den vielen prächtigen Villen und Apartmenthäusern vorbeizuschlendern. Wie hatte er sich doch in seiner Meinung geirrt, dass es in diesem Teil der Welt nur wenig Luxus geben würde. Was er hier sah, war Reichtum. Gut, einige der Apartmenthäuser wurden momentan nicht weitergebaut. Den Investoren war wohl das Geld ausgegangen. Dazwischen entdeckte er immer wieder *Zu-Verkaufen*-Schilder an manchmal schon halb verfallenen Holzhäusern. Und hier und da sah er eine sowjetische Bauruine zwischen den Kiefern hervorschimmern. Aber eins war eindeutig: Jurmala war ein Ort, an dem man hervorragend leben konnte, vorausgesetzt, man hatte das nötige Kleingeld. Er stellte sich vor, wie Katrin allein am Strand joggte, ohne die Schönheit der Rigaer Bucht, von der Marlis so oft geschwärmt hatte, überhaupt wahrzunehmen. Seit Katrin von ihrem Mann verlassen worden war, der jetzt mit einer 20 Jahre Jüngeren anscheinend glücklicher verheiratet war als mit ihr, hatte sie Kummer. Später müsste sie ihren Ex-Mann und seine junge Frau auf der Hochzeitsfeier treffen, aber Fred hoffte, dass Katrin nicht sich selbst und ihren Schmerz in den Mittelpunkt stellen würde, sondern die Braut Luisa.

Katrin und er saßen irgendwie im selben Boot, denn beide waren sie allein. Während seine über alles geliebte Frau gestorben war, war er bei seiner Tochter allerdings nicht so sicher, dass sie nicht auch selbst ein wenig dafür gesorgt hatte, dass ihr Mann sie verließ. Es war vielleicht nicht die feine englische Art, mit einer wesentlich Jüngeren noch einmal neu zu beginnen, aber eigentlich konnte Fred seinen Ex-Schwiegersohn sogar ein wenig verstehen. Katrin war bestimmt niemals ein Ausbund an Erotik gewesen, eher so der sportliche, herbe Typ, sehr unabhängig, vielleicht zu stark. Das kam bei Männern nicht so gut an.

Draußen vor der Katinja 52 in der Mitte der Fußgängerzone setzte er sich an einen freien Platz und bestellte Wasser, Kaffee und einen dieser wunderbaren Pfannkuchen mit Sauerrahm, die er am Nebentisch entdeckt hatte. Spätestens morgen würde er einen mehrstündigen Spaziergang am Strand entlang unternehmen. Das würde die Sünden von heute, die natürlich anlässlich der Hochzeit seiner Enkelin sein mussten, wieder ausgleichen. Ja, er war eitel, sicher einer seiner größten

Fehler, das hatte zumindest Marianne immer behauptet. Jedenfalls bin ich nicht langweilig wie die meisten meiner Altersgenossen, dachte er.

Mit seiner Enkelin Luisa verband ihn seit ihrer Geburt ein unsichtbares Band. Schon als er sie zum ersten Mal sah, durchströmte ihn ein größeres Glücksgefühl als bei der Geburt seiner eigenen Tochter. Das hätte er natürlich niemals zugegeben, aber so war es eben gewesen. Luisa hatte seine Augen – Johannas Augen. Sie hatte schon nach der Geburt einen dunklen Haarschopf in derselben Farbe wie seine Haare, bevor sie weiß geworden waren.

Der Kaffee wurde gebracht, und Fred nahm einen kräftigen Schluck. Das war doch etwas anderes als die koffeinarme Brühe, die er heute Morgen im Hotel getrunken hatte. Er lehnte sich zurück und sah zu den Kiefern hoch, die die Promenade säumten, die sich bis zur Ostsee zog. Er hatte es schon immer geliebt, wenn die Sonne die Stämme der Kiefern rötlich färbte, sicher ein Vermächtnis seiner Mutter. Er stellte sich vor, wie Johanna als kleines Mädchen hier entlanggeschlendert war, an der Hand ihrer Mutter Oda, an die er sich überhaupt nicht erinnerte. Es hatte immer geheißen, dass sie kurz nach dem Krieg gestorben war. Aber Genaueres hatte er nie erfahren. Er wusste nur, dass die Familie reich gewesen war und in Johannas Kindheit in einem wunderschönen gelben Haus fast direkt am Strand ganz hier in der Nähe gelebt hatte. Marlis hatte ihm das Haus so oft und so genau beschrieben, dass er sich sicher war, es wiederzuerkennen, wenn er danach suchte. Vielleicht sollte ich es nachher tun, dachte er mit einem Blick auf die Uhr. Es dauerte wirklich noch Stunden, bis die Hochzeit beginnen würde. Es gab ein Bild von dem Haus, ein kleines Aquarell, das wohl in der Zeit entstanden war, als Johanna und Marlis mit ihm nach Lettland zurückgekehrt waren. Er hatte es nach Marlis' Tod in eine Schublade legen wollen, aber Marianne hatte es dort wieder herausgeholt und in den Flur gehängt. Und eigentlich freute er sich jedes Mal, wenn er daran vorbeiging und sein Blick darauf fiel.

Wie sollte man sich an etwas erinnern, das man selbst erlebt hatte, aber eben als kleines Kind in einem Alter, in dem man noch keine Erinnerungen sammeln konnte?

Fred konnte sich daran erinnern, wann Marlis ihm zum ersten Mal mehr über seine leibliche Mutter Johanna erzählt hatte.

Er war etwa zehn Jahre alt, und Marlis meinte wohl, er sei jetzt alt genug, um die Wahrheit zu erfahren. Eines Nachmittags hatte sie ihm heiße Schokolade und Haferkekse hingestellt, die er so liebte und die seine Großmutter immer für ihn backte, hatte sich selbst eine Kanne schwarzen Tee zubereitet und sich ihm gegenübergesetzt. Er konnte sich noch ganz genau daran erinnern. Es war Herbst, und im Park warteten seine Freunde auf ihn zum Fußballspielen. Das wusste Marlis auch, aber sie machte den Eindruck, dass er dieses Mal nicht anfangen sollte zu nörgeln, um seinen Willen durchzusetzen, was sonst immer half. Also blieb er schweigend sitzen und hoffte, dass seine Kumpels es ihm nicht zu sehr übelnehmen würden, wenn er nicht kam.

»Du weißt, dass deine Mutter schon einige Jahre tot ist«, fing sie an. Fred dachte, nein, nicht schon wieder. Jetzt wird sie mir wieder erzählen, wie wunderbar Johanna war, und wie schrecklich es ist, dass sie so früh sterben musste. Und dass es selbstverständlich für Marlis war, sich nach ihrem Tod um mich zu kümmern und zu adoptieren, weil niemand mehr aus Johannas Familie da war.

Und dann würde die starke Marlis Tränen vergießen. Das tat sie immer, wenn sie über den frühen Tod von Johanna sprach, und für ihn war das jedes Mal sehr peinlich, denn so kannte er seine Mutter gar nicht. Ja, sie war seine Mutter, egal ob nun wirklich oder adoptiert, sie sorgte für ihn, sie tat alles für ihn, sie tröstete ihn, wenn er Kummer hatte, sie beschützte ihn, sie kochte ihm Essen. Sie war seine Mutter.

»Du musst etwas über Johanna wissen«, sagte Marlis. »Es ist an der Zeit, finde ich. Du bist alt genug.«

Fred war sich nicht sicher, ob er sich wirklich alt genug für diese ernsthafte Unterhaltung fühlte, die jetzt kommen würde. Er wollte doch nur raus zu den anderen, die Sonne schien, und es war auch gar nicht kalt.

»Also, ich habe dir ja schon vom Krieg erzählt und von Hitler und seiner Schreckensherrschaft.«

Ja, das hatte sie, er hatte zuerst gedacht, dass alle in seiner Klasse darüber Bescheid wussten, er hatte es schon in der Grundschule gewusst, aber als er mit seinen Klassenkameraden darüber reden wollte, sah er nur in entsetzte Gesichter. Ein Junge sagte sogar: »Schsch, darüber darfst du nicht reden.« Er hatte gar nicht begriffen, warum nicht. Aber so war es wohl. In der Klasse seiner kleinen Wilmersdorfer Grundschule, in die er ging, seit seine Mutter aus Prenzlauer Berg in die Sigmaringer Straße gezogen war, weil das viel näher am Kurfürstendamm lag, wo sie in einem Büro als Chefsekretärin arbeitete, wusste so gut wie niemand über Hitler Bescheid, oder sie wollten einfach nicht darüber sprechen.

Bei ihm zu Hause war es ganz anders. Es verging kein Sonntagsessen bei Marlis' Eltern, an denen nicht darüber geredet wurde, wie glücklich man sein konnte, dass der Krieg verloren und das Dritte Reich zu Ende war.

Also, er wusste doch Bescheid, was wollte ihm Marlis jetzt noch sagen?

»Zu Hitlers Zeiten gab es etwas, was man sich heute gar nicht mehr vorstellen kann.«

O nein, ich will das doch gar nicht hören, dachte Fred. Es war so schönes Wetter draußen. Aber es gab wohl kein Entrinnen. Er musste das jetzt über sich ergehen lassen, ob er wollte oder nicht.

»Wenn man nicht so wollte wie die Machthaber, die alles kontrollierten, wenn man gegen das Regime war, wurde man verfolgt, das habe ich dir ja schon erzählt.«

Fred nickte und versuchte interessiert zu gucken.

»Man konnte ins Gefängnis eingesperrt werden, ohne dass man etwas getan hatte, nur weil das jemand von einem behauptete.«

»Das ist ja schrecklich«, sagte Fred. Und das fand er wirklich. Er hasste es, wenn er zu Unrecht beschuldigt wurde, zum Beispiel von Frau Meier aus dem ersten Stock, die immer behauptete, er würde mit seinen dreckigen Schuhen das Treppenhaus verschmutzen. Aber das tat er nicht, und wenn doch, dann nicht so oft, wie sie es behauptete.

»Es ist jetzt sicher schwer für dich, das zu begreifen, aber Johanna ist ins Gefängnis gekommen, als du ganz klein warst.«

Fred verstand nicht. Wie konnte das sein? Und was war dann mit ihm geschehen, war er auch ins Gefängnis gekommen?

»Sie hat nichts angestellt, sie ist dort zu Unrecht gewesen, aber in dieser Zeit ging das.«

»Und wo war ich?«, fragte Fred.

»Bei meinen Eltern und mir. Wir haben dich zu uns genommen.«

»Konntet ihr Johanna nicht helfen?«

Fred wusste auch viele Jahrzehnte später noch genau, wie Marlis blass geworden war, als er diese Frage stellte.

»Wir haben es versucht, Fred, aber es hat nichts geholfen. Sie war einige Wochen im Gefängnis. Gar nicht weit von Mamas und Vatis Wohnung entfernt übrigens, in der Barnimstraße in Friedrichshain.«

»Was soll sie denn gemacht haben?«, fragte Fred.

Marlis schien die Frage nicht zu hören, und irgendwie war Fred klar, dass er nicht weiter fragen sollte.

»Und ist sie dann rausgekommen?«, fragte er stattdessen.

»Nein, zuerst nicht, sie landete in Ravensbrück, das ist ein Konzentrationslager, da kamen die Leute hin, die Gegner des Regimes waren.«

Marlis Augen füllten sich mit Tränen. Fred merkte, dass sie mit ihrer Fassung rang.

»Als ich erfahren habe, dass sie dorthin gebracht worden ist, bin ich in den nächsten Tagen mit dem Zug nach Fürstenberg gefahren. Das liegt jetzt im russischen Sektor, achtzig Kilometer nördlich von Berlin, auf dem Weg nach Rostock.«

»Dann sind wir da ja schon mal vorbeigefahren«, sagte Fred.

Sie waren im Sommer mal für zwei Tage in Warnemünde gewesen.

»Stimmt, das sind wir.«

»Damals habe ich mir ein einfaches Zimmer in Fürstenberg genommen und bin so weit zum Lager gegangen, wie ich konnte. Ganz dicht kam man nicht heran, aber ich hörte in der Stadt hinter vorgehaltener Hand, dass immer mal wieder Arbeitskolonnen aus dem Lager zum Einsatz durch die Stadt geführt wurden. Früh morgens und kurz vor sechs Uhr am Abend. Der Pastor, den ich gefragt habe, weil ich nicht wusste, wen sonst, hat mir sogar gesagt, wo sie normalerweise entlanggingen. So wartete ich dann jeden Tag morgens und abends in der Hoffnung, Johanna zu sehen. Damit sie mich sehen konnte und wusste, dass ich sie nicht vergessen hatte, dass ich für sie da war und alles tun würde, um sie dort rauszuholen.«

Fred wollte den Rest der Geschichte eigentlich gar nicht mehr hören, und wenn er jetzt daran zurückdachte, beschlich ihn wieder das Unwohlsein, das er damals empfunden hatte. Aber er hatte auch schon mit zehn Jahren gewusst, dass Marlis diese Seelenlast loswerden wollte, und er deshalb zuhören musste.

»Nach einer Woche habe ich sie dann gesehen. Sie ging mit anderen Frauen in Reih und Glied, immer zu fünft. Sie sah müde aus und hungrig, ihre Haut war blass, ihre Augen lagen in tiefen Höhlen, sie ging fast gebückt. Ich wartete an der Straße auf dem Gehweg, sie war gar nicht weit weg von mir. Auf der anderen Seite der Straße ging eine Aufseherin mit ihrem Hund. Ich konnte die Angst der Frauen fast greifen, sie fühlte sich bleiern, zäh und schwarz an. Ich zitterte vor Wut, Angst und Scham, meine Freundin so sehen zu müssen. Sie hatte ihren Blick auf den Boden gesenkt und bemerkte mich nicht. Ich musste all meinen Mut zusammennehmen. Ich rief ›Johanna!‹ und dann noch einmal ›Johanna!‹ und tat so, als ob ich nicht jemanden von den Gefangenen meinte, sondern eine Frau auf der anderen Straßenseite. Der Pastor, der bei mir war, um mich zu unterstützen, ergriff meine Hand, weil mir plötzlich schwindelig wurde.

›Johanna!‹, rief jetzt auch er, und die Aufseherin mit den hellblonden Haaren, die auf der anderen Seite der Gruppe ging, zögerte und sah zu uns herüber. Ich dachte schon, sie würde anhalten, aber sie tat es nicht.«

Langsam gefiel Fred die Geschichte, sie war irgendwie gruselig und spannend zugleich.

»Johanna drehte sich zu uns um, als sie die Stimme des Pastors hörte und sah uns direkt an. Ihre Augen waren leer, als ob jemand ihre Seele mitgenommen hätte, und das hat mich am meisten getroffen. Ich kannte jeden Ausdruck, den ihre Augen annehmen konnten, sie waren immer voll Gefühl, niemals so kalt und leer wie da auf der Straße von Fürstenberg. Ich flüsterte ›Wir kümmern uns um dich, wir holen dich da raus‹, der Pastor zuckte zusammen, weil er befürchtete, dass die Aufseherin das mitbekommen hatten, aber wir hatten Glück, die Blonde war gerade mit ihrem Hund beschäftigt, der plötzlich bellte.«

»Was war das denn für ein Hund?«, fragte Fred interessiert. Solche Details würden seine Freunde sicher wissen wollen, wenn er ihnen die Geschichte nachher erzählte. Sie würden staunen. Eine Mutter, die eine Gefangene gewesen war, wer hatte das denn sonst schon.

»Schäferhund. Plötzlich erkannte Johanna mich, und sie lächelte schwach und nickte. Ja, es war plötzlich wieder Leben in ihrem Gesicht. Das werde ich niemals vergessen.«

»Und habt ihr sie dann dort rausbekommen?«

»Ja. Nein. Nicht wir, sondern ihre Mutter Oda. Sie konnte an der richtigen Stelle Druck ausüben.«

Darunter konnte Fred sich jetzt gar nichts vorstellen, aber er fragte lieber nicht nach.

»Als sie rauskam, habe ich sie in Fürstenberg erwartet. Du warst dabei. Wir sind zusammen dorthin gefahren. Ich wollte, dass sie dich gleich sieht, wenn sie in Freiheit kommt. Es gab einen Handel mit dem, der dafür gesorgt hat, dass sie freikommt. Wir sollten so schnell wie möglich Berlin verlassen und so weit wie möglich weg. Ich sagte Lettland, weil ich sicher war, dass Johanna nur dorthin wollte. Und ich hatte beschlossen mitzugehen. Ich hatte alles vorbereitet. Wir hatten Pässe bekommen und alles.«

Damals hatte sich Fred darüber noch nicht gewundert, aber Jahre später, als er selbst anfing, über diese Zeit zu lesen, wurde ihm klar, wie ungewöhnlich es war, dass jemand im Sommer 1942 aus dem Konzentrationslager entlassen wurde. Er hatte Marlis danach gefragt, bekam aber keine Antwort. Sicher würde er Antworten in dem Tagebuch finden, das er nach Marlis' Tod in ihrem Schreibtisch gefunden hatte und das er damals in den Papierkorb geworfen hatte, weil er nicht wollte, dass jemand anderes es las. Es war ein Tagebuch und demnach privat. Er hatte es vergessen, aber als er den Nachlass seiner Frau vor einigen

Monaten durchgegangen war – vorher hatte er nicht die Kraft gehabt, die Schubladen ihres Schreibtisches zu leeren –, war ihm dieses Tagebuch wieder in die Hände gefallen. Er hatte es zur Seite gelegt, noch immer hatte er sich nicht überwinden können, es zu lesen. Er glaubte auch nicht, dass Marianne es gelesen hatte, aber weise, wie sie nun einmal war, hatte sie es gerettet, um ihm etwas geben zu können, wenn er den offenen Fragen nach Johannas letzten Jahren endlich auf den Grund gehen wollte. Denn in ihren letzten Jahren war er an ihrer Seite gewesen, so viel wusste er. Und als er nach Lettland fuhr, hatte er das Tagebuch eingepackt, um es vielleicht irgendwann zu lesen, wenn die Hochzeitsfeierlichkeiten vorbei waren. Katrin wusste nichts von seinem Fund und auch nur wenig über die Geschichte seiner Mutter. Marianne und er hatten beschlossen, ihr nur zu erzählen, dass er adoptiert worden war, er seinen Vater nicht kennengelernt hatte, Johanna seine Mutter war, und dass Marlis, ihre beste Freundin, versprochen hatte, sich nach ihrem Tod um Fred zu kümmern. Mehr musste seine Tochter nicht wissen. Mehr Staub wollte er nicht aufwirbeln.

Das kleine Buch mit dem rötlichen, zerschlissenen Ledereinband hatte er heute Morgen in seine Anzugtasche gesteckt und mitgenommen. Nur für den Fall, hatte er da gedacht, aber heute würde seine wunderbare Enkelin erst einmal verheiratet werden mit dem besten Mann, den er sich für sie hatte vorstellen können. Als Luisa ihn vor zwei Jahren zu einem Familienfest mitgebracht hatte, war Fred gleich aufgefallen, dass er Marianne ähnelte. Er war genauso ruhig und überlegt, fast weise, mit scharfem Verstand, und er betete die empfindsame, manchmal launenhafte, aber immer wunderbare Luisa an, wie auch Marianne ihn angebetet hatte, so unverständlich er das manchmal selbst gefunden hatte.

»Ach Marianne«, seufzte Fred und sah sich dann erschrocken um. Aber niemanden an den Nebentischen schien es zu stören, dass er eben hörbar mit sich selbst geredet hatte. Hier in Jurmala schienen sowieso andere Maßstäbe zu gelten als im weltoffenen und doch so konservativen Hamburg. Die Frauen, die vorbeigingen, waren durchgehend auffälliger angezogen, sie trugen enge Kleider, was meistens unfassbar gut aussah, weil sie die Figur sensationell in Szene setzten, was aber nicht bedeutete, dass sie alle sehr dünn waren. Eben kam eine Frau auf Sandalen mit wirklich hohen Absätzen vorbei, sie trug ein kobaltblaues Kleid, das kurz über dem Knie endete und perfekt auf ihre aufregenden Rundungen aufmerksam machte. Ihre langen Haare hatte sie in einem Dutt hochgesteckt, die Strenge dieser Frisur betonte ihre erotische Ausstrahlung nur noch mehr. Wenn Marianne jetzt hier wäre, hätte sie sicher auch einen anerkennenden Kommentar abgegeben. Sie war eine dieser Frauen gewesen, die sich über die Schönheit anderer Frauen freuen konnte, wohl, weil sie selbstbewusst und mit sich im Einklang war. Deshalb hatte es sie auch nicht gestört, wenn Fred andere Frauen im Vorbeigehen bewunderte, jedenfalls nicht, wenn sie älter waren als 30.

Das Bild der vorbeiflanierenden Frauen änderte sich. Jetzt kamen immer mehr in bodenlangen, leichten Sommerkleidern und flachen Sandalen vorbei, ihre Haare trugen sie offen. Sie wirkten im Gegensatz zu den anderen Frauen sehr natürlich, fast ungeschminkt, so, als ob sie sich von den anderen Frauen abgrenzen wollten. Fred tippte darauf, dass die natürlich wirkenden Frauen lettische Wurzeln hatten, und die anderen Frauen entweder russische Touristinnen waren, wie es im Sommer in Jurmala viele gab, oder Lettinnen russischer Abstammung. Auch ein gutes Vierteljahrhundert nach der Unabhängigkeit lebten immer noch 40 Prozent Russischstämmige in Lettland. Für viele Ältere, die die Zeit der sowjetischen Herrschaft noch erlebt und unter ihr gelitten hatten, stellte das ein Problem dar. Sie waren der Meinung, dass die Russen nach Russland zurückkehren sollten, was Fred etwas eigenartig fand. Die meisten lebten doch schon so lange in Lettland, dass es für sie ihre Heimat war. Er hatte mit Janis darüber gesprochen.

»Das Problem hat sich doch bald erledigt. Und unserer Generation ist es egal, welche Wurzeln ein Lette hat, Hauptsache, er bleibt hier und geht nicht weg, wie es so viele getan haben. Wir brauchen Leute, um unser kleines Land nach vorne zu bringen und was Neues zu erschaffen.«

Armes, aufregendes, kleines Land, dachte Fred. Jahrhundertelang war es von deutschen Adeligen beherrscht worden, war mal unter polnischer, mal unter russischer, mal unter Ordensherrschaft gewesen. Bis nach dem Ersten Weltkrieg hatte es keinen eigenständigen Staat Lettland gegeben, und als sie ihn dann hatten und endlich unabhängig wurden, war dieses Glück nur von sehr kurzer Dauer. 1939 besetzten erst die Sowjets Lettland, 1941 die Deutschen und nach dem Krieg ging es als Lettische Sowjetrepublik in der Sowjetunion auf. Es muss für die Letten ein großer Moment gewesen sein, als sie 1991 ihre Unabhängigkeit bekamen. Eine wunderbare Zeit war das damals, dachte Fred. Es war ein Aufbruch in eine neue, freiere Zeit.

Und jetzt? Er war sich noch nicht sicher, was es bedeutete, dass immer mehr Flüchtlinge nach Deutschland kamen. Für ihn war es selbstverständlich, dass man jedem, der Zuflucht in Deutschland suchte, half. Wer, wenn nicht wir in unserem Reichtum, war dazu verpflichtet, das zu tun. Viele dachten so wie er, aber da gab es auch die anderen, die PEGIDA- und AfD-Anhänger, die öffentlich ihren Fremdenhass zur Schau trugen, oder diejenigen, die das hinter verschlossenen Türen taten und bei ihren bisher immer konservativ-liberalen Freunden offene Türen einrannten. Hatte nicht seine Generation gegen die Alt-Nazis in der Bundesrepublik gekämpft? Bei ihm war das etwas anders gewesen: Seine Adoptivmutter vertrat keine rechte Gesinnung, er hatte eher gegen ihre ausgeprägte sozialistische Haltung angekämpft. Vielleicht hatte er deshalb auch eine Ausbildung zum Steuerberater gemacht und dann ganz gegen den Zeitgeist der wilden Sechziger Betriebswirtschaftslehre studiert.

Fred war erst als Heranwachsendem bewusst geworden, wie sehr ihn Marlis' und Johannas Erlebnisse geprägt hatten. Als Junge war es selbstverständlich gewesen, sich Marlis' Kummer anzuhören, erst als junger Mann hatte er sich dagegen gewehrt, hatte nichts mehr von dieser Zeit wissen wollen. Ganz im Gegensatz zu vielen Gleichaltrigen war er kein Teil der 68er-Bewegung gewesen. Er hatte schon zu Ende studiert und war gerade dabei, sich eine Position in einer Hamburger Steuerberatungsfirma zu sichern. Die Zeichen standen damals für ihn nicht auf Revolution, sondern auf Familiengründung. Katrin war schon 1966, am Ende seines Studiums zur Welt gekommen. Eigentlich viel zu früh, aber Marianne hatte die Pille damals nicht vertragen, und dann war eben ein Kondom geplatzt. Aber sobald sich herausstellte, dass Marianne schwanger war, beschloss er, sie zu heiraten. Er hielt nichts von freier Liebe und wilder Ehe. Er wollte eine Familie, er wollte geordnete Verhältnisse, und vor allem wollte er nur Marianne, die er so sehr liebte und die ihn liebte, die ihm Richtung und Halt gab. Schon als er sie zum ersten Mal bei einem Fest an der Universität in Münster traf, hatte er sich vorstellen können, mit ihr sein Leben zu verbringen. Mit Katrin gab sie ihr Studium der Romanistik selbstverständlich auf. Er wollte nicht, dass seine Frau die gleiche Doppelbelastung hatte wie damals Marlis. Er hatte ja gesehen, wie hart es gewesen war, sich um ihn zu kümmern und gleichzeitig wie ein Mann zu arbeiten. Das hatte sie viel Kraft gekostet. Und er war oft allein gewesen. Das wollte er für seine Tochter nicht, und Marianne stimmte ihm da glücklicherweise zu.

Er war gespannt, wie Luisa das mal machen würde. So, wie er sie verstanden hatte, waren die Lettinnen sehr unabhängig, viele beließen es nicht bei einer Heirat, eine Trennung schien hier noch normaler zu sein als bei den jungen Leuten in Deutschland, wo viele Kinder in Patchworkfamilien aufwuchsen oder nur bei einem Elternteil wohnten. Fred wünschte sich für seine Enkeltochter, dass sie diesen Weg nicht gehen musste, denn er wusste, wie mühsam er war. Nicht, dass es ihm an irgendetwas gefehlt hatte, Marlis hatte immer genug Geld für sie beide verdient, aber er hätte sich doch oft gewünscht, dass sie nicht so einsam gewesen wäre. Nach Johanna hatte sie nie wieder eine Frau getroffen, die sie so liebte, er wusste eigentlich gar nicht, ob sie jemals wieder etwas mit einer Frau gehabt hatte. Mit einem Mann jedenfalls nicht, das hätte er bemerkt. Aber sie fiel nicht auf, die meisten dachten, sie hätte wie die vielen anderen alleinstehenden Frauen ihren Mann im Krieg verloren. Marlis ließ sie in dem Glauben, es sei denn, sie gehörten zu den ganz wenigen Vertrauten, die sie hatte.

Freds Handy klingelte, und wie immer erschrak er sich. Katrin hatte ihn nach Mariannes Tod überredet, sich ein Handy anzuschaffen, und er hatte nur sehr widerstrebend nachgegeben. Er wollte einfach nicht immer erreichbar sein, er wollte seinen Gedanken nachhängen können, ohne dass ihn jemand störte, er wollte keine Kontrolle. Aber dennoch ging er jetzt ran, weil er wusste, dass Katrin, und wer sollte es anderes sein als seine überbesorgte Tochter, keine Ruhe geben würde, bis sie ihn erreicht hatte.

»Vati, wo bist du denn? Wir fragen uns gerade, ob du nicht zum Mittagessen ins Hotel kommen möchtest. Ich kann uns einen Salat bestellen, und danach kannst du dich hinlegen und später mit der Taxe zum Restaurant fahren. Du weißt ja, Luisa braucht mich gleich, ich soll ihr beim Anziehen helfen. Ich fahre gleich zu ihnen ins Hotel.«

Fred schüttelte den Kopf.

»Vati, du musst auch sprechen, es reicht nicht, wenn du den Kopf schüttelst«, sagte Katrin. »Das sehe ich nicht, auch wenn ich mir sicher bin, dass du das gerade tust.«

»Ich habe keinen Hunger und komme nachher direkt zur Feier, mach dir keine Sorgen, Katrin.«

»Gut, dann sei aber bitte pünktlich. Um siebzehn Uhr beginnt die Zeremonie.«

»Ich weiß«, sagte Fred und sah auf die Uhr. Jetzt war es erst Mittag. Ihm blieb also noch jede Menge Zeit.

»Keine Sorge, ich bin bestimmt pünktlich.«

Seine Tochter seufzte und verabschiedete sich dann. Familie zu haben, war schön, jemanden zu haben, der sich um ihn kümmern wollte, auch, aber heute brauchte er das nicht. Er wollte mit Marlis und ihren Erinnerungen, die irgendwie ja auch seine waren, obwohl er sich selbst gar nicht erinnern konnte, allein sein. Und er wollte versuchen, Johanna näherzukommen. Der Kaffee und der Spaziergang durch die Fußgängerzone waren nur das Vorgeplänkel gewesen. Jetzt war er gestärkt, um sich der eigentlichen Aufgabe des Tages zu stellen, die er auf jeden Fall erledigen wollte, bevor er dann sehr entspannt und fröhlich Luisas Hochzeit feiern würde.

Er zahlte und machte sich auf den Weg zum Strand. Sicher wäre es einfacher gewesen, bei diesem sonnigen und warmen Wetter in Badehose und einem T-Shirt am Strand spazieren zu gehen, als im Anzug, aber er hatte im Hotel noch nicht gewusst, dass er die Unternehmung wirklich starten würde. Und jetzt gab es keine Möglichkeit, dorthin zurückzukehren und seine Badesachen zu holen, denn Katrin würde ihm sicher über den Weg laufen, und dann wäre es vorbei mit seinem einsamen Spaziergang am Strand auf den Spuren seiner Vergangenheit. Aber was hieß schon einsam. Fred hatte schon die ganze Zeit den Eindruck, dass Marlis bei ihm war. Aber nicht die alte Marlis kurz vor ihrem Tod, gezeichnet von ihrer Krankheit, sondern die junge Marlis vom Tag seiner Einschulung, die ihn mit einem entschlossenen, festen Händedruck festhielt, der ihm die Sicherheit gab, dass seine Mutter, egal, was ihm in diesem Schulgebäude geschehen würde, immer hinter ihm stehen würde.

Es tat gut, schnell zu gehen. Er spürte, wie sein Körper sich anspannte und arbeitete. Schon immer hatte er besonders gut im Gehen denken können.

Sicher war Marlis auch für Johanna so ein starker Rückhalt gewesen, als sie damals mitten im Krieg nach Lettland kamen. Für sie bedeutete das Land ihr Glück und ihre Zuflucht, was es aber zu der Zeit gar nicht war. Die Deutschen herrschten in Lettland mit großer Unterstützung der Letten. Unzählige Letten waren zu der Zeit im Dienst der SS, der Polizei oder der Wehrmacht. Als er das las, hatte Fred es erst gar nicht glauben können. Wie viele davon freiwillig und wie viele zwangsverpflichtet worden waren, wusste er nicht. Aber er wusste, dass die Bereitschaft der Letten, mit den Deutschen zusammenzuarbeiten, nicht gering gewesen war. In Riga gab es ein jüdisches Getto und dann auch bald das Konzentrationslager Kaiserwald. Im Wald von Bikernieki wurden Massenerschießungen von der SS und lettischen Hilfsleuten durchgeführt. Es gab Repressionen gegen die Bevölkerung, Lettland war alles andere als frei. Aber das, was Marlis ihm aus dieser Zeit mit Johanna erzählt hatte, schien weit entfernt von der Realität gewesen zu sein. Schon die Tatsache, dass Johanna überhaupt aus Ravensbrück entlassen wurde, erschien ihm unglaublich.

Eines Tages hatte Fred ein Gespräch zwischen Marlis und einem sehr guten Freund und Nachbarn mitgehört, was in ihrer kleinen Wohnung nicht gerade sehr schwer war.

»Wir wohnten in einem kleinen braunen Holzhäuschen in der Nähe des gelben Holzhauses, das bis 1939 Johannas Familie gehört hatte. Es lag in einem kleinen Wäldchen, nicht weit weg vom Strand. Dort war es sehr einsam, die anderen Sommerhäuser wurden zu der Zeit wenig genutzt. Es war ja Krieg. Aber das störte uns nicht. Wir liebten die Ruhe und den Frieden, der dort herrschte. Wir brauchten keinen anderen Menschen, wir hatten ja uns und Fred. Sobald er laufen konnte, ist er immer ans Wasser gestapft und wollte mit den Wellen spielen. Nicht nur einmal hat Johanna zu mir gesagt, der kommt nach dir, du kannst ja auch stundenlang im Wasser sein, und dir wird nicht kalt. Natürlich war das nicht möglich, ich war ja nicht die Mutter, aber es machte mich sehr stolz, wenn sie das sagte. Ich war ihre Familie, das spürte ich in Lettland. Als sie geschunden und kaputt aus der Gefangenschaft kam, wollte ich sie aufpäppeln, sie wieder gesund machen und alles dafür tun, dass sie zu Kräften kam. In der Anfangszeit hätte ich niemals zu hoffen gewagt, dass sie mich auch lieben könnte.«

Als Fred am Strand ankam, sammelten die meisten Leute ihre Strandsachen zusammen und machten sich auf zu ihren Wohnungen oder ins Hotel, wo sicher ein üppiges Mittagessen auf sie wartete. Auch das liebte er an der baltischen Lebensweise. Gut und viel zu essen und zu trinken war hier wichtig – und nicht wie in Deutschland kalorienreduziert und gesund. Hier gab es noch einen Klecks Sauerrahm auf die Rote-Bete-Suppe, die zum Niederknien schmeckte. Hier waren die süßen Teilchen, die er gestern Nachmittag in einer Bäckerei ganz in der Nähe vom Strand gekauft hatte, noch so süß, wie sie sein mussten. Sie waren mit sahnigem Pudding und einer herrlichen Zimtmischung gefüllt. Er hatte es sehr genossen, dazu einen unfassbar starken Kaffee zu trinken, der ihm fast die Herzklappen weggefegt hatte. Er hoffte sehr, dass auch seine Luisa diese Lebensart schätzte. Nein, er war sich sicher, dass sie das tat. Er hatte sie gestern Abend Wodka trinken sehen. Sie hatte ihr Glas an die Lippen gesetzt und es genauso beherzt und schwungvoll geleert wie ihre Freunde, die aus allen Teilen Europas zur Hochzeit angereist waren und sich im Uzbekistan zum Essen getroffen hatten. Sie hatten ihn dabeihaben wollen, was ihn sehr rührte. Er hatte sich dann aber nach wunderbaren Piroggen mit Rindfleisch und Gemüsefüllung verabschiedet, weil er der Meinung war, dass die jungen Leute doch lieber allein unter sich weiterfeiern wollten.

Fred wandte sich nach links und war froh, nicht sofort im Sand, sondern ein Stück auf einem asphaltierten Weg gehen zu können. Der Strand war breiter, als er gedacht hatte. Hier musste sich niemand auf die Pelle rücken. So gerne er auch mit Marianne Urlaub an den italienischen Stränden der Toskana gemacht hatte, so sehr er den Luxus der gepflegten Hotelstrände an der französischen Riviera genossen hatte: Das hier gefiel ihm noch besser. Am Strand von Jurmala gab es alles. Elegante, teure Strandbars für eine überwiegend russische Klientel; kleine Buden, in denen man für wenig Geld ein Bier bekommen konnte; Plastikliegen; Leute, die einfach auf einem Handtuch oder im Sand lagen. Spielende Kinder, Grazien mit atemberaubender Figur, dicke Frauen, Männer, die am Strand joggten und andere, die ihren behaarten Bierbauch über der knappen Badehose zur Schau stellten und dabei ihren Proviant verzehrten. Alle schienen sich in friedlicher Eintracht an diesem kilometerlangen Strand aufzuhalten. Niemand schien sich über den anderen aufzuregen. Aber das war an diesem Tag auch nicht schwer. Der Himmel strahlte in einem unfassbaren Himmelblau, das war das baltische Blau, von dem Marlis ihm schon so oft erzählt hatte. Es war anders als das etwas hellere skandinavische Blau. Es war satter und tiefer. »Es geht mehr an die Seele«, hatte Marlis vor langer Zeit mit Tränen in den Augen gesagt. Er hatte diesen Satz nie vergessen, weil er damals nicht fassen konnte, dass die sonst so nüchterne Marlis etwas so Poetisches sagte.

»Es geht mehr an die Seele.« Fred war jetzt am Ende des asphaltierten Weges angelangt, setzte sich auf eine Bank und zog Schuhe und Strümpfe aus. Er krempelte die Beine der Anzughose hoch, weil sie nicht nass werden sollte. Seine Anzugjacke legte er neben sich auf die Bank. Wieder hatte er Marlis' Stimme im Ohr. Sie klang etwas rau von den vielen Zigaretten, die sie rauchte, und sie war tiefer als die meisten Frauenstimmen, die er kannte. Er blickte über den Strand und aufs

Meer, das sich heute sanft wellte. Er spürte ein sehnsuchtsvolles Ziehen in seiner Brust. Ja, Marlis, dachte er, du hattest recht, jetzt verstehe ich, was du meintest. Dieses Meer berührte ihn tief, auch wenn es eigentlich doch nur ein Teil der Ostsee war, ein Meer, das er genau zu kennen glaubte. Doch hier oben war die Ostsee anders als drüben in Schweden oder in Schleswig-Holstein.

Er ließ seine Jacke und seine Schuhe liegen und ging schnell zum Wasser. Er wäre am liebsten gelaufen, aber das hätte dann vielleicht doch zu lächerlich ausgesehen: ein alter Mann, der mit hochgekrempelten Hosen und dadurch entblößten dünnen Waden den Strand entlangrennt wie ein kleines Kind, das es kaum abwarten kann, seine Füße in die Ostsee zu stecken. Aber genau so fühlte er sich auf einmal wieder. Wie ein ganz kleiner Junge, dessen Leben aus diesem Strand bestand, an dem er die meiste Zeit verbringen durfte. Und so war es ja damals wohl auch gewesen, auch wenn er sich an nichts mehr aus dieser Zeit erinnerte. Aber jetzt, da er immer wieder durch die sanft am Strand auslaufenden Wellen stapfte, die Füße wie ein Storch hob, mit den Füßen manchmal aufstampfte, sodass das Wasser hochspritzte, und er am liebsten laut gejauchzt hätte, hatte er das Gefühl, dass sein Körper sich an diese Zeit erinnerte, und dass diese Erinnerungen überwiegend glücklich waren. Hatte Marianne ihm nicht erklärt, dass alles, was man erlebte, auf der feinstofflichen Ebene abgespeichert wurde? Eigentlich konnte er sich darunter immer noch nichts vorstellen, aber irgendwie klang das jetzt einleuchtend.

Er ging weiter. Immer weniger Menschen hielten sich an diesem Abschnitt des Strandes auf. Er wusste, dass das auch schon damals so gewesen war, als Marlis und Johanna noch Kinder waren. Einige Dinge ändern sich nie, dachte er und freute sich darüber, dass der Zufall ihn wieder in diesen Teil der Welt geführt hatte. Hier lagen seine Wurzeln, denn wenn Johanna irgendwo Wurzeln geschlagen hatte, war es hier gewesen. Er hatte keine Bedenken mehr, das gelbe Haus zu suchen, in dem Johanna und Marlis als Kinder so viel gemeinsam erlebt hatten. Er würde auch das kleine, braune Holzhaus suchen, von dem es aber kein Foto gab. Sehr wahrscheinlich existierte es auch schon lange nicht mehr. Und vielleicht würde er sich ja trauen, das Tagebuch zu lesen.

Das habe ich in meiner Anzugjacke gelassen, fiel ihm plötzlich ein. Und die lag noch auf der Bank, und da waren auch seine Schuhe und Socken. Wie hatte er das nur vergessen können. Er drehte sich um und lief zurück zur Bank. Er war überzeugt, dass seine Sachen noch dort lagen. Darüber machte er sich keine Gedanken, als er mit viel leichteren Schritten über den Sand joggte, als es sein Alter vermuten ließ. Die Bank war nicht mehr weit entfernt. Aber jetzt saß dort ein Paar eng aneinandergeschmiegt und küsste sich. Sehr wahrscheinlich hatten die beiden gar nicht bemerkt, dass sie auf seiner Anzugjacke saßen, oder sie war hinter die Bank gefallen. Seine Schuhe standen jedenfalls noch da. Als er bei der Bank ankam, blieb ihm nichts anderes übrig, als sich zu räuspern. Das Liebespaar schien ihn zuerst gar nicht zu bemerken. Er räusperte sich lauter. Der junge Mann unterbrach die Küsserei und sah etwas verärgert zu ihm auf. O Gott, vielleicht denkt er, dass mich so etwas antörnt, dachte Fred und ihm wurde doppelt bewusst, wie lächerlich er aussah mit seinen hochgekrempelten, teilweise nassen Hosenbeinen, seinem Anzughemd, den weißen Haaren. Aber es ließ sich jetzt nicht mehr ändern, er musste da durch.

»Ich habe meine Jacke hier liegen gelassen, sitzen Sie vielleicht darauf?«, fragte er auf Englisch so höflich wie möglich und hoffte, dass sie ihn verstehen würden. Aber die beiden sahen ihn nur verständnislos an. Er versuchte es noch einmal, dieses Mal etwas langsamer. Keine Reaktion. Die Frau hob fragend die Augenbrauen. Sie sah wirklich bemerkenswert aus, hatte hellblonde Haare, stahlblaue Augen und trug ein verwirrend tief ausgeschnittenes Shirt. Er versuchte es auf Deutsch, vielleicht hatten sie das zufällig in der Schule gelernt. Es schien zu funktionieren. Jedenfalls sahen sie nicht mehr ganz so unfreundlich aus.

»Ich habe hier vor einer halben Stunde meine Jacke hingelegt, haben Sie sie gesehen?«

Jetzt hatte der Mann verstanden. Er sprang auf, sah unter die Bank, ging mit Fred einmal um die Bank herum und schüttelte dann den Kopf.

»Hier ist nichts«, sagte er in gebrochenem Deutsch. Auch seine Freundin hatte sich erhoben und nahm die Bank unter die Lupe.

Langsam wurde Fred panisch. Es konnte doch nicht sein, dass in der kurzen Zeit jemand die Anzugjacke mitgenommen hatte? Er verfluchte sich für seine Naivität. Wie war er nur auf die Idee gekommen, dass hier nichts geklaut werden würde? Und vor allem, wie konnte er so dumm sein und Marlis' Tagebuch in der Jacke lassen? Er wusste natürlich, was er gedacht hatte. Vielleicht fällt es mir aus der Tasche, wenn ich durchs Wasser wate. Dann wird es nass, die Tinte verläuft, dann kann man es nicht mehr lesen.

Er umrundete noch einmal die Bank, ging in die Knie und suchte im Sand nach dem Buch. Es hätte ja auch heruntergefallen sein können, als der Dieb nach der Jacke griff, aber so war es nicht. Irgendwo in der Nähe lief jetzt jemand mit seiner Jacke herum und hatte Marlis' Tagebuch in der Tasche. Hoffentlich ist es jemand, der kein Deutsch kann und es irgendwo einfach in den Papierkorb wirft, dachte Fred.

Das Liebespaar warf ihm bedauernde Blicke zu. Er war sich sicher, dass sie die Jacke nicht genommen hatten. Ihm blieb nichts anderes übrig, als nach seinen Schuhen zu greifen und sich auf den Weg zum Hotel zu machen. Ihm war die Lust auf den Strand gründlich vergangen. Missmutig stapfte er durch den Sand, bis er wieder auf dem asphaltierten Weg angelangt war. Dort zog seine Strümpfe und Schuhe an und ging weiter Richtung Dzintari.

Vielleicht ist es ja auch ein Wink des Schicksals, dachte er, als er auf der Terrasse des Romantic Restaurants saß und ein Bier auf den Schreck trank. Vielleicht war die Anzugjacke gestohlen worden, damit er nicht erfuhr, was im Tagebuch von Marlis stand. Vielleicht sollte er den beiden Frauen einfach ihr Geheimnis lassen.

Es hatte doch sicher einen Grund, warum Marlis ihm die Umstände von Johannas Tod nie genau geschildert hatte. Er wusste nur so viel, dass sie im Herbst 1944 nach kurzer Krankheit gestorben und auf einem kleinen Friedhof im Wald begraben worden war. Fred wusste nicht, wo der Friedhof lag. Nach Johannas Tod war Marlis mit ihm nach Berlin zurückgegangen.

»Sie bekam erst Grippe und dann eine Lungenentzündung«, hatte Marlis erzählt. »Es gab nicht genügend Medikamente. Wir konnten nicht viel für sie tun. Aber Mina und ich waren bei ihr, als sie starb. Wir haben sie in den Armen gehalten und ihr gesagt, dass sie keine Angst haben muss. Dass wir uns um dich kümmern werden. Du hast im Nebenraum geschlafen, bist aber, als sie gestorben ist, mit einem Schrei aufgewacht.«

Fred sah aufs Meer hinaus. Eigentlich war es doch alles gut so. Er war sich jetzt sicher, dass er als kleines Kind wirklich hier gewesen war. Und auch, dass die Liebe zu diesem Landstrich, die Luisa sofort empfunden hatte, als sie Jurmala zum ersten Mal gesehen hatte, von Johanna auf sie übergegangen war. So etwas gab es immer wieder. Er hatte schon öfter gehört, dass Mitglieder einer Familie sich zum Heimatland ihrer Großeltern hingezogen fühlten, ohne deren Geschichten zu kennen. Er hatte Luisa bisher nichts von Johanna erzählt, doch plötzlich wollte er, dass sie mehr über ihre Urgroßmutter und über ihre besondere Verbindung zu Marlis erfuhr. Es würde sich in der nächsten Zeit bestimmt eine Gelegenheit ergeben. Fred war sicher, dass er nicht zum letzten Mal in Lettland war. Dieses Land berührte ihn wie sonst fast keines, das er bereist hatte.

Fred dachte an zu Hause. Sicher war es gut für seinen Körper, dass er sich so fit hielt. Aber er musste sich eingestehen, dass es ihm nicht mehr reichte, regelmäßig ins Fitnessstudio zu gehen und dort alle Trainer zu begeistern. Das füllte ihn nicht mehr aus. Er wollte wieder etwas Sinnvolles tun, was auch anderen zugutekam. Er würde sich umsehen, was er im ehrenamtlichen Bereich machen konnte. Notfalls würde er lügen, wenn sie ihn fragten, wie alt er war. Wurden nicht bei den Tafeln Leute gebraucht? Und was gab es Sinnvolleres, als Menschen, die nicht so viel hatten, Essen zu geben? Marlis und Johanna waren damals auf die Hilfe von Einheimischen angewiesen gewesen, als sie nach Jurmala zurückkamen. Jedenfalls hatte Marlis so etwas angedeutet. Vielleicht könnte er jetzt durch seine Arbeit etwas zurückgeben? Und bei der Gelegenheit vielleicht sogar eine neue Frau kennenlernen? Bei Marlis hatte er miterlebt, dass es nicht gut war, wenn man über lange Zeit ohne einen Menschen leben musste, den man liebte.

Als Kind hatte er Johannas tragische Geschichte nicht mit sich in Verbindung gebracht. Als er sie zum ersten Mal hörte, war er schockiert gewesen. Er hatte sie nicht mit seinen Freunden besprochen, sondern nächtelang gegrübelt, was es bedeutete, dass seine Mutter in Ravensbrück gewesen war. Er hatte zu der Zeit nur das über Konzentrationslager gewusst, was Marlis und ihr Vater ihm erzählt hatten. Sonst sprach man ja nirgendwo darüber. Irgendwie war ihm damals schon klar, dass er dieses Thema besser nirgendwo ansprechen sollte, wenn er weiter dazugehören wollte. In diesen schlaflosen Nächten kam er zu dem Schluss, bei der Geschichte mit der Soldatenwitwe zu bleiben, die Marlis den meisten erzählte. Es war ja auch ehrenhaft, einen Vater zu haben, der im Krieg gefallen war, bevor man selbst zur Welt kam. Und es erklärte auf sehr entspannte Weise, dass er keine Erinnerungen an ihn hatte.

Diese erfundene Geschichte wurde Teil seiner Vergangenheit. Erst als er Marianne die Wahrheit sagte – er konnte vor ihr einfach nichts verheimlichen –, und sie ihn daraufhin ermutigte, mehr über seine Mutter und seine eigene Herkunft zu erfahren, suchte er wieder das Gespräch mit Marlis und begann, alles über Ravensbrück zu recherchieren. Aber er hörte schnell wieder damit auf. Er konnte die Vorstellung nicht ertragen, dass seine Mutter dort gewesen war. Warum hatte ausgerechnet sie so viel Leid ertragen müssen?

Fred kam zu dem Schluss, dass es besser war, Kinder vom Leid und Elend der Welt fernzuhalten, aber auch von Problemen der Erwachsenen. Für seine Tochter war Fred jemand, der alles schaffte und in den Griff bekam. Selbst wenn es ein Problem gab, sah er optimistisch in die Zukunft. Wenn seine Familie traurig war, richtete er sie alle auf. Marianne hatte ihm öfter erklärt, dass es für Katrin nicht schlimm wäre, wenn er auch mal Schwierigkeiten hätte und traurig wäre.

»Das macht dich verletzlicher, und dadurch wirkst du menschlicher«, hatte seine Frau gesagt. Er wusste, dass sie recht hatte. Aber er wollte seiner Tochter keinen Rucksack mit seiner Familiengeschichte mitgeben. Er wollte, dass sie frei von seiner Vergangenheit war. Sie sollte ohne Einschränkungen alles tun, was ihr in den Sinn kam, und sich nicht für ihn oder Marianne verantwortlich fühlen.

Heute wusste er, dass es vielleicht besser gewesen wäre, seine Tochter nicht ganz so in Watte zu packen. Vielleicht wäre sie dann in der Lage gewesen, selbst mehr zu ertragen, und hätte ihren Mann nicht mit ihren Forderungen, Wünschen und Ansprüchen in die Flucht geschlagen.

Von Marlis hatte er alles gelernt. Er hatte ihren Stolz übernommen, ihre Disziplin, aber auch ihre Freundlichkeit gegenüber den Menschen, die sie mochte, und ihre Distanz gegenüber allen anderen. Trotzdem hatte er aber auch gespürt, dass er anders war als sie. Er hatte Wesenszüge, die schon immer so gewesen waren und die nicht durch Marlis' Erziehung entstanden waren. Hier, am wunderbaren Strand von Jurmala, kamen sie zum Vorschein. Hier konnte er aufatmen. Er fühlte sich freier, ungebundener, auch ein wenig wilder. Und er hatte das Gefühl, seine Mutter zu spüren, als ob ihr Geist nach so langer Zeit wieder bei ihm war. Aber wer glaubte schon an so etwas, er doch eigentlich nicht? War es vielleicht eher eine echte Erinnerung an Johanna, die er irgendwo abgespeichert hatte, obwohl er eigentlich zu klein dazu gewesen war? Ganz egal, was es war. Es hatte ihn vorhin wie einen kleinen Jungen über den Strand tollen lassen. Es ließ ihn jetzt alle Vorsicht fahren lassen und einen Rigaer Kräuterschnaps bestellen, obwohl er wusste, dass er dann beschwipst sein würde, und es war doch erst Mittag.

Natürlich war es Zufall gewesen, dass seine Enkelin ausgerechnet nach Riga gegangen war. Natürlich war es Zufall, dass sie sich in einen Letten verliebt hatte. Trotzdem – es fühlte sich an wie Schicksal. Fred erhob sein Glas Rigaer Kräuterbalsam, prostete Richtung Strand und trank es in einem Zug leer. Danke, Johanna, dachte er. Du hast mir das Leben geschenkt und meine Fähigkeit, mit offenen Augen an die Orte zu reisen, die ich liebe. Danke, Marlis, für deine Fürsorge, für deine knorrige Liebe, dafür, dass du mich nach Johannas Tod nicht im Stich gelassen hast. Du hättest mich auch in ein Kinderheim bringen können, dachte Fred. Nicht wenige hätten das getan. Ich war ja nicht dein Kind, und du musstest dich um deine Eltern kümmern. Die Nachricht von Michaels und Jürgens Tod hatte sie fast umgebracht. Niemand hätte über dich gerichtet, wenn du mich weggeben hättest. Aber du nahmst mich einfach mit, nachdem du deine große Liebe begraben hattest.

Als Ingolf die Anzugjacke dort liegen sah und weit und breit niemanden, dem sie zu gehören schien, zögerte er nicht lange. Er musste sie haben. Sie würde ihm sicher gut stehen. Sicher gehörte sie jemandem, der eine Menge Anzüge im Schrank hängen hatte. Viele Reiche machten jetzt Urlaub in Jurmala. Ingolf kam öfter aus Riga hierher. Die Fahrt mit dem Zug war nicht sehr teuer, und der Zugang zum Strand kostete glücklicherweise noch nichts. Wenn er es in seiner kleinen Zweizimmerwohnung in einem Plattenbau nicht mehr aushielt und nichts gegen die Einsamkeit nach dem Tod seiner Frau half – außer Alkohol, aber er hatte seiner Tochter versprochen, nicht zu trinken –, fuhr er an die Ostsee. Er ging zum Strand und setzte sich dort auf eine dieser wunderbaren himmelblauen Bänke, genauso wie er das an den wenigen freien Wochenenden mit Irina zusammen getan hatte. Früher hatten sie gern einen Ausflug hierher gemacht. Zwar war er am Strand von Jurmala immer noch allein, aber weniger einsam. Er konnte die Stimme seiner Irina überall hören. Sie war im Wind und in den Wellen und im Sand. Sie streichelte als Sonnenstrahlen über die alte Haut seiner Hände. Früher hatten sie hier am Strand gelegen, eine jüngere Irina mit einem betörend schönen Körper, mit weichen, runden Formen, und er selbst, gestählt von seiner Arbeit in der Fabrik, die schon seit Jahrzehnten geschlossen war. Er war ja auch für die Freiheit Lettlands gewesen und für den Rückzug der Sowjetunion, aber hatte er deshalb seine Arbeit so schnell verlieren müssen? Wenn seine Tochter nicht wäre, die als Lehrerin arbeitete, und ihr Mann, der Rechtsanwalt war, hätte er nicht gewusst, wovon er leben sollte. Es war ihm peinlich, dass er um Unterstützung bitten musste, nachdem Irina gestorben war und ihre Rente wegfiel. Sie hatte bis zu ihrer Pensionierung im Rigaer Rathaus als Sekretärin gutes Geld verdient, einerlei welche Machthaber gerade dran waren. Seine Tochter steckte ihm häufig Geld zu, und sein Schwiegersohn hatte schon mehr als einmal die Miete seiner kleinen

Wohnung bezahlt. Es waren keine Almosen. Sie hatten so viel geopfert, damit seine Ludmilla studieren konnte. Aber dennoch fühlte Ingolf sich manchmal schlecht dabei, das Geld anzunehmen.

Das, was er hatte, reichte nicht aus, um einen neuen Anzug zu kaufen. Sein alter und einziger passte ihm einfach nicht mehr. Seit Irina gestorben war, hatte er so viel abgenommen. Manchmal vergaß er zu kochen und zu essen. Er hasste es, allein in seiner Wohnung am Tisch zu sitzen. Die Anzughose hatte er enger machen lassen können. Aber die Jacke war ihm einfach zu groß und ließ sich auch nicht mehr ändern. Die Anzugjacke, die jetzt so einladend vor ihm lag, würde zwar nicht genau zu der Hose passen, aber das würde man ihm sicher verzeihen. Er nahm sie und schlüpfte hinein. Sie passte perfekt, als ob sie für ihn gemacht worden wäre. Damit konnte er zur Eröffnung der neuen Kanzlei seines Schwiegersohnes gehen, ohne sich, seine Tochter und seinen Schwiegersohn lächerlich machen. Ingolf strich mit seinen knochigen Fingern über den feinen Stoff. Wie wunderbar sich das anfühlte! In ihm prickelte schon die Vorfreude auf das Gesicht seiner Tochter, wenn er daran dachte, wie er in dieser Jacke aufkreuzen würde. Sie würde nicht fragen, woher er sie hatte, das wusste er. So viel Anstand hatte er ihr beigebracht, aber sie würde ihn sicher mit hochgezogenen Augenbrauen anerkennend mustern.

Er sah zum Meer und entdeckte einen alten Mann mit hochgekrempelten Hosenbeinen durch das Wasser tollen, als ob er ein kleiner Junge wäre. Das ist bestimmt der Besitzer der Anzugjacke, dachte Ingolf. Einen kurzen Moment zögerte er, wollte sie wieder ausziehen und zurücklegen, doch dann besann er sich und dachte daran, dass er ohne diese Jacke nicht zur Eröffnung der Kanzlei gehen könnte und seine Tochter sicher traurig wäre. Er klopfte die Taschen ab. Falls er einen Geldbeutel fand, würde er ihn natürlich nicht mitnehmen, sondern zurücklassen. Aber da war nichts, was sich wie ein Geldbeutel anfühlte.

Ingolf drehte sich um und ging in Richtung Strandpromenade. Wenn er sich beeilte, würde er noch den nächsten Zug nach Riga bekommen. Er ging etwas schneller als üblich durch die Fußgängerzone, hatte nicht wie sonst ein Auge für die schönen Frauen. Er musste sich beeilen, denn er wollte auf keinen Fall riskieren, dass ihm der Mann am Strand auf der Suche nach seiner Jacke nachlief. Schon die Vorstellung trieb ihm die Schamesröte in die Wangen, und er ging noch schneller zum Bahnhof, sodass er außer Atem geriet. Erst als er im Zug nach Riga saß, beruhigte sich sein Herzschlag wieder. Er betrachtete das vertraute Haff und freute sich über den gelungenen Schachzug. Die Jacke hatte er mittlerweile ausgezogen, es war einfach viel zu heiß. Sie lag auf seinen Knien, bewundernd strich er immer wieder über den teuren Stoff. Im Grunde war es kein Diebstahl gewesen, sondern das Finden eines verlassenen Gegenstandes, und wenn man am Strand etwas fand, war es sozusagen Strandgut, und das durfte man mitnehmen.

In einer der Innentaschen spürte er ein flaches Paket. O Gott, hatte er die Brieftasche des Besitzers übersehen? Sein Herz fing augenblicklich an zu rasen. Nein, er war kein Dieb. Er würde ihm die Brieftasche zurückgeben, sie vielleicht anonym an seine Adresse schicken, wenn er diese in der Brieftasche fand. Ingolf griff mit zitternden Fingern in die Innentasche und zog ein schmales Büchlein heraus. Das war keine Brieftasche. Es war ein Büchlein mit einem weinroten, zerschlissenen Ledereinband. Es sah aus wie ein in die Jahre gekommenes privates Notizbuch oder ein Tagebuch. Lass es zu, Ingolf, es gehört dir nicht, was hast du damit zu schaffen, wirf es weg, ohne es zu lesen, hörte er Irinas Stimme mahnend in seinem Kopf. Ach, Frau, lass mich, murmelte er. Irina hatte immer gefunden, dass er neugierig war wie ein Waschweib. Es hatte ihn verletzt, wenn sie so redete, aber er hatte sich für seine Neugierde nicht geschämt. Ich interessiere mich eben für meine Mitmenschen. Sie sind mir nicht egal, das ist doch gut, hatte er sich verteidigt. Er schlug das Notizbuch auf, es roch etwas staubig, als ob es jahrelang in einer Schublade gelegen hätte.

Auch als er sich für die Hochzeitsfeier anzog, war Fred immer noch erleichtert, dass er das Notizbuch nicht mehr hatte. Es war doch gut so, dass er nun weiter mit dem leben konnte, was ihm Marlis erzählt hatte: Er stammte aus einer Familie, die er nicht kannte, deren Ursprünge zur

Hälfte hier in Lettland lagen, das gefiel ihm. Er malte sich aus, dass die Vorfahren seines Großvaters in Lettland Gutsbesitzer gewesen waren, ehrbare Leute, die über die Jahrhunderte dieses zauberhafte Land unter diesem strahlend blauen Himmel bewirtschafteten. Nur wenn er an Johanna dachte, stiegen Bilder auf, die er lieber nicht sehen wollte. Sein Vater hatte Johanna einmal gehabt und war dann verschwunden. Fred hatte nie erfahren, wie er hieß. An der Tatsache, dass er nicht aus Liebe gezeugt worden war, konnte er aber nichts mehr ändern.

Er zog seinen nachtblauen Anzug an, dazu sein bestes weißes Hemd, und band eine türkisfarbene Krawatte um. Seine Enkelin hatte die Hochzeitsgäste gebeten, sich nicht zu förmlich zu kleiden. Sie wollte ein fröhliches Fest, und was konnte fröhlicher sein, als am Strand von Jurmala mit den Füßen quasi im Sand zu feiern. Das Wetter spielte glücklicherweise mit, es war immer noch sehr warm, aber vom Wasser strich eine kühlende Brise über das Land. Am Abend wird es sicher keinen Regen geben, dachte Fred und freute sich darauf, dass es erst gegen Mitternacht dunkel werden und um drei Uhr morgens schon wieder zu dämmern anfangen würde. Nicht, dass er um diese Zeit noch auf sein würde. Er hatte sich vorgenommen, sich schon früher zurückzuziehen, wie es sich für einen Großvater gehörte. Schon allein deshalb, weil er nicht wollte, dass Luisa es mitbekam, wenn er vielleicht traurig wurde, weil seine Frau nicht mehr da war und die Hochzeitsfeier nicht mehr erleben konnte.

Bei Katrins Hochzeit waren sie nicht sehr glücklich gewesen, weil sie damals schon geahnt hatten, dass diese Ehe nicht gutgehen würde. Als Katrin damals vor dem Altar voll Inbrunst ihr Jawort gab, hatte ihr Mann für einen ganz kurzen Moment gezögert, als ob er sich seine Antwort noch einmal überlegen müsste. Fred konnte sich noch sehr gut an die Wut erinnern, die damals in ihm aufgestiegen war. Auf den Hochzeitsfotos konnte man eine Spur dieser Irritation noch auf seinem Gesicht erkennen. Fred war sich sicher, dass Janis seine Enkelin von ganzem Herzen liebte, das sah man an seinen Blicken, er würde gut für sie sorgen, würde sie niemals hintergehen, genau so, wie es sein sollte, wie er es auch getan hatte.

Katrin war schon lange unterwegs, daher ließ er sich ein Taxi rufen und wartete vor dem Hotel. Er sah zu den Kiefern hoch, unter denen das Hotel lag. Er sog ihren Duft ein, und ein wohliges Gefühl breitete sich in ihm aus. Ja, er konnte spüren, dass er als ganz kleiner Junge hier entlanggegangen war, zwischen seiner Mutter und Marlis. Es war wie ein Gefühl des Ankommens, der Geborgenheit. Hier war er anscheinend wirklich sehr glücklich gewesen, hier waren Marlis und Johanna sehr glücklich miteinander gewesen. Dass die Nazis hier ihr Unwesen trieben, hatten die beiden Frauen, die sich so sehr nach einem Paradies sehnten, wohl ausgeblendet. Sie hatten vor allem Unglück, das um sie herum geschah, die Augen verschlossen und ihren Traum gelebt, in dem es nur sie gab und Fred.

Als er im Taxi saß und zum Lime Grill fuhr, merkte er, wie aufgeregt er war und dass er sich gleichzeitig verlassen fühlte. Seine Hand schmerzte, weil er seine Finger jetzt nicht um die Hand seiner Frau schließen konnte, um sie zu beruhigen. Weil sie nicht neben ihm saß und vor sich hin plauderte, um ihre Aufregung in den Griff zu bekommen. Er hätte ihr versichert, dass Luisa sicher eine wunderschöne, glückliche Braut werden würde. Er hätte ihr die Zweifel genommen, weil das Brautpaar beschlossen hatte, sich nicht von einem Pastor in der Kirche, sondern nur von einem Standesbeamten trauen zu lassen, wie es im heutigen Lettland anscheinend üblich war. Er hätte ihr gut zugeredet und ihr versichert, dass diese Ehe glücklich werden würde. Und sie hätte ihm in die Augen gesehen und darin erkennen können, was er ihr vielleicht nicht hätte sagen können. Der Taxifahrer probierte an ihm seine Englischkenntnisse aus, war sicher schon über 60 und absolut nicht zu verstehen. Fred nickte ab und zu beflissen und hoffte, dass es an den richtigen Stellen war. Die meisten jungen Letten, die er erlebt hatte, konnten hervorragend Englisch, aber der Taxifahrer war wohl noch in der der russischen Sowjetrepublik aufgewachsen.

Auf dem Parkplatz des Restaurants war jemand dazu abgestellt worden, die Wagen in die Parklücken zu lotsen. Es klappte perfekt. Respekt, dachte Fred, das hätte ich den Letten gar nicht zugetraut. Opa, hörte er seine Enkelin förmlich sagen, hör auf, in diesen Klischees zu denken. Warum sollten sie das nicht hinbekommen? Weil sie im Osten leben? Ach Mensch, Opa, diese Vorurteile sind doch vollkommen überholt, wir sind doch alle Europäer und gehören zusammen. Hoffentlich hat sie recht, dachte Fred. Er bezweifelte es, denn in den vergangenen Jahren war Europa bedenklich auseinandergedriftet. Auf der einen Seite Griechenland, Portugal und Spanien, die um ihre Existenz kämpften, auf der anderen Seite die reichen Länder, allen voran Deutschland, die die Bedingungen für die Hilfe diktierten. Ach Fred, kannst du nicht aufhören zu politisieren, hätte seine Frau jetzt gesagt, wir verheiraten gleich unsere einzige Enkelin, was gibt es jetzt Wichtigeres als das. Die Weltlage muss heute mal ohne deine Analyse auskommen, findest du nicht auch?

Katrin winkte ihm zu, sie stand etwas abseits der Hochzeitsgesellschaft und wirkte sehr erleichtert, als sie ihn entdeckte. Er bemerkte ihre gespielte Fröhlichkeit, sicher stand sie auch deshalb abseits, weil sie ihren Exmann und seine neue Frau in der Menge entdeckt hatte. Nimm dich zusammen, wollte er ihr sagen. Heute steht nicht deine Verletzung im Vordergrund, sondern die Freude deiner Tochter. Aber er wusste, dass sie das nicht erreicht hätte. Für sie stand der Schmerz darüber, dass sie vor einigen Jahren verlassen worden war, immer noch im Zentrum ihres Denkens. Es gab einfach nichts, was wichtiger war als das. Sie hatte sich extra elegant zurechtgemacht, trug sogar einen roten Hut, was Fred wirklich deplatziert fand. Der Hut schrie förmlich nach Aufmerksamkeit: Ich bin wichtig, nicht etwa meine Tochter, nur ich. Wie hatte Katrin so ichbezogen werden können, dachte Fred. Das hatte er oft mit seiner Frau diskutiert, aber sie hatte darauf auch keine Antwort gewusst, nur versucht, durch die Liebe und Fürsorge, die sie ihrer Enkeltochter von Anfang an schenkten, Katrins Defizite auszugleichen. Und das war ihnen, natürlich überwiegend seiner Frau, auch ausgesprochen gut gelungen.

Fred ging auf seine Tochter zu und küsste sie auf die Wangen. Sie war nicht viel kleiner als er. Und bevor er es verhindern konnte, rückte sie seinen Krawattenknoten zurecht, was er hasste, aber ihr noch nie gesagt hatte, weil er wusste, dass sie es nicht verstehen würde.

»Da hinten ist er, hast du ihn schon gesehen? Tanja sieht billig aus, findest du nicht?«, zischte sie zwischen ihren Zähnen hervor. Am liebsten hätte Fred gesagt, hör damit auf, Katrin, verspritz dein Gift zumindest nicht heute. Es macht dich hässlich. Aber er tat es natürlich nicht, sondern blieb stumm neben seiner Tochter stehen und sah in die Richtung, in die sie mit dem Kopf wies. Und da war sein ehemaliger Schwiegersohn, braun gebrannt und schlank, mit weißem, vollem Haar und perfekt sitzendem, anthrazitfarbenem Anzug. Vielleicht war die lindgrüne Krawatte mit dem wilden Muster etwas zu bunt, sicher ein Werk seiner wirklich sehr jungen Frau, die sich an ihm festhielt, weil sie Schwierigkeiten hatte, auf ihren hohen, schwarzen Pumps im Sand des Parkplatzes die Balance zu halten. Hatte man ihr nicht erzählt, dass es eine Strandhochzeit werden würde? Die anderen Frauen waren längst nicht so elegant gekleidet wie sie, deren zugegebenermaßen perfekte Figur in einem tannengrünen, enganliegenden Kostüm zur Geltung kam, und die ebenfalls einen Hut trug. Welch Ironie – die Exfrau und die aktuelle Ehefrau seines Schwiegersohnes waren die einzigen weiblichen Gäste mit Hut. Die anderen trugen luftige Sommerkleider, bunt, kurz, eng und mit Strass besetzt oder bodenlang und leicht, mit meist atemberaubenden Rücken- oder Halsausschnitten. Mittlerweile traute sich Fred zu, auch hier zu erkennen, wer eher nach der russischen Tradition, also figurbetont und sehr teuer, oder im modernen lettischen Stil, lässiger, aber auch sehr schick, gekleidet war. Fred war einer der wenigen Männer, der sich wirklich ansah, welche Kleider die Frauen trugen, und das auch noch Tage später wusste, womit er seine Frau mehr als einmal erstaunt hatte.

Tanja sah sich nervös um, während Luisas Vater nicht minder nervös wirkte. Er wusste, dass sich außer seiner Tochter, die ihm schon längst verziehen hatte, dass er seine Frau verlassen hatte – es war ja auch erst geschehen, als sie 20 gewesen war –, wohl niemand groß freute, ihn zu sehen. Fred wäre gerne zu ihm hingegangen, hätte sich neben ihn gestellt und ein lockeres Gespräch mit ihm begonnen. Denn auch wenn er ihn nie wirklich besonders gemocht hatte, konnte er ihm die Entscheidung nicht verübeln, dass er den Schritt in ein spätes Glück gewagt hatte. Ihm ging es eindeutig viel besser mit dieser jungen Frau an seiner Seite, die ihn vergötterte. Und für einen Moment wünschte sich Fred, auch noch einmal die Chance zu bekommen, mit einer jungen Frau zusammen zu sein. Auch wenn es ja eigentlich kein Thema mehr sein sollte, er war ja schon in einem höheren Alter, vermisste er es doch gelegentlich, mit einer Frau zu schlafen, und er war sich sicher, dass er es auch würde bewerkstelligen können, wenn er eine attraktive und ja, natürlich jüngere Frau an seiner Seite hätte.

»Papi, wir müssen an den Strand, es geht bald los«, sagte Katrin neben ihm und nahm seinen Arm. Ja gut, er würde jetzt den Begleiter für seine frustrierte Tochter mimen und ihr ein wenig Rückendeckung geben, aber er nahm sich vor, nach der Trauung etwas Abstand zu ihr zu bekommen, und hoffte, dass er sie nicht als Tischdame hatte. Aber seine Enkelin hatte ihm verraten, dass auch einige Singlemänner in Katrins Alter kamen, alle geschieden, die sicher alle darauf brannten, mit der Mutter der Braut zu flirten. Und jetzt, wo Katrin neben ihm den Holzsteg hinunterging und sich vertrauensvoll an ihn schmiegte, um nicht zu fallen – ihre blauen Pumps waren fast so hoch wie die ihrer Rivalin – fand er, dass sie in dem blauen Seidenkleid immer noch sehr schlank war, dank ihres Lauftrainings. Sie duftete nach einem exquisiten, teuren Parfum, und ihre blonden Haare glänzten in der Sonne. Ich würde es ihr wünschen, dass sie einen anderen Mann findet. Hübsch genug ist sie, dass sie den Männern hier auffällt, dachte Fred. Aber er befürchtete auch, dass sie es sich nicht erlauben würde, heute Spaß zu haben, weil sie zu sehr in die Trennung von ihrem Exmann verstrickt war, mit dem sie sich die letzten Jahre ihrer Ehe eigentlich gar nicht mehr verstanden hatte.

Sie erreichten die ineinander übergehenden weißen, großen Zelte, wie sie auch bei Feiern in England verwendet werden. Fred drehte mit seiner Tochter eine Runde, um sich alles anzusehen. Sie freuten sich über den wunderbaren Blumenschmuck, bestehend aus roten Bauernrosen, Schleierkraut und wunderbar blauen Blumen, deren Namen Fred nicht kannte.

»Mensch, Papi, das sind Kornblumen«, sagte Katrin etwas zu laut. »Hat Mami dir das nicht beigebracht?«

Auf diese herrische Bemerkung reagierte er nicht, auch wenn es ihn ärgerte, dass Katrin ihn wie einen ungebildeten Deppen aussehen ließ. So wird das nichts, Kind, dachte er. Wenn du nicht lernst, charmanter zu sein, bleibst du den Rest deines Lebens allein.

»Lass uns mal nachsehen, wo ich sitze, ich habe Luisa gesagt, dass ich nicht am Tisch für die Brauteltern sitzen möchte und dann womöglich allein als fünftes Rad am Wagen zwischen den beiden Paaren. Das würde ich nicht aushalten, aber sie hat mir versichert, dass sie dafür gesorgt haben, dass ich einen wunderbaren Tischherrn habe.«

Fred stellte fest, dass sie hektische Flecken im Gesicht hatte. Warum fragst du mich eigentlich nicht, wie es mir geht, dachte er, ich bin auch allein, und meine Frau ist nicht freiwillig gegangen, sondern gestorben, ich wäre mit ihr auf jeden Fall für immer zusammengeblieben. Er folgte Katrin widerwillig von Tisch zu Tisch, wo sie die Tischkarten kontrollierte und erst zufrieden war, als sie ihren Namen gefunden hatte. Aber nur, um sich gleich darauf zu beschweren.

»Von meinem Platz sehe ich das Brautpaar gar nicht richtig, sondern nur Karsten und diese Tanja, sie sitzen tatsächlich am Nebentisch. Wie können sie mir das nur antun?«

Fred wusste nicht, warum sie sich beschwerte, die Eltern des Bräutigams saßen an ihrem Tisch, und so, wie es aussah, hatte sie den gut aussehenden, frisch geschiedenen Onkel des Bräutigams als Tischherrn. Aber er sagte nichts, sondern ließ Katrin in ihrem Unglück stehen. Er wollte gar nicht mehr wissen, wo er saß. Sicher weit hinten an dem Tisch mit den alten, verwitweten Tanten. Er ging nach draußen und über den Holzsteg bis zum Wasser. Auch wenn die Trauung gleich beginnen würde und die Gäste schon vor dem mit Blumen geschmückten Hochzeitspavillon Platz nahmen, gönnte er sich hier draußen eine kurze Auszeit von der schlechten Stimmung seiner Tochter. Er schloss die Augen und versuchte, sein Unbehagen wegzuatmen. Seine Tochter war jetzt nicht wichtig, es ging einzig und allein um seine Enkelin und ihren zukünftigen Mann, die sich gleich vor dem Standesbeamten ihr Jawort geben würden. Er sah zum strahlend blauen Himmel hinauf, einem Himmel, der so optimistisch und wunderbar leuchtete, als ob er dieser Ehe seinen Segen geben wollte. Auch wenn er selbst eigentlich zu spät wieder an diesen Strand zurückgefunden hatte, auch wenn er jetzt bereute, dass er nicht schon kurz nach der Unabhängigkeit Lettlands mit Marianne hierhergefahren war, hatte sich der Kreis dennoch jetzt wie durch eine Fügung geschlossen. Seine Urenkelin würde in Riga leben, und sehr wahrscheinlich würden ihre Kinder hier an diesem Strand im Sand spielen. Und wenn er Glück hatte, würde er das sogar noch miterleben. Er nahm sich vor, auch weiterhin gut auf sich zu achten. Die Vorstellung, mit nassen Hosenbeinen mit seinen Urenkeln durch die Wellen zu hüpfen, machte ihn froh. Er sah es bildlich vor sich. Er selbst in einem hellen Sommeranzug, weil er für eine Badehose wohl nicht mehr so frisch aussieht, neben sich seine Urenkelin, deren Hand vertrauensvoll in seiner liegt. Sie stehen nebeneinander am Ufer und schauen über die Ostsee. Plötzlich piepst sie mit ihrer entzückenden Stimme: »Uropa, ich möchte weiter ins Wasser rein. Darf ich?«

Und er würde sich umsehen und schauen, ob Katrin in der Nähe ist, die beim Familienurlaub in Jurmala natürlich nicht fehlen darf. Aber er würde sie nicht entdecken und so hätte er freie Bahn, um mit seiner Urenkelin an der Hand bis zu den Knien ins Wasser zu gehen. Ein wunderbar warmes Gefühl machte sich in ihm breit. Bei seiner Tochter wie auch bei seiner Enkeltochter hatte er diese Dinge verpasst, weil immer zu viel zu tun war und er sich keinen längeren Urlaub leisten konnte. Und er hatte es natürlich Marianne überlassen können, die es liebte, sich mit der Familie zu beschäftigen. Jetzt war das nicht mehr möglich. Er stand sozusagen als Uropa in der ersten Reihe. Und er würde seine Rolle verdammt gut ausfüllen. Wenn ihm das Schicksal genug Zeit dafür ließ.

Fred sah Katrin ungeduldig winken, nein, eigentlich war es kein Winken, sie zitierte ihn mit einer kurzen Handbewegung an ihre Seite, was schon wieder sehr unhöflich aussah. Aber er wusste, dass er sich ihrem Willen jetzt sofort beugen musste. Sie meint es ja nur gut, versuchte er sich einzureden. Alle anderen Hochzeitsgäste hatten schon Platz genommen. Katrin saß natürlich in der ersten Reihe ganz in der

Nähe des Standesbeamten und wirkte sehr ungeduldig. Fred versuchte, so wenig Aufmerksamkeit wie möglich auf sich zu ziehen, als er sich neben sie auf den freien Stuhl setzte, aber es gelang ihm nicht, weil seine Tochter sehr laut sagte: »Was hast du denn schon wieder gemacht? Die Zeit vergessen?« Jetzt sahen sich endgültig alle Leute nach ihm um, und diejenigen, die genug Deutsch verstanden, musterten ihn mitleidig. Fred räusperte sich verlegen und sicher auch zu laut, aber dass Katrin ihn jetzt mit strafendem Blick ansah, machte ihn doch allmählich wütend. Ich muss mit ihr reden, dachte er, so geht das nicht weiter, sie kann mich nicht wie einen alten, senilen Mann behandeln. Ich bin immer noch ihr Vater, und sie muss mir mehr Respekt entgegenbringen.

Die Cellistin, eine ausgesprochen attraktive junge Frau in azurblauem Kleid, begann zu spielen. Was für eine Idee, den Hochzeitsmarsch von Mendelssohn auf diese Weise zu interpretieren? So wirkte er etwas zu melancholisch, fand Fred, aber das war sicher nicht die Absicht von Luisa und Janis gewesen. Vielleicht war er auch einfach nur etwas melancholisch, weil er neben seiner unglücklichen, barschen Tochter saß und nicht neben seiner Frau, mit der er jetzt Händchen gehalten hätte. Er hätte nie gedacht, dass er das fast am meisten vermissen würde – ihre warme, weiche Hand in seiner. Er überlegte sich kurz, die Hand seiner Tochter zu ergreifen, aber das würde sie sicher nicht wollen. Außerdem waren ihre Hände nicht weich und warm, sondern fast immer kalt und irgendwie spröde.

Luisa schritt am Arm ihres Mannes den Mittelgang hinunter und trat unter den Baldachin. Fred wusste, dass sie sich nur aus Rücksicht auf Katrin nicht von ihrem Vater zum Altar bringen ließ. Er suchte Karsten und fand ihn auf der anderen Seite etwas weiter hinten. Er sah nicht gerade glücklich aus, wirkte unter seiner Bräune irgendwie blass. Er tat ihm leid. Warum musste Katrin ihm auch diese Freude nehmen, seine einzige Tochter, mit der er sich mittlerweile wieder gut verstand, zum Altar zu führen? Es schien so, als ob sie niemandem gönnte, glücklich zu sein, weil sie es selbst nicht war. Aber war sie wirklich jemals glücklich mit ihm gewesen? Sie hatte sich eigentlich von Anfang an über ihn beschwert. Dass er zu viel arbeitete, dass er genauso war wie Fred, noch an den überkommenen Rollenbildern festhielt und ihr keinen Freiraum zur Selbstverwirklichung ließ. Dass er charmant war, aber nur zu anderen Frauen, dass sie zu vielen Veranstaltungen allein gehen musste, weil er so viel auf Geschäftsreisen war. Aber sein Geld gibst du gern aus, und seine gesellschaftliche Stellung genießt du als Frau an seiner Seite schon, hatte er damals mehr als einmal gedacht und das auch seiner Frau gesagt, obwohl er sich mit solchen Meinungsäußerungen sonst eher zurückhielt. Er wusste noch, wie erstaunt er damals gewesen war, dass seine Frau ihm recht gegeben hatte.

Luisa sah wunderschön aus, als sie neben ihrem Bräutigam unter den Baldachin trat. Fred war sich nicht sicher, ob die Familie des Bräutigams jüdische Wurzeln hatte, der Baldachin ließ es vermuten, aber wenn, war er nur symbolisch gedacht und nicht religiös. Das schlichte, weiße Seidenkleid mit dem wunderbaren, raffinierten Rückenausschnitt, eine Kombination aus Pippas und Kates edlen Roben, stand Luisa atemberaubend. Sie trug einen Kranz aus bunten Wiesenblumen und Rosen. Ihre langen, hellbraunen Haare fielen offen auf ihre Schultern und glänzten in der Sonne. Fred fand, dass Luisas Haarfarbe auch einen rötlichen Stich hatte. Er schloss die Augen. Es war zwar nicht möglich, dass er sich erinnerte, aber dennoch wusste er plötzlich, dass Johannas Haare unter der lettischen Sonne genauso geglänzt hatten.

Der Standesbeamte sprach Lettisch, Fred konnte überhaupt nichts verstehen, was ja auch klar war. »Sie hätten ja auch mal an die anderen Gäste denken können«, flüsterte Katrin. Dieses Mal musste er ihr recht geben. Jetzt wandten sich die beiden Brautleute einander zu, sahen sich in die Augen und fassten sich an den Händen. Die ganze Hochzeitsgesellschaft war gerührt, ein Seufzen ging durch die Reihen. Auch Katrin seufzte, Fred war sich allerdings nicht sicher, ob sie sich für die beiden freute oder weil sie neidisch war.

Janis sprach sein Trauversprechen, das sehr melodiös klang. Dann wiederholte er die Worte noch einmal auf Englisch. Respekt, dachte Fred. Sie haben doch an alles gedacht. Jetzt war er gespannt, was Luisa machen würde. Sie begann ihr Trauversprechen auf Lettisch und es klang, als ob sie die Sprache fließend beherrschte. Danach sagte sie ihren selbst geschriebenen Text noch einmal auf Englisch, und jetzt stiegen auch Fred Tränen in die Augen. Auch wenn seine Tochter sehr wahrscheinlich immer noch nicht wusste, wie man eine glückliche Ehe führte, seine Enkeltochter wusste es. Sie hatte verstanden, was Liebe hieß. Nicht den Wunschvorstellungen nachzujagen, den perfekten Mann für das perfekte Leben zu finden, sondern anzuerkennen, dass der Mensch, den man liebte, genauso fehlbar und unvollkommen war wie man selbst. Als Janis ihr den Ring an den Finger steckte, sah Fred, dass Luisa weinte, und auch Janis schien sehr gerührt zu sein. Dann küssten sie sich leidenschaftlich, und die gesamte Hochzeitsgesellschaft klatschte und jubelte. Katrin räusperte sich missbilligend, aber Fred stimmte begeistert in das Jubeln und Klatschen ein. Er liebte dieses Land immer mehr, in dem die Menschen sich noch trauten, fröhlich zu sein. Als Luisa an ihm vorbeiging, warf sie ihm einen liebevollen Blick zu und nickte. Er nickte zurück. Das ist wohl einer der schönsten Augenblicke in meinem Leben, dachte Fred.

Kapitel 7

Du und Fred schlaft ruhig und entspannt im Nebenzimmer. Es ist ausgesprochen friedlich hier. Geliebte Marlis, du kannst dir sehr wahrscheinlich nicht vorstellen, wie heilend und wohltuend das hier für mich ist. Dieses kleine Holzhaus mit dem braunen Anstrich, umgeben von Kiefern und geschützt von neugierigen Blicken. Wenn ich mich konzentriere, kann ich das Meer hören, meine geliebte Ostsee. Und wenn ich die Augen schließe, bin ich wieder sieben Jahre alt, liege in meinem wunderbaren, weißen Zimmer im gelben Haus bei geöffneten Fenstern in der Dämmerung und kann es kaum erwarten, bis es endlich Tag wird und Zeit zum Aufstehen ist, damit ich dich und deine Brüder wieder am Strand treffen kann. Als ich euch damals kennenlernte, es war in einem anderen Leben, in einer anderen Zeit, hörte ich auf, mich einsam zu fühlen. Ich wurde glücklich, es war ein unbeschreibliches Gefühl. Du zeigtest mir, dass ich auch mutig sein kann, dass ich nicht nur das kleine Mädchen mit den weißen Kleidern sein kann, das sich lieber in Büchern versteckt, als die Welt zu entdecken. Wie habe ich dich für deinen Wagemut und für deine Zähigkeit bewundert. Manchmal wollte ich so sein wie du, unerschrocken, jungenhaft, frei. Ich konnte gar nicht glauben, dass du so jemanden wie mich brauchen konntest, weil ich bei unseren Wanderungen durch die Wälder oft an irgendwelchen Zweigen hängenblieb und nie so leise schleichen konnte wie du und deshalb alle Vögel aufschreckte, die du beobachten wolltest. Als du mir gestanden hast, dass du in der Schule Schwierigkeiten hattest, in Deutsch mitzukommen, und ich merkte, dass ich dir helfen konnte, war ich so froh.

Geliebte Marlis, bald wird es Morgen, wir werden einen weiteren wunderschönen Tag miteinander erleben, werden mit Fred an den Strand gehen, in der Sonne liegen. Ich werde lesen, du wirst sicher wieder nicht lange stillsitzen können und am Strand nach Bernsteinen suchen oder Beeren im Wald sammeln. Später werden wir Fred zum Mittagsschlaf hinlegen und auch eine Pause machen. Und dann werde ich in deinen Armen liegen können, mich geborgen und aufgehoben fühlen, geliebt, ganz bei dir. Und wir werden wieder eins sein, Herz an Herz, Hand in Hand, Haut an Haut. Ich hatte die Hoffnung, dass ich in meinem Leben geliebt werde und selbst lieben kann, schon längst aufgegeben. Aber du hast sie mir hier in Jurmala ganz sacht und langsam geschenkt.

Ich weiß, in den ersten Monaten hattest du es nicht leicht mit mir. Ich war die meiste Zeit still und zurückgezogen, ich war äußerst schreckhaft, du durftest mich nicht berühren. Ich ließ nur Freds Nähe zu. Wie musst du gelitten haben, mich nicht in den Arm nehmen zu dürfen. Es war mir gar nicht so bewusst, wie sehr du mich wolltest, wie viel Mühe es dich kostete, so zu tun, als ob du nur meine Freundin sein wolltest und nicht meine Geliebte. Wie muss es all die Jahre für dich gewesen sein. Hast du dir Hoffnungen gemacht? Du hast doch sicher auch nach unserem letzten gemeinsamen Ausflug in Jurmala geahnt, dass da viel mehr war als nur Freundschaft. Ich habe es gespürt. Aber ich konnte damit nicht umgehen. Es schien mir irgendwie nicht richtig, was mich im Nachhinein wundert. Meine Mutter hatte doch einige Freunde, die schwul oder lesbisch waren. Bei ihr war es nicht verpönt, so zu leben. Manchmal denke ich, dass sie auch so eine Seite hatte. Nein, versteh mich nicht falsch. Sie liebte meinen Vater über alles, aber sie mochte eben auch Frauen. Da bin ich mir ganz sicher.

Mir fällt auf, dass ich so von ihr rede, als ob sie gestorben ist. Dabei ist sie nur in Berlin. Aber ich weiß, dass ich niemals wieder dorthin gehen werde. Ich bin noch nicht so weit, dass ich die Erinnerungen an Berlin ganz verdrängt habe. In der ersten Zeit hier in Jurmala bin ich, wie du weißt, oft schweißgebadet oder schreiend aufgewacht. Ich habe damals noch nicht das Bett mit dir geteilt. Du hast mir das große Schlafzimmer überlassen und hattest das kleine Dienstmädchenzimmer hinter der Küche mit dem winzigen Fenster bezogen. Fred nahmst du die meiste Zeit mit. Er musste sich erst einmal an mich gewöhnen, er wusste ja nicht, dass ich seine Mutter bin. Als ich das erste Mal hörte, wie er dich Mama nannte, war ich sehr traurig. Aber wie hätte es anders sein können. Ich war so lange nicht für ihn da gewesen, erst war ich von ihm getrennt, und als ich das nicht mehr war, musste ich erst einmal wieder Schritt für Schritt lernen, für ihn zu sorgen.

Ingolf schlug das rote Büchlein zu. Er wusste nicht, was er tun sollte. Der Text hatte ihn sofort in den Bann gezogen, aber er war eindeutig zu privat. Niemand außer Marlis sollte ihn lesen, dachte er. Mich geht das nichts an. Er schälte Kartoffeln und weiße Rüben, merkte, dass er keine Zwiebeln und keinen Speck mehr hatte, und ging noch einmal los, um auf dem kleinen Bauernmarkt am Ende der Straße einzukaufen. Hier war alles viel billiger als im Supermarkt. Wie immer traf er alte Bekannte, er wohnte ja auch schon so lange in dieser Gegend. Fast alle Bekannten hatten jetzt keine Arbeit mehr und daher auch tagsüber Zeit, einen Spaziergang zu machen oder auf der Straße zu plaudern. Obwohl er auf der einen Seite sehr gern von seinem Fund erzählt hätte, hütete sich Ingolf davor. Denn sonst wäre ihm vielleicht auch die Geschichte mit der Anzugjacke herausgerutscht, und die wollte er auf jeden Fall für sich behalten. Er wollte nicht, dass ihn jemand für einen Dieb hielt. Die Jacke hatte dort auf der Bank gelegen, als ob sie keinen Besitzer mehr hatte. Er hatte noch einmal darüber nachgedacht, und so war es doch gewesen, oder etwa nicht?

Wieder zurück in seiner kleinen Wohnung schwitzte er die Zwiebeln mit dem Speck an, goss sie mit Brühe auf, schnitt die Kartoffeln und die weißen Rüben hinein und würzte mit Salz und Pfeffer. Jetzt musste er nur noch warten, bis alles weich gekocht war. Dann würde er etwas saure Sahne dazugeben und Petersilie darüber streuen. Und fertig war die leckere Mahlzeit, die ihn noch nicht mal drei Euro kostete. Wenn er daran dachte, dass in einigen Cafés in Jurmala der Kaffee zwei Euro kostete, schüttelte es ihn. Wie sollte sich das ein normaler Lette jemals leisten können? Jurmala ist wie vor dem Krieg an die feine Gesellschaft verloren gegangen, dachte Ingolf und sehnte sich mal wieder in die Zeit zurück, als Lettland noch eine sowjetische Republik war, und er regelmäßig mit organisierten Fahrten seinen Urlaub dort verbringen konnte. Damals hatte er sich sogar ein paar Übernachtungen leisten können, denn Arbeiter aus seiner Fabrik wurden bevorzugt behandelt. Jetzt reichte es nur noch für eine Fahrkarte nach Jurmala, einen Aufenthalt am Strand und für ein Bier in einer der einfacheren Bars.

Wann war die Frau aus dem roten Notizbuch in Jurmala gewesen? Wie hieß sie? Ohne nachzudenken, holte er das Büchlein wieder aus der Küchenschublade hervor und blätterte durch die Seiten. Vielleicht fand er irgendwo ihren Namen. Ja, ganz vorne auf der ersten Seite stand: *Für Marlis von Johanna in Liebe. Juli 1944, Jurmala.*

Sehr wahrscheinlich hatte der Besitzer des Notizbuches die Einträge von Johanna lesen und sich vielleicht auch auf die Suche nach dem braunen und gelben Haus machen wollen? Und jetzt konnte er es nicht mehr, weil das Notizbuch verloren hatte.

Ingolf wurde abgelenkt, weil der Eintopf fertig war, und war sehr dankbar dafür. Er setzte sich an den Küchentisch, nahm sich ein Bier aus dem Kühlschrank und trank gleich aus der Flasche. Das war das Einzige, was er genoss, seit seine Frau tot war. Es meckerte niemand mehr, wenn er das tat. Sollte er vielleicht doch seine Tochter wegen des Notizbuches um Rat fragen? Aber dann müsste er ihr auch das mit der Anzugjacke beichten und könnte sie bestimmt nicht mehr bei der Einweihung der Kanzlei tragen. Und das kam nicht in Frage. Er wollte endlich mal eine gute Figur abgeben, und das konnte er nur mit der neuen Jacke und der geänderten Hose.

Nein, er musste selbst entscheiden, was er mit dem Notizbuch machen sollte. Aber dazu musste er erst einmal noch mehr über Johanna und Marlis erfahren. Nachdem Ingolf das Geschirr gespült und abgetrocknet und alles wieder fein säuberlich im Schrank verstaut hatte, nachdem er seine Zigarette am Fenster geraucht und seinen extra starken Kaffee dazu getrunken hatte, blieb nichts mehr zu tun, als das Notizbuch wieder hervorzuholen und zu lesen.

Geliebte Marlis, du weißt gar nicht, wie glücklich du mich in den vergangenen Wochen gemacht hast. Es war für mich ein wunderbarer Tag, als du mit dem alten Grammofon ankamst (wo du es aufgetrieben hast, will ich gar nicht wissen) und den alten Swingplatten. Ich hatte monatelang keine Musik hören können und danach keine mehr hören wollen. Du stelltest das Grammofon in die Stube, hast meine Bedenken mit einer Handbewegung weggewischt und eine Platte aufgelegt. Ich wollte erst aus dem Zimmer gehen, aber Fred ließ mich nicht weg. Als die ersten Töne erklangen, sprang er auf und fing auf seinen kleinen Beinen an zu tanzen. Er sah so süß aus. Er riss die Arme in die Höhe und begann sich zu drehen. Und auch du hast getanzt, Marlis, und hast mitgesungen. Bei mir bist du schön, ich werde dieses Lied niemals vergessen, was auch immer geschieht. Du hast mich dabei so angesehen, dass mir ganz warm wurde. Immer wieder hast du das Lied gespielt, Fred konnte gar nicht genug davon bekommen. Und du hast dich immer besser an die Swingschritte erinnert, die uns meine Mutter an einem verregneten Nachmittag im Salon des gelben Hauses beigebracht hatte. Zu Beginn sahst du etwas unbeholfen aus, du hattest auch Schwierigkeiten mit dem Takt, aber nach einiger Zeit hattest du dich eingefunden. Und dann kamst du auf mich zu und strecktest deine Hand aus. Zuerst dachte ich noch, ich kann doch nicht mit einer Frau tanzen. Aber ich wusste auch, dass ich tanzen wollte, es war so, als ob mit der Musik all die dunklen Gedanken und die Schreckgespenster, die mich durch den Herbst und den Winter begleitet hatten, von mir abfielen. Weißt du noch, wie ich deine Hand ergriff und aufstand? Fred klatschte in die Hände und jauchzte. Vom ersten Moment an habe ich es geliebt, mit dir zu tanzen. Wir passen hervorragend zusammen. Ich fühlte mich plötzlich so leicht, so hübsch wie noch nie. Du hast mich gedreht und hochgehoben. »Du bist so leicht wie eine Feder«, hast du gesagt und dabei etwas sorgenvoll ausgesehen. Dabei hatte ich doch schon einiges zugenommen und sah nicht mehr so klapprig aus. Als du mal wieder aus dem Takt gekommen bist, habe ich einfach angefangen zu führen. Du hast zwar etwas gebraucht, bis du verstanden hast, was ich möchte, und es hat auch gedauert, bis du die Kontrolle abgegeben hast, aber irgendwann war es dann soweit. Und es ging ganz einfach.

Fred hat sich einfach aufs Sofa gelegt und ist eingeschlafen. Wir haben ihn dort schlafen lassen und sind ins Schlafzimmer gegangen. Alles war plötzlich so klar, als ob es niemals eine andere Möglichkeit gegeben hätte, als von dir in die Arme genommen zu werden.

Ingolf merkte, wie er rot wurde. Ihm war heiß. Zwei Frauen, die im Begriff waren, miteinander ins Bett zu gehen. Wollte er das wirklich lesen? Er war zwar nicht mehr von vorgestern, aber er fand, dass das doch sehr unnatürlich war, wenn zwei Frauen sich so miteinander vergnügten, wie das eigentlich nur Mann und Frau tun sollten. Das, was jetzt kommen würde, war nicht für so jemanden wie ihn bestimmt. Beinahe hätte er das Notizbuch in den Holzofen in der Küche geworfen, aber er konnte sich gerade noch zurückhalten. Auch wenn er es bestimmt nicht länger haben wollte – es zu verbrennen, war sicher nicht die richtige Lösung. Er musste nachdenken, was damit geschehen sollte. Und dabei war es nur rechtens, noch ein oder zwei Schnäpse zu trinken. Natürlich blieb es nicht bei den beiden, aber das störte ihn nicht. Es war ja niemand da, der ihn ermahnte, dass er weniger trinken sollte. Und bei ihm schaffte Wodka auch eine Klarheit, die ihn besser nachdenken ließ. Als es wieder dämmerte, wusste er, was er mit dem Notizbuch, in dem er auch im angetrunkenen Zustand auf keinen Fall weiterlesen wollte, machen wollte. Er würde es einfach wieder dorthin zurückbringen, wo er es gefunden hatte. Die erste Bahn nach Jurmala nehmen und dann an den Strand gehen. Sich auf die Bank setzen und warten, bis er allein war und ihn niemand dabei beobachtete, wie er das rote Büchlein, in dem er auch jetzt nicht weiterlesen wollte, auf der Bank liegenließ.

Fred hatte schon seit einer Ewigkeit nicht mehr auf seine goldene Armbanduhr mit dem schwarzen Lederarmband gesehen, die ihm seine Frau zur Silberhochzeit geschenkt hatte, und die er jetzt bei jeder einigermaßen festlichen Gelegenheit ihr zu Ehren trug. Als sie ihm die Uhr damals überreichte, hatte er das Geschenk eigentlich etwas unromantisch gefunden. Was war diese Uhr gegen seine Reise nach Mailand, inklusive Besuch der Scala, gewesen, hatte er damals gedacht, aber nicht gewagt auszusprechen. Sie hatten drei Nächte in einem sündhaft teuren Hotel verbracht, waren einkaufen gegangen, er hatte seine schöne Frau von oben bis unten neu eingekleidet und war sich dabei königlich vorgekommen. Marianne hatte es sehr genossen, das hatte er in jeder Sekunde bemerkt. Sie hatte ihn so verliebt angesehen, wie schon lange nicht mehr, und das war ihm alle Mühe wert gewesen. Fred hatte damals die Uhr in seine Schatulle gelegt und nicht mehr angesehen oder getragen. Ja, bis Marianne dann gestorben war, und er endlich begriffen hatte, was für eine wunderbare Symbolkraft ihr Geschenk enthielt. Auf der Rückseite der Uhr hatte sie *Carpe diem* eingravieren lassen: Nutze den Tag. Und in einem Brief dazu geschrieben, dass sie alle Zeit, die sie noch auf Erden haben wird, am liebsten an seiner Seite verbringen möchte. Er kannte niemanden aus ihrem Freundes- und Bekanntenkreis, der an der Silberhochzeit noch eine solche Liebeserklärung bekommen hatte.

Seine Brille lag irgendwo auf einem der vielen weißen Tische. Als seine Enkeltochter ihn zum Tanzen aufforderte, hatte er sie dort liegen lassen, weil er fand, dass er ohne Brille weniger alt aussah. Alle hatten ihnen Platz gemacht für den Tanz und sogar geklatscht, und er hatte sich bemüht, eine gute Figur zu machen. Dann war er von der Mutter des Bräutigams zum Tanzen aufgefordert worden. Sie hatte sich führen lassen wie eine junge Göttin, leichtfüßig und zart wie eine Feder. Er hatte mit ihr sein ganzes Können unter Beweis gestellt und war in diesen paar Minuten sogar ein klein wenig in die vielleicht 55-jährige Frau verliebt gewesen. In die Art, wie sie den Kopf zurückwarf, und in ihr glockenhelles Lachen, wenn er sie besonders energisch herumwirbelte. Fred merkte schnell, dass er zu den wenigen Männern gehörte, die wirklich tanzen konnten, und so war er lange nicht mehr von der Tanzfläche gekommen. Vor dem nahenden Schwächeanfall hatte er sich nur dadurch retten können, dass sein Schwiegerenkelsohn ihn dazu aufforderte, mit ihm an die Bar zu gehen und einen Schnaps zu trinken. Ach, Wodka, wie sehr er das Zeug liebte und auch die Art, wie die Letten damit umgingen. Hier konnte er einige Gläser trinken, ohne dass sie komisch guckten. Natürlich hatte es Wein und Bier zum Essen gegeben, es war wirklich sehr erlesen gewesen, aber danach waren die meisten Gäste – auch die Frauen – auf Wodka umgestiegen. Es wurde ein rauschendes Fest, so rauschend, wie er es lange nicht mehr oder vielleicht sogar noch nie erlebt hatte. So genau konnte er das nach dem vielen Anstoßen mit der Familie des Bräutigams und den Freunden nicht mehr sagen, aber das machte nichts. Die anderen waren wohl mental auch schon ein wenig derangiert. Das Brautpaar hatte sich um ein Uhr verabschiedet und sich in das traumhafte Zimmer im Lighthouse Hotel zurückgezogen, das ein Stück den Strand hinunter lag und aus dem man vom Bett aus das Meer sehen konnte. Das hatte ihm jedenfalls der Bräutigam erzählt, nachdem er mit ihm zum dritten Mal angestoßen hatte. Eigentlich hatte Fred auch dort unterkommen wollen, aber Katrin hatte, als sie die Preise sah, einfach beschlossen, für sie ein Zimmer im etwas günstigeren Amber Hotel zu buchen.

Wo war seine Tochter eigentlich? Er hatte sie schon länger nicht mehr gesehen. Vor einigen Stunden war sie Arm in Arm mit dem Bruder der Brautmutter – hieß er Pjotr oder Petr? – am Strand gesichtet worden, und Fred hatte sich gefreut, weil es romantisch aussah, aber auch gedacht, hoffentlich hat sie genug getrunken, damit sie nicht so kratzbürstig, sondern charmant ist. Vielleicht war sie schon gegangen, oder sie saßen irgendwo im Sand und knutschten. Zu wünschen wäre es ihr ja, dachte Fred, auch wenn er sicher war, dass sie so etwas am nächsten Tag höchstwahrscheinlich bereuen würde. Sich mit einem Letten einzulassen, der in Riga lebte. Das hat ja gar keine Zukunft, würde sie ihm sicher noch früh genug erzählen. Für ihn selbst war niemand dabei gewesen, die ihn wirklich interessiert hatte. Es war wohl so. Die guten Frauen waren vergeben oder schon tot, die anderen kamen für ihn nicht in Frage. Selbst wenn er mindestens zehn Jahre jünger aussah, als er war, und sein Alter im Laufe des Abends auch vergessen hatte, war er kein Freund von ganz jungen Frauen. Eine hatte sich tatsächlich vertrauensselig an seine Seite gesetzt, sie war gerade mal 40 gewesen. Fred hatte gedacht, auch wenn sie mich für jünger hält, 30 Jahre liegen sicher noch zwischen uns. Was würde die mit mir anfangen, denkt sie, ich habe Geld, weil ich aus Deutschland bin und diese goldene Uhr trage? Er hatte sich noch nicht einmal geschmeichelt gefühlt, es war ihm eigentlich nur peinlich gewesen. Er würde wohl auch heute wieder allein in sein Hotelzimmer gehen, von keiner Frau berührt, außer vorhin beim Tanzen. Es war sehr schön gewesen, wieder die Hand einer attraktiven Frau in seiner zu spüren, sie im Arm zu halten, den Duft von Parfum und gut riechendem Shampoo in der Nase zu haben. Natürlich ging es in seinem Alter nicht mehr unbedingt um Sex, das wäre, wenn es gut lief und er entspannt war, sicher eine schöne Begleiterscheinung, wenn es dann so klappen sollte, wie er sich das wünschte. Es ging um menschliche Nähe, um Zärtlichkeit, darum, mit einer Frau, die man schätzte und vielleicht sogar ein wenig liebhatte, durch den Rest des Lebens zu gehen.

Die Musiker spielten zwei letzte Tänze. Fred wollte die jetzt überwiegend jungen Paare auf der Tanzfläche nicht stören. Er ging an den Strand. Wunderbar, dass es hier gar nicht richtig dunkel wird, dachte er. Der Wodka machte ihn leicht und beschwingt. Er wippte von einem Fuß auf den anderen im Takt der Musik, sie spielten tatsächlich *Unforgettable* von Nat King Cole, wie oft hatte er mit Marianne auf diversen Festen zu diesem Lied getanzt. Er machte einen Schritt und drehte sich. *Unforgettable, in every way,* sang er und schloss die Augen. Als er sie wieder öffnete, sah er Johanna neben sich tanzen. Sie drehte sich mit ihm im Takt, ihr weißes, leichtes Kleid wehte um sie herum, in ihren Haaren steckten weiße Blüten, sie war barfuß und lachte ihn an, und er fühlte sich so geborgen und glücklich wie schon eine Ewigkeit nicht mehr.

Die Sonne schien ihr ins Gesicht. Luisa blinzelte. Ich bin verheiratet, dachte sie, und eine wohlige Wärme breitete sich in ihr aus. Neben ihr schlief Janis tief und fest. Das würde auch sicher noch eine ganze Weile so bleiben. Er hatte gestern auf der Hochzeit mit wirklich fast jedem Hochzeitsgast angestoßen, so schien es ihr jedenfalls, und war ziemlich blau gewesen, als sie ins Hotelzimmer kamen. Aber dennoch hatte er sie in ihrem wunderbaren Hochzeitskleid aufs Bett getragen. Und wenn jemand dicht an ihrem Hotelfenster vorbeigegangen und hineingesehen hätte, wäre ihm sicher ziemlich heiß geworden, bei dem Anblick, der sich ihm geboten hätte. Luisa hatte kurzzeitig überlegt, die Gardinen zuzuziehen, fand es aber auf der anderen Seite aufregend, mit Blick aufs Meer von ihrem Mann geliebt zu werden.

Sie stand auf und schlüpfte in ihren hellblauen Morgenmantel, den sie gestern über die Sessellehne geworfen hatte, bevor sie ihr Hochzeitskleid angezogen hatte. Sie goss Wasser in den kleinen Wasserkocher, der auf einem kleinen Regal im Zimmer stand und gab einen Beutel Earl-Grey-Tee in einen Becher, den sie in der kleinen Küchenzeile fand, die zum Zimmer gehörte. Später würde sie mit Janis Frühstück aufs Zimmer bestellen. Sie hatte die üppige Frühstückskarte schon gestern studiert und sich darauf gefreut, faul im Bett zu liegen und von Janis mit Pfannkuchen, Sauerrahm und Erdbeeren gefüttert zu werden. Wie sie dieses Leben in Lettland liebte. Sie hatte das Gefühl, dass sich die Intensität ihrer Empfindungen verstärkt hatte, seit sie in Riga lebte. Sie war hier schon unfassbar glücklich, aber auch so kreuzunglücklich gewesen wie selten in Deutschland. Es war, als ob ein schweres Tuch, das jede ihrer Empfindungen gedämpft hatte, von ihrem Herzen weggezogen worden war. Sie wusste nicht, woran es lag, dass sie diese Landschaft so liebte, dieses Land in all seiner Widersprüchlichkeit: auf der einen Seite seine Modernität, auf der anderen Seite seine Rückständigkeit, seine Probleme mit den beiden Sprachen und Kulturen, die manchmal vehement aufeinandertrafen. Ihr wäre es am liebsten, wenn der russische und der lettische Teil auch weiterhin nebeneinander existieren könnten und sich gegenseitig befruchteten. Sie liebte es, in Jurmala in der Fußgängerzone in einem Café russischen Tee aus silbernen Kannen serviert zu bekommen und Rumkirschen in den Tee zu geben. Sie liebte die Blinis und den Kaviar, den sie mit Janis in Riga gegessen hatte, bevor er ihr beim Dessert den Heiratsantrag gemacht hatte. Dazu hatte er Krimsekt bestellt, sie hatten die ganze Flasche geleert, am nächsten Morgen hatte sie unfassbare Kopfschmerzen gehabt, aber war so glücklich gewesen und hatte sich so geborgen gefühlt. Sie fühlte sich angekommen, in Lettland, in Janis' Familie, die absolut entzückt von seiner Entscheidung war, sie zu heiraten. Sie war sehr froh, alles, was sie in Deutschland störte, zurücklassen zu können. Sie wollte einen Neuanfang, wollte Freude und Liebe erleben, wie sie in der Familie ihres zukünftigen Mannes wie selbstverständlich verschenkt wurde. Sie wollte sich nicht mehr verantwortlich dafür fühlen, dass ihre Mutter nicht glücklich war. Ihr Vater hatte ihre Mutter verlassen, als er sicher sein konnte, dass sie selbst auf eigenen Füßen stand. So lange hatte er gewartet, doch wie lange er vorher schon unglücklich gewesen war, wollte sie gar nicht wissen. Er hatte Tanja schon lange gekannt, aber er war dennoch aus Rücksicht auf seine Tochter geblieben. Luisa hatte ihn verstanden, nachdem sie ihm verziehen hatte, dass er durch sein Weggehen ihre Vorstellung von einer heilen Familie zerstört hatte. Das war nun vorbei. Luisa mochte es nicht, dass ihre Mutter sich auch noch Jahre nach der Trennung in ihrem Schmerz wälzte, dass sie niemals auf die Idee gekommen war, dass sie vielleicht auch dazu beitragen hatte, dass ihr Mann aufgehört hatte, sie zu lieben. Dass sie dem Schicksal nicht verzeihen konnte, für sie diese Richtung eingeschlagen zu haben, ohne dass sie es hatte kontrollieren können. Luisa war nicht so, sie nahm die Dinge eher leicht, eben so, wie sie kamen. Auch das passte nach Lettland, in dieses kleine Land mit seiner lieblichen und zugleich wilden Natur. Mit seiner Nähe zu Russland, die gleichzeitig aufregend und beflügelnd, aber auch bedrohlich war. Mit dem Drang, zum westlichen Europa zu gehören, mit dem Wunsch, sich zu erneuern. Mit der Tragik, dass viele junge Leute, die gut ausgebildet waren, nach dem Eintritt in die Europäische Union das Land verlassen hatten und woanders ihr Glück versuchten.

Luisa konnte sie verstehen. Wenn man nicht die richtigen Leute kannte, war es nicht immer einfach, in Lettland Fuß zu fassen, aber sie liebte die Entschlossenheit der lettischen, jungen Generation, die im Land geblieben war, um für eine bessere Zukunft, für ihr Lettland zu kämpfen.

Sicher, es wird nicht immer so schön sein wie jetzt im Sommer, dachte Luisa, als sie mit ihrem Becher Tee in einem bequemen Sessel saß und auf den goldgelben Strand hinaussah, auf dem schon einige Jogger unterwegs waren. Spätestens im Oktober wurde es richtig ungemütlich hier, es gab Stürme und viel Regen. Und oft kam dann schon im November Schnee, und es wurde bitterkalt. Janis hatte darauf bestanden, dass sie einen lettischen Winter erleben sollte, bevor sie heirateten und sich dafür entschieden, in Lettland zu leben. Das Härteste dieses Winters war nicht die Dunkelheit gewesen, obwohl die Sonne im Januar erst um neun Uhr auf- und um 16 Uhr schon wieder unterging, sondern die Kälte. Sie kannte natürlich Kälte vom Skifahren mit ihren Eltern in den Alpen, es war oft unter null Grad gewesen. Aber das war immer nur eine kurze Zeit im Jahr, ansonsten lebten sie in Hamburg, dort wurde es eigentlich nie richtig kalt. In Lettland hatte sie im Januar die Wohnung nur zum Arbeiten verlassen und sich danach sofort wieder zu Hause vor den Ofen verkrochen. Janis hatte sie wegen ihrer Empfindlichkeit aufgezogen. Er meinte, Kälte sei doch kein Problem, wenn man die richtigen Sachen trug. Sie müsste nur endlich ihre Vorbehalte gegen den mit Fell gefütterten Ledermantel einstellen, den er ihr zu Weihnachten geschenkt hatte. Im Januar gab sie bei -15 Grad Celsius ihren Widerstand auf, zog den Lammfell-Mantel an, setzte die dazu passende Mütze auf und schlüpfte in die gefütterten Lederhandschuhe. An einem strahlenden, aber eiskalten Sonnentag fuhr sie mit Janis hinaus nach Jurmala und ging mit ihm stundenlang am Strand spazieren. Sie staunte über die Eisschollen auf der Ostsee. Janis cremte ihr Gesicht mit einer Fettcreme ein, damit sie keine Erfrierungen bekam. Sie gingen am Ufer entlang, zertraten Eisschollen, die an den Strand getrieben waren, sie lachten und tollten herum, und Luisa beschloss an diesem Tag, dass sie das Wagnis Lettland ganz und mit Herz und Seele eingehen wollte. Am nächsten Tag bot man ihr eine Verlängerung ihres Vertrages im Goethe-Institut an, eine Fügung des Schicksals, dachte Luisa kurz und musste schmunzeln. Seit sie in Lettland war, fing sie tatsächlich an zu glauben, dass es so etwas wie Vorsehung und Schicksal gab. Und sie konnte nicht ausschließen, dass in den hellen Sommernächten Feen und Elfen durch die Wälder tanzten.

Janis drehte sich schnaufend um und schlief ruhig weiter. Plötzlich hatte Luisa Lust zu schwimmen. Sie wusste, dass das Wasser auch jetzt im Hochsommer nicht gerade warm sein würde, aber das machte ihr nichts aus. Sie zog ihren roten Badeanzug an, den sie auch immer trug, wenn sie in Riga im Schwimmbad ihre Bahnen zog, schlüpfte in ihre Badelatschen und nahm ein großes Handtuch mit. Sie würde nicht direkt vor dem Hotel schwimmen gehen, sondern noch etwas am Strand laufen und sehen, wer sonst noch so unterwegs war.

Als sie in die Ostsee hineinlief, das Prickeln auf ihren Oberschenkeln spürte, dann mit einem Juchzer ganz eintauchte und in kräftigen Zügen zur roten Boje hinausschwamm, hätte sie am liebsten vor Glück geschrien. So fühlte sich Freiheit an, und sie würde alles dafür tun, um dieses Gefühl festzuhalten. Sie hielt kurz an der Boje inne, legte sich auf den Rücken und sah in den Himmel. Wie hatte sie bisher annehmen können, dass es auf der deutschen Seite der Ostsee so schön war wie nirgendwo sonst? Wie hatte sie nur den gesamten östlichen Teil Europas so lange ausblenden können? Nur durch Zufall war sie hierhergekommen, weil die Rigaer Universität sie für das Erasmus-Programm angenommen hatte. Zuerst war sie enttäuscht gewesen, weil sie eigentlich nach Cambridge oder Oxford hatte gehen wollen, aber sie wurde an die Universität ihrer dritten Wahl nach Riga geschickt. Was für ein Glück sie damals gehabt hatte, denn an einem Freitagabend war sie in einer Bar in Riga mit Janis ins Gespräch gekommen und hatte sich sofort in seine entspannte, männliche Art verliebt, in seine Verwegenheit und seine wunderbaren meerblauen Augen. Ich liebe, jubelte ihr Herz, ich liebe wie noch nie in meinem Leben.

Als sie das Wasser wieder verließ, war ihr doch ziemlich kalt. Sie lief schnell zu der Bank, auf der sie ihr Handtuch hatte liegen lassen. Sie griff danach, und etwas fiel zu Boden. Luisa hob es auf. Es war ein in rotes Leder gebundenes, leicht vergilbtes Notizbuch. Und es hatte auf ihrem Handtuch gelegen, als ob jemand gewollt hatte, dass sie es entdeckte. Luisa sah sich um, aber da war niemand, der das Buch dort hätte hinlegen können, während sie im Wasser war. Unschlüssig legte sie es neben sich auf die Bank, während sie sich abtrocknete. Sollte es mal wieder so eine Fügung des Himmels sein, von der sie schon so viele erlebt hatte, seitdem sie in Lettland war? Sollte das Buch vielleicht tatsächlich für sie bestimmt sein? Natürlich wusste sie, dass das Blödsinn war, aber dennoch fand sie diese Gedanken aufregend.

Sie streckte ihre Hand aus und strich über den roten, leicht zerschlissenen Einband. Lies mich, schien es in ihrem Kopf zu dröhnen. Meine Güte, dachte sie, ich bin eindeutig zu sehr von Harry Potter beeinflusst. Ich stelle mir schon vor, das Buch spricht mit mir.

Sie merkte, dass sie fror. Also gut, sagte sie zu sich selbst. Dann nehme ich dich eben mit, wenn du schon so sehr darum bettelst. Sie griff nach dem Buch, schlüpfte in ihre Badelatschen und lief zum Hotel zurück.

Janis schlief noch immer so selig, dass sie sich entschloss, ihn nicht aufzuwecken. Sie würden noch so viele Morgen am Meer zusammen erleben, da kam es auf diesen jetzt nicht an. Sie war glücklicherweise niemand, der an festen Vorstellungen klebte, sondern eher pragmatisch. Sie würde ihrem Mann – wie schön das klang – später keine Szene machen, wenn er von selbst erwachte. Sie würde ihm einen starken Kaffee bestellen, Rühreier und Pfannkuchen, falls es zu spät fürs Frühstück wäre. Und dann würde sie ihn eben mit diesen Dingen füttern und seinen Kopf kraulen, bis sein Kater endgültig verflogen war. Sie hatten sich einige Tage freigenommen, aber beschlossen, nicht wegzufahren. Die beiden Übernachtungen im Lighthouse waren schon teuer genug. Sie würden sich aber in Riga viel Zeit für einander nehmen, lange schlafen, spät frühstücken gehen, sich bei geöffneten Fenstern am Mittag lieben, es genießen, dass alle anderen arbeiten mussten.

Sie duschte kurz und zog sich leise an. Gut, dass sie ihre Haare vor dem Schwimmen hochgesteckt hatte und sie nicht nass geworden waren. Sie ging an die Rezeption und bestellte Pfannkuchen und Kaffee aufs Zimmer, machte aber klar, dass man nur leise klopfen sollte, damit Janis nicht aufwachte. Sie schob einen Sessel noch näher ans Fenster, sodass sie aufs Meer schauen konnte. Dann nahm sie das rote Notizbuch zur Hand. Es war sicher erlaubt, mal hineinzusehen. Sehr wahrscheinlich war es auf Lettisch oder Russisch verfasst, und sie würde wenig bis gar nichts verstehen. Wie durch eine Fügung öffnete es sich von selbst auf einer Seite, als ob es dort vor Kurzem jemand aufgeschlagen und die beiden Buchhälften hinuntergedrückt hatte.

Sie konnte die Schrift entziffern, obwohl sie an einigen Stellen schon ein wenig verblasst war. Das ist Deutsch, dachte sie, wie eigenartig. Als ob ich es hatte finden sollen. Ein leises Klopfen kündigte ihr Frühstück an. Sie nahm dem Kellner an der Tür die Platte mit dem silbernen Deckel und die Kaffeekanne ab. Geschirr fand sie in der Küche. Luisa versuchte, so leise wie möglich zu sein. Irgendwie genoss sie es sogar, dass Janis noch schlief. Es war so, als ob sie über ihren Mann wachte. Sie stellte den Teller mit den Pfannkuchen auf den kleinen Glastisch neben ihren Sessel, gab etwas Sauerrahm und selbstgemachte Erdbeermarmelade darauf und goss sich Kaffee ein. Von draußen hörte sie das leise Plätschern der Wellen, die sanft am Strand ausliefen. Es war immer noch nicht viel los am Strand. Sie sah auf die Uhr – erst acht. Das erstaunte sie. Wie konnte sie schon wieder so fit sein, sie hatte doch auch nur wenige Stunden geschlafen.

Sie aß den Pfannkuchen und trank zwei Tassen Kaffee, bevor sie sich wieder dem Notizbuch zuwandte. Das Leben kann so schön sein, dachte sie. Viele ihrer glücklichsten Momente hatte sie in Lettland erlebt, und sie war sich sicher, dass noch viele folgen würden.

Nach dem Frühstück nahm sie das Notizbuch noch einmal zur Hand, und wieder öffnete es sich wie von selbst.

Liebste Marlis, es ist selbst für mich schwierig, das zu beschreiben, was ich mit dir in unserer ersten Nacht erlebt habe. Es war so, als ob du meinen Körper von den Toten auferweckt hättest. Du warst so vorsichtig. Wir haben uns auf mein Bett gelegt, und du hast mein Gesicht gestreichelt – ganz sanft über meine Stirn, meine Wangen, meine Nase. Du hast die Hände über meine Augen gelegt, und ich konnte mich entspannen. Ich konnte zum ersten Mal seit unendlich langer Zeit aufhören aufzupassen, dass mir nichts geschieht, wenn mir jemand nahekommt. Du hast gewartet, bis ich ganz ruhig war. Dann erst hast du mich noch einmal geküsst. Deine Lippen waren so zart und sanft, ich habe es vorher nicht für möglich gehalten, dass ein Kuss so sein könnte, so leicht wie eine Daunenfeder und so innig zugleich. Ich hatte gar nicht geahnt, dass ich so etwas empfinden könnte. Leidenschaft, die langsam stärker wurde, weil du mich immer weiter küsstest. Und als du merktest, dass ich bereit war, hast du meinen Hals gestreichelt, meine Schultern geküsst. Bist ganz vorsichtig gewesen, als du mein Kleid ausgezogen hast. Immer wieder hast du mich angesehen und mich mit deinen Blicken gefragt, ob es in Ordnung ist, was du tust, und mein leichtes Nicken abgewartet. Wir haben nicht gesprochen, und es war gut so. Ich glaube, dass jedes Wort mich wieder in die Wirklichkeit zurückgebracht und ich nicht den Mut gehabt hätte, mich einfach in deine wunderbaren Hände zu begeben. Auch jetzt, Monate nach unserer ersten Nacht, werde ich immer noch rot, wenn ich daran denke, was wir noch alles gemacht haben. Es war plötzlich ganz leicht, auf deine Liebkosungen zu antworten, als ob ich schon immer den Plan für deinen Körper in meinem Kopf gehabt hätte. Ja, es stimmt, ich habe auch geweint, und du hast mich erschrocken angesehen.

»Ist gut«, habe ich gesagt. »Alles ist gut. Nimm mich einfach in deine Arme. Dann ist alles gut.«

Und du hast mich in deine Arme genommen und sanft hin

und her gewiegt, wie das früher immer Mina mit mir gemacht hat.

Was meinst du, Geliebte, hat Mina gleich etwas gemerkt, als sie am nächsten Tag zu uns kam und nur das Bett im Schlafzimmer benutzt war? Sie hat jedenfalls nichts gesagt, aber hast du auch bemerkt, wie sie uns lächelnd ansah, als ob sie sagen wollte, ich liebe euch beide, und dass ihr euch liebt, wusste ich schon immer?

War es denn so? Haben wir uns schon immer geliebt? Ich weiß es nicht, und es ist mir auch nicht so wichtig. Ich jedenfalls liebe dich jetzt, und ich weiß, ich werde dich auch noch lange lieben, wenn es die Zeit zulässt. Es wird nicht einfach mit mir, liebe Marlis, das hast du ja auch sicher schon bemerkt, als ich in deinen Armen so verzweifelt weinte, obwohl wir uns so leidenschaftlich geliebt hatten. Du hast mich Johannaleinchen genannt wie ein kleines Mädchen. Und ich habe mich so geborgen gefühlt.

Du hast mich am nächsten Tag gefragt, was mit mir los ist. Und ich meinte, das kann ich dir nicht sagen. Vielleicht irgendwann mal, aber nicht jetzt. Du hast nicht weiter nachgefragt, sondern mich so lange beruhigt, bis ich in deinen Armen eingeschlafen bin.

Aber jetzt ist der Tag da, an dem ich dir sagen möchte, was damals mit mir los war. Du musst es wissen. Ich möchte keine Geheimnisse mehr haben. Und du kannst dann entscheiden, was du mit diesem Wissen machst. Ich werde das jetzt aufschreiben, und dann werde ich dir das Notizbuch auf deinen Nachttisch legen und schwimmen gehen. Es ist noch sehr früh, ihr schlaft so friedlich, du und Fred. Ich sitze im Wohnzimmer und habe mich in die braun-rot karierte Wolldecke eingekuschelt, die uns Mina bei unserer Ankunft schenkte. Ich glaube, es wird wieder ein wunderbarer Herbsttag. Nicht mehr lange, dann werden die Stürme hier beginnen. Es wird tagelang sehr windig sein, regnen, der Himmel wird grau sein, oder schwarze

Wolken werden schnell über den Himmel ziehen. Der Wind wird an den Fensterläden reißen, und sie werden klappern. Wir werden nicht viel machen können. Aber ich werde dir vorlesen, ganze Abende, wir hatten Mina glücklicherweise Teile unserer Bibliothek überlassen und sie gebeten, sie irgendwo für uns aufzubewahren, falls wir wiederkommen, was meine Mutter ja immer gehofft hat. Jetzt bin ich wieder hier, meine Mutter nicht. Ich weiß eigentlich gar nicht warum, aber du hast mir versichert, dass sie wegen Verpflichtungen nicht aus Berlin wegkonnte.

In Jurmala wird es dann viele Kulturveranstaltungen geben, aber wir wollen uns noch nicht zeigen. Wir dürfen zwar so lange in Jurmala bleiben, wie wir wollen, hast du gesagt, als wir hier ankamen. Aber wir sollen uns unauffällig verhalten. Ich weiß nicht, von wem du die Information hattest, ich habe auch nicht danach gefragt. Du hast mir nur gesagt, dass ihr mich durch eine List aus dem Konzentrationslager geholt habt. Ihr konntet die richtigen Schrauben an den richtigen Stellen drehen, meintest du. Mir war klar, dass ich nicht weiter fragen sollte.

Weißt du, dass ich in diesen Monaten nicht immer in Ravensbrück war, sondern auch einige Wochen in Mauthausen verbracht habe? Nein, wie solltest du auch. Ich habe es dir bisher nicht gesagt. Wir haben gar nicht über die Zeit im Lager gesprochen, du warst dir sicher, dass ich darüber nicht reden wollte, weil es zu schrecklich war, und ich war mir sicher, dass du das, was ich erlebt habe, nicht wissen wolltest. Jetzt aber, liebe Marlis, wo wir uns so nahe sind, dass wir einfach keine Geheimnisse voreinander haben können, musst du wissen, was mir geschehen ist.

Luisa stockte. Hatte sie richtig gelesen? Sie blätterte zurück. Ja, es bestand kein Zweifel. Eine Johanna hatte das Notizbuch geschrieben, es richtete sich an Marlis, und das kleine Kind hieß Fred. Konnte das ein

Zufall sein? Katrin hatte ihr doch erzählt, dass Freds Mutter Johanna geheißen hatte. Dass Marlis sich nach ihrem Tod um Fred gekümmert hat. Konnte es sein, dass es in diesem Notizbuch, das sie wie durch ein Wunder auf einer Bank an Jurmalas Strand gefunden hatte, um ihren Großvater ging? Und um ihre Urgroßmutter, oder sollte sie lieber sagen: Urgroßmütter? Sie hatte Marlis nicht mehr kennengelernt, aber viel über sie gehört. Sie war eine gute Mutter gewesen, trotz der ganzen Entbehrungen, die sie auf sich nehmen musste, und der Arbeit, um sie beide durchzubringen. Dass Marlis eigentlich nicht ihre wahre Großmutter war, sondern eine Johanna, hatte Katrin ihr mal erzählt. Sie wusste nicht viel mehr als das. Und dennoch war es offensichtlich so, dass sie hier ein Stück ihrer eigenen Familiengeschichte in den Händen hielt. Marlis und Johanna waren ein Paar gewesen? Und Johanna war in Ravensbrück gewesen? Konnte das sein? Am liebsten hätte Luisa jetzt ihren Mann aufgeweckt, aber war das Stoff für den Morgen nach der Hochzeit? Bestimmt nicht. Nein, sie würde ihm erst etwas sagen, wenn sie sicher sein konnte, dass es sich wirklich um ihre Urgroßmutter und ihren Großvater handelte.

Marlis, du bist gerade mit Fred am Strand und suchst Bernsteine, obwohl du weißt, dass du jetzt im Hochsommer nicht viele finden wirst. Aber du bist nun mal niemand, der gerne stillsitzt. Und du weißt ja auch, wie sehr Fred es liebt, mit den Füßen durch das flache Wasser zu stapfen. Halt ihn gut fest, hätte ich dir vorhin am liebsten hinterhergerufen, aber ich tat es nicht. Ich weiß ja, dass du immer sehr gut auf Fred aufgepasst hast, als ich es nicht konnte. Es ist so, als ob sich meine Gedanken jetzt immer wieder auf diesen Punkt ausrichten, auf die schwarze Stelle in meinem Herzen, die dort für ewig bleiben wird, egal, mit wie viel Liebe ihr mich noch beschenken werdet, du und Fred und auch Mina. Meine liebsten Menschen, ohne die ich nicht weiterleben können würde.

Mir haben sie in Ravensbrück nicht die Haare abgeschnitten wie vielen anderen. Ich durfte sie behalten. Vielleicht können wir mit der noch was anfangen, hat einer der Männer bei der Untersuchung gesagt und hämisch gelacht. Ich wusste nicht, was er meinte, war aber einfach nur froh, dass ich meine Haare behalten konnte. Ich kam in einen Block ganz hinten im Lager am Ende der Lagerstraße. Ich hatte mir einen schwarzen Winkel auf meine Kleidung nähen müssen, ich war jetzt offiziell eine Asoziale, gehörte zum Abschaum der Gesellschaft. In der Baracke gab es eine Blockälteste, sie war eine Prostituierte und führte ein hartes Regiment. Wir mussten immer nach ihrer Pfeife tanzen, egal was ihr einfiel. Ich hatte eine Holzpritsche allein, weil gerade eine frei geworden war. Es ist ein Segen, sagten mir die anderen, die meisten waren neidisch, sie mussten sich zu zweit eine Holzpritsche teilen. In den Matratzen waren mit Sicherheit Flöhe, so sahen sie jedenfalls aus. Ich breitete mein Laken unter mir aus, wenn ich schlief, ich wollte nicht von Ungeziefer befallen werden. Irgendwie hatte ich es in der Barnimstraße geschafft, keine Läuse zu bekommen. Wenn ich ganz ehrlich bin, genoss ich es zuerst, nicht allein zu sein wie die meiste Zeit in der Barnimstraße. Hier konnte ich jedenfalls andere Stimmen hören, auch wenn die oft miteinander zankten oder schimpften. Ich versuchte, mich aus allem herauszuhalten. Ich konnte es auch nach Tagen eigentlich nicht fassen, dass ich jetzt hier war. Ich hatte so sehr mit meiner Freilassung gerechnet, sogar noch, als ich im Zug saß, habe ich auf ein Wunder gehofft.

Nach einigen Wochen, in denen ich stundenlang Appell stehen musste, wurde ich zu Arbeiten innerhalb des Lagers herangezogen, allerdings keine so schweren. In der Wäscherei setzten die mich ein, als ob sie mich schonen wollten. Einmal kam die Blockälteste auf mich zu und sagte, dass ich mich freiwillig zu einem Sondereinsatz melden könnte, und dann würde ich nach einem halben Jahr rauskommen aus Ravensbrück.

»Bist du sicher?«, habe ich gefragt. »Du machst doch Scherze.«

»Hier drin scherzt man nicht«, sagte die Blockälteste.

»Was muss ich tun?«, fragte ich. Die Aussicht, wirklich nach einem halben Jahr hier rauszukommen und dann Fred wiedersehen zu können, war so grandios, dass ich Herzrasen bekam.

»Das wirst du dann schon merken«, sagte die Blockälteste und wandte sich ab. Lachte sie leise und hämisch?

»Dann kann ich dich auf die Liste setzen?«, fragte sie dann.

»Es muss alles seine Ordnung haben.«

»Ja«, sagte ich und versuchte, den besorgten Blick und das leichte Kopfschütteln von meiner Pritschennachbarin Margot aus Spandau, die schon lange hier war, zu ignorieren.

Sie holten mich am nächsten Morgen ab und brachten mich in die Krankenstation. Dort musste ich mich wieder ganz ausziehen, und dann wurde ich untersucht. Aber dieses Mal war es noch perfider. Einer der SS-Ärzte, die auch dort waren, hatte etwas in der Hand, das so aussah wie ein kleiner Stab. Ich musste mich auf einen gynäkologischen Stuhl legen und die Beine spreizen, und er rammte dieses Rohr in mich rein, einfach so. Ich biss die Zähne zusammen, um nicht zu schreien. Ich war mir sicher, dass er noch brutaler werden würde, wenn ich weinte oder schrie.

Er fragte mich, ob ich ein Kind hätte, und ich verneinte. Ich wollte Fred schützen. Warum der Arzt nicht bemerkt hat, dass ich schon mal schwanger gewesen war, weiß ich nicht. Sie ist tauglich, sagte der Arzt nach einer Weile, und der SS-Mann nickte.

Ich will doch nicht mehr bei der Sonderaktion mitmachen, wollte ich sagen, bringt mich zurück in den Block, ich wollte mich wehren, aber ich wusste, dass das nichts bringen würde. Egal, was sie mit mir vorhatten, es würde nicht gut sein, das war mir jetzt klar. Und dass ich wirklich nach einem halben Jahr aus Ravensbrück entlassen werden würde, glaubte ich nach kurzer Zeit auch nicht mehr.

Das, was ich dir jetzt erzählen muss, ist furchtbar, noch furchtbarer als alles, was du bisher gehört hast. Ich werde es deshalb schnell tun, so wie wenn man ein Pflaster abreißt und der Schock den Schmerz wegnimmt.

Sie haben mich zwei Wochen aufgepäppelt, wie sie es nannten, ich bekam gutes Essen, Höhensonne und Vitamine, damit ich wieder frisch und appetitlich aussah. Nach dieser Zeit haben sie mich mit den anderen jungen Frauen, die sie ausgewählt hatten, ich will dir nicht sagen, wie sie heißen, weil sie sich sicher schämen, in einen Zug gesetzt, ohne uns zu sagen, wo es hingeht. Nach unglaublich langer Fahrt hielt der Zug. Wir waren in der Nähe des Lagers Mauthausen in der Ostmark, Österreich. Dort brachten sie uns in ein Haus gleich am Rande des Appellplatzes, es war gemauert und hatte ein solides Holzdach und -balken. Es sah eigentlich ganz hübsch aus. Wir trugen auch keine Anstaltskleider, als wir ankamen, und erregten natürlich sehr viel Aufmerksamkeit bei den Aufsehern, aber auch bei den Insassen. Einige spießten uns mit ihren Blicken auf, als wir an ihnen vorbeigingen und zogen uns dann in Gedanken aus. Man konnte ihre lüsternen Gedanken förmlich hören, am meisten war es mit den Aufsehern so.

Kannst du schon ahnen, wo ich hingebracht worden war? In ein Lagerbordell, ja, jetzt ist es raus. Johanna, die Asoziale, die als Prostituierte Verurteilte, sollte in einem Bordell für Häftlinge arbeiten. Kannst du dir das vorstellen? Für Lagerinsassen. Ich wurde in ein Zimmer geführt, fast so schmal wie eine Zelle, aber es hatte ein Fenster. Und sogar Gardinen davor. Ein Bett mit Bettwäsche, einen Waschtisch. Sogar eine kleine Kommode, in die ich meine Sachen reintun konnte. Es war fast so schön wie meine Kammer am Ku'damm. In der Tür war ein Schlitz, aber das kannte ich ja schon aus der Barnimstraße. Da würden sie jederzeit kontrollieren können, was ich tat.

Ich traf die anderen Frauen zum Mittagessen im Aufenthaltsraum. Ja, es gab ein richtiges Mittagessen, Kartoffeln,

Soße, sogar ein winziges Stück Fleisch und Bohnen. Stell dir vor, grüne Bohnen, die hatte ich schon Ewigkeiten nicht mehr gegessen. Wir konnten so viel Wasser trinken, wie wir wollten, es gab sogar Limonade, und eine Frau, die schon länger hier war, spendierte den Neuen nach dem Essen Likör.

»Trink«, sagte sie zu mir. »Dann wird die Arbeit nachher viel leichter.«

Sie sagte Arbeit, und ich wusste immer noch nicht, was ich genau machen sollte. Wir wurden angewiesen, uns adrett zu kleiden mit den Sachen, die in der Kommode lagen. Da gab es ein Kleid, das kein Lagerkleid war. Ich weiß noch, wie es aussah. Es war rot und hatte weiße, kleine Tupfen. Ich sah richtig schick aus damit, fand ich. Und die schwarzen Ballerinas, die sie mir dazu hingestellt hatten, waren fast meine Größe und hatten einen kleinen Absatz. Ich bürstete mein Haar, bis es glänzte, und war sogar ein wenig aufgeregt. Die Tür ging auf, und eine Aufseherin reichte mir einen Zettel rein. Lies das, und vergiss es nicht, schnarrte sie. Ich setzte mich auf mein Bett und las. Jeder Freier hat 15 Minuten, es ist nur Missionarsstellung erlaubt. Keine anderen Praktiken, sonst Strafe. Dann eine kurze Pause, und dann der nächste. Ich sah auf die Zeiten, in denen das abends stattfinden sollte. Es waren Stunden, Marlis.

Ich werde dir nicht erzählen, was ich erleben musste, ich schäme mich dafür, ich konnte mich nicht wehren. Ich habe, wenn jemand reinkam, einfach den Schlüpfer ausgezogen, mich hingelegt und die Beine breitgemacht. Dann habe ich die Augen geschlossen und versucht, ganz weit wegzukommen in meinen Gedanken, meinen Körper zu verlassen, wie früher in Lettland, wenn etwas zu langweilig oder zu schrecklich war. In der Barnimstraße hatte das auch oft funktioniert. Und manchmal klappte es auch in dieser kleinen Kammer, aber manchmal auch nicht, und dann konnte ich die Augen nicht geschlossen halten, sondern sah sie, wie sie über mir ächzten, ich roch ihre

Angst, ihr Bemühen und ihre Verzweiflung, wenn sie nicht richtig konnten. Einige wollten mir wehtun, andere nicht.

Es ging Tage, ich dachte, ich nehme mir das Leben, ich halte es nicht aus. Ich habe nicht verstanden, wie die anderen das ertrugen. Vielleicht konnten sie es, weil sie früher schon als Prostituierte gearbeitet hatten, vielleicht waren sie einfach innerlich schon so zerstört. Sie sagten in den Pausen, wenn wir zusammensaßen, Strümpfe stopften oder nähten: »Wir haben hier gutes Essen, ein Bad, ein richtiges Bett. Besser auf jeden Fall als das Leben im Block.« Ich sah ihre Verzweiflung in ihren Blicken, aber sie waren wohl schon zu abgestumpft, sie selbst zu sehen.

Ich wusste auf jeden Fall, dass ich nicht nach einem halben Jahr entlassen werden würde. Die Aufseherin hat gelacht, als ich es ihr erzählt habe.

»Das hast du denen geglaubt?«, sagte sie. »Wie naiv bist du eigentlich?«

Marlis, ich habe mir schon überlegt, wie ich mich umbringen kann, und dann war plötzlich alles so schnell zu Ende, wie es begonnen hatte. Ich wurde dort rausgeholt, stell dir vor, wir waren eingeschlossen, durften nur einmal am Tag zu einem kurzen Lagergang raus, wenn die meisten Häftlinge außerhalb arbeiten waren. Ich wurde also dort rausgerufen und musste in das Hauptbüro kommen. Da hieß es, dass ich auf höheren Befehl nach Ravensbrück zurückgebracht werde. Und ich kam in den Zug und fuhr wieder Stunden um Stunden zurück. Und als ich ankam, haben sie mir dort meine Entlassungspapiere gegeben, mit der Auflage, das Land so schnell wie möglich zu verlassen. Und dann standst du plötzlich draußen und hast auf mich gewartet.

Ich gehe jetzt schwimmen. Das zu schreiben, hat mich sehr angestrengt. Hasst du mich jetzt, Marlis? Weil ich wirklich eine Prostituierte war? Bitte nicht. Ich wurde dazu gezwungen, das weißt du. Ich werde niemals mehr mit jemand anderem zu-

sammen sein als mit dir. Niemals hätte ich gedacht, dass ich überhaupt so etwas empfinden kann, nach all dem, was mir dort passiert ist. Aber ich verspreche dir, ich werde alles dafür tun, es zu vergessen, um ein neues Leben anzufangen.

Das war alles, was dort stand. Luisa blätterte die Seiten bis nach hinten durch, aber es kam nichts mehr. Sie wusste gar nicht, was sie empfand. Wenn das wahr war, wenn sie wirklich die Nachfahrin von Johanna war, was bedeutete denn das für sie? Luisa konnte nicht klar denken. Mit wem sollte sie jetzt darüber reden? Mit Janis? Nein, das durfte sie nicht, bevor sie nicht absolut sicher sein konnte, dass Johanna ihre Urgroßmutter war.

Warum habe ich dieses Buch ausgerechnet so kurz nach meiner Hochzeit gefunden?, dachte sie. Hatte Fred etwas damit zu tun? Gehörte ihm das Buch, und wenn ja, wie kam es dann an den Strand? Sie musste mit ihm reden, sie musste ihren Großvater treffen, möglichst gleich. Luisa griff zum Handy und wählte seine Nummer. Fred meldete sich sofort.

»Ja, Liebes, ist alles in Ordnung?«, fragte er besorgt. »Geht es euch gut?«

Luisa hörte den Klang der Stimme ihrer Großmutter durch seine Worte hindurch. Wie sie ihr in diesem Moment fehlte. Oma Marianne hätte jetzt sicher gewusst, was zu tun war.

»Mit Janis ist alles in Ordnung, er schläft noch. Aber ich habe ein Problem. Wir müssen uns dringend sehen. Kannst du an den Strand kommen? Vor unser Hotel? Ich möchte Janis nicht wecken. Er hat ja mit jedem gestern angestoßen. Find ich gar nicht schlimm, Opa, denk nicht, mich regt das auf.«

»Gut, Luisa, ich komme sofort. Ich nehme ein Taxi, dann bin ich schneller da. Soll ich Katrin Bescheid sagen?«

»Nein, es ist nicht so etwas. Aber ich muss dich sehen. Es gibt etwas, was ich nur mit dir besprechen kann. Ich warte draußen auf der Veranda vor unserer Zimmertür. Danke, dass du kommst.« Luisa legte auf, verließ das Zimmer mit dem Notizbuch in der Hand und setzte sich auf die Veranda, um auf ihren Großvater zu warten. Hatte er das Buch für sie dorthin gelegt?, fragte sie sich und wurde auf einmal wütend, weil er gerade den Morgen nach ihrer Hochzeit dafür gewählt hatte, an dem sie eigentlich glücklich hatte sein sollen und nicht so niedergedrückt wie von einer schweren Last, die nicht die ihre war. Es würde alles verändern, wenn Johanna aus dem Buch tatsächlich ihre Urgroßmutter war. Sie wäre dann Nachfahrin einer KZ-Insassin, Nachfahrin einer als asozial Abgestempelten. Wusste ihr Großvater darüber Bescheid, was in dem Notizbuch stand? Hatte er den Mut gehabt, nach den ersten Zeilen weiterzulesen? Oder hatte er das Notizbuch nach Lettland mitgebracht, um es hier zu lesen? Und hatte es dann nach den ersten Zeilen auf der Bank liegen gelassen, um sich dem Schmerz und dem Leid seiner Mutter nicht weiter aussetzen zu müssen? Wenn es so war, hatte sie überhaupt das Recht, ihn wieder damit zu konfrontieren? Wie viel wusste er selbst über Johannas Leidensweg? Es blieb ihr wohl nichts anderes übrig, als ihn zu fragen. Selbst wenn es alte Wunden aufreißen oder neue schlagen würde.

Sie musste nicht lange auf ihren Großvater warten. Aus der Entfernung sah er viel jünger aus als er war. Er kam mit federnden Schritten über den Strand und war selbst zu dieser frühen Stunde in seinem hellgrauen Anzug, dem rot-weiß gestreiften Hemd und mit eleganten schwarzen Budapestern tadellos gekleidet. Nur den Schlips hatte er weggelassen, und der erste Knopf seines Hemds war offen. Fast schon verwegen, dachte Luisa schmunzelnd. Lettland schien auch auf ihren Großvater eine Wirkung zu haben. Gestern Nacht hatte sie ihn beim Tanzen beobachtet. Er hatte offensichtlich viel Spaß gehabt, die begeisterten Lettinnen durch die Gegend zu schwenken. Ich hab' dich so lieb, Fred, dachte sie, als er lächelnd, aber auch besorgt auf sie zukam. Sollte sie so das Gespräch eröffnen? Sie hatte keine Ahnung, was sie ihm sagen sollte. Vielleicht war es in diesem Moment wirklich das Richtige, einfach das zu tun, was ihr als Erstes in den Sinn kam.

»Das habe ich vorhin auf einer Bank am Strand gefunden«, sagte sie und streckte ihm die Hand hin, in der sie das rote Notizbuch hielt. Ihr Großvater erstarrte mitten in der Bewegung und wurde blass.

»Aber es war doch nicht mehr da, genauso wie meine Anzugjacke«, sagte er. »Und die ist mir gestohlen worden.«

»Also hat das wirklich meine Urgroßmutter Johanna geschrieben?«

»Ja, ich nehme es an, wenn du das sagst. Ich habe es nicht gelesen. Zuerst konnte ich es jahrelang nicht, dann wollte ich es hier in Lettland, aber plötzlich war das Buch weg.«

»Ich weiß nicht warum, aber jetzt ist es wieder da«, sagte Luisa. Sie setzten sich nebeneinander auf die Sessel des Lighthouse Hotels und sahen sich nicht an, sondern aufs Meer. Luisa hatte das Gefühl, dass sie so leichter mit Fred reden konnte. Das Notizbuch hielt sie immer noch in der Hand. Er hatte es ihr nicht abnehmen wollen.

»Hast du es gelesen?«, fragte Fred mit leiser Stimme, als ob er vor ihrer Antwort Angst hatte.

Natürlich habe ich es gelesen, dachte Luisa etwas ungeduldig. Sonst hätte ich ja nicht gewusst, dass die Eintragungen von Johanna sind.

»Johanna hat an Marlis geschrieben. Es sind nur ein paar Seiten, der Rest des Notizbuches ist leer.«

»Ja, das habe ich auch schon festgestellt, als ich es durchblätterte«, sagte ihr Großvater und verfiel danach wieder in Schweigen. Er ist unentschlossen, ob er wissen möchte, was Johanna geschrieben hat, dachte Luisa. Was mache ich bloß? Auf der einen Seite wollte sie das Wissen um die Leiden ihrer Urgroßmutter Johanna mit ihm teilen, auch um sich selbst die Last des Wissens von den Schultern zu nehmen, aber auf der anderen Seite hatte sie das Erschrecken in den Augen ihres Großvaters gesehen, als sie ihm das rote Notizbuch gezeigt hatte.

Sie berührte seine Hand und streichelte sie, wie Oma Marianne das immer getan hatte. Und sie merkte, dass ihr Großvater sofort ruhiger wurde und nicht mehr nervös mit dem Fuß wippte.

»Ich vermisse Marianne so«, sagte er unvermittelt.

»Ich auch«, sagte Luisa.

»Glaubst du an ein Leben nach dem Tod?«

Luisa drehte sich erstaunt zu ihrem Großvater um. So eine Frage hatte sie noch nie von ihm gehört. Einfach spontan drauflosreden, dachte sie. Meistens kamen bei ihr dann die besten Antworten.

»Wenn ich ganz ehrlich bin, weiß ich es nicht. Aber seit ich in Lettland bin, kann ich mir vorstellen, dass es doch so etwas wie eine unsterbliche Seele gibt. Klingt das zu kitschig?«

»Nein, Luisa. Ich verstehe genau, was du meinst. Weißt du, dass ich gestern mit meiner Mutter am Strand vor dem Festzelt getanzt habe? Na ja, ich hatte sicher mehr Wodka intus als wirklich gesund war, aber das war nicht nur das. Sie war so präsent, so nah bei mir. Sie war wieder eine junge Frau, die mich an den Händen hielt und mich langsam drehte. Es fühlte sich wunderbar an.«

»Ich weiß jetzt, dass es ihr an diesem Strand sehr gut ging«, sagte Luisa.

»Hat sie das geschrieben?«

»Ja, und dass sie mit Marlis hier sehr glücklich war. Sie waren ein Paar, Fred. Ich hoffe, das schockiert dich nicht.«

»Ich wusste es schon. Als ich es das erste Mal hörte, hat es mich schockiert. Du weißt, damals war eine ganz andere Zeit. Aber jetzt finde ich es schön, dass sie sich geliebt haben.«

»Du weißt, was viele aus meiner Generation denken. Es ist vollkommen einerlei, wen du liebst. Ob als Mann einen Mann oder eine Frau oder beides. Liebe ist Liebe. Punkt.«

»Ja, das habe ich gehört. Ich gebe zu, dass ich immer noch ein wenig Schwierigkeiten damit habe, als alter Mann aus einem anderen Jahrhundert, aber du hast recht, Liebe ist Liebe.«

Eine junge Frau mit strengem Dutt, eindeutig operierten Brüsten und einer sehr sportlich-schlanken Figur joggte am Ufer vorbei.

»Die ist bestimmt Russin«, sagte Luisa.

»Ich habe auch schon bemerkt, dass es da gewisse Unterschiede gibt«, sagte Fred mit einem Schmunzeln in der Stimme. Dann schwieg er wieder.

»Ich kann Kaffee für uns bestellen. Hast du schon gefrühstückt?«

»Kaffee wäre schön, Liebes. Und vielleicht einen kleinen Pfannkuchen? Meinst du, du kannst arrangieren, dass sie es uns an den Strand bringen? Ich möchte im Moment nicht unter Leute.«

»Das mache ich gern«, sagte Luisa und stand auf. Bevor sie ging, legte sie das rote Notizbuch auf ihren Sessel.

Luisa hat es extra dort zurückgelassen, dachte Fred, als er das Notizbuch auf ihrem Sessel entdeckte. Sie möchte, dass ich es lese. Zögernd nahm er es in die Hand. Aber er schaffte es nicht, es aufzuschlagen. Wollte er wissen, was seine Mutter geschrieben hatte? Was sollte er tun, wenn es Dinge waren, vor denen er sich bisher geschützt hatte? Wenn es zu privat war oder Einzelheiten über die Beziehung zu Marlis enthielt, die er nicht wissen wollte? Oder etwas über ihre Zeit in Ravensbrück. Er merkte, wie unwohl er sich dabei fühlte, etwas so Privates zu lesen. Aber er nahm es Luisa nicht übel, dass sie es getan hatte. Sie hatte ja zuerst gar nicht gewusst, dass ihre Urgroßmutter die Verfasserin dieser Zeilen war, und als sie es begriffen hatte, war die Neugierde verständlicherweise groß gewesen.

Warum war er nicht neugierig? Er war ja schließlich ihr Sohn. Es musste einen Grund haben, warum er auf keinen Fall lesen wollte, was seine Mutter geschrieben hatte. Fred legte das Buch wieder zurück auf Luisas Sessel, ohne es auch nur aufgeschlagen zu haben, und starrte hinaus aufs Meer, als ob er dort Antworten finden könnte. Luisa kam zurück, legte das Notizbuch wortlos neben sich auf den kleinen Tisch zwischen den beiden Sesseln und setzte sich.

»Sie bringen uns gleich Kaffee und Pfannkuchen. Ich habe zwar vorhin schon einen gegessen, kann jetzt aber schon wieder einen vertragen. Dann muss ich wohl nachher noch mal schwimmen gehen. Oder joggen. Obwohl, Janis liebt es, dass ich nicht so ein Knochengestell bin.«

»Er weiß eben, was gut ist«, sagte Fred, ohne nachzudenken. »Oh, entschuldige. Das sollte nicht anzüglich klingen.«

»Das war es nicht, Fred. Findest du es eigentlich schlimm, wenn ich den Opa weglasse?«

»Nein, du bist ja jetzt schließlich eine verheiratete Frau. Mit Katrin konnte ich nie so locker reden. Sie ist ganz schön verklemmt«, rutschte ihm heraus. Meine Güte, dachte er. Manchmal wäre es besser, zu denken, bevor man redet.

»Das ist sie«, sagte Luisa lachend.

»Ich will sie damit nicht beleidigen«, sagte Fred.

»... aber manchmal ist sie eine Katastrophe«, unterbrach ihn Luisa.

»Ja«, seufzte Fred. »Aber wir lieben sie auch dann.«

»Das stimmt«, sagte Luisa. »Ich hoffe nur, sie gibt ihr Unglücklichsein endlich mal auf.«

»Ja, das hoffe ich auch«, sagte Fred mit einem tiefen Seufzer. Mein Gott, was bist du emotional, du alter Knochen, dachte er.

Ein tadellos in weißer Jacke und schwarzer Hose gekleideter Kellner brachte einen großen, silbernen Teller unter einer silbernen Haube zu ihnen und baute alles zwischen ihnen auf dem Tisch auf. Fred war um die kleine Unterbrechung dankbar. Luisa hatte das Notizbuch vom Tisch genommen. Jetzt lag es neben ihr auf dem Sessel, sodass er es nicht sehen konnte. Das fühlt sich gut an, dachte er.

Sie aßen schweigend, tranken den Kaffee, der vorzüglich, stark und süß war, und sahen wieder auf die Ostsee hinaus, die immer noch hellblau schimmerte.

»Es ist so traumhaft schön hier«, sagte Fred. »Es kann sein, dass ich dich hier oft besuchen werde.«

»Ich bitte darum«, sagte Luisa und sah ihn von der Seite an.

Wie hübsch sie ist, dachte Fred. Und sie ähnelt ihrer Urgroßmutter so sehr. Er musste an das Bild von Marlis und Johanna hier am Strand denken. Hatte er es Luisa eigentlich mal gezeigt?

»Du siehst deiner Urgroßmutter sehr ähnlich. Also, ich meine jetzt nicht Marlis, sondern deiner richtigen – äh, anderen, also Johanna. Weißt du das eigentlich?«

»Ja, ich habe das Foto bei euch gesehen und war sogar ein wenig stolz, als ich die Ähnlichkeit entdeckte. Sie war so außergewöhnlich schön.«

»Ja, das finde ich auch. Diese vielen, vielen Haare, und ihre Augen. So intensiv und strahlend. Genau wie deine.«

»Danke, Opa.«

»Jetzt doch Opa?«

»Wenn du so liebe Sachen sagst …«

»Ach Luisa, ich bin so glücklich, hier zu sein.«

»Ich bin so glücklich, dass du hier bist, Opa«, sagte Luisa und streichelte wieder seinen Handrücken, wie es Marianne immer getan hatte.

Das war zu viel für ihn. Er spürte, dass seine Augen feucht wurden und ihm Tränen die Wangen hinunterliefen.

»Ich wollte das nicht, Opa. Das tut mir leid.«

»Nein, es ist nichts, Luisa. Du hast nichts damit zu tun. Es ist dieser Strand, der mich rührselig macht.«

»Ja, das kann ich verstehen. Er ist wunderbar.«

»Dass du Janis kennengelernt hast, ist Schicksal. So schließt sich der Familienkreis wieder. Deine Kinder werden hier durch das Wasser plantschen wie ich damals«, sagte Fred, ohne nachzudenken. Jetzt höre ich mich an wie Marianne, dachte er.

»Ja, das sehe ich auch so. Und Fred, Johanna hat geschrieben, dass du so gern hier am Strand warst. Du musst hier sehr glücklich gewesen sein. *Ihr* müsst hier sehr glücklich gewesen sein.«

»Ja, das glaube ich auch. Und dann ist Johanna gestorben. An einer Lungenentzündung. Im Herbst '44. Das hat Marlis mir erzählt.«

»Weißt du, wo sie begraben wurde?«, fragte Luisa und schlug sich dann auf den Mund.

»Das ist nicht schlimm, dass du das fragst«, sagte Fred. »Ohne dich würde ich mich dieser Frage nicht stellen. Sie liegt auf dem Friedhof in Jurmala, vermute ich.«

»Wollen wir dorthin gehen?«, sagte Luisa. Fred sah sie erstaunt an. Woher wusste sie, dass er die ganze Zeit darüber nachdachte, ob er das Grab seiner Mutter suchen sollte? Und woher wusste sie, dass er nicht weiter über das sprechen wollte, was sie in dem Notizbuch gelesen hatte?

»Es kann gut sein, dass das Grab nicht mehr da ist. Sie ist schon so lange tot. Und sehr wahrscheinlich hat sich niemand um ihr Grab gekümmert«, kam es ihm in den Sinn. Seine Mutter hatte keine Geschwister gehabt, Oda war kurz nach dem Krieg verstorben und Johannas Vater schon 1939. Sehr wahrscheinlich waren sein Grab und das von Johanna während der Sowjetzeit aufgelassen worden. Fred wusste es nicht. Und er wusste auch nicht, ob er sich damit beschäftigen wollte.

»Wenn du willst, kann ich das mal eben checken. Ich hole mein Handy«, sagte Luisa und stand auf. Fred konnte sich nicht vorstellen, wie sie mal eben checken wollte, wo sein Großvater und seine Mutter begraben waren, aber er war auch neugierig darauf, was im Internet so möglich war.

Vielleicht ist es ein Segen, dass meine Enkeltochter das rote Notizbuch gefunden hat, dachte er. Ja, hier ist der Glaube an Schicksal möglich.

»Janis schläft immer noch. Er sieht so süß aus dabei«, sagte Luisa mit leuchtenden Augen, als sie zurückkam.

»Du hast da wirklich einen Prachtkerl«, sagte Fred. »Ich mag ihn sehr.«

»Du weißt gar nicht, wie sehr mich das freut«, sagte Luisa und streichelte seinen Arm, während sie sich auf den Sessel neben ihn setzte.

»Hast du denn hier Empfang?«, fragte Fred.

»Du meinst, ob ich eine WLAN-Verbindung habe?«

»Ja, genau, das wollte ich sagen.«

»Ja, Opa, die haben wir«, gluckste Luisa.

»Nicht so frech, kleines Fräulein. Ich bin eben altes Eisen.«

»Aber es ist einfach zu lustig.«

»Du kannst dir gar nicht vorstellen, dass es eine Zeit ohne Internet gab, in der man nicht überall alles checken konnte und einfach nicht zu erreichen war?«

»Nein, das ist eine gruselige Vorstellung.«

»Gut, meine Liebe. Irgendwann werden wir mal gemeinsam ein Experiment starten. Du wirst mit mir spazieren gehen, und es wird ein langer Spaziergang, aber ohne ein Handy.«

»Och, Fred, wirklich? Das finde ich aber eigentlich keine so gute Idee«, maulte Luisa. »Und außerdem willst du doch nur ablenken.«

»Vielleicht«, sagte Fred.

»Was haben wir?«, fragte Luisa jetzt in geschäftsmäßigem Ton.

»Wir haben den Namen Johanna von Klettenholz und das Todesjahr vierundvierzig. Und ich weiß leider nicht den Vornamen meines Großvaters, aber er hieß auch von Klettenholz. Und er ist neunzehnhundertneununddreißig gestorben. Ich nehme mal an, dass Johanna und er auf demselben Friedhof begraben wurden. Sicher gab es ein Familiengrab an der Kirche in der Nähe ihres Gutshofs. Aber da ist er wahrscheinlich nicht beerdigt worden. Marlis hat mir mal erzählt, dass Johannas Großvater neunzehnhundertneunzehn auf seinem Gut von den Sowjets erschossen wurde.«

»Das wird ja immer aufregender«, sagte Luisa. »Oh, entschuldige. Aber anscheinend gehöre ich gar nicht zu einer langweiligen Durchschnittsfamilie wie von Papas Seite.«

»Hat Katrin nie mit dir über Johanna gesprochen?«

»Nein.«

»Eigentlich konnte sie das auch gar nicht. Wir haben ihr nur das Nötigste erzählt, und sie hat sich anscheinend nicht viel mit der Familiengeschichte beschäftigt. Marianne meinte, es wäre das Beste, Katrin nicht mit diesen dunklen Dingen zu belästigen, die sich um Johanna und Marlis auftaten.«

»Also weißt du, dass Johanna in Ravensbrück war, Opa?«

»Ja«, sagte Fred und merkte, wie sich sein Magen verkrampfte. »Aber bitte, wenn darüber etwas in dem Notizbuch steht, möchte ich es nicht wissen, Luisa. Nicht jetzt. Das verkrafte ich nicht.«

»Gut, Fred«, sagte Luisa und legte ihm beruhigend die Hand auf den Arm.

»Also, es gibt zwei Friedhöfe in Jurmala. Fangen wir mal damit an, dass wir annehmen, dass auch Herr von Klettenholz hier begraben wurde.«

»Das kann gut sein, so sehr, wie seine Frau Oda diesen Ort hier geliebt hat.«

Luisa tippte stumm auf ihr Handy. Fred beobachtete sie bewundernd. Sie sah Johanna wirklich ähnlich. Hier an diesem Strand wurde das deutlicher als woanders.

»Yeah!«, rief seine Enkelin nach kurzer Zeit aus. »Es ist leichter, als ich gedacht habe.«

»Was?«

»Herauszufinden, wo sie beerdigt wurden. Es gibt ein Register der Gräber, das man online durchsuchen kann. Bist du bereit?«

»Wofür?«, fragte Fred. Irgendwie ging ihm das alles zu schnell. Aber er war auch dankbar für die jugendliche Frische seiner Enkelin.

»Ich kann Johannas Namen jetzt eingeben. Willst du das?«

Fred zögerte. Was wäre, wenn es die Gräber dort nicht mehr gäbe, aber einen Vermerk, dass sie aufgelassen worden waren? Er hörte Marianne in seinem Kopf. »Immer positiv denken, Fred. Es wird schon nicht schlimm werden.«

»Gut, such sie«, sagte er. »Ich vertrete mir mal kurz die Beine.« Er ging zum Hotel hinüber und ließ seine Enkelin zurück, die geschäftig in ihr Handy tippte.

Luisa war froh, einen Moment allein zu sein. Sie musste ihre Gedanken ordnen. Sie verstand, dass ihr Großvater nicht wissen wollte, was Johanna geschrieben hatte, aber es war auch schwer, mit dem Wissen über Johannas Schicksal in Mauthausen allein zu bleiben. Sie wusste nicht, ob sie es jemals Janis erzählen könnte, obwohl sie sich nicht vorstellen konnte, vor ihrem Mann Geheimnisse zu haben. Aber wäre es nicht zu beschämend, ihm zu erzählen, dass ihre Urgroßmutter als Zwangsprostituierte hatte arbeiten müssen? Plötzlich musste sie weinen. Was für ein Leid, was für ein Elend. Aber Johanna hatte es irgendwie überlebt und war aus der Situation gerettet worden. Vielleicht werde ich mich später noch genauer mit dem Schicksal dieser Frauen in den Zwangsbordellen der Lager beschäftigen, dachte Luisa. Jetzt war sicher nicht der richtige Zeitpunkt dafür. Sie wollte jetzt wissen, was es mit den Gräbern auf sich hatte, bevor ihr Großvater zurückkam.

Auf dem Friedhof in Kemeri, der etwas außerhalb von Jurmala im Wald lag, wurde sie tatsächlich fündig. Da gab es ein Grab von Johanna von Klettenholz. Luisas Herz raste plötzlich. Sie konnte es gar nicht erwarten, dass ihr Großvater zurückkam und sie es ihm sagen konnte.

Sie hatte Janis eingeweiht. Gleich am Tag nach ihrer Hochzeit, nachdem er aufgewacht war und gefrühstückt hatte. Es war nicht möglich gewesen, ihrem Ehemann ihre Entdeckungen zu verschweigen, so aufgewühlt, wie sie gewesen war. Sie hatte ihm auch erzählt, was in dem Notizbuch stand. Er hatte sie in die Arme genommen und lange festgehalten.

»Es ist so furchtbar, was deine Urgroßmutter erleben musste. Aber jetzt wissen wir auch, dass dein Herz wirklich lettisch ist«, sagte Janis sanft und strich ihr die Haare aus der Stirn. »Wir sollten zu ihrem Grab gehen und ihr die letzte Ehre erweisen.«

»Ja, das sollten wir. Und Opa will dabei sein. Das hat er mir vorhin gesagt. Ich hoffe, es geht ihm gut. Ich habe ihn in ein Taxi gesetzt. Er wollte Katrin noch verabschieden und seinen Aufenthalt im Hotel um zwei Tage verlängern. Ich hoffe, es stört dich nicht, dass er noch hierbleibt und ich mich um ihn kümmern möchte.«

»Nein, das stört mich nicht. Er ist Familie. Und für die Familie ist man immer da, wenn sie einen braucht. Außerdem mag ich ihn sehr. Vielleicht sollten wir auch dort bis übermorgen ein Zimmer buchen. Dann sind wir in seiner Nähe.«

»Du bist fantastisch«, sagte Luisa und küsste ihren Mann auf den Mund.

»Ja, das weiß ich. Ich rufe eben mal im Hotel an und reserviere ein Zimmer. Du sagst Fred Bescheid. Wir können ihn zum Abendessen im Hotel treffen. Oder möchtest du dich von deiner Mutter und deinem Vater noch mal verabschieden?«

»Nein, das habe ich gestern Abend getan. Müssen wir nicht auschecken? Es ist schon spät.«

»Nein, erst heute Abend, ist alles geregelt.«

»Dann haben wir ja noch Zeit«, sagte Luisa versonnen und legte sich zu ihm ins Bett.

Und jetzt waren sie auf dem Weg zum Friedhof. Fred saß neben Janis, der fuhr. Er hatte kein Wort gesagt, seit sie das Hotel nach dem Frühstück verlassen hatten. Sie hatten nur einmal auf dem Weg angehalten und Blumen für Johanna besorgt. »Weiße Rosen und blaue Kornblumen, die hätte Marlis auf ihr Grab gelegt. Meinst du, die haben so etwas?«, hatte Fred sie gefragt. Luisa war dankbar dafür gewesen, dass sie helfen konnte, und hatte einen besonders schönen, großen Strauß binden lassen. Janis hatte währenddessen im Auto gewartet.

Er verhält sich genau richtig. Er drängt sich nicht auf, ist aber für uns da, wenn wir ihn brauchen sollten, dachte Luisa zärtlich.

Sie hatte ein wenig Angst um Fred, der weiter stumm neben ihrem Mann saß. Mein Mann. Wie schön es ist, das jetzt sagen zu können.

Sie verließen Jurmala und waren augenblicklich auf einer Landstraße, die durch einen Kiefernwald führte, als ob sie nicht eben noch im Ort gewesen wären. Wie sie das in Lettland liebte. Unberührte Natur war überall nur einen Steinwurf entfernt. Sie war auch schon früher mal in Kemeri gewesen, mit Janis auf Holzstegen durch das verwunschene Moor gewandert, und sie hatten Glück gehabt, weil fast keine anderen Touristen dort gewesen waren. Sie hatte die Stille genossen und auch ein wenig die Gefahr, weil sie wusste, dass sie im Moor versinken würden, wenn sie von den Stegen abkämen. Sie hatten sich im örtlichen Supermarkt in Kemeri geräucherte Hähnchenbrust gekauft, Brot und natürlich auch süße Gebäckteilchen, die es überall gab, selbst in den ländlichsten Supermärkten. Sie hatten an einem kleinen See gepicknickt und sich dann in der Dämmerung im Auto geliebt, während es draußen regnete. Das war aufregend gewesen. Aber ein anderes Mal hatte sie bemerkt, dass dieser Ort eigentlich verlassen und aufgegeben wirkte. Es gab nur einige Häuser, diesen einen Supermarkt, und durch die Bäume konnte sie die obligatorischen verlassenen und abbruchreifen ehemaligen Sowjethochhäuser sehen, die auch in Jurmala noch an einigen Orten standen. Kemeri sei vor und während der Sowjetzeit ein wichtiger Kurort gewesen, hatte ihr Janis erzählt, dann sei es zum großen Teil zum Naturschutzgebiet erklärt worden, aber der Geist der Sowjets hinge immer noch über diesem Ort und daher würde es hier eben so sein, wie es sei. Sie fand die Erklärung nicht sehr plausibel, dachte vielmehr, die Düsterkeit liege wohl eher daran, dass Kemeri kilometerweit von Wald umgeben war.

Der Friedhof lag auf dem Weg zum Moor im Wald. Die Fotos des Friedhofes waren schön gewesen. Janis hatte den Lageplan heruntergeladen und die Grabnummer aufgeschrieben. Luisa wusste, dass ihr Mann sie zielsicher zu Johannas Grab bringen würde, auch wenn sie zwischen verfallenen Grabsteinen herumirren mussten.

Sie bogen in den Weg zum Friedhof ein.

Luisa beugte sich nach vorn und legte die Hand auf die Schulter ihres Großvaters. »Bereit?«, fragte sie leise.

»Ja«, sagte Fred.

Sie stiegen auf dem Parkplatz aus. Nur zwei Autos standen dort. Es war absolut still, bis auf das leise Rauschen des Windes in den Kiefern und Birken.

Janis sah auf dem Lageplan nach, der am Parkplatz angebracht war.

Fred umklammerte den Strauß für Johanna, Luisa trug einen kleineren Strauß gelber Rosen für Johannas Vater. Sie hatten sein Grab nicht gefunden und beschlossen, es nicht weiter zu suchen, sondern auch für ihn einen Blumenstrauß auf Johannas Grab zu legen.

»Ich weiß jetzt, wo es ist«, sagte Janis auf Englisch. Ich muss ihm dringend mehr Deutsch beibringen, dachte Luisa. Ich möchte ja auch, dass unsere Kinder von Anfang an Deutsch und nicht nur Lettisch lernen. Janis sah Fred ruhig an und wartete ab. Fred zögerte, dann nickte er ihm zu.

»Ich bin bereit«, sagte er auf Deutsch. Das brauchte sie nicht zu übersetzen. So viel verstand ihr Mann. Der Sand knirschte unter ihren Füßen, während sie hinter Janis hergingen. Hier im Wald bekamen die Gräber unter riesigen Kiefern und Birken nicht besonders viel Licht. Ein wenig unheimlich, dachte Luisa. Aber irgendwie auch beruhigend, ihre Urgroßmutter so geschützt unter diesen Bäumen an diesem friedlichen Ort zu wissen.

Der Weg war nicht lang. Luisa achtete nicht darauf, wohin sie ging, Janis würde sie nachher wieder hier herausführen. Fred hatte sie untergehakt. Aber eigentlich kam es ihr so vor, als ob sie ihn führte. Plötzlich wirkte er so alt, wie er wirklich war. Janis hielt vor einem Grab.

Gott sei Dank, es ist nicht verwildert, dachte Luisa. Jemand schien sich darum zu kümmern. Vielleicht Minas Familie? Mina schien die beiden Frauen ja sehr gemocht zu haben. Das war in den Aufzeichnungen deutlich geworden.

Der Grabstein hatte eine ovale Form und war aus hellem Granit. Darauf stand:

Johanna von Klettenholz.
23. Juni 1920–25. September 1944
Für immer geliebt.

Fred und sie verharrten stumm vor dem Grab. Janis stand etwas abseits und hatte seine Mütze abgenommen. Sie ist so jung gestorben, dachte Luisa. Ob sich Fred erinnert, dass er hier einmal an diesem Grab gestanden hat? Hatte ihn Marlis mit zur Beerdigung genommen? Nach dem, was sie über Marlis gehört hatte, war sie sich dessen fast sicher. Sie schloss die Augen und sah kurz einen kleinen Jungen an Marlis' Hand hinter einem Sarg hergehen. O Gott, dachte Luisa. Das haben wir gestern nicht bedacht, als wir Fred davon überzeugten, dass es sicher gut wäre, zum Grab zu fahren.

Jetzt weinte ihr Großvater. Das hatte Luisa noch nie erlebt. Sie wusste nicht, was sie tun sollte. Aber Janis trat zwischen sie und legte ihm seine Hand auf die Schulter. Nur das. Und ihr Großvater beruhigte sich wieder. Dann legte ihr Mann den Arm um sie. »Danke, dass du da bist«, flüsterte Luisa.

Fred kniete nieder und legte den Strauß auf das Grab seiner Mutter, berührte den Stein mit seiner Hand.

»Ja, du wurdest geliebt. Auch von mir, Mama«, sagte Fred. Er wischte sich mit dem Handrücken die Tränen ab. Janis gab ihm ein Taschentuch. Mein vorausschauender Mann hat an alles gedacht, freute sich Luisa. Sie ging in die Knie und legte ihren Strauß neben den großen. Sie standen eine Weile stumm nebeneinander, bis Fred anfing, das *Vaterunser* zu beten. Erst allein, Luisa schämte sich etwas, weil sie nicht mehr genau wusste, wie es ging, aber als Janis auf Lettisch einfiel, konnte sie sich wieder an die deutschen Worte erinnern.

23. Juli 2017, Jurmala

»Komm, nimm meine Hand, damit ich dich festhalten kann«, sagte Fred. Die kleine, warme Hand seiner Urenkelin Inga Johanna legte sich vertrauensvoll in seine. Sie sah ihn von unten an. Der Blick aus ihren wunderschönen braunen Augen mit den bernsteinfarbenen Sprenkeln traf ihn mitten ins Herz. Ihre dicken Haare fielen über ihre Schultern. Er hatte noch nie ein Mädchen gesehen, das mit anderthalb Jahren so dicke, lange Haare hatte.

»Los geht's«, sagte er zu ihr. Die kleinen Füße seiner Enkelin patschten durch das seichte Wasser der Ostsee an diesem windstillen, warmen Sommertag, und Fred sah zu Janis und Luisa hinüber, die auf zwei weißen Plastikliegen am Strand lagen. Johanna, dachte er. Das ist auch deine Familie.

Nachwort

An einem kalten Januartag 2006 war ich im Konzentrationslager Ravensbrück in der Nähe von Berlin. Ich stand auf dem Appellplatz und plötzlich erschien in meiner Vorstellung eine junge Frau neben mir, und ich hörte ihre Gedanken. *Ich bin doch noch so jung, ich weiß nicht, wie es ist, jemanden zu lieben, und jetzt bin ich hier. Ich habe doch gar nichts getan.*

Auf der ehemaligen Lagerstraße, die zum KZ führte, sah ich sie wieder, in einer Kolonne von Häftlingen, auf den Bürgersteigen standen ganz normale Bürger, die sie anstarrten oder sogar beschimpften oder so taten, als ob sie sie nicht sehen. Und die junge Frau denkt, *wie kann das sein, gestern war ich doch noch eine von euch?*

Ein Jahr später erfuhr ich durch eine Ausstellung in Ravensbrück von den Lagerbordellen. Obwohl ich in München Neuere Geschichte studiert und mich während des Studiums immer wieder mit dem Dritten Reich beschäftigt habe, hatte ich darüber nie etwas gehört. Bis vor einigen Jahren war über dieses Thema nicht öffentlich gesprochen worden.

Im Frühjahr 1942 wurde von der Naziführung beschlossen, Lagerbordelle einzurichten, um die Moral der Häftlinge in den Konzentrationslagern zu steigern. In diesen Bordellen mussten zwangsweise weibliche Häftlinge, überwiegend aus Ravensbrück, arbeiten. Die Häftlinge konnten durch ein Belohnungssystem die Erlaubnis erwerben, das Bordell zu besuchen. Es gab neun Lagerbordelle, unter anderem in Mauthausen, Dachau, Buchenwald, Auschwitz. Die über 200 Frauen wurden fast immer in Ravensbrück unter den sogenannten Asozialen rekrutiert. Ihnen wurde erzählt, dass sie nach einem halben Jahr Dienst im Bordell entlassen werden würden. Was nie der Fall war.

Ich las die historische Literatur zu diesem Thema und erfuhr, dass die Frauen, die in den Bordellen arbeiten mussten, nach dem Krieg so gut wie gar keine Lobby hatten. Viele verschwiegen, dass sie dort gewesen waren. Gerade die damals als asozial eingestuften Häftlinge trauten sich oft nicht, eine Entschädigung zu verlangen, weil sie sich dafür schämten, wieder als asozial eingestuft zu werden.

Bei meinen Recherchen stellte sich heraus, dass es sehr schnell gehen konnte, als Asoziale/r in ein Konzentrationslager eingeliefert zu werden. Von April bis Juni 1938 wurden mehr als 10 000 Männer bei der »Aktion Arbeitsscheu« in die Konzentrationslager gebracht. Als Frau reichte es aus, einen, wie es hieß, »unsteten Lebenswandel« zu führen. Denunziationen von Nachbarn waren nicht selten.

In Berlin stieß ich bei meinen Recherchen auf das Frauengefängnis Barnimstraße, auf dessen Gelände jetzt ein Verkehrsübungsplatz für Fahrräder eingerichtet ist. Aber bei einem Rundgang konnte ich mir mithilfe der Augenzeugenberichte sehr gut vorstellen, wie es früher in diesem Gefängnis gewesen sein musste. Ich recherchierte die Zustände in diesem Gefängnis während der Nazizeit und stellte wieder einmal fest, dass über das Leid der Frauen ungleich weniger geforscht worden ist als über das der Männer.

Mir war klar: Ich wollte den Leidensweg einer jungen Frau nachzeichnen, die alle Stationen der Diskriminierung und Kriminalisierung durchlaufen musste. Dass sie am Schluss gerettet wird und eine kurze Spanne ihres Lebens glücklich ist, habe ich mir als schriftstellerische Freiheit herausgenommen. Normalerweise wurden die Frauen, die in den Lagerbordellen arbeiteten, nicht früher entlassen. Sie wurden so lange benutzt, bis sie »gebraucht« nach Ravensbrück zurückgeschickt wurden. Dort wurden sie zwar nicht ermordet, blieben aber bis Kriegsende in Haft.

Als ich den Roman schrieb, 2016 und 2017, lebte und arbeitete ich überwiegend in Berlin in Kreuzberg und Prenzlauer Berg. So war ich ganz in der Nähe des Geschehens des Romans und konnte ganz in die Geschichte eintauchen. Dort erschienen dann auch Marlis und ihre Familie in meiner Vorstellung, und ich wusste, wie ich die Geschichte aufbauen wollte.

Lettland kam als Geschenk zu dieser Geschichte hinzu. Mein Mann und ich entdeckten unsere Liebe zu diesem Land im Sommer 2015 und waren seitdem oft dort. Und als ich am Strand von Jurmala spazieren ging, sah ich dort Johanna tanzen und Marlis und Johanna, die Fred an ihren Händen hielten. Die Geschichte war komplett.

Es war ein sehr langer Weg, dieses Romanprojekt in die Tat umzusetzen. Immer wieder taten sich neue Hürden auf, die mich daran hinderten, es anzufangen. Aber Marlis und Johanna tauchten jedes Mal, wenn ich einen neuen Roman abgeschlossen hatte und wieder nach Berlin – meine zweite Heimat – fuhr, neben dem Ortsschild auf. Sie schienen nur darauf zu warten, dass ich wiederkam, um endlich ihre Geschichte aufzuschreiben.

Ich habe »Und über uns das Blau des Himmels« nicht nur geschrieben, um an das Leid zu erinnern, das unschuldigen Frauen damals im Dritten Reich widerfahren ist, sondern auch um herauszustellen, wie unverzichtbar Demokratie und Toleranz sind und der Kampf gegen Diktatur, Fremdenhass und Diskriminierung. Mit Entsetzen beobachte ich die Entwicklung in Deutschland, Europa und in der ganzen Welt, da es immer mehr Menschen zu geben scheint, die die Werte der Freiheit und Demokratie mit Füßen treten. Und ich weiß, ich werde nicht aufhören, gegen diese Entwicklung anzukämpfen.

Hamburg, Februar 2017